U0083865

古典詩歌研究彙刊

第一輯

龔鵬程 主編

第3冊

詠物與敘事——漢唐禽鳥賦研究

吳儀鳳 著

國家圖書館出版品預行編目資料

詠物與敘事——漢唐禽鳥賦研究／吳儀鳳 著 -- 初版 -- 台北縣永和市：花木蘭文化出版社，2007〔民 96〕

序 2+ 目 2+318 面；17×24 公分
（古典詩歌研究彙刊 第一輯；第 3 冊）

ISBN-13：978-986-7128-92-8（全套：精裝）
ISBN-13：978-986-7128-74-4（精裝）
1. 辭賦－歷史 2. 辭賦－評論
820.92 96003202

古典詩歌研究彙刊
第一輯 第 三 冊 ISBN：978-986-7128-74-4

詠物與敘事——漢唐禽鳥賦研究

作 者 吳儀鳳
主 編 龔鵬程
出 版 花木蘭文化出版社
發 行 所 花木蘭文化出版社
發 行 人 高小娟
聯絡地址 台北縣永和市中正路五九五號七樓之三
電話：02-2923-1455 ／傳真：02-2923-1452
電子信箱 sut81518@ms59.hinet.net
初 版 2007 年 3 月
定 價 第一輯 20 冊（精裝）新台幣 28,000 元

詠物與敘事——漢唐禽鳥賦研究

吳儀鳳 著

作者簡介

吳儀鳳　國立東華大學中文系助理教授。1992 年取得中央大學中文及法文雙學位，1995 年中央大學中文碩士，2000 年輔仁大學中文博士。著有碩士論文《王魁故事研究》，迄今發表單篇論文約三十篇，包括〈唐賦的帝國書寫特質研究〉、〈唐賦的自然書寫研究〉、〈杜甫與詩經——一個文學典律形成的考察〉、〈從鶯鶯傳自傳說看唐傳奇的詮釋方法〉等。

提　　要

本論文以禽鳥賦為研究對象，由題材史的角度出發，觀察禽鳥賦的寫作形態及其由漢至唐的發展變化。在作品形態上，論文第二章首先對禽鳥賦做出詠物體與敘事體之區分，詠物體禽鳥賦如禰衡〈鸚鵡賦〉、鮑照〈舞鶴賦〉、杜甫〈雕賦〉；敘事體禽鳥賦如曹植〈鷂雀賦〉、敦煌〈燕子賦〉及尹灣漢簡〈神烏賦〉。此外，本論文對宋以前的禽鳥賦進行了全面性地蒐集整理和詳細分析，自第三章以下採取禽鳥賦史的寫法，分別探討禽鳥賦在漢魏、兩晉、南北朝、唐代的發展。本論文一方面從賦作的形式結構上進行分析，一方面進行禽鳥賦發展歷史的考察，對於漢唐禽鳥賦的發展、演變及禽鳥賦的寫作形態有著縝密的思考和由禽鳥賦出發所得之賦史見解，有別於一般賦史著作，有較為詳細的分析和論證。

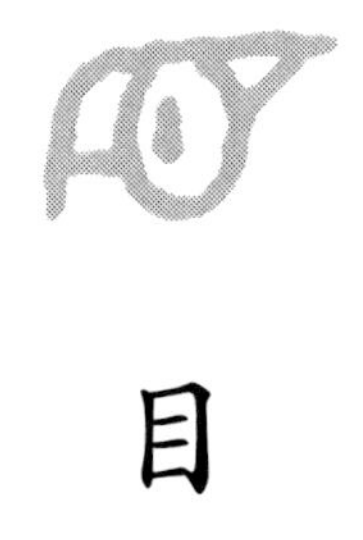

目錄

自　序

《詠物與敘事——漢唐禽鳥賦研究》是筆者 2000 年 6 月所撰就之博士論文。雖已相隔七年，但在此期間由於博士論文外界不易獲見，因此本人常自費影印提供給賦學研究之相關學者，經年累月下來也所費不貲。現如今得獲出版，使當年殫精竭慮之心血結晶得以面世，實感欣慰。然當年之研究資料不似今日，因此論文於宋代禽鳥賦與元代禽鳥賦目錄中只用了《全宋文》一至五十冊、《全元文》一至十二冊之資料。時至今日，《全宋文》已出至三百六十冊，《全元文》也已出至六十冊，更且《全唐文新編》二十二冊也已標點出版，實不可與當年同日而語。此次重新校對論文，盡力修正其中若干小疵，但在現實上要做較大修改實有其困難之處，是以仍以原博士論文之面目示人。蓋各個不同階段皆有其不同之學術表現。此博士論文雖頗努力撰述，但仍囿於畢業時間之壓力，及筆者個人之才力有限，恐仍有未盡人意之處，尚祈　讀者不吝批評、賜教指正。感謝指導教授　簡宗梧老師在賦學專題上之啓蒙和指導，並不吝提供許多資料（如國科會專題研究計畫成果及賦學碩博士論文）以及籌辦第三屆國際辭賦學研討會，使筆者得以恭逢盛會，親炙來自於世界各地之學者，走入賦學研究之大觀園。簡老師在臺灣賦學界長期耕耘的成果，已是有目共睹之事實，眾所皆知。此外，也感謝　龔鵬程老師主編《古典詩歌研究彙刊》第一輯能不囿於詩歌文類之狹義性而能廣收辭賦研究之作，本人著作有幸入選，在感謝之餘，也更加自我惕勵，蓋「學如逆水行舟，不進則退。」惟期繼續努力才是！

吳儀鳳謹識 2007 年 3 月

第一章　緒　論

第一節　賦學研究的回顧

長期以來，賦的研究在文學研究的領域中倍受冷落，難以與詩、詞、曲之研究相提並論。民國以前，類似詩話、詞話的賦話數量不如詩話、詞話多〔註1〕；民國以後，這種情況依然沒有改變，當今學者饒宗頤曾言：「賦學之衰，無如近代。文學史家直以塚中枯骨目之，非持平之論也。」（何沛雄《賦話六種・序》），臺灣以研究賦學著稱的簡宗梧先生也認爲當代賦學研究「無法與詩學、詞學、曲學並駕齊驅」〔註2〕。其實這個現象郭紹虞早在民國初年的時候便已指出，他說：

〔註1〕清代以前沒有專門研究辭賦的專著，有的只是零星而片段的評論，或是專爲科舉考試而作的律賦創作指導，可是也多失傳。即使像祝堯《古賦辯體》也仍是一部辭賦總集而非賦話。眞正的賦話直到清代才有，而且數量上也遠不能和詩話、詞話相比。（參葉幼明《辭賦通論》，頁205～206）

〔註2〕簡宗梧先生在其〈1991～1995 中外賦學研究述評〉中提到：「（賦學）……仍無法與詩學、詞學、曲學並駕齊驅。外界大多還把賦定位在俳優弄臣的暇豫文學、賣弄才學的文字遊戲、勸百諷一的負面教材，無視於它在文學發展中的主流地位與深遠影響。」，頁 787（收入南京大學中文系編《辭賦文學論集》）。這雖然是就 1991～1995 年間之中外賦學研究概況而言，但也可以用來說明民國以來的賦學研究情形，因爲在 1991 年之前賦學研究一樣冷清。

> 有些講文學史的人，因爲反對舊時漢賦、唐詩、宋詞、元曲之說，而以爲漢賦在文學史上爲最無價值，或且不認之爲文學。(〈賦在中國文學史上的位置〉，收入《照隅室古典文學論叢》，頁 87)

文學史對漢賦評價不高的例子可以劉大杰之《中國文學發展史》爲例，該書第五章言及漢賦的〈緒說〉中對漢賦做了如下的批評，其云：

> 在漢代賦中，雖有少數好的抒情作品，然大多數重在鋪陳。多以誇張的手法，板滯的形式，描寫宮苑的富麗，都城的繁華，物產的豐饒，神仙、田獵的樂事，以及王公貴人的奢侈生活；它們雖具有文采光華、結構宏偉和語彙豐富的特色，而一般缺點是缺少感情，缺少現實社會生活的反映；喜用艱深的辭句，生僻的文字，按類羅列，有些作品幾乎成爲類書。賦末雖附以規勸諷諭之意，然本末倒置，輕重懸殊，所以作用也就很小。(頁 130)

分析其對漢賦評價不高之理由有二：(一) 就藝術形式來說，賦的形式板滯，喜用艱深的辭句、生僻的文字，按類羅列，幾乎成爲類書。(二)就內容而言，賦缺乏眞實情感的抒發，也缺少現實生活的反映。而此乃因爲賦是一種貴遊文學，無關乎社會民生，即便有所諷諭，也僅只是「勸百諷一」。

類似上述對漢賦的批評可說是大多數人對漢賦的認知，也因爲有著這樣負面的評價，使得賦的研究也相對地變得冷落。不過從實際的漢賦作品來看是否眞是如此呢？這樣的批評顯然是針對司馬相如、揚雄等京都苑獵題材的大賦而發，一般在提及漢賦時往往也將之視爲漢賦的代表。誠然，司馬相如、揚雄的京都苑獵式的大賦是漢賦中的傑作，不過若是將之等同於所有的漢賦或賦，則有失允當。因爲實際上這一類作品只是大量漢賦作品中的一種類型罷了，甚至也只是司馬相如、揚雄賦作中的一部分而已，不但不能概括馬、揚所有的賦作，更不能概括所有的漢賦。例如司馬相如〈長門賦〉寫佳人久等對方不至時，遊走深宮的百無聊賴之情：

下蘭臺而周覽兮，步從容於深宮。正殿塊以造天兮，鬱並起而穹崇。間徙倚於東廂兮，觀夫靡靡而無窮。（《司馬相如集校注》，頁 116）

在形式上並無劉氏所言板滯之情形，也無艱深辭句、生僻文字羅列堆砌的情形。再如揚雄〈逐貧賦〉寫自己與貧窮的對話：

舍汝遠竄，崑崙之顛。爾復我隨，翰飛戾天。舍爾登山，巖穴隱藏。爾復我隨，陟彼高岡。捨爾入海，汎彼柏舟。爾復我隨，載沈載浮。我行爾動，我靜爾休。豈無他人？從我何求？今汝去矣，勿復久留！（《揚雄集校注》，頁 146～147）

其中文字也無艱深難解之處，而且生動活潑，將貧窮擬人化爲一可與之對話的對象。像這樣的賦作其實是漢賦當中很值得注意的作品。

一般文學史之所以對漢賦的評價不高，究其原因，郭紹虞認爲是：

由於太偏重於只主抒情的文學之故。假使知道賦的性質重在體物，重在描寫，那就不致認爲賦是一無足取，甚至不算是文學作品了。（〈賦在中國文學史上的位置〉，收入《照隅室古典文學論叢》，頁 87）

除郭氏所言：因爲學者重視抒情言志之作，而使得以體物爲主的辭賦遭到輕視這一點外，還有便是人們受到一些習以爲常的看法所局限，這些看法包括：一、如之前所言，人們多以京都苑獵式的大賦作爲漢賦的代表，而忽略了在此之外的賦作。二、由於受了「一代有一代之文學」〔註 3〕的觀念影響，使得大家只把關注點放在漢賦，相形之下較少去注意其他朝代的賦。

這樣以部分代表全體的看法當然並不完全符合實際的賦史。雖然賦興盛於漢代，並堪稱漢代文學之代表，但就整個賦的創作發展來

〔註 3〕王國維《宋元戲曲史・自序》中說：「凡一代有一代之文學，楚之騷、漢之賦、六代之駢語、唐之詩、宋之詞、元之曲，皆所謂一代之文學，而後世莫能繼焉者也。」所謂「一代之文學」，指的除了是在那個朝代發展最爲蓬勃的文學類型外，更指此一文學類型後世難以與之相抗衡。

看，自魏晉而降，迄宋、元、明、清，其創作傳統始終未曾衰歇或中輟，歷代都有爲數可觀的賦作。據葉幼明《辭賦通論》第三章的基本估計，歷代賦篇的數量至少如下表所示：

朝　代	漢魏	兩晉	南北朝	唐	宋	元	明	總數
賦作篇數	430	521	315	1644	568	323	735	4536

從中不難發現：雖然唐代在文學上以詩歌著稱，但唐人的賦作「不僅數量之多超過前此任何一代，即就思想性和藝術性來說，也超過前此任何一代。」（馬積高《賦史》，頁 252）唐以後的情況，也毫不遜色。表中所列宋代賦作五百六十八篇是單就《歷代賦彙》中所收計算，實際上《歷代賦彙》未收錄之宋代賦還有許多，葉幼明估計「元明兩代的賦至少也在二千首以上」，「清賦將在七千首以上」〔註 4〕。單就其各代賦作數量之多，即可知：作爲傳統中國文學中重要文體之一的賦，自漢代直到清代，整個創作傳統始終沒有消亡過。因此，我們不能囿於「漢賦、唐詩、宋詞、元曲」這樣的框架中，而不去正視文學歷史上賦體創作綿延不絕的事實。將賦局限於漢代的看法是不客觀，也不全面的。

以往學者對賦的關注多集中於漢賦，至於近年來的情況如何呢？以下不妨做一番回顧。關於「賦學」〔註 5〕的表述形態，據顏崑陽先生的觀察，大致可區分成以下四種：一、賦話，二、作品分類編選，三、作品的箋釋，四、系統性論述。〔註 6〕所謂「賦話」是傳統評論詩文常用的方式，今日賦學的表述形態以後三者爲主。

〔註 4〕詳參葉幼明《辭賦通論》第三章辭賦發展概述，第四節唐宋辭賦及第五節元明清辭賦兩節。

〔註 5〕顏崑陽曾對「賦學」做了如下的定義：「所謂『賦學』指的是以『賦』爲對象，進行作品的詮釋、評價以及觀念上的論述，因而形成的一種專門學科的知識。」（〈漢代「賦學」在中國文學批評史上的意義〉，頁 107，收入《第三屆國際辭賦學學術研討會論文集・上冊》）。

〔註 6〕同前註，頁 107～108。

「作品分類編選」和「作品的箋釋」，常見的是賦篇譯注、校釋或賞析的著作，如《昭明文選譯注》、《歷代賦辭典》或《中國歷代賦選》，〔註 7〕當然專家文集的標點、校注也少不了賦作在其中，如《司馬相如集校注》、《揚雄集校注》、《張衡詩文集校注》等。不過，在賦篇編選、翻譯、校注、編製辭典和書評之外，令人期待的應該就是「系統性的論述」了。從過去二、三十年來的賦學研究成果來看〔註 8〕，除原典校注及工具書之外，賦學研究主要有專書、碩博士論文和單篇論文（含期刊、論文集、會議論文）等三種形式。三類之中，專書的數量有限，據估計大概不及四十本，且多爲論文集形式，或以論漢賦爲主，或係通史或通論性質者。絕大多數的賦學研究成果是以單篇論文表述的，然而單篇論文因篇幅所限，難以從事範圍較大的系統性論述。因此，碩博士論文遂成爲在賦學專題研究上頗値得注意的論著。

從既有的賦學研究成果看來，不論是專書、單篇論文或學位論文，在論題上、研究方向上，多屬於「傳統的研究法」，其形態不外乎以下幾種：

一、辭賦通論：包括賦的名義、起源、流變、形式，和其他文體的比較等等。

二、時代風格研究：研究一個朝代的賦，如漢賦、六朝駢賦、唐代律賦、宋代散文賦等，而大多數專著仍以漢賦研究爲主。

三、文學集團研究：如研究曹氏父子集團的賦作。

四、作家研究：如研究司馬相如、揚雄、張衡、庾信等人的辭賦。

五、作品研究：包括作品考證、賞析、新的詮釋等。

〔註 7〕此處及以下所例舉之賦學書目詳細出版資料請參見本著作末「參考書目」中之「賦學書目」類。

〔註 8〕賦學研究成果可參見簡宗梧教授主持之《近五年（1991～1995）中外賦學研究評述》及《近二十年（1971～1990）大陸地區賦學研究發展現況與評估》兩本國科會研究報告。此外，亦可參見本文最後「參考書目」甲、賦學書目中所列之各類書目。

這一類研究，姑且稱之爲「傳統的賦學研究」，與之相對的是具有不同角度、不同視野，或採以新方法從事賦學研究者。傳統的賦學研究，由於多從時代、作家、作品入手進行考證、陳述、分析，雖然在作家或作品研究上也會進行一些相關作家或作品的比較工作，但多局限於名家或名作。時至今日，賦學領域中名家或名作的研究已累積了一定的成果，不免在新論題的開拓上遭遇到困境。此外，長期以來賦的研究多集中在漢賦上，唐以後的賦較受冷落，因此研究者轉換研究的角度和方法是有必要的。例如謝妙青《韓愈辭賦研究・提要》便說道：

> 辭賦的研究多半局限於楚辭、漢賦及魏晉南北朝辭賦，對於唐及其以後的辭賦，則多略而不論。其實賦體發展至唐代，騷體賦、散體賦、駢賦、律賦、俗賦並存，可謂百體皆備，並非只有律賦而已。

尋找新的研究課題，避免落入前人窠臼，是每位研究者所努力以赴的目標。從近年來碩博士論文的研究論題大體上已可觀察出研究者這種有意求新的企圖，例如將作家研究的範圍擴大至韓愈、蘇軾等人；而在時代上，不再局限於唐以前〔註9〕。這都可說是將賦學研究的觸角向外延伸的良好現象。此外，還有一些論題是比較具有突破性的，以下僅就筆者個人的淺見，提出四種值得注意的賦學研究類型：

一、賦論研究：如游適宏《祝堯古賦辯體研究》〔註10〕、李翠瑛《六朝賦論研究》。

二、賦與他種文體間的滲透與影響研究：如賴貞蓉《魏晉詩歌「賦化」現象之研究》、崔末順《唐傳奇與辭賦關係之考察》。

〔註9〕將作家研究對象延伸至唐以後者，如：朴孝錫《蘇軾辭賦研究》（東海大學中文所碩士論文，1990）、謝妙青《韓愈辭賦研究》（政治大學中文所碩士論文，1995）又，將時代風格研究延伸至漢魏六朝以後的，如：馬寶蓮《唐律賦研究》（中國文化大學中文所博士論文，1993）、白承錫《初唐賦研究》，政治大學中文所博士論文，1994）。

〔註10〕以下例舉之學位論文，請參見「參考書目」中「賦學書目」之「學位論文」一類。

三、賦的體裁研究：如王學玲《漢代騷體賦研究》、陳姿蓉《漢代散體賦研究》。

四、賦體題材或主題研究：如廖國棟《魏晉詠物賦研究》、張秋麗《漢魏六朝紀行賦研究》、王欣慧《唐代訪古賦研究》等。

由於「在我國古代文學理論中，賦論比較貧乏」（許結〈漢賦研究得失探——兼論漢賦研究中幾個理論問題〉，頁143），相形之下，賦論的研究也比較欠缺，因而賦論的研究便具有開拓性。

其次，在研究視野上若能不局限於單一文體，而能關注到賦與其他文體間的影響、滲透，可以對文學史的問題有進一步的探索。傳統的文學研究，多從事文學外部的研究，諸如考證作者、時代背景等，而較忽略文學本身內在結構上的影響，如文體間的互相滲透影響。這一種跨文類的研究正可彌補此一不足。

此外，便是如許結所提出的「不必局限於個別作家與作品關係的闡釋而可以從漢賦的大系列中抽出子系列」（同上，頁146），如從形式體製上區分，便有散體賦、騷體賦；若以題材或主題分，則有詠物賦、紀行賦。

題材或主題的研究在詩歌中頗爲常見，如季明華《南宋詠史詩研究》（臺北：文津，1997）、蕭翠霞《南宋四大家詠花詩研究》（臺北：文津，1994）。但這類研究在賦學上並不多見，如張秋麗在《漢魏六朝紀行賦研究．自序》中便直言：研究賦體的專著多爲通論性質之作，而專題性的著作多爲學位論文。……研究中以史論、作家之類居多，而以題材與賦論爲核心的研究並不多見。（頁1）

其實賦是最善於寫物的文體，因賦本以「體物而瀏亮」（陸機〈文賦〉）見長，就寫物而言，賦體是最擅長的。李重華《貞一齋詩說》直言：「詠物一體，就題言之，則賦也。」（《清詩話》，頁930）此處說的雖是詩的寫法，但它隱含著文人早已視詠物一體爲賦之所長的文體觀念。近人劉咸炘《文學述林》也指出：賦體的寫物特色自有其無可取代之處，他說：「蓋詩雖興而賦體自在也。鋪陳物色固有宜賦，不宜詩者矣。」（轉引自《歷代賦論輯要》，頁 125）再次說明了賦是最擅於用來舖陳物色的文體。

《全漢賦》收錄漢賦二百九十三篇，其中「詠物賦凡六十九篇」（廖國棟《魏晉詠物賦研究》，頁 12）又蕭湘鳳《魏晉賦研究》指出：魏晉之時，詠物賦的數量高達全部賦作的二分之一〔註 11〕。而詠物賦不僅數量多，其評價也很高，如王立平說詠物賦：

> 不僅有「寫物體貌，蔚似雕畫」的美感，而且頗具「風規麗則，辭剪美稗」的教育功能。（〈假草區以致興，托禽族而言志——詠物小賦雜談〉，頁 123）

他以《文心雕龍．詮賦篇》的用語來稱讚詠物賦。

事實上，賦的題材內容相當廣闊，清康熙年間陳元龍奉敕編撰《御定歷代賦彙》，在該書的〈進表〉中便說到賦的題材：

> 上稽乾度，籠星辰雨露於毫端；俯驗坤輿，聚都邑山川於紙上；大之兵農禮樂，動合王章；小之服食舟車，咸關日用。或興懷民事，開卷而如睹耕桑；或緬想儒宗，披文而恍談名理。蟲魚草木多識，乃格物之資；刀劍琴書游藝，亦怡神之助。以逮訪道游仙之作，談空記幻之篇，此望古而興思，彼懷人而憶事，憂樂互異，清艷各殊，無不竭學士之經營，殫詞人之藻績。

舉凡天象、歲時、地理……乃至於草木、鳥獸等等，賦所涵攝的題材幾乎無所不包，大至都邑、宮殿，小至茶几、屏風，乃至於日常生活中的筆、印……等都可以入賦，宋詩中不乏此類以日常事物爲題材者，若由題材史之角度來看，則賦實爲其鼻祖。馬積高《賦史》中就曾經說道：

> 從文學對客觀生活的反映來看，我國古典文學作品中，有不少題材和主題都是首先在賦作中出現的。（頁 11～12）

〔註 11〕蕭湘鳳說：「觀魏晉七百餘篇的賦作中，即有三百五十餘篇是以詠一物爲題材者，可見詠物賦已攬括了魏晉賦之半。」（《魏晉賦研究》，頁 61）

以下並舉例說明：

> 如懷古寄慨，始于賈誼〈弔屈原賦〉；游覽始于王粲〈登樓賦〉；山水始于宋玉〈高唐賦〉和枚乘〈七發〉；紀行始于班彪〈北征賦〉；都邑始于班固〈兩都賦〉；宮殿始于王延壽〈魯靈光殿賦〉；田園隱居始于張衡〈歸田賦〉；宮怨始于司馬相如〈長門賦〉……。這些都是我國古典文學中的傳統題材和主題，其中有的雖然在《詩經》中已有涉及，但僅屬片斷（如游覽、京邑），或用意頗晦（如宮怨），只有在賦作中才得到了完整和鮮明的表現，而成爲後人在其他體裁中加以擴充和發展的基礎。（同上）

賦體對其他文體有很大的影響，如徐公持曾就兩漢魏晉時「詩的賦化」現象說明其主要表現爲：

> 詩歌吸取了賦的「鋪張揚厲」、「品物畢圖」的藝術特長，用以強化詩歌的描寫能力。（〈詩的賦化與賦的詩化——兩漢魏晉詩賦關係之尋蹤〉，頁 20）

其實「詩的賦化」不只是表現在描寫手法上而已，在此本文特別要指出的是賦對於其他文體在題材上的影響，前引馬積高《賦史》之說雖已指出這一點，但以下將再舉一些實例以說明賦體在題材上對其他文體產生的影響，而這也是本文之所以選擇賦體從事題材史研究的原因。首先，如王國瓔在探討中國山水詩的淵源時便指出：

> 眞正爲中國山水詩的描寫技巧作好準備工作的還是「漢賦」。儘管從《詩經》到《楚辭》，詩人的視野已從景物的個體逐漸擴展至山水風景的全貌，卻是在漢代賦家的筆下，自然山水形象的展露才開始逐漸成爲創作的主要目的。這不僅是因爲自然山水在漢代知識分子的出處進退的生活中扮演了更爲重要的角色，還由於漢代賦家對自然山水的聲色狀貌已粗具一分美學意識。（《中國山水詩研究》，頁 12）

這段話說明了山水詩的產生實建立於漢賦的山水描寫基礎之上。在山水詩方面如此，在其他題材的詩歌上也不例外，如李立信先生在〈論六朝詩的賦化〉中便指出：詠物詩及宮體詩也都是六朝詩歌「賦化」

的結果〔註12〕。賴貞蓉在《魏晉詩歌「賦化」現象之研究》的結論中也提出了同樣的看法，她說：

> 從魏晉藉景抒情詩到劉宋山水詩、齊梁詠物詩、宮體詩，雖然各時期詠歌的題材有所改變，但在表現技巧上則一致的繼承兩漢辭賦「鋪采摛文，體物寫志」、「寫物圖貌，蔚似雕畫」之特點，並加以逐步發揚，日益提昇詩歌語言的造型能力，形成六朝詩歌意象艷麗的特點。（頁325）

再如杜甫〈北征〉一詩，仇兆鰲在注中指出「班彪作〈北征賦〉，用以爲題。」（《杜詩詳注》，頁 395）〈北征〉詩除了在題目上沿用班彪〈北征賦〉外，寫法上也受到〈北征賦〉的影響。馬積高《賦史》言：

> 杜甫的〈詠懷五百字〉、〈北征〉等詩，又顯然脫胎于班彪的〈北征〉和潘岳的〈西征〉，至其〈秋興〉八首，又何嘗不有〈哀江南賦〉的靈魂在？（頁12）

從以上所論種種，可知：由於賦作的題材廣闊，包羅萬象，以至於對其他文體具有一定的滲透作用。在賦的研究上，就題材而論，實有進一步探索之必要。若能以題材作爲主軸，貫串不同時代的賦作，像這樣跨時代的研究方式，超越以往局限於時代或作者的研究，也超越局限於名作的研究。賦學之中類似馬積高《賦史》一類的書，或專論一代之賦的專著不少，但以朝代爲經，往往在說明時都是提及最具代表性的經典之作，如言及漢代就不忘提司馬相如、揚雄的大賦，如言及南朝則必然談到〈雪賦〉、〈月賦〉、〈恨賦〉、〈別賦〉，但這樣的研究卻使得許多非名著的作品湮沒不聞。由於歷代作品浩如煙海，賦史撰作者必然只能例舉若干代表作品，因此勢必割捨掉許多材料。正因如此，本文認爲：即使目前已有貫串歷代的賦史專著（如馬積高《賦史》、許結、郭維森《中國辭賦發展史》），但就文

〔註12〕詳參李立信〈論六朝詩的賦化〉中論「內容題材上之賦化」一節。該文收入彰化師範大學國文系主辦《第三屆中國詩學會議論文集——魏晉南北朝詩學》，頁1～26。

學史的觀照來看，本可以有很多不同的角度，若能改從題材史的角度出發將有別於以往歷代賦史或斷代賦史的寫法。因為從題材史的角度出發，將可以看出這個題材在歷代文人的手裡有著怎樣不同的處理方式，寫法上有何變化？試觀文學史上的名作，其之所以成為名作，是因為它開拓了新的寫作典範及風格，但若是未能經過同一題材的比較參照，其間的優劣便無法具體地呈現出來。因此以題材史的角度來進行賦的研究將有新的斬獲。

第二節　本文研究的對象與方法

壹、研究對象

在眾多題材中之所以選擇禽鳥題材，其原因有二：

第一、禽鳥在中國文學中出現十分頻繁，而在萬物之中，禽鳥因其有生命，體型不大，易為人所玩賞，因此與人的距離較近。詩人「感物吟志，莫非自然」，正因寓目所及，觸景生情，因為禽鳥在生活中如此貼近的距離使得牠們容易成為文學家筆下描寫之物。而且文人不僅只於客觀地描寫禽鳥，更因著禽鳥與自身有著諸多相近似處，而容易以禽鳥作為自身的投射和比喻。雖然古代文學中描寫禽鳥的作品很多，但早期像《詩經》、《楚辭》之中對禽鳥的描寫都只是作為其篇章中的一部分，與通篇以描寫禽鳥為主的賦不同。在荀子〈賦篇〉和屈原〈橘頌〉後，便是由賦體承繼了大量的專詠一物之作。作為詠物題材之一的詠鳥賦，在魏晉時更高居詠動物（鳥獸蟲魚）賦之冠，廖國棟《魏晉詠物賦研究》就說：

> 魏晉一百零七篇吟詠動物之賦篇中，詠鳥之賦高達六十一篇，超過詠動物賦篇之半矣。其於動物類之重要性實遠邁花於植物類之重要性也。（頁219）

如《文選》收錄許多賦篇，其中鳥獸一類，收錄鳥類賦四篇，獸類賦僅一篇〔註 13〕。而《歷代賦彙》各類賦篇數量最多的前五名如下：

名次	類別	篇數	卷數
1	地理	三三四	一七
2	天象	二八〇	九
3	鳥獸	二三三	九
4	音樂	一六一	六
5	治道	一五八	六

《歷代賦彙》中鳥獸類的賦作數量僅次於地理及天象類；而鳥獸類的九卷中，鳥類占六卷，獸類占三卷，鳥類所佔分量幾爲獸類之兩倍。而著名的賦篇如賈誼〈鵩鳥賦〉、禰衡〈鸚鵡賦〉、杜甫〈鵰賦〉等都是禽鳥賦作，無論從數量或質量上都可以看出禽鳥題材在賦體文學中的重要性是超過其他動植物的，而且其在賦體文學中具有悠久的寫作傳統。因此，研究賦之題材史自然不能錯過這麼重要的題材。

第二、在近代賦學研究史上，新出土的賦篇是極爲珍貴的資料，因爲它使得以往一些懸而未決的難題，至此都得到了強而有力的佐證。在新出土的賦篇中，最值得注意者，先是二十世紀初在敦煌遺書中發現的賦篇，其中包括〈燕子賦〉、〈韓朋賦〉、〈晏子賦〉等，這些賦篇的發現證明了唐代俗賦的存在。又，「1993 年 3 月連雲港東海縣尹灣村發掘六座漢墓」〔註 14〕其中有〈神烏傅（賦）〉竹簡二十一枚。至此，更證明了俗賦的來源已久，早在漢代即已有之，非遲至唐代才出現。簡宗梧先生指出：

> 在漢代故事性的俳諧俗賦所在多有，而它與曹植〈鷂雀賦〉和敦煌俗賦〈燕子賦〉一樣，都是以飛禽爲寓言故事的主角，可見這類賦源遠流長。（簡宗梧〈俗賦與講經變文關係之考察〉，收入《第三屆國際辭賦學學術研討會論文集》，頁 357）

〔註 13〕《文選》收錄鳥獸類賦篇有五，分別是賈誼〈鵩鳥賦〉、禰衡〈鸚鵡賦〉、張華〈鷦鷯賦〉、顏延之〈赭白馬賦〉、鮑照〈舞鶴賦〉。

〔註 14〕見滕昭宗〈尹灣漢墓簡牘概述〉（《文物》，1996 年第 8 期），頁 32。

像〈神烏賦〉、〈燕子賦〉乃至於曹植的〈鷂雀賦〉，其題名雖同樣以鳥類為賦題，但內容都與一般詠鳥的賦作大不相同，而是一種敘事性的寓言賦作，因而將這一類同是以禽鳥為題材，但其內容卻與詠鳥賦截然不同的賦一併作為研究的對象，將可以看出這一類俗賦的發展脈胳。

以禽鳥作為主要題材的賦作被文人如此大量的創作，自有其原因，也顯示出此一題材在詠物賦中的重要性。而像〈神烏賦〉、〈燕子賦〉〔註 15〕乃至於曹植的〈鷂雀賦〉，其題名雖同樣以鳥類為賦題，但內容卻與一般詠鳥賦大不相同，而是一種敘事性的寓言賦作。因此，選擇禽鳥題材還可以同時對照在同一題材中兩種截然不同的寫作類型，由此做進一步的類型研究。為了能將「禽鳥賦」盡量囊括殆盡，作為本文研究對象的「禽鳥賦」包括以下五種：

一、以禽鳥為題之賦，且以禽鳥作為其主要描寫對象者，如曹植〈離繳雁賦〉、王勃〈寒梧棲鳳賦〉。

二、以禽鳥為題之賦，且以禽鳥作為其重要角色者，如曹植〈鷂雀賦〉、敦煌〈燕子賦〉。

三、以禽鳥為題之賦，且內容與禽鳥有密切關聯者，如賈誼〈鵩鳥賦〉、韓愈〈感二鳥賦〉。

四、賦題中包含禽鳥名，且內容以禽鳥描寫為主者，如崔損〈鳳鳴朝陽賦〉、孟簡〈白烏呈瑞賦〉。

五、賦題中包含禽鳥名，且以禽鳥作為故事中重要角色者，如郗昂〈蚌鷸相持賦〉、田藝蘅〈蜘蛛網雀賦〉。

此一涵蓋範圍包含大量詠鳥賦，但又不僅於此。之所以不局限於詠鳥賦，乃是有意囊括類似賈誼〈鵩鳥賦〉、韓愈〈感二鳥賦〉，或如曹植〈鷂雀賦〉、敦煌〈燕子賦〉，甚至包括新出土的漢代〈神烏賦〉等這一類題名上看似與一般詠鳥賦無異，但實際上內容卻與

〔註 15〕敦煌〈燕子賦〉有兩篇，一為四六言賦體，一為五言詩體。本文所論者為四六言賦體之作。

之有別的特殊賦作，因為如此一來才能對禽鳥賦從事全面性的寫作類型的研究。

至於一些題名之中帶有禽鳥之名，然內容與禽鳥無甚相關之賦作，則必須被排除在「禽鳥賦」之外。例如《歷代賦彙·卷七十四·宮殿》中收有〈五鳳樓賦〉、〈烏臺賦〉、〈建章鳳閣賦〉，這些賦作雖有禽鳥之名，實則以描寫宮殿為主；或如〈雀釵賦〉（賦彙·卷九十九·服飾類）實以寫飾品為主；或如〈雁蕩山賦〉（同上，卷二十二）屬地理類，實寫山、非寫雁者，當然不算；又如〈鸚鵡洲賦〉、〈銅雀台賦〉（賦彙·卷一〇七·覽古）……等。此類賦作雖題名中有禽鳥之名，但僅被用作形容詞，賦作內容實寫宮殿、飾品或地理，非以禽鳥作為其內容中之主要描寫對象或重要角色者，將排除在本文之「禽鳥賦」範圍之外。

貳、研究方法

一、題材的研究

詩詞的研究中常見以某一題材為主的研究，如山水詩、詠物詩、詠物詞、詠史詩、題畫詩……等的研究，這樣的研究方式是觀照名物意象在中國文學中意涵變化的極佳方向，而對像賦這種以體物為主的文類而言，這種方法更有其優越性。然而在過去的賦學研究中，這種研究方法並不普遍，其中仍存在廣大尚待開發的空間。

中國古代的賦家在創作時雖然「苞括宇宙」，寫作的題材極為廣泛，但從現存賦作來看，以禽鳥為題材的賦作佔有極為顯著的份量，因此對禽鳥賦從事題材的研究，就賦學本身而言，確實有其必要。再從禽鳥賦實際寫作的內容來看，賦家們在選取某些禽鳥題材創作時，往往不是一單純且孤立的現象，亦即賦家往往會選取某些相同的禽鳥題材來創作，這種情況不但發生於同時代，而且也經常發生在不同的時代。前者如建安時期王粲、曹植、阮瑀、陳琳、應瑒等人皆同以鸚鵡爲題作賦，後者如以〈鶺雀賦〉爲題之作，前有三國時之曹植，後有明代的謝肇淛。面對這種情況，在研究時不但要針對同時代的相同題材做探討，而且也必須將研究視野擴大到整個禽鳥賦史上來看。

二、文學史的進路

既將視野擴展至禽鳥賦史上，這就有結合文學史的進路來探究的必要。這種研究進路包含以下幾個面向，第一、探討禽鳥賦本身的歷史發展，亦即對禽鳥賦的淵源、發展、演變作一深入的追蹤探討，例如現存最早的禽鳥賦作爲何？兩晉的禽鳥賦有何特色？第二、將禽鳥賦的歷史發展置於賦史的演變脈絡下來看，以此印證或加強現有賦史的論點，甚至補充或細部修正賦史中一些概括性的說法，例如：賦體（如律賦、文賦）的發展問題、南朝時賦的詩化現象等課題。第三、擴大地探討禽鳥賦與歷代文學風尚、文藝思潮、思想觀念……的關聯，如永明聲律說對禽鳥賦有無滲透與影響？玄學思潮與禽鳥賦發展有無關聯？等問題。透過這樣的研究，相信應可以對文學史（賦史亦然）的相關研究提供更深入且細部的觀察。

三、寫作形態的區分

除了題材研究及文學史的研究之外，對禽鳥賦寫作形態的探討也是極爲重要的。所謂「形態」一詞係採用英文 morphology 之意，指其形式與結構。初步觀察禽鳥賦的結果，發現其中存在著兩種截然不同的寫作形態，前者如禰衡的〈鸚鵡賦〉，後者如敦煌的〈燕子賦〉。這兩篇賦作在寫作形式上及結構上都有著明顯的差異：〈鸚鵡賦〉是一篇詠鳥賦，屬於詠物賦之一種；〈燕子賦〉是一篇敘事性的俗賦，既是俗文學，也是敘事文學。由於「詠物」一體是詩、詞、賦等文學體裁中非常重要的一環，藉由禽鳥賦的研究，將觸及「詠物」一體在詩、賦等文體中發展及表現手法差異等問題。同時，藉由像〈燕子賦〉這樣的敘事體禽鳥賦的研究可以追溯敘事賦的發展脈絡，向上考索出敘事文學、俗文學的源流。就中國文學史的研究而言，無論詠鳥賦或敘事體禽鳥賦都具有很高的研究價值。以往在中國文學的研究上向來著重抒情言志之作，如今藉由詠物體禽鳥賦可以看出詠物一體的發展脈絡；就敘事體禽鳥賦而言，無論就其中的敘事手法或寓言的文學表現來看，都可以補充中國文學史上有關這一部分研究的不足。凡此，皆使得本文的研究具有可預見的豐富成果。故本文在第二章將首先由禽鳥賦的分類問題出發，從事概念的釐清、類別的說明，對禽鳥賦的兩種主要寫作形態：詠物體與敘事體，透過對比的方式，做出詳細的說明與界定。

四、文獻資料的鑑擇與考辨

就目前賦篇留存的狀況而言，除了作者本人文集中所直接收錄者外，極大部分是靠詩文總集或類書的收錄輯存而得以傳世。就文獻的角度而言，作家文集所收錄的作品較直接可靠，通常在文獻使用上較無問題。而類書或詩文總集所輯存的賦篇則存在不少問題。就類書而言，常見的情況是所收錄的賦篇在內容上的不完整及文句上的任意更動。例如收錄甚多唐代以前賦篇的《藝文類聚》，在其卷九十二中所收的賈誼〈鵩鳥賦〉及張華〈鷦鷯賦〉就極不可靠，這兩篇作品不但內容均不完整，而且在文句上還將〈鵩鳥賦〉通篇原有的「兮」字刪除，而在〈鷦鷯賦〉中也存在著跳行摘取、拼湊而成的情況。又如清人嚴可均所編之《全上古三代秦漢三國六朝文》也是輯存許多賦篇的重要文獻來源，不過宜注意的是該書所收錄的賦篇有許多也是由類書中輯佚、拼湊而成，因此在使用上亦必須十分謹慎。

而就詩文總集而言，也常出現將賦篇作者誤題、誤判的現象，如收錄大量唐人詩文的《文苑英華》及清人所編的《全唐文》，二書在賦篇作者的認定上就多有出入。例如唐人賦作〈蒼鷹賦〉，《文苑英華》未題撰者，但《全唐文》卻題爲高適所作，其中孰是孰非就必須再三地斟酌推敲。至於專門收錄賦篇的賦學文獻當以清代陳元龍所編之《歷代賦彙》最爲重要，堪稱是歷代賦作的總集。不過，不少學者均曾指出《歷代賦彙》所收錄之賦篇有疏漏之嫌〔註16〕，如該書〈補遺〉收錄之李德裕〈振鷺賦〉和〈懷鴞賦〉並不完整。此外，該書在賦篇的作者上也有發生張冠李戴的誤題現象，如該書將收錄於〈逸句・卷二〉中之〈鶴賦〉作者題爲「劉道規」，實乃劉義慶所作。凡此亦須加以細心的鑑別、考證。

〔註16〕如簡宗梧先生於〈編纂《全漢賦》之商榷〉一文中便言及《歷代賦彙》之採錄相當疏漏（《漢賦史論》，頁3），葉幼明也說：「此書雖曰《賦彙》，而收賦極不完備。」（《辭賦通論》，頁156）馬積高〈「歷代賦匯」評議〉一文也說明了《歷代賦彙》的疏漏之處。

第二章　詠物與敘事——禽鳥賦的兩大類型

第一節　禽鳥賦的分類

禽鳥賦絕大多數被置於《歷代賦彙》中的鳥獸類，不過仍有一些被安置在鳥獸類之外，如「禎祥」類中有不少禽鳥賦，包括〈鳳凰來儀賦〉、〈鳳巢阿閣賦〉、〈鳳鳴朝陽賦〉、〈進白烏賦〉、〈白烏呈瑞賦〉、〈京兆府獻三足烏賦〉、〈烏巢大理寺獄戶賦〉、〈延州獻白鵲賦〉、〈白雉賦〉等。

在禽鳥賦蒐集的過程中發現其所居分類是很分散的，例如「禎祥」類中的禽鳥因被視爲具有禎祥的象徵意義，所以被放在「禎祥」類中，但同類的禽鳥在「鳥獸」類中也會出現，例如同樣是鳳凰，〈鳳凰賦〉、〈鳳賦〉、〈儀鳳賦〉、〈寒梧棲鳳賦〉就被放入「鳥獸」類中，而〈鳳凰來儀賦〉、〈鳳巢阿閣賦〉、〈鳳鳴朝陽賦〉就被放入「禎祥」類中。就其內容而言，同爲詠鳳凰之賦，卻分爲兩類。又如同樣是烏，〈日中烏賦〉置於天象類，〈進白烏賦〉屬禎祥類，〈紅嘴烏賦〉、〈靈烏賦〉屬鳥獸類。同樣是雉，〈白雉賦〉居禎祥類，〈越裳獻白雉賦〉居治道類，〈雉賦〉、〈文雉賦〉、〈感雉鳴賦〉居鳥獸類。又如

〈療鶴賦〉放在鳥獸類，而〈起病鶴賦〉放在寓言類。又如〈舞鶴賦〉居鳥獸類、〈鸜鵒舞賦〉屬音樂類，〈山雞舞鏡賦〉卻在器用類。這樣的分法其實並不見得有什麼非如此分不可的道理。以〈鵩鳥賦〉爲例，《文選》將賈誼〈鵩鳥賦〉置於「鳥獸」類，便遭到不少批評。許世瑛就說：

> 賈誼〈鵩鳥賦〉，昭明太子《文選》選錄，列於卷十三「鳥獸類」中，是乃蕭統與其參預同選者之千慮一失也。蓋此賦雖以「鵩鳥」爲題，然作者爲此賦之目的，不在狀物，而在說理也。《昭明文選》中屬「鳥獸類」之賦，除此賦外，尚有禰正平〈鸚鵡賦〉、張茂先〈鷦鷯賦〉、顏延年〈赭白馬賦〉、鮑明遠〈舞鶴賦〉等五篇。〈鸚鵡賦〉以下諸賦，均狀物之賦，列入「鳥獸類」中，固其宜也。而〈鵩鳥賦〉與〈鸚鵡賦〉等同列，實則不倫，此與編目錄者，僅就書名予以歸類，而不觀其內容者同病也。（〈論《鵩鳥賦》的用韻〉，收入《許世瑛先生論文集》，頁 505）

許氏又說：

> 此賦既以齊死生、等榮辱之最高哲理爲主題，其爲說理之賦而非狀物之賦，自可不言而喻矣。然則，入之於「鳥獸類」中，豈非一失也耶？（同上，頁 506）

《歷代賦彙》同《文選》一樣將〈鵩鳥賦〉置於「鳥獸」類。而綜合型的類書代表——《藝文類聚》也是在「鳥部」和「祥瑞」兩類中重複出現鳳、鸞、烏、雀、鷰、鳩、雉等鳥類。從《文選》、《藝文類聚》到《歷代賦彙》都表現出一致的分類方式，恰如方師鐸《傳統文學與類書的關係》一書所述，由此正可以看出賦與類書有著密切的關聯。方師鐸指出：「類書是因辭賦的需要而產生」（《傳統文學與類書之關係》，頁 149）他更認爲《文選》實爲一部「類文」之書，昭明太子編輯《文選》的目的，其實「是踏著魏文帝《皇覽》、齊高帝《史林》、和他父親梁武帝《華林遍略》的腳跡而編的一部類書。這正是當時這班貴公子們的一時風尚，也是文人清客們夢寐以求的最佳差事。」（同

上，頁 116）

《文選》是否為類書？在這一點上，方師鐸曾稍作保留地說：

> 《流別》和《文選》縱非百分之百的類書，亦必與類書有很深的關係。（同上，頁 99）

他並指出：無論《皇覽》、《史林》、《華林遍略》，乃至於《文選》，其編輯目的都是「為寫作時的『獺祭』之用。」（同上，頁 116）也正因為如此，「自不能不在分類的便利上著手。正如黃侃所謂：『以我搜輯之勤，祛人繙檢之劇』，這正是『類書』的本質。」（同上）依方師鐸之說，《文選》、《歷代賦彙》的分類法與類書相似，其分類目的是為了便於檢閱，對檢閱者而言，標題是最簡便的檢索方式。因此像〈鵩鳥賦〉依其題名，被置於「鳥獸」類，是理所當然的。否則要叫讀者如何翻檢呢？

賦的分類方法有很多，任何人都可以針對其不同目的做各式各樣的分類，例如有從篇幅的長短分為大賦、小賦者；也有依句式、體製不同，分為騷體、散體者；或以時代體製分，如徐師曾《文章辨體》把賦分為古賦、俳賦、律賦、文賦；或如《七十家賦鈔》以作家分；或如《文選》、《文苑英華》以題材分……。如果明白《文選》在分類時本來就不是以作品的寫作形態或篇章結構作為分類基準，自然不會出現前述如許世瑛之批評。不過許世瑛之所以批評《文選》在〈鵩鳥賦〉的分類上不恰當，係因為他認為作品的分類宜顧及其實際內容。隨著時代的演進，傳統類書式的分類法顯然已不能滿足讀者的需要，今日讀者對於文學作品的分類有不同的訴求，即：要求能有一種從作品的寫作形態、篇章結構為基準的分類法。以文本為主，進行客觀的篇章結構分析，同時掌握分類的系統性，這是在今日科學的分類觀念下進行文學類型探討時必須面臨的問題。

因此，何以賈誼〈鵩鳥賦〉與禰衡〈鸚鵡賦〉、張華〈鷦鷯賦〉、鮑照〈舞鶴賦〉放在一起時，殊覺不類？這就是從作品的文本結構出發所觀察到的差異。至於敦煌〈燕子賦〉其內容與前述的禽鳥賦作就相差更遠了，爲什麼同樣是以禽鳥爲題的賦會有這麼多的不同？是促使本文有意對此作一探究的原因。

觀察《歷代賦彙》中之禽鳥賦，發現禽鳥賦的寫作形態並不完全相同，其中最主要的是：以禽鳥作爲主要描寫對象，通篇以吟詠該禽鳥爲主題之詠物體禽鳥賦，如禰衡〈鸚鵡賦〉、張華〈鷦鷯賦〉、鮑照〈舞鶴賦〉……等，絕大多數以禽鳥爲題名之賦作均是詠鳥之作。寫物本是賦之所長，詠物體禽鳥賦以禽鳥作爲描寫對象，著重客觀物象的描寫。如路喬如〈鶴賦〉：

> 白鳥朱冠，鼓翼池干。舉脩距而躍躍，奮皓翅之㒓㒓。宛脩頸而顧步，啄沙磧而相懽。豈忘赤霄之上，忽池籞而盤桓。飲清流而不舉，食稻粱而未安。故知野禽野性，未脫籠樊。賴吾王之廣愛，雖禽鳥兮抱恩。方騰驤而鳴舞，憑朱檻而爲歡。（《全漢賦》，頁 41）

通篇寫鶴的動作、形貌、飲食、生態，最後以鳥暗喻作者自身，類似這樣的寫作形態可說是詠鳥賦中最普遍的形式。又如禰衡〈鸚鵡賦〉通篇描寫鸚鵡，但寫鸚鵡的同時也是在抒寫作者自己〔註 1〕，這種「物我合一」的寫作手法被認爲是詠物之作的典範〔註 2〕。純粹的體物之作也有，如傅玄的〈鬥雞賦〉，以純粹體物的手法描寫鬥雞；又如唐代蘇瓌之〈白鷹賦〉，賦中極力舖寫白鷹，而缺乏個人情感之投射。

詠物體禽鳥賦屬於詠物賦中的一種題材，賦以詠物爲大宗，而所

〔註 1〕高秋鳳〈鵩鳥賦與鸚鵡賦之比較研究〉（《中華文化復興月刊》，第 18 卷第 9 期）言：〈鸚鵡賦〉全在寫鸚鵡，「然寫鸚鵡，即是寫自己，將鸚鵡比作自己。何義門云：『前言鸚鵡之所由來，中言鸚鵡之至，有離群之感，後言鸚鵡懷歸不遂，深感託命之思，明明自爲寫照。』」（頁 39）

〔註 2〕祝堯《古賦辯體・卷四》禰衡〈鸚鵡賦〉注：「……蓋以物爲比，而寓其羈棲流落，無聊不平之情，讀之可爲長歎。凡詠物題，當以此等賦爲法。其爲辭也，須就物理上推出人情來，直教從肺腑中流出，方有高古氣味。」

詠之物，如鳥獸蟲魚、花草樹木、日用器物、風雨霜雪……等，鳥爲其中之一。另一類是藉鳥起興式之禽鳥賦，如賈誼〈鵩鳥賦〉、韓愈〈感二鳥賦〉這一類藉鳥起興而實則抒發己懷，內容偏重說理者，蓋其重點非在描寫禽鳥本身，而是藉此言彼。這類賦作亦採禽鳥之名爲題，在《文選》和《歷代賦彙》的分類中與詠鳥賦同被置於鳥獸類，如賈誼〈鵩鳥賦〉僅藉鵩鳥之來以起興，內容主要牽繫著由鵩鳥之來而引發的人生禍福吉凶等對於天道、天理的質疑。韓愈〈感二鳥賦〉因有感於二鳥之被帝王寵幸，由對二鳥的艷羨，而引發其人不如鳥的自悲、自悼之情。此二篇賦作較爲特殊，如以廣義的詠物類而言，這一類感物起興式之禽鳥賦也可以視爲詠物當中的一類。不過由於其與一般通篇吟詠禽鳥爲主體之賦作不同，故本文中凡稱「詠鳥賦」之處不包含這一類少數的感物起興式禽鳥賦。

雖然大多數禽鳥賦多爲詠物形態的詠鳥賦，但也有少數在寫作形態上與詠鳥賦有著明顯差異的作品，如尹灣漢簡〈神烏賦〉、敦煌的〈燕子賦〉和曹植的〈鷂雀賦〉。這類賦以禽鳥作爲故事中的角色，通篇是一則寓言故事，屬於敘事體，又隱含寓意在其中，可獨立自成一類。

初步觀察禽鳥賦的寫作類型，表述如下：

<table>
<tr><th colspan="3">詠物體禽鳥賦</th><th>敘事體禽鳥賦</th></tr>
<tr><td rowspan="2">詠鳥賦</td><td>純粹體物</td><td>如傅玄〈鬥雞賦〉、蘇頲〈白鷹賦〉〔註3〕</td><td rowspan="3">如尹灣漢簡〈神烏賦〉、曹植〈鷂雀賦〉、敦煌〈燕子賦〉</td></tr>
<tr><td>體物、述志兼而有之</td><td>如禰衡〈鸚鵡賦〉、曹植〈白鶴賦〉、鮑照〈舞鶴賦〉</td></tr>
<tr><td colspan="2">感物起興式禽鳥賦</td><td>如賈誼〈鵩鳥賦〉、韓愈〈感二鳥賦〉</td></tr>
</table>

以下將以詠物體禽鳥賦與敘事體禽鳥賦爲主要的論述對象，說明賦體文學中這兩種不同類型的差異。

〔註 3〕蘇頲（670～727）〈白鷹賦〉見《古今合璧事類備要》，v65/3a。

第二節　詠物體禽鳥賦與敘事體禽鳥賦的差異

試以下列三組作品爲例，對照出詠物體禽鳥賦與敘事體禽鳥賦的差異。

第一組以同爲曹植所作之〈離繳雁賦〉和〈鷂雀賦〉爲例，說明詠鳥賦與敘事體禽鳥賦的不同。曹植〈鷂雀賦〉中寫道：

> 「性命至重，雀鼠貪生；君得一食，我命是傾。皇天降監，賢者是聽。」鷂得雀言，意甚怛惋。(《曹植集校注》，頁303)

這是鷂和雀的對話，雀請求鷂放過牠一命，鷂聽了雀的話起初神情很沮喪。〈鷂雀賦〉以鷂和雀作爲故事中的角色，有人物、情節、對話，是典型的敘事賦。再看曹植〈離繳雁賦〉中的一段：

> 憐孤雁之偏特兮，情惆焉而內傷。尋淑類之殊異兮，稟上天之休祥。含中和之純氣兮，赴四節而征行。遠玄冬於南裔兮，避炎夏於朔方。白露淒以飛揚兮，秋風發乎西商。感節運之復至兮，假魏道而翱翔。(《曹植集校注》，頁101)

這篇賦是曹植因見雁離繳受傷，不能復飛，心生憐惜所作的賦。曹植在此以六言的騷體句式對該雁進行概括式的描寫，用語典麗，與〈鷂雀賦〉所表現出的口語性、對話體，及擬人化的生動表情，均判然二分，展現出敘事賦與詠物賦在寫作形態上的差異。

第二組用同樣以燕爲標題的兩篇賦作爲例，一爲西晉時傅咸的〈燕賦〉，一爲敦煌之〈燕子賦〉。傅咸〈燕賦〉云：

> 有言燕今年巢在此，明歲故復來者，其將逝，剪爪識之，其後果至焉。
>
> 「燕燕于飛，差池其羽。」何詩人之是興！信進止之有序，秋背陰以龍潛，春晞陽而鳳舉，隨時宜以行藏，似君子之出處，惡焚巢之凶醜，患林野之多阻，諒鳥獸之難群，非斯人而誰與？惟里仁之爲美，託君子之堂宇，逮來春而復旋，意眷眷而懷舊，一委身乃無餘，豈改適而更赴？(《藝文類聚・卷九十二》，頁6)

通篇運用典故寫燕子被賦予的文化意涵，將燕子比喻爲君子。寫其出處進退有時，及念舊專一之性情。其中真正描寫燕子具體的、細膩的動作之處沒有多少，而多屬於一種抽象的、概念式的描寫。

再看敦煌〈燕子賦〉，其一開始云：

> 仲春二月，雙燕翱翔，欲造宅舍，夫妻平章。東西步度，南北占詳，但避將軍太歲，自然得福無殃。取高頭之規，壘泥作窟，上攀樑使，藉草爲床。安不慮危，不巢於翠幕；卜勝而處，遂託弘梁。鋪置纔了，暫往坻塘。(《敦煌賦彙》，頁 395)

在此，雖然題名爲〈燕子賦〉，但是它與傅咸的〈燕賦〉有很多不同之處：一、在句式上，詠物體的〈燕賦〉通篇除開頭兩句因引用《詩經》爲四言外，其餘全爲整齊的六言句式。而敘事體〈燕子賦〉，此處所引爲首段，若觀全篇，其句式較多變化，不那麼整齊，但仍以四、六言句式爲主，其中四言句所佔的比例又比較多。二、傅咸的〈燕賦〉基本上是因爲燕子去了又來，因而有感而發，贊美其如同君子一般，其中沒有什麼故事性。可是敦煌〈燕子賦〉卻是通篇是一完整的故事，一開始寫燕子夫妻辛苦築巢，之後卻被雀兒強佔，並被打傷，於是燕子向鳳凰告狀，乃對惡行惡狀的雀兒有所懲罰。燕子在作品中是作爲故事中的角色，一開始即從一個時空背景寫起，同時細膩地寫燕子夫妻築巢的一舉一動，而且完全是擬人化的描寫。這和詠鳥賦可說有很大的不同。

最後以趙壹〈窮鳥賦〉和何遜〈窮鳥賦〉爲例，進一步說明敘事體禽鳥賦和詠鳥賦在寫作形態上的根本差異。趙壹〈窮鳥賦〉中雖然只有一個人物（character），但因其中包含一連串的動作，且有時間上的貫串，可稱得上是「敘事賦」，趙壹〈窮鳥賦〉云：

> 有一窮鳥，戢翼原野。罼網加上，機穽在下，前見蒼隼，後見驅者，繳彈張右，羿子彀左，飛丸激矢，交集于我。思飛不得，欲鳴不可，舉頭畏觸，搖足恐墯。內獨怖急，乍冰乍火。幸賴大賢，我矜我憐，昔濟我南，今振我西。鳥也雖頑，猶識密恩，內以書心，外用告天。天乎祚賢，

歸賢永年，且公且侯，子子孫孫。(《後漢書・文苑列傳》)

這是一篇以第一人稱口吻敘述的作品，其中的故事雖稍嫌簡略，但其描寫的手法具有強烈的敘事性。由於該賦具有一連串動作（act）的描寫，達到了敘事（narrative）中強調的「一系列事件」（a series of events）的要求，在這短短的篇幅中，讀者看到一隻窮鳥從大難臨頭到獲得恩人解救，然後欣喜若狂，滿心感謝救命恩人，爲他祈禱祝福的過程。其中有故事、人物、敘事角度、意義，已具備敘事作品必不可缺的四項基本要素〔註4〕。

以下不妨將趙壹的〈窮鳥賦〉（以下簡稱「趙賦」）與梁・何遜的〈窮鳥賦〉（以下簡稱「何賦」）做一比較。何遜〈窮鳥賦〉云：

嗟窮鳥之小鳥，意局促而馴擾。聲遇物而知哀，翮排空而不矯。望絕侶於夕霞，聽翔群於月曉。既滅志於雲霄，遂甘心於園沼。時復搶榆決至，觸案窮歸，若中氣而自墮，似驚弦之不飛。同雞塒而共宿，啄鴈稗以爭肥。異海鷗之去就，無青鳥之是非。豈能瑞周德而丹羽，感燕悲而素暉！雖有知於理會，終失悟於心機。(李伯齊《何遜集校注》，頁293)

何賦寫一隻處境窮困之鳥，與趙賦的題意相似，但在寫作手法上卻有很大的不同。何賦係以各種角度來舖寫窮鳥窘迫的處境，先總述窮鳥的局促卑下之情。「聲遇物而知哀，翮排空而不矯」寫其哀鳴之聲及展翅不能高飛的可憐之狀。「望絕侶於夕霞，聽翔群於月曉。」寫其孤獨無伴，傍晚眼看同伴高飛遠翥，清晨又只能聽著群鳥掠過高空的鳴叫聲。「既滅志於雲霄，遂甘心於園沼。」既無力高飛，只有在園沼低處覓食。「時復搶榆決至，觸案窮歸，若中氣而自墮，似驚弦之不飛。」在此運用典故，形容此鳥即使偶爾飛起，也不免撞

〔註4〕王靖宇〈中國敘事文的特性——方法論初探〉（收入氏著《左傳與傳統小說論集》，北京：北京大學，1989）說：故事（story）、人物（character）、觀察點（敘事角度）（point of view）、意義（主題）（meaning）這四項是敘事文必不可缺的基本要素。其中「意義」指在作品中體現出來的總體涵義，而作品的意義也就是其主題（theme）。

到樹而跌落地面，既像是元氣大傷而跌落，又像是害怕獵人，心生恐懼而不敢高飛。「同雞塒而共宿，啄鴈稗以爭肥。」則是窮鳥自憐今日淪落至與雞、雁同宿爭食的下場。「異海鷗之去就，無青鳥之是非。」亦是典故的運用，謂窮鳥既不能像海鷗一樣就其所愛，去其所惡；又不能像青鳥一樣作爲西王母的使者傳遞信息。「豈能瑞周德而丹羽，感燕悲而素暉！」也是堆砌典故，蓋傳說周武王伐紂時，有赤烏出現，古時相信這是王者德至的祥瑞徵兆〔註 5〕，周代爲火德，故言「丹羽」；「燕悲」指戰國時荊軻刺秦王事，秦以水勝火，故言「素暉」。烏本具有國家祥瑞的象徵，在此何遜既寫「窮鳥」則有種今不如昔的強烈對比，感嘆窮鳥今日於國家政治之無能爲力。「雖有知於理會，終失悟於心機。」意即窮鳥雖明白自身窘困的處境，但卻仍然執迷不悟。

何遜此賦被視爲是其自身處境的寫照，「仕途蹭蹬，老于藩邸，而又不能決然辭官歸隱；進不能，退不忍，遂以窮鳥自喻。」（李伯齊《何遜集校注》，頁 293）由於此賦運用不少典故，遂使得讀者在理解上遭遇頗多障礙。而典故的堆砌是詠鳥賦常見的手法，這樣以各種角度鋪敘或運用典故去描寫窮鳥，在寫作手法上屬於羅列式的並陳，中間缺乏時間的連貫，趙壹〈窮鳥賦〉則不然，趙賦雖然也是寫一隻窮鳥，但卻有時間上的連貫及情節的安排。如窮鳥雖身陷險境，但情節上卻出現了一個戲劇性的轉折，窮鳥竟能從九死一生中逃脫，這都是因爲恩人的協助，同時又回想起這已是恩人二度伸出援手了。趙賦在動作的描寫上具有時間上的連續性，使讀者會隨著情節的發展而對接下來的故事充滿好奇，這便是趙賦之所以爲敘事賦的原因。王靖宇〈中國敘事文的特性——方法論初探〉一文中

〔註 5〕《尚書大傳・大誓》：「武王伐紂，觀兵於孟津，有火流於王屋，化爲赤烏，三足。」又《孫氏瑞應圖》：「赤烏，王者不貪天下，而重民命則至。」參陳夢雷編《古今圖書集成・禽蟲典・烏部》（臺北：鼎文書局印行）。

說道：

> 敘事文可說是具有連貫性和先後順序的事件的記錄。敘事文的結構中有兩個因素是必不可少的。首先，被敘述的事件必須具有先後順序，如果不這樣，那就變成了單純的描述而不是敘事。其次，僅僅是一系列事件本身，還不能保證必然構成敘事文。一系列事件之間，必須具有連貫性（followability），才能構成敘事文。也就是說，這些事件必須以某種方式結合起來，使得讀者想要繼續讀下去，想要知道以後會發生什麼：某個人物或某種狀況將如何變化，衝突是否將解決，怎樣解決，等等。換句話說，敘事文中一連串的事件必須導致或能夠導致某種結果，而事件的連貫性正是由讀者對此結果的期望和渴求所構成。(《中國早期敘事文論集》，頁 4)

相形之下，何賦因爲缺乏事件的先後順序，缺乏事件之間的連貫性，所以是單純的描述，而不是敘事。

綜合以上所言，可知：詠鳥賦缺乏情節的鋪展，使得其在所詠的禽鳥所處狀態間的轉換缺乏時間序列上的有機組合、貫串，缺乏故事性。當然，無可厚非地，詠鳥賦本來就著眼於描寫禽鳥本身。可是若是禽鳥賦的作者在寫作時能將被描寫的禽鳥寫成一經歷諸多事件的角色，那麼如此一來，就有可能成爲一種特殊形態的敘事體作品了，就像趙壹的〈窮鳥賦〉一般。

第三節　詠物體禽鳥賦與敘事體禽鳥賦的本質區分

詠鳥賦與敘事體禽鳥賦的寫作形態差異已如前述，二者的區別確實存在。從表面上看來，二者間最主要的區分關鍵在於作品的寫作形態，而並非題材內容上的差別。如同樣以禽鳥爲題材內容之作，便有詠物與敘事這兩種不同的寫作形態。不過若是繼續追究這兩種差異的根本源頭時，就不難發現這其實是賦體中既存的「詠物」與「敘事」

兩種文學本質上的差異。詠物文學的本質在於刻劃物象、描摹物態；敘事文學的本質在於敘述一則故事的始末。賦體中本有詠物賦與敘事賦這兩種不同的類型，詠鳥賦屬於詠物賦的一種，而敘事體禽鳥賦則屬於敘事賦中的一種。二者之不同，茲以表說明如下：

	特性比較			表現在禽鳥賦上
詠物文學	通篇著重於描寫一特定物象	著重體物的手法，力求客觀描繪該物的特性	從頭至尾以描寫（describe）爲主，寫該物的形貌、特性，甚至運用典故加強對該物文化意涵上的描寫，多屬於靜態的描繪，縱然有寫動態之處也是孤立的、片段的，而沒有時序上的連貫性。	詠物體禽鳥賦
敘事文學	通篇以敘說一個故事爲主	著重情節、人物、對話的設計	基本上是一篇有人物、對話、情節的敘事（narrative）之作，有一個基本的故事存在，包含一連串動作的進行及完成，且動作具有連續性，有時間上的進展，有開頭、過程與結尾。	敘事體禽鳥賦

《文選》及《歷代賦彙》是以題材作爲分類的依據，這樣以題材分類的方式顯然與類書的編纂有密切的關係〔註 6〕，這對使用者而言，是便於檢索。不過，若從作品的內容來看，以題材分類的方式並不能呈現出作品形態上的差別。例如〈鵩鳥賦〉被置於《文選》「鳥獸類」中便備受爭議〔註 7〕，蓋因其寫作形態與〈鸚鵡賦〉、〈鷦鷯賦〉等詠鳥賦殊不相同，而這種寫作形態其實是與其文學本質有著密不可分的關聯。惟有透過寫作形態才能看出曹植〈鷂雀賦〉與敦煌〈燕子賦〉及尹灣漢簡〈神烏賦〉在敘事本質上的一脈相承。因此，本文希望藉由禽鳥賦的兩種寫作形態說明其中呈現的是詠物文學與敘事文學的差異，而由寫作形態觀察的結果將與傳統的題材分類有很大的不

〔註 6〕方師鐸《傳統文學與類書之關係》（臺中：東海大學印行）一書中曾一再強調:「《文選》縱非百分之百的類書，亦必與類書有很深的關係。」（頁 99）

〔註 7〕如許世瑛便批評道：「此賦既以齊死生、等榮辱之最高哲理爲主題，其爲說理之賦而非狀物之賦，自可不言而喻矣。然則，入之於『鳥獸類』中，豈非一失也耶？」（〈論「鵩鳥賦」的用韻〉，收入《許世瑛先生論文集．第一冊》，頁 506）

同。例如曹明綱在《賦學概論》一書中曾依賦的題材，將賦分爲體物、紀事、抒情三類。其中體物一類指的是以描寫某一物象爲主的作品，大至天地歲時、小到日常器物，均包含在內。紀事一類則包含紀行、游覽、乃至帝王田獵、出巡、藉田等活動記載。抒情類則以抒發「士不遇」情志的賦篇爲主，以及以女性口吻寫怨情之作。這樣的分類方式大致上仍是沿襲了傳統類書以題材作爲分類依據的模式，雖然有其分類上的意義，但終究無法呈顯作品本身在寫作本質及形態上的差異，例如《歷代賦彙》鳥獸類中，曹植〈鷂雀賦〉與禰衡的〈鸚鵡賦〉並列，但這兩篇賦作在寫作形態上卻有著明顯的差異，一是敘事體禽鳥賦，一是詠物體禽鳥賦，完全是兩種不同的類型。因此，依寫作形態區分的詠物賦與敘事賦其內涵不同於以往採取題材分類的「體物類」與「紀事類」，特別是「紀事類」與敘事賦相去甚遠，爲進一步澄清詠物賦及敘事賦的概念及內涵以避免不必要之混淆，以下將分別就二者的內涵加以說明。

第四節　詠物賦的內涵

今日詠物文學中被討論較多的是詠物詩、詠物詞，研究詠物詩詞的學者多從「詠物」一詞入手考察，發現「詠物」一詞最早見於鍾嶸《詩品·下品》，評「許瑤之」條下，言：「許長於短句詠物。」〔註8〕。其實在《國語·卷十七·楚語上》即已出現「詠物」一詞，該段落主要敘述楚莊王欲使士亹傅太子箴，士亹推辭，但楚莊王仍卒使傅之，於是士亹問於申叔時，申叔時就提出教育太子的方式。包括教春秋、世、詩、禮、語、故志、訓典等。以下說道：

若是而不從，動而不悛，則文詠物以行之，求賢良以翼之。

〔註8〕如洪順隆〈六朝詠物詩研究〉（收入氏著《六朝詩論》），頁5。又如王文進〈詠懷的本質與形似之言〉（收入蔡英俊編《意象的流變》），頁140。

韋昭注云：「以文辭風託事物以動行也」，意即：若太子在受了前所例舉的教育之後仍然不遵守、不改其行的話，那就用文辭託寓事物來啓發他，求賢良之士來輔翼他。這裡所謂的「詠物」意謂著一種「托寓的文學表現手法」，與後世「詠物」之意有些差距。

至於鍾嶸《詩品》：「許長於短句詠物」中的「詠物」一詞已具備「吟詠物象」之意。六朝之後，陸續有詠物之稱，如《文鏡秘府論・地卷》引《文筆式》論「八階」，其中之一即「詠物階」（頁 183）。南宋周弼《三體唐詩》，於七言律詩中列「詠物」一體，其〈選例〉云：「詠物，唐末爭尚此體，不拘所詠，別入外意，而不失摹寫之巧者，有足喜者。」（頁 3），又如魏慶之《詩人玉屑・卷六》所引《呂氏童蒙訓》已直稱「詠物詩」（頁 114）。

在選集方面，今日所見最早有唐代詩人李嶠（644～713）的詠物詩〔註 9〕，元代謝宗可有《詠物詩》一卷〔註 10〕，明朝瞿佑（1341～1427）、朱之蕃也有《詠物詩》〔註 11〕，到清代詠物詩、詠物詞的編纂就更多了。如清初翁方綱（1733～1818）有《詠物七言律詩偶記》，選錄唐宋元明清詠物七律詩九十八首〔註 12〕，清康熙年間由陳廷敬等編《佩文齋詠物詩選》，又雍正年間俞琰爲因應學生的需要又另編一本《詠物詩選》，乾隆之時並有易開縉、孫洊鳴二人爲之作註。詠物詞方面也有曹貞吉的《詠物十詞》和樊增祥的《詠物詞》〔註 13〕。當然，詠物文學早已有之，但其成爲一門獨立的類別倒是在詠物詩、詠物詞的編選上表現得最明顯。

從詠物文學的發展來看，早在《詩經》、《楚辭》中即有部分描寫

〔註 9〕見《日藏古抄李嶠詠物詩注》。

〔註 10〕《四庫全書總目・卷一百六十八・集部・別集類二十一》有著錄。

〔註 11〕瞿佑《詠物詩》一卷，收入《叢書集成新編・第一六九冊》。朱之蕃《詠物詩》有日本內閣文庫藏明刊本。

〔註 12〕該書收入《蘇齋叢書・第四十冊》。

〔註 13〕曹貞吉《詠物十詞》收入《叢書集成續編・第九十冊》。樊增祥《詠物詞》見《娛萱室小品》。

物象之詩句，但通篇以詠物形態出現的作品當屬屈原〈橘頌〉。此外，詠物文學的主要發展脈絡便是從荀卿的禮、知、雲、蠶、箴等賦篇以降，至漢代則有賈誼的〈旱雲賦〉、枚乘〈笙賦〉、淮南王劉安的〈屏風賦〉、王褒的〈洞簫賦〉等一系列以物名爲題的賦篇。廖國棟《魏晉詠物賦研究》一書中指出漢賦中有六十九篇詠物賦，至魏晉時詠物賦的數量更高達全部賦作的二分之一。是以詠物賦在漢代可說即已發展成熟。學者多認爲詠物詩興於六朝〔註 14〕，此後成爲詩歌發展中一種重要類型。從歷代詠物詩選的編纂看來，「詠物」的確可以成爲一個獨立的文學體類。由於詩詞在中國文學發展上具有主流的地位，因此前人對詠物文學的探討，亦比較著重在詩、詞上，詠物賦相形之下就被忽略了。但是從實際的詠物文學發展脈絡來看，詠物詩的發展是在詠物賦之後，並深受詠物賦之影響〔註 15〕，因此在討論詠物文學時，實不能忽視賦的重要性。尤其在考察詠物文學的發展時，除了注意「詠物」一詞的出現外，更應注意到「體物」一詞在唐以前使用得比「詠物」一詞更爲普遍。如陸機在〈文賦〉中指出：「賦體物而瀏亮。」（《文選・卷十七》）或如《文心雕龍・詮賦》中說賦乃：「鋪采摛文，體物寫志」，均可見「體物」乃賦體之重要特質。李善《文選》注解「體物」言：「賦以陳事，故曰體物。」（同上，卷十七，〈文賦〉注）意指「體物」即敷陳事物。陶秋英認爲：「體物」實際上就是「細膩的描寫」〔註 16〕。「體物」一詞的用法又見於唐・段成式《酉陽雜俎・卷十八・木篇》記「蒲萄」條下，其云：

俗言蒲萄蔓好，引于西南。庾信謂魏使尉瑾曰：「我在鄴，

〔註 14〕如胡應麟《詩藪・內篇・卷四》云：「詠物起自六朝，唐人沿襲。」（頁 69）

〔註 15〕關於詠物詩受詠物賦的影響，如李立信〈六朝詩的賦化〉一文便指出：詠物詩及宮體詩是六朝詩歌「賦化」的結果。又如賴貞蓉《魏晉詩歌「賦化」現象之研究》（臺灣大學中文系碩士論文，1997）也有同樣的看法。

〔註 16〕陶秋英《漢賦之史的研究・第一章・什麼是賦》云：「尤其它（賦）的唯一的特色，乃是細膩的描寫。」（頁 6）

遂大得蒲萄，奇有滋味。」陳昭曰：「作何形狀？」徐君房曰：「有類軟棗」信曰：「君殊不體物，何得不言似生荔枝？」（頁 100）

在此「體物」一詞，指的是描述事物、摹狀事物之意。因此，「體物」一詞有「敷陳事物」、「描述事物」等意，意即對一事物進行舖陳、形容、描寫。由於「詠物的特色在於客觀的描寫」（《中國文學中所表現的自然與自然觀》，頁 309）可見「詠物」的概念實從「體物」而來，二者都是對於物象的刻劃、描寫。究其本源，「體物」、「詠物」本無分別。不過，在唐宋詠物詩有了很好的發展後，「體物」與「詠物」在概念上逐漸做出了一些區分，「體物」一詞在宋以後的文學批評中被視爲「尚巧似」、「求形似」的意義，詩人認爲「體物」是只寫其形，而未傳其神，並認爲「詠物」不能只是「體物」，而應該有更求之於外在形貌之外者，即所謂「離形得似」之論〔註 17〕。程千帆、張宏生〈火與雪：從體物到禁體物——論白戰體及杜、韓對它的先導作用〉（收入氏著《被開拓的詩世界》）一文便提及：宋代詩壇出現一種寫詠物詩但禁用體物語的風氣，旨在挑戰傳統詠物詩的寫作手法。這時所謂「體物」，就是指「眞實地再現客觀事物的外部特徵」（頁 76）。至此，「體物」與「詠物」有了區分。不過，在六朝時多只講體物，而罕言詠物，由於當時詠物文學的寫作要求並不像宋以後發展得那麼極致，因此在六朝時「體物」與「詠物」間的區別並不像後世那麼明顯，帶著濃厚的評價意味。隨著詠物詩的發展，「體物」、「詠物」有了更進一步的區分。

同樣地，「詠物」一詞在涵攝的範圍上也隨著古、今時空變化而有廣義與狹義之不同。

從清代所編的詠物詩選可以看出古人對「詠物」的概念是很廣闊

〔註 17〕「離形得似」是北宋詩歌發展中一項重要的觀念革新，它體現了宋人在詠物詩上要求傳其神、寫其意的創作理論，詳細的論述請參見程杰《北宋詩文革新研究》（台北：文津，1996）第十四章第三節。

的。詠物詩選的目錄與《歷代賦彙》極爲近似，涵括的範圍上至天文、歲時、山水、道士、麗人、乃至各種日常器物及鳥獸草木蟲魚等幾乎無所不包，可見古人對於「詠物」的「物」看法是很廣泛的，並不排斥山川、地理、天象、古蹟、人物。不過隨著唐代以後詠物詩詞的發展，加上今日受到以下幾項因素的影響，使得「詠物」的意義變得較古代狹窄了。

一是文學批評家將美學上的評價標準用在詠物詩上，使得未達其美學標準者不被納入詠物詩的範圍。有人對「詠物詩」或「詠物詞」的定義，帶有文學評價，認爲作品若無寄託就不是詠物之作，而只是字謎。如袁枚《隨園詩話・卷二》云：「詠物詩無寄託，便是兒童猜謎。」（頁 38，總頁碼 86）。其實那已是屬於評價層面的問題。就詠物而言，本就可以有缺乏寄寓之旨的作品，而謎語也正是詠物體的起源之一，而且始終存在，雖然後來隨著文學發展的演進，而有融物我爲一的評價標準出現，但並不能因此而否定在這評價標準外的就非詠物之作。

二是對「物」所涵攝的範圍有所改變，如清人俞琰在《歷代詠物詩選・凡例》中說：「歲時，非物也」，是意識到「歲時」並不能被視爲「物」。不過俞氏在〈凡例〉中又說：

> 然是集本爲初學而設，良辰美景存之可以備取材，謹遵《佩文詠物詩選》之例，亦爲編入。

終究仍是將歲時類的詩選入其詠物詩選中。可見古人編選詩集有時爲了因應某些實際上的需要，並不見得一定會堅守體例，反而呈現出適度的彈性。

三是今日學者對於「詠物詩」、「詠物賦」的定義多認爲必須包括以下兩項要素：（一）必須是以一物爲吟詠之對象，以「一物命題」者。（二）所詠之物，以具體之物爲範圍。〔註 18〕

〔註 18〕如廖國棟《魏晉詠物賦研究》根據洪順隆〈六朝詠物詩研究〉（收入氏著《六朝詩論》）一文對詠物詩的定義提出詠物賦必須包括這兩項

四是因爲某些題材本身已自成一類，如山水詩、宮體詩，加上今日對「物」的概念，認爲山水、人體不應含括在內，因而這兩類對象也被排除在外了〔註 19〕。之所以會有這樣的排除條件，主要是因爲「物」的概念從古至今有由寬泛而變得較爲狹隘的現象，同時也是由於學者一直沿襲傳統的思考模式以題材分類的方式來看待詠物文學，將重點都放在作品描寫的對象上之故。

本文認爲「詠物」是一種文學表現形態，而其本質正如楊宿珍所言：

> 所謂詠物，不論是體物、狀物或藉物抒懷，都必須充分表達物性——物的內在、外在特質。(〈觀物思想的具現—詠物詞〉，收入蔡英俊編《意象的流變》，頁 388)

所以詠物賦是以描寫某一物性爲主的賦作形態，其寫作手法主要是描寫（describe），而這種寫作形態可以被應用在寫作任何對象上，是以像嵇康〈琴賦〉固然是詠物賦，成公綏的〈嘯賦〉也可以算是詠物賦，而描寫人的作品，如曹植〈洛神賦〉、潘岳〈寡婦賦〉基本上也都屬於詠物賦的寫作形態。大多數的賦作，其實都是詠物賦的寫法。惟有限定在寫作形態的標準上，才能對賦的實際作品做出系統性的區分，詠物賦與敘事賦也才得以成立，也才能夠突顯出其文學本質。

第五節　敘事賦的內涵

同理，依題材分類所言之「紀事」〔註 20〕與今日受西方敘事學

要素。(頁 4)

〔註 19〕如洪順隆〈六朝詠物詩研究〉一文中便說：「凡是描寫兩個以上個體所組成的面的，就不應該攬入詠物詩的樊籬。宮體詩中，那些穠麗的詠物篇什是詠物詩；那些描繪人體、器官的，就不該竄入詠物詩的禁地。(收入氏著《六朝詩論》，頁 6～7）第一指的是那些描寫山水風景的山水詩，第二指的是宮體詩，這些都不是詠物詩。

〔註 20〕中國古代文獻用法中「紀事」、「敘事」、「序事」三者指涉的意義差別不大。「紀事」指活動、事件的紀錄。「敘事」一詞見於劉知幾《史通》

影響下所言之「敘事」（narrative）意義不同。在中國古代文獻中，「紀事」一詞的用法涵意較廣，泛指事件、活動的記述。今日敘事學所言之「敘事」定義較狹窄，指的是敘述一件有頭有尾的故事，其中含有人物及情節的安排設計。二者在涵蓋的範圍上有寬狹之分。例如描寫狩獵的賦，在傳統的題材分類中被歸類爲「紀事」，但實際內容可能並不符合今日對敘事作品的定義。

中國的敘事文學包括散文體的史傳、小說，韻文體則以戲曲、變文、彈詞、寶卷爲主。也有人談敘事詩，不過相形之下敘事賦是較少被提及的。這是因爲大多數人對漢賦的印象往往僅來自於司馬相如、揚雄這兩位賦家的京都苑獵大賦，是以所見多受到局限，如陳世驤說：「賦沒有小說的佈局或戲劇的情節來支撐冗長的結構」，「一旦隱現小說或戲劇的衝動，不管這衝動多微弱，它都一樣被變形，然後被導入隱沒在詞藻堆砌的路線上。」（《陳世驤文存》，頁 33）就司馬相如的〈子虛上林賦〉或揚雄的〈甘泉賦〉、班固的〈兩都賦〉等漢大賦來說的確如此，這些作品雖然有虛擬人物、假設問答這樣具有敘事性的手法，但是由於其缺乏故事情節的推衍，因而正如陳世驤所言，這樣的敘事手法終究不足以在長篇舖敘排比的結構中被突顯，反而容易被隱沒，使得此一技巧未能有更進一步的發展。

不過，很可惜地，陳世驤先生未能看到二十世紀末出土的尹灣漢簡〈神烏賦〉，它就展現了小說般通篇敘事的形式。試舉其中一段爲例：

> 〔雌烏〕發忿，追而呼之：「咄！盜還來。吾自取材，於頗（彼）深萊。止（？）行胱腊，毛羽隨（墮）落。子不作身，但行盜人。唯（雖）就宮持，豈不怠哉！」盜烏不服，

有「敘事」篇，專論史書之敘事。古人所謂「敘事」，就是「按次序、有條理地記述事情的經過。」（郭英德〈論先秦儒家的敘事觀念〉，頁 50）敘有次第（《說文》）、敘述之意。古「序事」與「敘事」同。本文爲避免不必要的混淆，凡廣義的泛指事件記述者以「紀事」稱之，有別於西方敘事學意義下，指涉敘述一則故事始末的「敘事」（narrative）。

反怒作色：「□□泊（？）涌，家（？）姓自□。今子相意，甚泰不事（？）。」亡烏曰：「吾聞君子，不行貪鄙。天地剛（綱）紀，各有分理。今子自己，尚可爲士。夫惑知反，失路不遠。悔過遷臧，至今不晚。」盜烏憤然怒曰：「甚哉！子之不仁。吾聞君子，不意不信。今子□□□，毋□得辱。」

（《尹灣漢墓簡牘》，頁121）

這裡描寫雌烏辛苦採來的材被盜烏奪去，雌烏追著盜烏大罵，盜烏也不甘示弱地反唇相譏。二鳥你來我往地對話。〈神烏賦〉通篇全以敘事的方式呈現雄烏、雌烏的樸實、善良，與盜烏的惡形惡狀形成強烈的對比。類似這樣通篇敘事的賦作多爲俗賦，因爲以往學者在賦的研究上多偏重於文士雅文學之作，因此這一類型的敘事賦反而多被忽略。

關於漢賦具有敘事手法這一點，日人竹田晃在〈以中國小說史的眼光讀漢賦〉一文中曾說明漢賦的敘事性來自如司馬相如〈子虛上林賦〉中的人物虛擬、問答及賈誼〈鵩鳥賦〉中主人對鵩鳥語言的臆測（實爲主人自言自語）〔註21〕。雖然如此，〈子虛上林賦〉和〈鵩鳥賦〉因爲情節的缺乏，仍然不能算是敘事之作。因爲以今日敘事學的用法來看，所謂「敘事」必須通篇作品皆在敘述一有因、有果、有過程的故事，讀者可以明顯看出其中具有故事的開頭、中間、結尾，有人物（character）、對話及情節的鋪展。因此像司馬相如〈子虛上林賦〉雖有假設人物、主客問答（對話），只能說具有某種敘事的手法，而不能算是敘事賦。而判斷其是否爲敘事作品的首要條件，即在於該篇作品是否在講述一個故事，這也就是敘事文學的本質。故事是由一系列事件構成，「事件就是故事從某一狀態向另一狀態的轉化。在這裡『轉化』一詞強調了事件必須是一個過程，一種變化，如果換用比較通俗的話來說，在故事中，事件就是行動。」（羅綱《敘事學導論》，

〔註21〕參見竹田晃撰、孫歌譯〈以中國小說史的眼光讀漢賦〉（《文學遺產》，1995年第4期）一文。

頁 75）行動不僅包括人物的姿態、動作，也包括人物的言談、思想、感情和感受。（同上，頁 75）因此，人物一連串的行動可說是構成敘事的要件。如曹植〈鷂雀賦〉、敦煌〈燕子賦〉、〈韓朋賦〉等均是典型的敘事賦。

在述及敘事賦的發展脈絡前，不妨先從俗賦談起。最初「所謂俗賦，是指清末從敦煌石室發現的用接近口語的通俗語言寫的賦和賦體文。」（馬積高《賦史》，頁 374）包括〈燕子賦〉、〈韓朋賦〉、〈晏子賦〉等，不過在「1993 年 3 月連雲港東海縣尹灣村發掘六座漢墓」（滕昭宗〈尹灣漢墓簡牘概述〉，頁 32）其中有〈神烏傅（賦）〉竹簡二十一枚，這證明了俗賦的來源已久，早在漢代即已有之，非遲至唐代才出現。因此，「俗賦」指的是那些用通俗口語寫作的賦作。口語化是此類作品的一大特色，其次是多半帶有民間文學中常見俚俗、詼諧及隱語等的表現手法。

敦煌出土的俗賦，大致上可分爲兩類：一類以敘述故事爲主，如〈韓朋賦〉、〈燕子賦〉；一類是非敘事性作品而以詼諧戲謔爲主，如〈醜婦賦〉。〔註 22〕前者本文稱爲「敘事賦」〔註 23〕，通篇作品敘

〔註 22〕此處言敦煌俗賦分兩類之說，大抵係參考程毅中〈敦煌俗賦的淵源及其與變文的關係〉（《文學遺產》，1989 年 1 月）之說，不過在實際說明和舉例上則出於己意而與其所說不同。程毅中將俗賦分爲兩類：一類是敘事性爲主的，如〈韓朋賦〉、〈燕子賦〉及〈蘇武李陵執別詞〉等；一類是詼諧性爲主的，如〈晏子賦〉、〈醜婦賦〉、〈茶酒論〉……等。（頁 32）伏俊連也將俗賦分爲兩類：一類是民間故事賦，如〈晏子賦〉、〈燕子賦〉、〈茶酒論〉；另一類是俳諧雜賦，如〈駕幸溫泉賦〉、〈酒賦〉、〈醜婦賦〉、〈秦將賦〉等（參伏俊連〈敦煌俗賦的淵源及其與變文的關係〉，發表於第四屆國際辭賦學學術研討會，1998 年 12 月南京大學中文系主辦）。兩人雖都將俗賦分爲敘事賦與俳諧賦，但由於其所採行的分類非單一準則，使得在具體作品的舉例上多有出入。如〈晏子賦〉一歸爲詼諧，一歸爲故事賦。

〔註 23〕學者亦有稱之爲「故事賦」者，如伏俊連〈敦煌俗賦的體制和審美價值〉（同前註），本文認爲宜稱之爲「敘事賦」，可將之置於敘事文學的脈絡中來看，也符合今日敘事學中對於「故事」（story）與「敘事作品」（narrative text）的區分。故事是抽離敘事文本並按時間順序排

述一個完整的故事，有人物、情節、對話，從頭至尾依事件的發生而作出有時間序列安排的賦作。如〈韓朋賦〉敘述韓朋與其妻貞夫堅定不移的愛情故事，取材自六朝志怪小說《搜神記》中的〈韓憑夫妻〉〔註 24〕，至於四六言賦體的〈燕子賦〉則是以燕子作爲故事中的主角，因爲黃雀恃強凌弱，強佔燕子住宅，並將燕子打傷，燕子向鳳凰報案，鳳凰審理此案後，黃雀受到了懲罰，最後故事在燕雀和好中結束。再如〈晏子賦〉寫晏子出使的故事，或如〈秦將賦〉敘寫秦將白起坑殺趙國降卒四十萬人的經過，或如殘損不全的〈去三害賦〉描述周處除三害的故事〔註 25〕。這些賦作，都是從頭至尾敘述一個故事，有人物、對話、情節的推展，可以說就是敘事賦。至於另一類以詼諧戲謔爲主的俗賦，一般稱爲「俳諧賦」，本指身分近似俳優般的弄臣，在爲了取悅帝王情況下所創作的那些以詼諧逗趣爲主的賦篇，如《史記·滑稽列傳》載淳于髡對齊威王的諷諫，或如枚皋那些「骫骳」、「詼笑」之亡佚賦作〔註 26〕均屬之。至於敦煌出土的俗賦中則有趙洽的〈醜婦賦〉，賦中極力描寫醜婦之形，極盡譏嘲戲謔，賦在一開始時就說：

> 畜眼已來，醜數則有兮一人。操飛蓬兮成鬢，塗嬾甚兮爲脣。(《敦煌賦彙》，頁 295)

如形容醜婦：

> 有笑兮如哭，有戲兮如嗔。眉間有千般碎皺，項底有百道粗筋。貯多年之垢污，停累月之重皴。(同上，頁 295)

全篇自始至終都以形容醜婦爲主題，屬於詠物賦的寫法，只不過用了

列的一連串事件，而敘事文本則可直接進行文本的敘述行爲分析。

〔註 24〕有關韓憑故事的考證可參見王國良〈韓憑夫婦故事的來源與流傳〉一文，收入陳鵬翔編《主題學研究論文集》(台北：東大，1983 年初版)。

〔註 25〕〈燕子賦〉、〈韓朋賦〉、〈晏子賦〉等一般敦煌文學作品選較常見收錄，如張鴻勛編《敦煌講唱文學作品選注》(蘭州：甘肅人民，1987)，至如〈秦將賦〉、〈去三害賦〉則請參考張錫厚編《敦煌賦選》(江蘇古籍，1996)。

〔註 26〕見《漢書》枚皋本傳。

比較詼諧戲謔的筆調來敷演舖陳。對於敘事賦與俳諧賦這兩種類型的區分〔註 27〕，最主要還是在於其是否通篇敘說故事，至於詼諧戲謔，只是一種筆調，這種筆調在其他文體中亦可見之，如《古今滑稽文選》中所收徐孚遠〈鶻彈鶴文〉、祝允明〈鸑鷟控大鵬詞〉……等許多文人遊戲之作均屬之。

無論是否敘事，此二類賦既名爲「俗賦」則知其共同點爲「通俗」，這表現在作品的主題思想上是素樸而接近民間，表現在語言文字上是淺白、俚俗，接近口語；與之相對的是雅緻的貴族、文人士大夫之廟堂之作，經過精工錘鍊，展現士大夫式的情感與思想。一般所熟知的賦作，如司馬相如、揚雄、班固、張衡等京都苑獵式的賦，或如江淹、庾信等抒發個人之作均屬之。不過這其中也有以文人身份寫作俗賦體裁者，最明顯者，莫過於曹植之〈鷂雀賦〉，此賦亦爲通篇敘事之作，一開始言：

> 鷂欲取雀。雀自言：「雀微賤，身體些小；肌肉瘠瘦，所得蓋少，君欲相啖，實不足飽。」鷂得雀言，初不敢語。「頃來轗軻，資糧乏旅。三日不食，略思死鼠。今日相得，寧復置汝！」（《曹植集校注》，頁 303）

以鷂與雀作爲故事中的人物（character），展開一場對雀來說生死交關的對話與追逐。作品形態與〈神烏賦〉、〈燕子賦〉相近，均是敘事體的賦作。

此外，如王褒〈僮約〉、〈責鬚髯奴辭〉、蔡邕〈短人賦〉、束晢〈餅賦〉、左思〈白髮賦〉、袁淑〈雞九錫文〉等，亦被學者視作同屬俗賦此一脈絡之作，或與俗賦關係密切者〔註 28〕。不過，「俗賦」是就賦作所呈現的思想、情感與語言文字而言，係相對於雅文學的賦作；至

〔註 27〕學者如程毅中、伏俊連將詼諧戲謔作爲一與敘事賦相對的分類，在分類上便有許多困窘，蓋因此二者本不屬於同一層次。參註 22。

〔註 28〕俗賦脈絡之說詳參簡宗梧先生《賦與駢文》（頁 167～170）及其〈俗賦與講經變文關係之考察〉（收入政治大學文學院編印《第三屆國際辭賦學學術研討會論文集》）。

於「敘事賦」則是就其作品的整體形態及其本質而言，在本文的脈絡中是相對於「詠物賦」的一種賦體文學類型。敘事賦的作品數量較爲有限，有漢代的〈神烏賦〉、曹植的〈鷂雀賦〉，而多數集中見於敦煌的俗賦。雖然如此，從〈神烏賦〉的敘事形態看來，我們相信敘事賦應該在漢代即已有相當的發展了，如《漢書．藝文志．詩賦略》中著錄之「雜賦」有「十二家二百三十三篇」，其中很可能有類似〈神烏賦〉之作，可惜今已不存。這也可能因爲其屬於俚俗之作，散佚於民間，不容易被保存下來。

王力在〈賦的構成〉一文中曾說道：賦之所以異於騷，是因爲賦是「鋪采摛文，體物寫志」的，而「騷則長於言怨之情」（清程廷祚〈騷賦論上〉語）又說：「賦的主要特點在於鋪陳事物」他並舉例說：像揚雄〈解嘲〉是鋪陳許多故事來爲自己的「爲官之拓落」辯解，江淹〈別賦〉是用許多典故來鋪陳各種離愁別緒。鋪陳事物最典型的作品是漢代那些描寫京殿和苑囿的賦。（《古代漢語》，頁1352～1354）可見鋪陳是一種寫作手法，透過這種寫作手法可以寫情感，如〈別賦〉寫離別之苦；可以寫個人心志，如〈解嘲〉用嘲諷的手法寫己爲官落拓；又可以寫事物，如京都、宮殿、苑獵，乃至於鳥獸草木蟲魚等詠物賦。

另外，日人吉川幸次郎說：「賦之本來使命在於敘述」（《歷代賦彙影印本．解說》）不過，他所謂的「敘述」，並不是西方敘事學意義下的narrative，而是類似王力所言之「鋪陳」，如他說：「敘述之文學亦即列舉之文學」（同上），並舉例說〈天問〉即是列舉對天之質疑，又舉宋玉〈招魂〉爲例，言此：

> 乃對彷徨之靈魂，指出東方酷熱，太陽繼續照射十天，金爲之流，石爲之粉碎，彼地不可留；南方住有文身染牙蠻人，以人肉祭祀祖先，彼地不可往；西方乃厥土不毛，流沙千里，彼地不可行；北方則飛雪千里，寒氣冽烈，彼地不可住。於列舉遙遠四方之恐怖後，乃呼魂兮歸來，勸返

故居，此地大廈高聳，風景美麗。蘭膏明燭之下，群艷競美，饗君以歌聲，侍君以醇酒、佳饌、賭博。如此描寫已極達美文之能事矣。(同上，頁2)

可見吉川幸次郎所說的「敘述」，即是「列舉」、「鋪陳」之意。他又說：

班彪〈北征賦〉，其女班昭〈東征賦〉敘述旅行之經歷爲始，擴充題材，無所不有。彪子，昭之兄弟班固〈兩都賦〉、張衡〈兩京賦〉敘述東西二京，長安與洛陽，及王延壽〈魯靈光殿賦〉皆敘述物之巨者；傅毅〈舞賦〉、馬融〈長笛賦〉則敘述物之精緻者，而能從各種角度，發掘對象具有之條件，貪欲之文學則同也。班固〈幽通賦〉、張衡〈思玄賦〉、〈歸田賦〉等則又敘述自己之思想。(同上，頁4)

可見王力、吉川幸次郎都認爲賦體的本質在於「鋪陳」，而鋪陳的內容可以含括各式各樣的事物，除了外在客觀的具體的物之外，它也可以描寫抽象的情。因此，無論是描寫被冷落的皇后(如〈長門賦〉)，或是寫離愁別恨（如〈別賦〉、〈恨賦〉)，或是寫一種玄思、一種哲理（如〈思玄賦〉、〈幽通賦〉)，或是寫一次旅行或戰爭的紀錄（如〈述行賦〉、〈北征賦〉)，都不外乎是鋪陳事物的手法。這也是詠物賦與敘事賦所共同具備的賦的特性。不過詠物賦較著重以羅列、排比的手法寫物，而敘事賦則除了描寫之外，還有情節上的鋪陳。此外，也應該注意到：就通篇作品來看時，其所呈現出的整體風貌，擴大到一個較大的類型範圍來看時，這些作品是否仍具有共同的、一致性的寫作形態？從禽鳥賦中，我們觀察到敘事體禽鳥賦與詠物體禽鳥賦這兩種不同的寫作形態，進而更由此看出：賦體發展中原本即存在著詠物與敘事這兩條不同的脈絡。儘管抒情是文學家創作的動力（心理層面的本源)，詠物、敘事則是其表現手法。詠物是透過對物的描寫展現個人的思想情感，敘事則是透過故事的敘述而達到某種效果，這種效果可以是一種理念的傳達，或個人心志的表露，也可以是娛樂或教育的目的。從禽鳥賦來說明「詠物」與「敘事」兩種賦作形態的差異是最適合、也最具有參照性的代表，因爲禽鳥賦中既有詠物體，也有敘事體，選擇禽鳥賦可以明顯看出「詠物」和「敘事」兩種類型在賦體中的不同面貌，這也是本文選擇以禽鳥賦作爲研究對象的重要意義。〔註 29〕

〔註 29〕本章內容在本論文完成前曾以單篇論文形式發表於《中國古典文學研究》（臺灣：中國古典文學研究會編）第 1 期，1999 年 6 月，頁 79～100。題目爲〈詠物與敘事——論禽鳥賦的兩種文學類型〉。後撰寫本章時，經過修改，然大體上之觀點及論述未變。

第三章　漢魏禽鳥賦的形成

第一節　感物起興式詠物體禽鳥賦的出現

今日所見最早的禽鳥賦爲賈誼〈鵩鳥賦〉，然〈鵩鳥賦〉雖題名曰「鵩鳥」實則藉鳥以起興，內容係以說理爲主，對鵩鳥的描寫並不多，本文姑將此類禽鳥賦稱爲感物起興式禽鳥賦。《史記・屈原賈生列傳》言賈誼才華出眾，年紀輕輕在朝廷中就有很好的表現，漢文帝原本有意以賈誼「任公卿之位」，但周勃、灌嬰等人因忌妒賈誼，便在文帝面前說賈誼乃「雒陽之人，年少初學，專欲擅權，紛亂諸事。」於是文帝便疏遠賈誼，不採用他的意見，並貶爲長沙王太傅。《史記》本傳云：

> 賈生既辭往行，聞長沙卑溼，自以壽不得長，又以適去，意不自得。及渡湘水，爲賦以弔屈原。(《史記・屈原賈生列傳》)

以下錄〈弔屈原文〉，接著記載：

> 賈生爲長沙王太傅三年，有鴞飛入賈生舍，止于坐隅。楚人命鴞曰服。賈生既以適居長沙。長沙卑溼，自以爲壽不得長，傷悼之。乃爲賦以自廣。(同上)

此爲《史記》對賈誼〈鵩鳥賦〉寫作背景的交代，從中可以隱約看出：賈誼對出任長沙王太傅一職的不滿，如先說「意不自得」，後說「長沙卑溼」，而且兩度提到賈誼「自以爲壽不得長」，一再地顯示出賈誼的不得志及抑鬱的心情。再看〈鵩鳥賦〉一開始的敘述：

> 單閼之歲兮，四月孟夏，庚子日施兮，服集予舍，止于坐隅，貌甚閒暇。異物來集兮，私怪其故，發書占之兮，筴言其度。曰：「野鳥入處兮，主人將去」。請問于服兮：「予去何之？吉乎告我，凶言其菑。淹數之度兮，語予其期。」服乃歎息，舉首奮翼；口不能言，請對以意。（同上）

懷才不遇的賈誼在地處卑溼的長沙，心情並不愉快。又看到服鳥飛來，於是賈誼便「發書占之」，占卜的結果是「野鳥入室兮，主人將去」，這使得賈誼更加悶悶不樂，乃藉寫〈鵩鳥賦〉以自遣。配合著本傳中兩度提到賈誼「自以爲壽不得長」來看，賈誼應是無形之中對自己的壽夭有不祥的預感〔註 1〕。以鳥占卜是古代的一種占卜方式，世界上許多民族都有這種以鳥來占卜吉凶的習俗〔註 2〕，古人有專門以鳥占卜的書〔註 3〕，可以從飛鳥的體態、顏色、數目及其棲落處等各方面的特徵占卜得出某種預兆〔註 4〕。顯然賈誼運用了一套以鳥占

〔註 1〕西晉時的《西京雜記・卷四》載：「賈誼在長沙，鵩鳥集其承塵。長沙俗以鵩鳥至人家，主人死，誼作〈鵩鳥賦〉，齊死生、等榮辱，以遣憂累焉。」《西京雜記》將賈誼〈鵩鳥賦〉中的「主人將去」更明確地指出：長沙一地之風俗以爲鵩鳥至是「主人死」的預示，可見賈誼的悲觀是其來有自。

〔註 2〕李亦園在〈說占卜〉一文中說：「鳥獸占英文稱爲 augury，其義有廣義與狹義之分，廣義指一切地面上自然現象的觀察，狹義是特別指觀察鳥類以求得徵兆。所謂徵兆 omen，來自希臘文的 oionos 一字，這是指一種鷹類的鳥而言，在古希臘常把這種鳥作爲占視吉凶之用，故即以爲預示徵兆的總稱。鳥占不僅在希臘羅馬時代甚爲盛行，在很多其他民族中亦甚普遍，英文中有 ornithomancy 一字專指鳥占。」又說：「台灣高山族就是一個盛行鳥占的民族，他們遇到出草獵頭、打獵、舉行儀式或出遠門都要注意鳥的行動、聽鳥的聲音，以定吉凶行止。」（收入氏著《信仰與文化》，頁 70～71）

〔註 3〕如《唐書・藝文志》五行類著錄有管輅《鳥情逆占》一卷、劉孝恭《風角鳥情》一卷、《鳥情占》一卷。

〔註 4〕敦煌漢文寫本 P.3988、P.3479 兩卷寫本是鳥鳴占凶吉書，藏文中也有《鳥卜經》。詳參茅甘〈敦煌寫本中的烏鳴占凶吉書〉一文，收入謝和耐等撰、耿昇譯，《法國學者敦煌學論文選萃》，北京：中華書局，1993。

卜的方法，得到「主人將去」的結果，從本傳及〈鵩鳥賦〉的內容看來，賈誼對未來的態度是悲觀的，也因此他才需要「爲賦以自廣」，藉著寫作〈鵩鳥賦〉來抒解心中的抑鬱。

〈鵩鳥賦〉表現了賈誼對人生的思考。既然人生的禍福無常，那麼人又該如何面對不可知的命運呢？賈誼在〈鵩鳥賦〉末以黃老思想，道出一種死生不足慮的達觀態度，言：

> 其生若浮兮，其死若休；澹乎若深淵之靜，氾乎若不繫之舟。不以生故自寶兮，養空而浮；德人無累兮，知命不憂。細故蔕芥兮，何足以疑！（同上）

可是這只是一種自我寬慰的話，因爲實際上賈誼未必眞能如此超然自釋，否則他也不必有所疑慮，而要「爲賦自廣」了。從表面上看，〈鵩鳥賦〉表現了「同死生、輕去就」的人生態度，但賈誼本人呈現出的卻是漢代文人「悲士不遇」的典型形象。這也使得同樣有「不遇」之感的司馬遷，對賈誼能有同情的理解。

漢代禽鳥賦中類似賈誼〈鵩鳥賦〉這樣感物起興形態的作品尚有孔臧的〈鴞賦〉。孔臧是孔子的後代，孔鮒的從曾孫，文帝九年嗣父蔡蓼侯，元朔二年拜太常，五年坐事免。《漢書・藝文志・詩賦略》著錄「太常蓼侯孔臧賦二十篇」。〈鴞賦〉云：

> 季夏庚子，思道靜居，爰有飛鴞，集我屋隅，異物之來，吉凶之符。觀之歡然，覽考經書。在德爲祥，棄常爲妖。尋氣而應，天道不渝。昔在賈生，有識之士。忌茲服鳥，卒用喪己。咨我令考，信道秉眞。變怪生家，謂之天神。修德滅邪，化及其鄰。禍福無門，唯人所求。聽天任命，愼厥所修。栖遲養志，老氏之疇。祿爵之來，秖增我憂。時去不索，時來不逆，庶幾中庸，仁義之宅。何思何慮，自令勤劇。（《全漢賦》，頁120）

孔臧〈鴞賦〉與賈誼〈鵩鳥賦〉同樣都是因有「飛鴞，集我屋隅」而有吉凶的徵兆，乃作此賦。不過孔臧的中心思想承襲自其先人孔子「信道秉眞」的仁義之道，與賈誼之思想有別。賈誼〈鵩鳥賦〉中的文句其出處皆不外《莊子》、《鶡冠子》、《列子》等道家之言〔註5〕，認爲「天不可預慮兮，道不可預謀；遲速有命兮，焉識其時？」基本上對於命限的存在仍是莫可奈何，只有以老莊達觀、超然物外的想法來面對，把命限視爲自然，而去順應自然。可是孔臧〈鴞賦〉中對賈誼「恓遲養志，老氏之疇」的做法是不同意的，孔臧主張「修德滅邪，化及其鄰」，認爲「禍福無門，唯人所求」，表現出儒家較爲積極進取的人生觀。這與賈誼〈鵩鳥賦〉中消極、無爲的人生觀形成一強烈對比。而且孔臧與賈誼「發書占之」的態度也不相同，孔臧對鴞「觀之歡然，覽考經書」，與賈誼的悲觀明顯不同。孔臧對自己的人生方向顯得較爲堅定，相信一切操之在我。他不像賈誼那樣對自身禍福吉凶有充滿不確定的疑慮。

這樣兩篇寫作背景近似的賦作，分別表現出一道（〈鵩鳥賦〉）、一儒（〈鴞賦〉）兩種不同的人生觀。孔臧的儒家思想傾向也同時表現在他現存的其他三篇賦（〈諫格虎賦〉、〈楊柳賦〉、〈蓼蟲賦〉）中。

接下來將談到這兩篇賦的形式，有關〈鵩鳥賦〉的版本問題必須在此先作說明：

第一、〈鵩鳥賦〉《史記》、《漢書》均有收錄，各家文章選集收錄的版本來源不外乎這兩個本子〔註6〕。如《文選》所錄大抵係班固《漢書》之本，只不過《漢書》中〈鵩鳥賦〉無「兮」字，而《文選》則加上。讀者如果僅僅因爲《文選》有「兮」字，而《漢書》無「兮」字而逕以爲《文選》所採爲《史記》版本，那就太大意了。因爲實際比對《史》、《漢》、《文選》三個版本的結果，發現：《文選》與《漢書》在用字上是較爲一致的，如《史記》作「錯繆相紛」、「品庶馮生」、「眞人澹漠」，《文選》、《漢書》則作「糾錯相紛」、「品庶每生」、「眞人恬漠」。可見《文選》所採版本爲《漢書》而非《史記》。

〔註5〕由《文選》李善注〈鵩鳥賦〉中可知。

〔註6〕有的選本在賦序及賦篇的版本來源上並不一致，如張惠言編《七十家賦鈔》其中賦篇採《史記》之本，序則採《文選》。

第二、除了一些文字上的差異外，《史》、《漢》在版本上較值得注意的出入有兩點：(一) 是在賦序的部分，《史》、《漢》於「鵩鳥」之意，有一物異名或二物之別。《史記·屈賈列傳》中言「鴞飛入舍，楚人命鴞曰服」，司馬遷認為服 (即鵩) 鳥就是鴞，鴞、服實為一物之異名；然《漢書》則言：「服似鴞，不祥鳥也。」班固認為服與鴞是相似但不同的兩種鳥。(二) 是賦篇的內容中《漢書》自「單閼之歲」以下，凡起句的「兮」字皆遭刪除。〔註7〕

第一項差異屬於名物考證的問題，後世《漢書》及《文選》之箋注者曾有過討論，認為《史記》之說為是者居多，亦即：「鵩鳥」當以《史記》所言，為鴞之異稱為是，非如《漢書》所言為二物。〔註8〕

第二項差異則關聯到〈鵩鳥賦〉的類型問題。因為「兮」字的有無，常被用來作為判斷其賦體類型的一項依據，如徐復觀〈西漢文學論略〉(收入氏著《中國文學論集》) 一文將孔臧〈鴞賦〉歸為「新體詩」一系，而將賈誼〈鵩鳥賦〉歸為「楚辭體」一系，便是因為賈誼〈鵩鳥賦〉中有「兮」字之故。不過，如果從《史》、《漢》兩個版本，一本有「兮」字，一本無「兮」字來看，如果不審慎考慮版本的問題，而單以「兮」字的有無作為判斷的標準，可能有失周延。而且從《漢書》將〈鵩鳥賦〉中「兮」字刪除的這個做法來看，顯示漢人對於文本中「兮」字的有無，並不是看得那麼重要，有時根本可以將「兮」

〔註7〕王先謙《漢書補注》云：「《史記》作『單閼之歲兮』，以下凡起句俱有兮字，此班氏所刪也。」

〔註8〕朱珔《文選集釋·卷十三》：「案：鵩之與鴞是二是一，初無定主。《史記》言鴞飛入舍，楚人命鴞曰服。《漢書》作「似鴞」，《文選》從之。蓋不敢決也。……然鵩不著於他書，獨見此賦，而賦實作於楚中，史公去賈世未遠，所聞當確。餘皆後人臆度之詞耳。」此以《史記》距賈生時代較近，故以為《史記》之說為是。又胡紹煐《文選箋證·卷十六》言：「《爾雅》、《廣雅》俱無鵩，何也？此班文失之簡，不逮子長者。」又王先謙《漢書補注》引王先慎案語，亦以為：當從《史記》為是。至於梁章鉅《文選旁證》據《周官·哲蔟氏·疏》以為鴞、鵩實二鳥，則被王先慎斥為賈疏也是受了班氏之誤導。

字刪除。換言之，今日所見那些無「兮」字之作（如孔臧〈鴞賦〉）又怎知不是經過刪除後的結果呢？因此，「兮」字可能只具有誦讀時聲情上的效果，而未必能完全用來作爲體式上判斷的依據。〔註9〕

龔克昌〈孔臧其人及其賦〉說：「孔臧現存四篇賦，篇幅都很短小，文字也比較淺顯易懂，情節比較簡單，基本上是四言句，顯示出它們幼稚的痕跡，這也正是兩漢前期的賦的基本特徵。」（《漢賦研究》，頁 152）將孔臧〈鴞賦〉與賈誼〈鵩鳥賦〉並看時，會發現兩篇除了同樣都是藉鳥起興的禽鳥賦外，從形式上來看，也有許多共同之處。如據《漢書》〈鵩鳥賦〉無「兮」字的版本來看，孔臧〈鴞賦〉與賈誼〈鵩鳥賦〉基本上都是句式整齊的四言句，篇幅短小，通篇用韻〔註10〕，二賦在寫作形態上屬一同類型之作。韓暉〈漢賦的先驅孔臧及其賦考說〉一文說：

> 就四字句論，（孔臧）此四賦與荀子賦和秦統一六國前的石刻〈石鼓文〉及統一後的泰山、芝罘、會稽、琅邪、碣石、嶧山等地刻石之四字句，頗爲相類，睡虎地秦簡中也有四字句韻文。《說文解字敘》引李斯《倉頡篇》中「幼子承詔」語，也是四字句。荀卿賦和秦雜賦堪爲北方賦的代表，孔臧祖籍魯地，幼承儒學，少年時代當受北方文化及其辭賦很大的影響。（頁 34）

從句式上看，〈鵩鳥賦〉、〈鴞賦〉的四言句式與荀卿賦較接近，而不同於〈離騷〉的六言句式。但從內容上來看，賈誼〈鵩鳥賦〉雖題名爲〈鵩鳥賦〉但不同於一般漢大賦的體物之作，而接近於屈原〈離騷〉等抒發個人情懷之作。孔臧〈鴞賦〉在性質上與賈誼〈鵩鳥賦〉是一致的，倘若無視於二賦在寫作形態上的雷同，而僅由「兮」字的有無

〔註9〕本人於 2003 年 7 月發表〈騷體賦、散體賦分類概念評析〉（《東華人文學報》第 5 期，頁 209-234）一文，文中對騷體賦和散體賦的分類問題有較詳細的探討，可參看。

〔註10〕韓暉〈漢賦的先驅孔臧及其賦考說〉一文中考查過孔臧現存四篇賦的用韻情形，此處逕用其說。賈誼賦通篇用韻之說係據龔克昌〈騷賦作家賈誼〉（《漢賦研究》，頁 59）之說。

將賈誼〈鵩鳥賦〉和孔臧〈鴞賦〉強分爲兩種不同類型的賦作，其實是缺乏說服力的。

第二節　禰衡〈鸚鵡賦〉與漢代詠物體禽鳥賦

壹、禰衡〈鸚鵡賦〉之前的詠物體禽鳥賦

禽鳥賦除了前述賈誼〈鵩鳥賦〉、孔臧〈鴞賦〉這一類感物起興式禽鳥賦外，類似禰衡〈鸚鵡賦〉之詠鳥賦是禽鳥賦中數量最多的，可是奇怪的是，在禰衡〈鸚鵡賦〉之前的詠物體禽鳥賦今日所能見到的作品很少。漢代禽鳥賦亡佚者如劉向〈行過江上弋雁賦〉、崔琦〈白鵠賦〉，而少數可以見到賦文者，不是著作年代可疑（如路喬如〈鶴賦〉）；就是僅殘存寥寥幾句（如張衡〈鴻賦〉）；再不然就是標爲頌體（如班昭〈大雀頌〉）。這樣有限的材料造成追溯禰衡之前詠鳥賦發展的困難。禰衡〈鸚鵡賦〉可說是今日所見到之最早且最完整的詠鳥賦，以下以禰衡〈鸚鵡賦〉爲一指標，說明在此之前的詠鳥賦發展情況及禰衡〈鸚鵡賦〉所奠定的詠鳥賦寫作典型。

一、可疑的路喬如〈鶴賦〉

路喬如〈鶴賦〉云：

> 白鳥朱冠，鼓翼池干。舉脩距而躍躍，奮皓翅之䎗䎗。宛脩頸而顧步，啄沙磧而相懽。豈忘赤霄之上，忽池籞而盤桓。飲清流而不舉，食稻粱而未安。故知野禽野性，未脫籠樊。賴吾王之廣愛，雖禽鳥兮抱恩。方騰驤而鳴舞，憑朱檻而爲歡。（《全漢賦》，頁 41）

賦中呈現出作者從人的角度看鳥，寫其動作、形貌、飲食、生態，末尾加入抱恩的觀點明顯是作者自喻爲鳥，以己意加諸於鶴，詠鳥賦中常見這樣的寫作方式。然此賦出自《西京雜記》，此書歷來被視爲僞作，存有不少疑問，在此本文採取程章燦之說，其云：

> 《西京雜記》既不是劉歆所作，也不是葛洪、吳均、蕭賁或其他任何人所僞撰，而是葛洪利用漢晉以來流傳的稗乘野史、百家短書抄撮編集而成。(《西京雜記・前言》，頁 14～15)

那麼〈鶴賦〉是否爲路喬如之作呢？馬積高《賦史》認爲：從文體看來，這種文體決非西漢前期所有，至少也是西漢後期人的僞託，或者即是葛洪所爲，而不能視爲西漢藩國君臣之作。(頁 69～70) 康達維同意此說並認爲《西京雜記》中的賦篇沒有一篇是西漢早期之作，其中的賦篇當是出自後人一種文學上人物僞託 (literary personation) 的技巧，就像〈雪賦〉、〈月賦〉一樣。〔註 11〕謝惠連 (397～433)〈雪賦〉假托西漢梁孝王於菟園賞雪，招來鄒陽、枚乘、司馬相如等人，一同詠雪。謝莊 (421～466)〈月賦〉假托陳思王、王粲二人以成。可見南朝初期這種假托古代歷史人物寫作的手法頗爲流行，此種手法是沿襲自宋玉〈風賦〉或司馬相如的〈子虛上林賦〉，不過在賦中所假託的人物，有的以自身或當時眞實人物入賦者，如宋玉〈風賦〉；有的以虛構人物入賦，如司馬相如〈子虛上林賦〉；有的則以歷史人物入賦，如〈雪賦〉、〈月賦〉。因而，路喬如〈鶴賦〉在《西京雜記》中也有可能是一種假託歷史人物入賦的創作手法。

由於路喬如〈鶴賦〉的著作時代有疑慮，故並不能將之視爲現存最早的詠鳥賦。

二、亡佚、殘缺的詠鳥賦

詠鳥賦在西漢時除去眞僞問題有疑慮的路喬如〈鶴賦〉外，就只有劉向的三篇只存題目的賦作：〈行過江上弋雁賦〉、〈行弋賦〉、〈弋雌得雄賦〉〔註 12〕。又如張衡〈鴻賦〉僅殘存「南寓衡陽」一句，雖

〔註 11〕詳參康達維 (David R. Knechtges)，〈西京雜記的賦篇〉(The Fu in the Xijing zaji)，收入《新亞學術集刊》第 13 期，1994 年賦學專輯。

〔註 12〕三篇賦作著錄見劉向《別錄》(《太平御覽・卷八三二》引)，賦作類書中未見。惟楊愼《丹鉛雜錄・卷十》云：「劉向賦雁云：順風而飛，以助氣力，銜蘆而翔，以避矰繳。」(頁 93) 究竟其所引劉向之賦雁從何而來？仍有待進一步細考。

然張震澤《張衡詩文集校注》據《全漢文》〔註 13〕錄張衡〈鴻賦〉包括以下文字：

> 若其雅步清音，遠心高韻，鵷鸞已降，罕見其儔。而鎩翮牆陰，偶影獨立。唼喋秕粺，雞鶩爲伍。不亦傷乎！予五十之年，忽焉已至，永言身事，慨然其多緒。乃爲之賦，聊以自慰。（頁 271）

然查《北史》及《隋書》盧思道本傳，有盧思道〈孤鴻賦〉，盧賦序文中言：「平子賦曰：『南寓衡陽』，避祁寒也。」以下一段文字全與前引張衡〈鴻賦〉相同。筆者依以下幾點理由判斷這段文字當爲盧思道〈孤鴻賦〉之序，非張衡〈鴻賦〉之序。理由如下：一、依盧思道賦序的上下文脈，言「予五十之年」與盧思道前文述及「年登弱冠，甫就朝列」、「籠絆朝市且三十載」，正是有順序地回顧其前半生。二、史載盧思道寫作此篇的時間爲楊堅任北周丞相這年，即西元 580 年，時盧思道四十六歲，與「予五十之年，忽焉已至」合。三、在引平子賦之前盧賦有引用《大易》、《揚子》、《淮南》，也都各只引一句，依此慣例，平子賦也應只引一句。四、唐以前的賦多見引於《藝文類聚》，但張衡〈鴻賦〉卻並未被《藝文類聚》所徵引，卻出現在宋人所編之《太平御覽》中，且文字與《北史》、《隋書》中盧思道本傳所載〈孤鴻賦．序〉一模一樣，不免令人懷疑：是《太平御覽》的編者判斷錯誤，而誤收此段文字，誤錄爲張衡〈鴻賦〉。筆者認爲：張震澤《張衡詩文集校注》所錄〈鴻賦〉一段應是盧思道之作，張氏不察，因襲《太平御覽》及《全漢文》之誤，實際上張衡〈鴻賦〉僅存「南寓衡陽」一句。

《後漢書》崔琦本傳載崔琦有〈白鵠賦〉，今亦不存。傳云：崔琦字子瑋，涿郡安平人，濟北相瑗之宗也。少游學京師，以文章博通稱。初舉孝廉，爲郎。河南梁冀聞其才，請與交。冀行多不軌，琦數

〔註 13〕《張衡詩文集校注》據《全漢文》言係引自《太平御覽．卷九一九》，但今查《太平御覽》張衡〈鴻賦〉此段文字實出自《太平御覽．卷九一六》。

引古今成敗以戒之，冀不能受。乃作〈外戚箴〉。……琦以言不從，失意，復作〈白鵠賦〉以爲風。梁冀見之，呼琦問曰：「百官外內，各有司存，天下云云，豈獨吾人之尤，君何激刺之過乎？」（《新校本後漢書》，頁 2623）梁冀對崔琦的諫言，無法接受，最後更派刺客去殺崔琦，刺客不忍，放走崔琦後自殺。但梁冀後來仍將崔琦捕殺。可見梁冀對崔琦的直言無諱，有多麼痛恨！而〈白鵠賦〉也正是具有諷諫意義之作，惜今不存。

此外，張升有〈白鳩賦〉並序，《全後漢文》所錄殘文如下：

> 陳留郡有白鳩出于群界，太守命門下賊曹吏張升作〈白鳩賦〉，曰：厥名梟鳩，貌甚雍容，丹青絲目，耳象重重。（《太平御覽・卷九二一》）

張升，《後漢書》本傳云：

> 張升字彥眞，陳留尉氏人，富平侯放之孫也。升少好學，多關覽，而任情不羈。其意相合者，則傾身交結，不問窮賤；如乖其志好者，雖王公大人，終不屈從。（新校本《後漢書》，頁 2627）

類書中所引的賦往往只是部份，而非全篇，如《藝文類聚・卷九十二》引賈誼〈鵩鳥賦〉即不完整。從張升〈白鳩賦〉只有短短四句看來，不知道這麼短小的篇幅是否是當時詠鳥賦的面貌？而前述劉向、張衡、崔琦之作今日亦幾乎全佚，這使得探索禰衡〈鸚鵡賦〉之前的詠鳥賦極爲困難。

三、標題為頌的詠鳥賦

在禰衡〈鸚鵡賦〉之前，另有一些雖然不名之爲賦，實則與賦密切相關的文體，如頌。其中與禽鳥賦有關者，有漢宣帝時王褒的〈碧雞頌〉、東漢班固、傅毅的〈神雀頌〉、班昭的〈大雀頌〉。

漢代之時，賦、頌雖有功能上的區分，如頌主頌揚、賦主諷諫，但實際寫作方式上並非涇渭分明的〔註 14〕，如馬融〈廣成頌〉實爲賦

〔註 14〕萬光治〈漢代頌贊銘箴與賦同體異用〉（見氏著《漢賦通論》（增訂

體，傅毅的〈神雀頌〉實為與班固、賈逵等人同題應詔之作，嚴可均《全漢文・卷二十六》引《御覽・五百八十八》云：

> 永平中，神雀群集，孝明詔上神雀頌，班固、賈逵、傅毅、楊終、侯諷五頌，文比金玉。(《全漢文》，頁612)

類似的記載亦見於《後漢書・賈逵傳》及《論衡》〔註15〕。而在《隋書・經籍志》中即將傅毅之作記載為〈神雀賦〉。惜班固、傅毅等人之〈神雀頌〉今已不存。

頌、賦不分之例尚有班昭〈大雀頌〉。《太平御覽・卷九二二》引《曹大家集》云：「兄超為西域都護，獻大雀，詔大家作頌」。可見班昭有〈大雀頌〉，《後漢書》本傳載：

> 扶風曹世叔妻者，同郡班彪之女也，名昭，字惠班，一名姬。博學高才。世叔早卒，有節行法度。兄固著《漢書》，其八表及〈天文志〉未及竟而卒，和帝詔昭就東觀臧書閣踵而成之。帝數召入宮，令皇后諸貴人師事焉，號曰大家。每有貢獻異物，輒詔大家作賦頌。(《新校本・後漢書》，頁2785)

曹大家〈大雀賦〉云：

> 大家同產兄、西域都護定遠侯班超獻大雀，詔令大家作賦，曰：
>
> 嘉大雀之所集，生崑崙之靈丘。同小名而大異，乃鳳皇之匹儔。懷有德而歸義，故翔萬異而來遊。集帝庭而止息，樂和氣而優遊。上下協而相親，聽雅頌之雍雍。自東西與南北，咸思服而來同。(《藝文類聚・卷九二》)

可見〈大雀賦〉、〈大雀頌〉在漢人眼裡是一樣的。觀其內容，通篇六言句式，描寫大雀何來何往，已頗具後世詠鳥賦的雛形。郭維森

本）第六章）一文持有同樣的看法。

〔註15〕《後漢書・賈逵傳》云：「永平中……時有神雀集宮殿官府，冠羽有五采色。帝異之，以問臨邑侯劉復。復不能對。薦逵博物多識，帝迺召見逵，問之。對曰：『昔武王終父之業，鸑鷟在岐。宣帝威懷戎狄，神雀仍集。此胡降之徵也。』帝敕蘭臺給筆札使作〈神雀頌〉。」又《論衡》云：「永平中，神雀群集，孝明詔上爵頌，百官頌上，文比瓦石，惟班固、賈逵、傅毅、楊終、侯諷五頌金玉，孝明覽焉。」

說：「以頌稱賦當爲漢人習慣，大賦本有頌美之作用，故常有賦頌連稱。欲區別賦、頌實亦困難」（《中國辭賦發展史》，頁 131）康達維也說道：

> 漢朝的時候，有許多作品在文體上很清楚的是屬於賦體，但卻冠以其它的名稱，其中最常用的則是「頌」。「賦」與「頌」在名稱上可互換使用，例如司馬相如的〈大人賦〉又稱〈大人頌〉；同樣的，王褒最著稱的〈洞簫賦〉亦稱〈洞簫頌〉。（〈論賦體的源流〉，頁 43）

而「賦頌」當作一詞使用的例子在史書和文集中也屢見不鮮。

以上舉〈神雀頌〉和〈大雀頌〉的例子證明漢代某些標題爲頌的禽鳥之作，實際上可以被視爲禽鳥賦。以下再回頭看西漢宣帝時王褒的〈碧雞頌〉。

王褒，字子淵，蜀人也。漢宣帝時賦家。《漢書・王褒傳》載：

> 神爵、五鳳之間，天下殷富，數有嘉應。上（宣帝）頗作歌詩，欲興協律之事，丞相魏相奏言知音善鼓雅琴者渤海趙定、梁國龔德，皆召見待詔。於是益州刺史王襄欲宣風化於眾庶，聞王褒有俊材，請與相見，使褒作《中和》、《樂職》、《宣布》詩，選好事者令依《鹿鳴》之聲習而歌之。時氾鄉侯何武爲僮子，選在歌中。久之，武等學長安，歌太學下，轉而上聞。宣帝召見武等觀之，皆賜帛，謂曰：「此盛德之事，吾何足以當之！」（新校本《漢書》，頁 2821～2822）

因漢宣帝喜好樂詩，於是益州刺史王襄便找王褒來爲他作幾首頌詩，再找一群人來配樂演唱，之後因爲這一群人在太學唱這些頌歌，於是被宣帝召見，欣賞之餘，更賜帛給這些歌者。而王褒又作傳，以解釋這些頌歌的內容和作者的旨意。王襄於是上奏，稱讚王褒有軼材，宣帝便徵召王褒入宮，詔令王褒作一篇以聖主得賢臣爲題之作，王褒應對得體。之後，數從宣帝放獵，所幸宮館，輒爲歌頌，第其高下，以差賜帛。有人批評，宣帝則說：

> 辭賦大者與古詩同義，小者辯麗可喜。辟如女工有綺穀，

音樂有鄭衛，今世俗猶皆以此虞說耳目，辭賦比之，尚有仁義風諭，鳥獸草木多聞之觀。賢於倡優博奕遠矣。（《漢書・王褒傳》，頁 2829）

宣帝這番話將辭賦與倡優、博奕相比，似已將辭賦視爲一種貴族打發時間、消遣娛樂的活動。甚至後來太子生病，王褒也都能靠著「朝夕誦讀奇文及所自造作」而使太子的病好起來，而且太子喜歡王褒的〈甘泉〉及〈洞簫頌〉，令後宮貴人左右皆誦讀之。這是可以使生病的太子精神愉悅的一種娛樂方式，病人一旦精神愉悅，身體也會逐漸好轉，可說是一種心理治療法。

「後方士言益州有金馬碧雞之寶，可祭祀致也，宣帝使褒往祀焉。褒於道病死，上閔惜之。」（《漢書・王褒傳》）之後王褒因爲方士說在益州有金馬碧雞之寶，於是奉命出使，前往祭祀取回。沒想到卻在途中病死。據《後漢書・卷八十六・南蠻西南夷列傳》載：「青蛉縣禺同山有碧雞金馬，光景時時出見。」（頁 2852）李賢注：「禺同山在今褒州楊波縣」即今雲南大姚縣東。王褒〈碧雞頌〉今僅見存於他人著作的引錄，其中如《後漢書・卷八十六・南蠻西南夷列傳》李賢注引王褒〈碧雞頌〉曰：

持節使王褒謹拜南崖：敬移金精神馬，縹碧之雞，處南之荒，深谿回谷，非土之鄉。歸來歸來，漢德無疆。廉平唐虞，澤配三皇。（頁 2852）

看來王褒出使至雲南一深谿回谷之地。這篇〈碧雞頌〉即是在這樣的背景下寫作的。

另外〈碧雞頌〉也見引於李善注《文選》劉峻〈廣絕交論〉：

持節使者敬移金精神馬，剽剽碧雞。歸來歸來，漢德無疆。黃龍見兮白虎仁，歸來歸來，可以爲倫。歸來翔兮，何事南荒也。〔註 16〕）

二處所引略有出入，可見引文經過刪修。從現存的〈碧雞頌〉來看，

〔註 16〕王褒〈碧雞頌〉另見引於《水經・淹水注》：「敬移金精神馬，縹碧之雞。」由於並無太大不同，故附記於此。

並無太多對於碧雞的鋪陳描寫，只有提到碧雞生長的地方在深谿回谷之中，說此地「非土之鄉」，而呼喚碧雞「歸來歸來，漢德無疆」、「歸來翔兮，何事南荒」，以「廉平唐虞，澤配三皇」這樣的理由來召喚碧雞歸來。由於缺乏對碧雞直接的鋪陳，使得〈碧雞頌〉看起來與詠鳥賦有別。相形之下，班昭的〈大雀賦〉因句句都在寫大雀，就顯得較具詠鳥賦的特質。而寫這種具有瑞應象徵的禽鳥，在後世禽鳥賦中仍時時可見，如唐代康僚〈日中烏賦〉末云：「蓋本陽精之命，今仁風已扇，孝理方盛，烏之靈兮，得不降休而瑞聖？」這種對靈烏的召喚，與〈碧雞頌〉有相似之處。同樣都是以政治清明，仁德之世來呼喚具有瑞應象徵的禽鳥（如烏、白雉、鳳），又如唐代王棨的〈延州獻白鵲賦〉：「是知斯鵲來儀，惟天瑞聖，俾爾羽之潔朗，彰我時之清淨。」其歌詠白鵲來儀，頌聖之意與班昭〈大雀賦〉相同。由此看來，王褒〈碧雞頌〉、班昭〈大雀賦〉（〈大雀頌〉）是後世這一類描寫瑞應禽鳥且以頌聖爲主的詠物體禽鳥賦之淵源。

王褒〈碧雞頌〉爲四言押韻之作，四言押韻可說是頌體的外在形式。就語言形式而言，實與詩、賦無別。因此，積極肯定的態度、德業題材，便是頌體的內在形式。〔註 17〕但所謂「美盛德之形容」（《詩．大序》）雖可說是頌體的功用，但不表示賦不能有這樣的功能。是以班固、傅毅等人之〈神雀頌〉亦名〈神雀賦〉，班昭的〈大雀賦〉也有〈大雀頌〉之稱。試觀漢魏六朝時期對文體的概念區分，仍是偏重在功能上〔註 18〕，無怪乎萬光治說：「漢代頌贊銘箴與賦是同體異用」（見氏著〈漢代頌贊銘箴與賦同體異用〉，參註 14）。而

〔註 17〕參見盧景商《六朝文學體裁觀念研究》（中央大學中文所碩士論文，民國 79 年 6 月），頁 26。

〔註 18〕賴欣陽《魏晉六朝文體觀念考析》（中央大學中文所碩士論文，民國 84 年 6 月）言：「魏晉六朝文體觀念的型態，主要是展現在它的功能上，其含義則透過對其功能的分析，可以做出有確實根據的推測。」（頁 197）又言：「文體觀念的型態主要是屬於功能性的，不是結構性的。」（頁 207）

「賦」與「頌」初期糾纏的結果，不免使得賦體中有「頌」的意味，這也是賦體後來被視爲「勸百諷一」的原因。就禽鳥賦而言，從〈神雀頌〉、〈大雀頌〉中可以看出其實它們也是一種詠鳥賦，而且是歌頌瑞應禽鳥的賦。不過，如果像王褒〈碧雞頌〉那樣，缺乏鋪敘排比的手法，就與賦體相距較遠了。

從上述這些詠鳥賦作看來，實在很難想像，接下來一下子就冒出禰衡的〈鸚鵡賦〉。相信這段期間必定有不少詠鳥賦作，只可惜都已亡佚。除了時代可疑的路喬如〈鶴賦〉和班昭的〈大雀賦〉有六言句外，在禰衡〈鸚鵡賦〉出現之前，大多數的禽鳥賦都是四言句，包括感物起興類的賈誼〈鵩鳥賦〉、孔臧〈鴞賦〉和歌詠禽鳥的張升〈白鳩賦〉，敘事體禽鳥賦如尹灣漢簡〈神烏賦〉和趙壹〈窮鳥賦〉也都是四言句式。可見禽鳥賦在漢代仍以四言句爲常式。不過，六言的詠鳥賦在東漢班昭時已出現，其〈大雀賦〉與之後（如建安時期）的詠鳥賦已十分接近。接下來詠鳥賦的發展就出現了很大的轉折，禰衡〈鸚鵡賦〉的出現成爲禽鳥賦發展史上非常重要的一個分水嶺，因爲自禰衡〈鸚鵡賦〉之後，詠鳥賦作品數量大增，幾居禽鳥賦的十分之九。而感物起興式禽鳥賦數量最少，敘事體禽鳥賦的作品也不多。這顯示出賦體在歷史發展演變中已逐漸被定位爲體物的文體。

貳、建立詠物體禽鳥賦典型的禰衡〈鸚鵡賦〉

《文選》所收禰衡〈鸚鵡賦〉將《後漢書・禰衡傳》的記載納入賦序，也因著這段記載，使讀者得以透過賦序了解禰衡〈鸚鵡賦〉的寫作背景。收錄在《文選》中的〈鸚鵡賦・序〉是這樣寫的：

> 時黃祖太子射，賓客大會。有獻鸚鵡者，舉酒於衡前曰：「禰處士，今日無用娛賓，竊以此鳥自遠而至，明慧聰善，羽族之可貴，願先生爲之賦，使四坐咸共榮觀，不亦可乎？」衡因爲賦，筆不停綴，文不加點。

以下用「其辭曰」開始〈鸚鵡賦〉之本文。序文傳達的訊息有兩點：

一、關於作者及寫作背景的交代；二、以「筆不停綴，文不加點」昭示了禰衡的才思敏捷。當然，由序文看來，這段序顯然不是禰衡自己寫的，而是《文選》根據史傳資料所錄。這種情況在漢人賦作中極爲普遍，如賈誼〈弔屈原文〉、〈鵩鳥賦〉、揚雄的〈解嘲〉和〈甘泉賦〉、司馬相如的〈長門賦〉，尤其面對像〈長門賦〉這樣頗有疑義的賦序時，學者更秉持著應將賦序及賦文分別觀之的態度〔註19〕。不過《文選》中的禰衡〈鸚鵡賦〉除了賦序外，還有作者底下唐代五臣的注解中也節錄了《後漢書・禰衡傳》的記載，言：

> 范曄《後漢書》曰：禰衡字正平，平原人也。少有才辯，而尚氣傲。曹操欲見之，不肯往。操懷忿，而以才名，不欲殺之。送劉表，後復侮慢於表，表不能容，以江夏太守黃祖性急，故送衡與之，祖長子射爲章陵太守，尤善於衡，射大會賓客，人有獻鸚鵡者，射舉札於衡前曰：願先生賦之。衡攬筆而作，辭彩甚麗，後黃祖殺之，時年二十六。

相較於《後漢書・禰衡傳》的記載，此注文雖爲節錄，其中省略了若干枝節，如孔融將禰衡引薦給曹操、禰衡曾擊鼓羞辱曹操、及禰衡對時人多無好評的倨傲等等，但大體說來並不失眞。不過史傳中並未引錄〈鸚鵡賦〉。據悉：〈鸚鵡賦〉也曾出現在潘尼的文集中，造成一文兩作者的雙胞案，乃至於後人懷疑此賦是否爲禰衡所作？〔註20〕或即

〔註19〕〈長門賦・序〉中言「陳后復幸」之說被認爲恐非史實，因而〈長門賦〉是否出自司馬相如之手便備受爭議，而學者如許世瑛〈司馬相如與長門賦〉（收入《許世瑛先生論文集》（三）、簡宗梧先生〈長門賦辨證〉（收入氏著《漢賦史論》）則依漢人賦序多非出自作者之手，而將賦序與賦文分別觀之。詳細的論述可參見前述二文。

〔註20〕〈鸚鵡賦〉作者鬧雙胞之說見於梁章鉅《文選旁證・卷十五》引《酉陽雜俎》：「魏肇師曰：『古人託曲者多矣。然〈鸚鵡賦〉禰衡、潘尼二集並載，古人用意何至於此？』」經查《酉陽雜俎・前集・卷十二・語資》所載中間略省，附上原文如下：「魏肇師曰：『古人託曲者多矣。然〈鸚鵡賦〉禰衡、潘尼二集並載，〈奕賦〉曹植、左思之言正同，古人用意何至於此？』君房曰：『詞人自是好相採取，一字不異，良是後人莫辯。』」也有人懷疑此賦非禰衡所作，如張雲璈謂：「史稱衡尚氣高傲，好矯時慢物，全與賦中寧順從以遠害，不違忤以喪生之語

便未直指其爲僞作，也認爲〈鸚鵡賦〉與禰衡生平志氣不符，如劉熙載《藝概・賦概》便說：「禰正平賦鸚鵡於黃祖長子座上，蹙蹙焉有自憐依人之態，於生平志氣，得無未稱！」然由於史傳記載明確，而且唐代不論是《文選》之注解家或詩人對於禰衡作〈鸚鵡賦〉都無疑義，如李白便有〈望鸚鵡洲懷禰衡〉一詩：

> 魏帝營八極，蟻觀一禰衡。黃祖斗筲人，殺之受惡名。吳江賦鸚鵡，落筆超群英。鏘鏘振金玉，句句欲飛鳴。鷙鶚啄孤鳳，千春傷我情。五岳起方寸，隱然詎可平？才高竟何施？寡識冒天刑。至今芳洲上，蘭蕙不忍生。（《李白全集編年注釋》，頁 1442）

是以後人多認爲：潘尼集中的〈鸚鵡賦〉誤收之可能性較高〔註 21〕。此賦因《文選》的收錄，加上李善等人在序文和注文中引錄史傳，使〈鸚鵡賦〉與作者的生平在閱讀中成爲密不可分的組合，唐代《文選》的廣爲流布也使得禰衡〈鸚鵡賦〉聲名益彰。

序文中「筆不停綴，文不加點」令後人對禰衡的才思敏捷讚歎不已，如王芑孫《讀賦卮言》論「謀篇」云：「賦鸚鵡於一席之間，文不加點，成篇之速，自古無如禰衡者。」（《賦話六種》，頁 10）又如明・謝榛《四溟詩話・卷三》評道：

> 禰正平〈鸚鵡賦〉，走筆立成，膾炙千古。譬如丹柰有色有味，到口即佳，不假于剝皮也。（《歷代詩話續編》，頁 1185）

〈鸚鵡賦〉首先舖寫鸚鵡的外貌、生長環境、特質等，強調其「殊智而異心」的超凡不群。在結合史傳中所記載的作者身世後，更可見出作者寫鳥的同時也是寫自己，達到「物我交融合一」的境界，這也是一篇好的詠物之作所當達到的標準。前人對此賦評價很高，其中最爲人稱道之處即在於此。如郭維森言：

相反。或未必爲衡作也。」（見屈守元《文選導讀》，頁 192）

〔註 21〕如屈守元《文選導讀》便認爲：「魏肇師所見《潘尼集》，顯係誤收。」而明・張溥所編《漢魏六朝百三家集》亦不將〈鸚鵡賦〉收入《潘尼集》中。

說鳥亦似說人，借題發揮，寄托了作者的身世，既以鸚鵡擬人，也以人之品行描寫鸚鵡，寫出了亂世士人無處託身、處境危殆之苦況。(《中國辭賦發展史》，頁 186～187)

而祝堯《古賦辯體・卷四》禰衡〈鸚鵡賦〉注：

……蓋以物爲比，而寓其羈棲流落，無聊不平之情，讀之可爲長欷。凡詠物題，當以此等賦爲法。其爲辭也，須就物理上推出人情來，直教從肺腑中流出，方有高古氣味。

禰衡〈鸚鵡賦〉可說是後世詠鳥賦作品的典範，其結構、寫作手法，均奠定了詠鳥賦的基本模式。它雖然不一定是最早的詠鳥賦，但卻是現存最早、篇幅較長、最具典範意義的詠鳥賦。因爲之前的詠鳥賦，如賈誼〈鵩鳥賦〉鵩鳥只是作爲觸發感想的客觀事物，而〈鸚鵡賦〉則是借描寫鸚鵡來寄托作者的身世之悲與憂生之意〔註 22〕；而路喬如〈鶴賦〉著作時代仍有疑義；王褒〈碧雞頌〉、班昭〈大雀賦〉又未能盡情發揮賦體「詠物」的文體特質，而介於賦、頌之間。故禰衡〈鸚鵡賦〉成功的寫作模式可說爲後來的詠鳥賦樹立了典範。

第三節　建安時期的詠物體禽鳥賦

壹、同題競采的鄴下文學集團

詠鳥賦的發展接下來就是文學史上所稱的「建安時期」了。包括著名的「建安七子」及曹植、楊修等都寫過詠鳥賦，而且往往是同一個題目好幾個人作，例如同樣是〈鸚鵡賦〉就有阮瑀、王粲、陳琳、應瑒、曹植等五人之作，又如〈孔雀賦〉楊修序云：

魏王園中有孔雀，久在池沼，與眾鳥同列。其初至也，甚見奇偉，而今行者莫眡。臨淄侯感世人之待士，亦咸如此，故興志而作賦，并見命及。

〔註 22〕參見馬積高《賦史》頁 147 對賈誼〈鵩鳥賦〉、禰衡〈鸚鵡賦〉與趙壹〈窮鳥賦〉所做的比較。

可見正是臨淄侯曹植先「興志而作賦」並命楊脩同作，今《曹植集》中無〈孔雀賦〉，楊修同題之作今日所見也僅存以下幾句：

> 有南夏之孔雀，同號稱於火精。寓鶉虛以挺體，含正陽之淑靈。首戴冠以飭貌，爰龜背而鸞頸。徐軒翥以俯仰，動止步而有程。(《全漢賦》，頁651)

楊脩此作正是奉命而作，這也是當時盛行的一種文學現象，即「貴遊文學集團在同一題目（或同類題材）之下，一起創作，彼此競賽，較量文采以爲歡樂。」〔註23〕此即廖國棟先生所稱之「同題競采」〔註24〕。其實貴遊文學集團在同一時空背景下多人創作，彼此競賽的現象早在梁孝王菟園之中即已有之。

《史記・梁孝王世家》載梁孝王：「招延四方豪傑之士，自山以東游說之士，莫不畢至。」包括「齊人羊勝、公孫詭、鄒陽之屬。」如鄒陽、嚴忌、枚乘等原仕於吳，後因吳王濞謀逆，鄒陽、枚乘上書進諫不被吳王採納，便去而之梁。(《漢書・卷五十一》)《漢書・枚乘傳》即言：「梁客皆善屬辭賦，乘尤高」。又《史記・司馬相如列傳》亦載相如：

> 以貲爲郎，事孝景帝爲武騎常侍。非其好也。會景帝不好辭賦，是時梁孝王來朝。從游說之士齊人鄒陽、淮陰枚乘、吳莊忌夫子之徒。相如見而說之，因病免，客遊梁。梁孝王令與諸生同舍。相如得與諸生游士居數歲，乃著〈子虛〉之賦。

直到梁孝王卒，相如乃返其家鄉。又如《西京雜記》中記載：「梁孝

〔註23〕見廖國棟〈論鄴下文學集團同題競采之遊戲賦作〉，頁2。發表於文化大學文學院主辦「魏晉南北朝學術會議」，民國87年12月28～30日。

〔註24〕一般說來，同題的情況有二：一種是在同一時空背景下，對某人倡導的一個題目進行相同體裁的文學創作；另一種是跨越不同時空背景的同題之作。鄭良樹先生將前者稱爲「出題奉作」，後者稱爲「同題奉和」。(參氏著〈出題奉作——曹魏集團的賦作活動〉，《辭賦論集》，頁169)本文採廖國棟先生之說，其所指涉的意涵與鄭良樹先生的「出題奉作」相同。

王遊於忘憂之館，集諸遊士，各使爲賦。」以下載枚乘〈柳賦〉、路喬如〈鶴賦〉、公孫詭〈文鹿賦〉、鄒陽〈酒賦〉、公孫乘〈月賦〉、羊勝〈屏風賦〉、鄒陽〈几賦〉等。簡宗梧先生在〈從專業賦家的興衰看漢賦特性與演化〉一文中言及這群人：

> 他們在梁王聽政餘暇，於忘憂館作賦取樂，罰酒賜帛，不免崇尚辭賦之道，於是梁王菟園就成爲培養賦家之搖籃了。（《漢賦史論》，頁 209）

雖然史傳的記載較爲簡略，並沒有明確指出菟園賓客作賦的情形，只有晚出的《西京雜記》將梁王菟園的作賦情況描寫得有如鄴下文學集團一般，但既然梁王賓客皆善屬辭賦，彼此又在梁王府中作客數年，其間相互在辭賦上的競采較量，相信是少不了的。

此外，如《漢書·藝文志·詩賦略》中著錄「淮南王賦八十二篇」、「淮南王群臣賦四十四篇」，亦可見淮南王與其群臣也算是一個作賦風氣很盛的貴遊文學集團。《漢書・淮南衡山濟北王傳》云：

> 淮南王安爲人好書，鼓琴，不喜弋獵狗馬馳騁，亦欲以行陰德拊循百姓，流名譽。招致賓客方術之士數千人，作爲《內書》二十一篇，外書甚眾，又有《中篇》八卷，言神仙黃白之術亦二十餘萬言。時武帝方好藝文，以安屬爲諸父，辯博善爲文辭，甚尊重之。每爲報書及賜，常召司馬相如等視草乃遣。初，安入朝，獻所作《內篇》，新出，上愛祕之。使爲〈離騷傳〉，旦受詔，日食時上。又獻〈頌德〉及〈長安都國頌〉。每宴見，談說得失及方技賦頌，昏然後罷。（《漢書・卷四十四・淮南衡山濟北王傳第十四》）

《內書》、《中篇》即今傳《淮南子》。淮南王劉安本身喜愛賦頌，同時招攬了數千名賓客，當中也有爲數不少的辭賦家。由前述引文看來，足以顯示西漢景帝、武帝時諸侯（如梁孝王、淮南王）與其門下客、武帝時帝王（如漢武帝）與諸侯（如淮南王）彼此間以文相會的文學風氣頗爲興盛。

而漢武帝更徵求能文之士，聚集了一批如司馬相如、嚴助、朱買臣、吾丘壽王、東方朔之言語侍從，賦的創作風氣更為熾熱。「武帝之後，昭、宣、元、成，大體承此遺風，因此辭賦歷久不衰」（簡宗梧《漢賦史論》，頁 212）到東漢之時，賦家不再活躍於宮廷，直到曹氏父子之時才再度接續上西漢時的貴遊文學之風。不過，曹魏時的創作型態與之前又有不同，同題競采的現象特別明顯，在《西京雜記》中雖然載錄了梁王賓客作賦的盛況，卻是各人寫不同的題目，但建安時代則是不同作家以同一事物為題作賦，就像曹丕、王粲同作〈鶯賦〉，王粲、曹植同作〈白鶴賦〉，又同作〈鸚賦〉。從當時文人往返的書信中可以見出：當時存在著作者將作品請人過目、相互切磋的風氣，如曹植〈與吳季重書〉言：

其諸賢所著文章，想還所治，復申詠之也，可令熹事小吏諷而誦之。（《文選・卷四十二》）

可見吳質有將諸賢所著之文章寄予曹植。又如曹植〈與楊德祖書〉即云：「昔丁敬禮常作小文，使僕潤飾之，僕自以才不過若人，辭不為也。」又云：「今往僕少小所著辭賦一通相與。」吳質〈答東阿王書〉亦言：

還治諷采所著，觀省英瑋，實賦頌之宗，作者之師也。眾賢所述，亦各有志。……此邦之人，閑習辭賦，三事大夫，莫不諷誦，何但小吏之有乎！（《文選・卷四十二》）

因之前吳質曾收到曹植寄給他的作品，故此處吳質極力稱讚曹植等人之作。由此看來，文壇間流行這種互相傳閱文章的風氣。這樣的文學風尚自與曹氏父子的提倡不無關係，是以《文心雕龍・時序》稱：

魏武以相王之尊，雅愛詩章；文帝以副君之重，妙善辭賦；陳思以公子之豪，下筆琳瑯，並體貌英逸，故俊才雲蒸。

儘管建安文學在曹氏父子的倡導下頗為興盛，不過曹虹在〈文人集團與賦體創作〉一文中將其與後世的文學流派相較，提出了一些看法，他說：

無論是一群賓客以梁園為基地，互相像枚乘那樣「樂與英俊並游」；還是懷有文學事業心的太子曹丕與一群文士結為

> 「知音」，共同從事一定的文學活動，都只能算是後世純粹的文人社團或文學流派的前奏。因爲在具有更爲明確的團體宗旨和自覺的風格追求上，他們都無法與後世的一些詩派或文派的文學影響相提並論。（頁 20）

他說明了建安時期的鄴下文人集團彼此間雖有熱烈的文學交流，卻並沒有形成一套「定於一尊」的主張或想法。這雖然無法形成一種具有自我意識與主張的文學流派，不過這樣的團體也自有其可取之處，如曹虹又說：

> 在梁園賓客、鄴下俊才這些早期文人群體中，蘊含著如何相互吸引、相互尊重、擺脫權貴作風、充分發展藝術個性等基本原則，這其中的經驗或教訓應該是總結流派發展史所不可忽略的內容。（〈文人集團與賦體創作〉，頁 20）

正因爲沒有一個明確的宗旨在，才使得在這集團中的文人能有更大的空間施展個人的才情、特色。

貳、建安時期詠鳥賦的特色

從建安時期詠鳥賦的創作來看，分別有以下四項特色：

一、擺脫詩教觀念的純文學之作

建安時期的詠鳥賦，逐漸擺脫諷諭的政教目的，而呈現出較爲純粹的文學。如王粲〈白鶴賦〉云：

> 白翎稟靈龜之脩壽，資儀鳳之純精。接王喬於湯谷，駕赤松於扶桑。□靈岳之瓊蘂，吸雲表之露漿。（《全漢賦》，頁 678）

又如應瑒〈鸚鵡賦〉：

> 何翩翩之麗鳥，表眾艷之殊色。被光耀之鮮羽，流玄黃之華飾。苞明哲之弘慮，從陰陽之消息。秋風厲而潛形，蒼神發而動翼。（《全漢賦》，頁 737）

陳琳〈鸚鵡賦〉：

> 咨乾坤之兆物，萬品錯而殊形。有逸姿之令鳥，含嘉淑之哀聲。抱振鷺之素質，被翠羽之縹精。（《全漢賦》，頁 707）

就其形式而言，篇幅短小，幾乎固定爲六言句式，且第四字多爲「之」、「而」、「以」、「於」、「乎」等語詞。寫作方式多集中對該鳥進行描摹，從外在的形貌、產地、羽色，乃至其生活形態、特色，多以讚譽稱頌之，就這一點來說，也是對禽鳥的形容、德行的頌揚，正符合頌體的特徵。不過這樣純粹的描寫，就其創作目的而言，可說不帶有任何外在的目的性，甚至沒有太多作者內在的主體情感，正是魯迅所說的「爲藝術而藝術」〔註 25〕。畢萬忱也認爲：三國詠物賦的創作特徵在其寫實性與娛玩性，著眼於「綜緝辭采，錯比文華」的藝術美，推崇視聽感官的美感興味，而很少施涉其教化指歸。（〈論三國詠物抒情賦的時代特徵〉，頁 13）他並認爲這類詠物賦：

> 放棄了漢賦「曲終奏雅」、「勸百諷一」的寫作模式，政治教化色彩淡化，生活氣息濃郁。……短小、自然、清新、簡麗是這類賦體制、結構、語言上的基本形態。……頗能給人以輕鬆、活潑、意趣盎然的美感體認。（同上，頁 12）

是否這類賦眞的放棄了「曲終奏雅」、「勸百諷一」的寫作模式？個人以爲它們只是轉換爲另一種形式，並不能說完全脫離了漢賦的影響，這一點將在以下論及。不過它們確實擺脫了兩漢以來濃厚的詩教觀念，這也正是一種文學自覺的表現。所以羅根澤《中國文學批評史》就說道：「尙用的觀念，恰與兩漢相終始，所以兩漢的評論辭賦，自劉安至王逸，都以之附會儒家化了的《詩經》。至魏文帝曹丕才擺脫了這種羈絆。」正是在這樣一個時代的文學思潮之下，使得詠鳥賦的發展也有了新的面貌。

二、逐漸落入格套化的結尾

雖然建安時期的詠鳥賦擺脫了兩漢以來的詩教觀念，而呈現出清新的風貌，但其結尾仍不免存在著某種「曲終奏雅」的格套。由於這

〔註 25〕魯迅〈魏晉風度及文章與藥及酒之關係〉：「詩賦不必寓教訓，反對當時那些寓訓勉於詩賦的見解，用近代文學眼光看來，曹丕的一個時代可說是：『文學的自覺時代』或近代所說的爲藝術而藝術的一派。」

類詠鳥賦多是帝王與群臣在「同題奉和」的背景下創作的，這樣的創作背景使得詠鳥賦帶有濃厚的「頌」體意味，如阮瑀的〈鸚鵡賦〉云：

> 惟翩翩之艷鳥，誕嘉類於京都。穢夷風而弗處，慕聖惠而來徂。被坤文之黃色，服離光之朱形。配秋英以離綠，苞天地以耀榮。（《全漢賦》，頁 619）

將鸚鵡的到來解釋爲「穢夷風而弗處，慕聖惠而來徂」，正是對帝王施政的一種歌頌。在此之前，班昭的〈大雀賦〉也有類似的寫法，猜想已經亡佚了的班固、傅毅等人的〈神雀頌〉當也有類似的頌聖內容。當然因爲這種作品的創作本是爲了迎合帝王的旨意，故難免如此。

不過，在這樣歌頌意味濃厚的寫作目的下也造成了一種賦體結尾寫作方式的轉型。漢賦原本「曲終奏雅」、「勸百諷一」的結構，並未因爲建安時期的文學自覺而完全消失，在賦作的形式結構上呈現出來的是另一種的結尾寫作形式。如王粲〈鶡賦〉云：

> 惟茲鶡之爲鳥，信才勇而勁武。服乾剛之正氣，被淳駹之質羽。訴晨風以群鳴，震聲發乎外宇。厲廉風與猛節，超群類而莫與。惟膏薰之焚銷，固自古之所咨。逢虞人而見獲，遂囚執乎縹纍。賴有司之圖功，不開小而漏微。令薄軀以免害，從孔鶴於園湄。（《全漢賦》，頁 679）

鶡本爲野禽，不幸遭拘捕而豢養，但文末仍要感謝主人不殺之恩。又如曹丕〈鶯賦並序〉云：

> 堂前有籠鶯，晨夜哀鳴，悽若有懷，憐而賦之，曰：怨羅人之我困，痛密網而在身，顧窮悲而無告，知時命之將泯，升華堂而進御，奉明后之威神，唯今日之僥倖，得去死而就生，託幽籠以棲息，厲清風而哀鳴。（《歷代賦彙・卷一百三十一》，頁 1736）

黃鶯雖被捕拘囚禁，但在此九死一生的邊緣，面對主人的不殺之恩，能得此僥倖，去死就生，怎不令人心存感激呢？其實這種寫法在路喬如〈鶴賦〉中已見，〈鶴賦〉前半段全在描寫物貌，但最後卻說：

> 故知野禽野性，未脱籠樊。賴吾王之廣愛，雖禽鳥兮抱恩。

方騰驤而鳴舞，憑朱檻而為歡。(《全漢賦》，頁 41)

即使像禰衡如此高傲之士在〈鸚鵡賦〉之結尾也不免稱道「期守死以報德，甘盡辭以效愚。恃隆恩於既往，庶彌久而不渝。」之後的詠鳥賦自亦難免落入此種固定的寫作模式，總要在結尾時寫出感恩之心，願意奉獻所長，作為回報。這其實也是文人在帝王專制的政治環境下不得不然的一種無奈心情的呈現。相較於漢大賦在末尾提出對帝王的諷諫之意，這種結尾以感恩、報德的寫法，簡直像是在搖尾乞憐。然而這樣的寫法究其根本，實在又是肇因於以詠鳥為主題之作受到題材本身的局限，難以跳脫這既定的牢籠。

三、將禽鳥予以主觀化的投射

詠鳥賦往往在詠鳥的同時，寄托了作者個人的心志，將客觀的禽鳥予以主觀化，投入個人的情感。如王粲的〈鶯賦〉：

覽堂隅之籠鳥，獨高懸而背時。雖物微而命輕，心凄愴而愍之。日奄藹以西邁，忽逍遙而既冥。就隅角而斂翼，眷獨宿而宛頸。歷長夜以向晨，聞倉庚之群鳴。春鳩翔於南甍，戴鵀集乎東榮。既同時而異憂，實感類而傷情。(《歷代賦彙》，頁 1736)

將籠中之鶯擬人化，寫其被捕不自由之痛苦心情，但字裡行間彷彿又似乎是作者對自身心境的描寫。再看同樣是王粲所作的〈鸚鵡賦〉：

步籠阿以躑躅，叩眾目之希稠。登衡幹以上干，噭哀鳴而舒憂。聲嚶嚶以高厲，又憀憀而不休。聽喬木之悲風，羨鳴友之相求。〔註 26〕

一旦作家習於這類題材的寫作模式後，便容易成為一種不見得需要有真實情感也可以模擬為之的創作，即所謂「為文而造情」。這樣的作

〔註 26〕王粲〈鸚鵡賦〉引文見《藝文類聚・卷九十一》，又見於《歷代賦彙》，頁 1730。不過該賦以下的句子：「日晻靄以西邁，忽逍遙而既冥。就隅角而斂翼，倦獨宿而宛頸。」卻與〈鶯賦〉(《藝文類聚・卷九二》)完全重複，不知是否原文即是如此？或出於《藝文類聚》傳抄之誤？看來這兩篇賦在傳鈔過程中有誤收之情況。

品我們應當如何評價？又是否眞的能從作品中做出恰當的判斷呢？以上述例子來看，由於是錄自於類書中的部分佚文，不見得是完整的篇章，在僅見的短短數句之中，要做出判斷實非易事。不過，與同時代之同題作品相比，多少仍可見出高下。如同樣爲〈鸚鵡賦〉，曹植之作如下：

> 美中州之令鳥，越眾類之殊名。感陽和而振翼，遁太陰以存形。遇旅人之嚴網，殘六翮之無遺。身掛滯於重籠，孤雌鳴而獨歸。豈予身之足惜，憐眾雛之未飛。分糜軀以潤鑊，何全濟之敢希。蒙含育之厚德，奉君子之光輝。怨身輕而施重，恐往惠之中虧。常戢心以懷懼，雖處安其若危。永哀鳴其報德，庶終來而不疲。（《曹植集校注》，頁 57～58）

趙幼文在《曹植集校注》中的案語云：

> 王粲、陳琳、應瑒、阮瑀，俱作〈鸚鵡賦〉，見《藝文類聚》。瑀死於建安十七年，植賦當作於瑀死之前也。

此作與王粲同題之作相比，曹植在摹寫鸚鵡的情感上又更進了一層，如「身掛滯於重籠，孤雌鳴而獨歸。豈予身之足惜，憐眾雛之未飛。」寫雄鳥被捕，關於重籠，雌鳥獨歸，非因貪身怕死，而是要照顧幼小的雛鳥。這樣的情節恰與漢代〈神鳥賦〉之結局有相同之處，曹植此賦在情感的描寫上顯得較細膩婉轉。

又如曹植〈白鶴賦〉云：

> 嗟皓麗之素鳥兮，含奇氣之淑祥。薄幽林以屏處兮，蔭重景之餘光。狹單巢於弱條兮，懼衝風之難當。無沙棠之逸志兮，欣六翮之不傷。承邂逅之僥倖兮，得接翼於鸞皇。同毛衣之氣類兮，信休息之同行。痛美會之中絕兮，遘嚴災而逢殃。共太息而祗懼兮，抑吞聲而不揚。傷本規之違迕，悵離群而獨處。恒竄伏以窮栖，獨哀鳴而戢羽。冀大綱之解結，得奮翅而遠游。聆雅琴之清均，記六翮之末流。
>
> （《曹植集校注》，頁 239）

趙幼文注云：

> 此賦曹植借喻白鶴，象徵自己品德的純正。在曹丕即位之

後，身受極爲沈重之政治迫害，幽禁獨處，死生莫測。惟一希望是如何能夠解除法制的控制，爭取人身自由，且藉以消除曹丕疑忌心理。詞語直抒胸臆，流露淒苦的情緒。（同上，頁 240）

前引曹植〈鸚鵡賦〉、〈白鶴賦〉二例在趙幼文的繫年上呈現了不同的處理和解釋，這倒是兩篇賦作在解讀上一個有趣的現象。曹植〈鸚鵡賦〉依趙氏所言乃作於建安十七年前，即曹植二十一歲前。相較於曹丕即位後的境況，此時的曹植在生活上是比較安逸的。雖然曹植〈白鶴賦〉的創作時間同樣不可考，但趙幼文據其內容認爲此賦當爲曹植後期之作，有比興之旨。如此的解釋也受到後世讀者的認同。〔註 27〕但若回頭看曹植〈鸚鵡賦〉，不考慮其著作年代問題時，同樣地，也可以讀出類似〈白鶴賦〉以鳥喻己的微言大義。對於作品的詮釋，如何做到客觀，不過度附會引申，又能貼近創作者之旨，對詮釋者來說確實是一大難題。在此例中，作品的繫年成爲詮釋時一項重要的指標。不過若是暫且拋開比興的隱喻內涵不談，曹植的〈白鶴賦〉仍是對白鶴寄寓了不同一般的同情與沈痛的感慨，尤其寫到白鶴與鸞皇由先前之友好，一變而「美會中絕」，接下來的遘災、逢殃、恐懼、獨處、窮栖，都與一般〈白鶴賦〉的寫法有很大的不同，之前如路喬如、王粲之作，都以寫鶴的形貌、生態爲主，或運用與鶴有關之典故、傳說，對之加以頌贊，且鶴由於體型較大，即使受人豢養也和鶯、鸚鵡的方式有所不同，貴族們所看到的應是牠優游在園中的一面，如楊脩寫孔雀「徐軒翥以俯仰，動止步而有程」（〈孔雀賦〉）一般。但曹植之〈白鶴賦〉不但明顯將鶴予以擬人化，更將牠渲染成十分悲苦的情況，寫法獨特，不免令人對此有言外之意的聯想。從同樣題材之作的寫作方式比較來看，確實可以看出作者在面對同一題材的處理時展現

〔註 27〕如高德耀〈曹植的動物賦〉（頁 46～47）便同意趙幼文的看法。蔣立甫〈論曹植賦的繼承與創新〉（頁 415）也持同樣的看法，認爲〈白鶴賦〉是曹植後期之作。

了各人不同的才思、情感，及透過作品所傳達內涵的深淺。

建安時期的詠鳥賦作，正如程章燦所言：

> 王粲的鶯、曹丕的柳、曹植的白鶴，都是作者情意的載體。情意通過物象的生動描繪，自然地流露出來，物象即是充滿主觀情感色彩的意象。這是建安體物小賦的一個重要特色。意象化、情感化，或者說是主觀化，同樣指示了魏晉南北朝賦史發展的一個方向。在這個意義上，建安的某些小賦雖以體物爲主，通常卻被人們稱作抒情賦。(《魏晉南北朝賦史》，頁 57)

無論是否爲「爲文以造情」，至少這些詠鳥賦作，都多少表現了作者觀看這些禽鳥的情意。或寫其形貌、或將心比心，將之擬人化。將客觀之禽鳥賦予個人主觀的情感可說是建安時期詠鳥賦發展上比較值得注意的現象，這樣的表現手法較之前更爲普遍。可以說是延續了禰衡〈鸚鵡賦〉的精神內涵，就像「王粲感籠中鶯、曹植悲離繳雁，鶯、雁都寄托了作者追求自由理想、施展才華、實現抱負而屢遭挫折的悲慨。」(《魏晉南北朝賦史》，頁 65) 禰衡之〈鸚鵡賦〉雖然已奠定了這樣的寫作基礎，但建安時期大量的同題共作，更是起了在文學創作上推波助瀾之功，詠鳥賦也在這大量的創作下形成一個可以獨立的類型。

四、賦與頌、贊間逐漸做出文體上的區分

從文體的演變來看，在第二節末曾言及詠鳥賦帶有濃厚的「頌」體，漢代之時更有「賦」、「頌」不分的情況。不過到了三國之時，頌、贊體逐漸與賦體有了較爲明顯的差異，例如吳國孫權曾因赤烏來臨下詔改年號，詔云：

> 間者赤烏集於殿，朕所親見，若神靈以爲嘉祥者，改年宜以赤烏爲元。(《全三國文》，頁 1395)

可能因爲如此，薛綜便上〈赤烏頌〉，其云：

> 赫赫赤烏，惟日之精，朱羽丹質，希代而生。(同上，頁 1412)

又有〈白烏頌〉：

> 粲焉白烏，皓體如素，宗廟致敬，乃胥來顧。(同上，頁 1412)

再看贊體，曹植有〈赤雀贊〉：

> 西伯積德，天命攸顧。赤雀銜書，爰集昌户。瑞爲天使，和氣所致。嗟爾後王，昌期而至。(《曹植集校注》，頁91)

大體說來，此時頌、贊在句式上已有逐漸變爲整齊四言句式的傾向，而賦則往整齊的六言句式發展；在篇幅上頌、贊變得更爲簡短，且必定與政治上的頌揚功能有關，已純粹是爲政治上的需要而作，而賦則以描寫物象爲主。此一時期，賦與頌、贊在文體的形式和功能上已具有比較明確的區分。

在建安時期，禽鳥賦作最有代表性的作家非曹植莫屬。其詠鳥之作頗多，除前引之〈鸚鵡賦〉、〈白鶴賦〉外，另有〈離繳雁賦〉、〈鶡賦〉、〈射雉賦〉(殘)、〈鷂雀賦〉。曹植在詠鳥賦作上之成就，正如前述他的〈白鶴賦〉一般，能細微刻劃禽鳥之內在情感，寄予無限的同情，而呈現出「以鳥喻己」的文學表現。曹植在詠鳥賦的寫作上，不僅數量多，質也堪稱一流。更値得一提的是其作品的多樣性，在詠鳥賦之外，曹植的〈鷂雀賦〉可說是繼承了敘事體禽鳥賦一脈的重要作品。同一時期，禽鳥賦數量僅次於曹植者爲王粲，作品雖不完整，但已略可印證「王粲長於辭賦」(曹丕〈典論論文〉)之說。至於曹植，誠如鍾嶸《詩品》對他的高度評價一般，表現在禽鳥賦的創作上，曹植亦無愧於文學史上對他的稱譽，《詩品》稱他：「骨氣奇高，詞采華茂；情兼雅怨，體被文質，粲溢古今，卓爾不群。」(卷上)從禽鳥賦的發展看來，曹植表現在禽鳥賦作品上的文學技巧及風格的多樣性，無論在質和量上都可說是第一人。

第四節　漢魏敘事體禽鳥賦

在漢代禽鳥賦的歷史發展中，最早出現的是感物起興式的禽鳥賦，如賈誼〈鵩鳥賦〉、孔臧〈鴞賦〉，這類禽鳥賦成型最早，可是之後的創作量卻很少。接下來雖有劉向〈行過江上弋雁賦〉等三篇賦作，但已全部亡佚，無由得見。而與劉向大約同時的敘事體〈神烏賦〉可說是發展相當早而又很具代表性，是西漢禽鳥賦中難得的完整之作。另外東漢後期趙壹的〈窮鳥賦〉及曹魏時曹植之〈鷂雀賦〉亦屬敘事體禽鳥賦，以下將一併討論。

壹、西漢〈神烏賦〉

一、〈神烏賦〉的出土背景

「1993 年 3 月連雲港東海縣尹灣村發掘六座漢墓」（滕昭宗〈尹灣漢墓簡牘概述〉，頁 32）其中有〈神烏傳（賦）〉竹簡二十一枚。這項發現和清光緒年間敦煌俗賦的發現〔註 28〕及 1972 年 4 月山東臨沂銀雀山漢墓出土的《唐勒》賦殘篇〔註 29〕，三項發現可說是現代賦學研究發展上三件重要的大事。因爲這些新的出土文物，使得學者以往對賦的認知有了很大的改變。敦煌俗賦的發現肯定了賦在民間流傳的一種形式。而《唐勒》賦殘篇的發現則證明了以枚乘〈七發〉爲代表的這種散體形式的賦至少在戰國末期就已經出現〔註 30〕。至於尹灣漢簡〈神烏賦〉的發現則將俗賦的發展上溯至西漢，非如之前學者以爲是遲至唐代才出現的〔註 31〕。簡宗梧先生便強調：

> 俗賦的傳統從西漢以至隋唐，綿遠流長，不是到唐代受到

〔註 28〕關於敦煌石室藏書的發現背景可參見張錫厚《敦煌文學》一書，頁 8～13。又關於俗賦之稱，張錫厚《敦煌文學》言：「敦煌藏書有一些以『賦』爲名的作品，它們和漢魏六朝的文人賦很不相同，基本上擺脫駢詞儷句的形式，使用的語言文字通俗暢達，明白如話，和小說比較接近，也是流傳於民間的作品，故稱爲『俗賦』。」（頁 17）

〔註 29〕《唐勒》賦殘篇的相關問題請參見譚家健〈新發現的先秦佚書之文學價值〉其中論「《唐勒》賦殘篇」一節及〈唐勒賦殘篇考釋及其他〉一文，二文均見於氏著《先秦散文藝術新探》，北京：首都師範大學出版社，1995。

〔註 30〕譚家健〈唐勒賦殘篇考釋及其他〉、葉幼明《辭賦通論》（頁 67）均如此指出。

〔註 31〕如何國棟〈講唱文學的嘗試和先導——敦煌俗賦的產生及衍變〉一文便認爲：俗賦是「俗講的派生物」、是「辭賦的革新品」。

「變文等俗文學的影響」才產生的。(《賦與駢文》，頁 169)

不過〈神烏賦〉發現之後並未馬上公布，學者如饒宗頤先生遲至 1995 年時也僅聞其名、不見其文〔註 32〕，直到 1996 年 8 月《文物》才刊登出此批出土資料的內容。其中說明〈神烏傅〉全篇約存六百六十四字。「傅」當爲「賦」的通假字，即〈神烏賦〉(滕昭宗〈尹灣漢墓簡牘概述〉，頁 36)。〈神烏賦〉的作者不詳，根據同批出土的簡牘資料多爲元延年間之物，初步判斷〈神烏賦〉的著作年代，當在漢成帝元延（前 12—前 9）年間或之前。墓主師饒爲東海郡之功曹吏，其下葬時間在漢成帝元延三年（前 10）〔註 33〕，而他以〈神烏賦〉陪葬，可能是因爲他很喜愛這篇作品，或這篇作品對他而言有特殊的意義。連雲港市博物館有釋文，執筆者爲滕昭宗。之後陸續有周鳳五、裘錫圭、虞萬里、萬光治等人對〈神烏賦〉進行釋文或說解〔註 34〕，1997 年 9 月《尹灣漢墓簡牘》一書出版，讓大家可以看到這批出土文物的內容，其中也包含了〈神烏賦〉的釋文。各家在文字的辨釋上略有出

〔註 32〕這份資料當時並未馬上公布，因此饒宗頤先生於 1995 年 4 月發表〈中國古代東方鳥俗的傳說：兼論大皞少皞〉一文（收入《中國神話與傳說學術研討會論文集》)，當時〈神烏傅〉的內容尚未發表，他僅知在連雲港的出土資料中有名爲〈神烏傅〉之作，遂作出「從它的篇名加以揣度，必和古代烏紀烏官有密切關係」這樣的判斷。

〔註 33〕有關墓主及下葬時間係參萬光治之說（〈尹灣漢簡《神烏賦》研究〉，頁 103。亦可參氏著《漢賦通論》第十四章神烏賦與漢代俗賦，頁 285。

〔註 34〕漢簡〈神烏賦〉的釋文首先有連雲港市博物館的「尹灣漢墓簡牘整理組」釋出的〈尹灣漢墓簡牘釋文選〉(《文物》，1996 年第八期)，1996 年 12 月 22 日周鳳五在政治大學舉辦的「第三居國際辭賦學學術研討會」中發表〈新訂尹灣漢簡神烏賦釋文〉，針對《文物》中〈尹灣漢墓簡牘釋文選〉釋文有誤之處提出更正。裘錫圭〈神烏賦初探〉(《文物》，1997 年第 1 期，後收入《尹灣漢墓簡牘綜論》一書）也有〈神烏賦〉的釋文，且與〈尹灣漢墓簡牘釋文選〉有些出入。1997 年 4 月 19～20 日於高雄中山大學中文系舉辦之《第一居國際訓詁學學術研討會論文集》，虞萬里發表〈尹灣漢簡神烏傅箋釋〉一文，虞氏當時（該文篇末載其寫作時間爲 1996 年 11 月）未見周氏釋文，僅以〈尹灣漢墓簡牘釋文選〉爲本，進一步爲〈神烏賦〉作箋釋。萬光治〈尹灣漢簡《神烏賦》研究〉則在周鳳五的釋文基礎上更進一步提出補訂。

入，除 1996 年刊載於《文物》第 8 期之〈尹灣漢墓簡牘釋文選〉將雌烏、雄烏顛倒誤釋外，各家大體說來有一致的故事骨幹。〈神烏賦〉之大意爲：

雌、雄二烏於陽春三月築巢，而遇盜鳥偷竊，雌烏與盜鳥搏鬥受傷，盜鳥反得完好，雌烏受傷瀕死，雄烏哀痛至極，願與之同死，雌烏勸其夫勿以死傷生，囑其另娶賢婦，善待幼子，勿聽後母讒言。說罷死去，雄烏悲痛高翔而去。

賦中強烈彰顯了強凌弱、惡欺善的社會不平，透過雄烏與雌烏的恩愛，更將此篇之悲劇性提昇至最高點，馬青芳〈《神烏賦》的生命價值觀及其悲劇意義〉對此有很多闡述。

二、〈神烏賦〉的釋文及內容

現將〈神烏賦〉分爲十三小節〔註 35〕，並詮釋其意如下：

（一）預言罹咎

惟此三月，春氣始陽。眾鳥皆昌，蟄蟲彷徨。蠉蜚之類，烏最可貴。其性好仁，反餔於親。行義淑茂，頗得人道。今歲不翔（祥），一烏被央（殃）。何命不壽？狗（苟）麗（罹）此咎？

案：敘述烏爲好仁善良之鳥，頗具人性，然而上天不庇祐善人，使善良的神烏無端遭受災噩，斷送性命。一開頭即點明題旨。

（二）自託府官

欲勳（循）南山，畏懼猴猿。去危就安，自託府官。高樹綸棍，枝格相連。府君之德，洋洫（溢）不測。仁恩孔隆，澤及昆蟲。莫敢摳（驅）去，因巢而處。爲狸狌得，圍樹以棘。

案：「欲勳南山」以下，說明神烏本欲遷徙南山居住，但畏懼那邊的

〔註 35〕各家釋文略有出入，茲以周鳳五之〈釋文〉爲主，參酌虞萬里、萬光治、《尹灣漢墓簡牘》各家之說以定。篇中明顯之錯別字、假借字，經各家指出校正者，今悉出之以正字，不另注明。不確定何字爲正字時，則以（　）註明。〔　〕內之字爲補出的脱字。所分小節，係以己意視其情節發展及段落之完整性而定。各小節前標題爲筆者所加。

猿猴。於是選擇了託身府君官署。神烏來到府君官署，官署中有濃密的高樹，神烏受到府君的愛護，府君不但不敢驅趕神烏，為了避免神烏遭狸狌（野貓）所害，還為之樹棘圍籬。

（三）材被盜取

遂作宮寺，雄行求材。雌往索菆，材見盜取。未得遠去，道與相遇。見我不利，忽然如故。

案：神烏於是決定在此築巢作宮寺，長久居住。雄烏前去覓建材，從上下文意猜測：雄烏可能與雌烏約好將建材放置在某處，然後由雌烏前往取回。不料雌烏前往拿取時發現建材已被盜走。雌烏看到偷盜建材的盜鳥在不遠處，便追上去，兩人在路上相遇。雌烏此時要求盜鳥歸還其建材，文中有所省略。但是盜鳥不肯歸還，而且忽然向前飛去，並不理會雌烏。

（四）勸說還材

〔雌烏〕發忿，追而呼之：「咄！盜還來。吾自取材，於彼深萊。已（己）行胱腊，毛羽墮落。子不作身，但行盜人。雖（雖）就宮寺，豈不怠哉！」

案：雌烏非常生氣，大聲呼叫：「喂！你這個盜賊！快把我的材還來！我們辛辛苦苦到處去找這些建材，我們為了建築新家，每天奔波往返，日曬雨淋，身體又腫又累，羽毛也都快掉光了。你不自己去找建材，卻來偷人家現成的，就算你要築巢，也不能用這種偷懶的方式啊！」

（五）狡賴強辯

盜鳥不服，反怒作色：「□□汩涌，泉（豪）姓自託。今子相意，甚泰不事。」

案：盜鳥聽了很不服氣，也很生氣地說：「……我現在所拿的建材，是我自己去找來的，你有什麼證據懷疑這是我偷你的？你太過分了！」

（六）再次勸說

雌烏曰：「吾聞君子不行貪鄙。天地綱紀，各有分理。今子自己（已），尚可爲士。夫惑知反，失路不遠。悔過遷臧，至今不晚。」

案：雌烏說：「我聽說君子不行貪心、卑鄙之事。天地之中自有綱紀、道理存在。你現在趕快把東西還給我，還稱得上是條好漢！迷途知返，失路不遠。改惡向善，至今不晚！」

（七）抵賴不從

盜烏憤然怒曰：「甚哉！子之不仁。吾聞君子，不意不信。今子□□□，毋□（乃）得辱。」

案：盜烏憤怒地說：「你太過分了！根本是無理取鬧！人家說：君子不隨便猜疑別人。如今你一而再、再而三地誣賴我。你快滾開！不要自取其辱！」

（八）相拂被創

雌烏怫然而大怒，張目揚眉，撟翼申頸，襄而大……迺詳車薄。「汝不亟走，尚敢鼓口。」遂相拂傷，雌烏被創。

案：雌烏沸然大怒，張大了眼、揚起眉，抬起頭、伸長勃子，高高地朝盜烏飛去。……盜烏說：「你不快走！還敢在這兒胡說八道！」二鳥展開了一場肉搏戰，結果雌烏傷得很重。

（九）被捕繫柱

隨起□耳，聞不能起。賊曹捕取，繫之於柱。

案：周鳳五說：「二鳥相爭，鬥毆成傷，驚動官府前來訶禁制止。」「盜烏拂擊雌烏成傷，賊曹不拘盜烏，反捕繫雌烏而聽由盜烏逍遙法外。」指在這場打鬥之中，雌烏因爲受傷，被賊曹（官兵）繫之於柱。

（十）鰜鰈情深

幸得免去，至其故處。絕繫有餘，紈（環）樹欋棟。自解不能，卒上伏之。不肯他措，縛之愈固。其雄惕而驚，撟翼申頸，比天而鳴：「蒼天蒼天！視頗（彼）不仁。方生產之時，何與其盜！」顧謂其雌曰：「命也夫！吉凶浮泭，願與汝俱。」

案：周鳳五說：「雄烏見雌烏負傷被捕，始則繞樹而飛，懼悚於心，欲解縛施救而未能。繼則惕而驚恐，形諸於外，知雌烏解脫無望，遂決定夫妻共患難、同生死，故下文言：『卒上伏之，不肯它措』謂雄烏伏保於雌烏之上，誓死相護而不肯離去。」（周鳳五〈釋文〉，頁 7）若依周鳳五之說，則雌烏仍被繫之於柱。但若從下文雌烏「自縛兩翼，投于汙廁」看來，雌烏應該沒有再被「繫之於柱」了，所以這裡應當如裘錫圭的解釋：雌烏雖被曹吏繫之於柱，但後來有幸被釋放，但身上的繩索仍未完全鬆綁，所以只能「繞樹懼悚」，且雌烏自己無法解開繩索，需要雄烏幫忙，但結果卻反而是纏繞得更緊。於是雄烏擔心惶恐，向蒼天發出歎息，質問：「何以有這樣的惡人！」又對妻子說：「一切都是命啊！無論吉凶禍福，我都和你一起承受。」

（十一）自投污廁

> 雌曰：「佐子、佐子。」涕泣（侯）下，「何戀亙家。□□□已。〔曰〕□〔君〕□，我求不死。死生有期，各不同時。今雖隨我，將何益哉！見危授命，妾志所踐。以死傷生，聖人禁之。疾行去矣，更索賢婦。毋聽後母，愁苦孤子。《詩》云：『青蠅止于杅。幾自（凡百）君子，毋信讒言。』懼惶向論，不得極言。」遂縛兩翼，投于污廁。肢體折傷，卒以死亡。

案：雌烏呼喚著雄烏，看到雄烏的深情眷戀，淚如雨下，說：「夫君何必眷戀我？……我也希望能夠不死。然而死生有命，年壽長短非你我所能決定。你今日隨我而去，又有何益呢？如今賤妾只希望在此危急時刻，你能聽我一語。常言道：『以死傷生，聖人禁之。』你快離開這兒，再去另娶賢婦。但也不要聽任後母之言，而苦了我們的孩子。《詩經》有言：『營營青蠅，止于棘，凡百君子，毋信讒言。』這是我最擔心的，許多話此時也無法一一交代了。」於是雌烏移動著兩翼，投身于污廁之中。身體折傷，終於死去。

（十二）存者獨翔

其雄大哀，躑躅徘徊，徜徉其旁，涕泣縱橫。長炊泰息，遝逸呼呼，毋所告愬。盜反得完，雌鳥被患。遂棄故處，高翔而去。

案：雄鳥悲痛萬分，在雌鳥身旁，躑躅徘徊良久，泣涕縱橫。發出哀傷的嘆息和憂怨的呼聲！滿腹的哀傷，無人可訴。可惡的盜鳥竟然得以養其天年，而善良的雌鳥卻命喪黃泉。於是雄鳥離開這傷心之地，高翔而去。

（十三）餘音繚繞

傳曰：「眾鳥麗於羅網，鳳皇孤而高翔；魚鱉得於笓笱，蛟龍蟄而深藏；良馬僕於衡下，勒靳（騏驥）爲之余（徐）行」。鳥獸且相憂，何況人乎？哀哉哀哉！窮痛其菑！誠寫愚，以意賦之。曾子曰：「鳥之將死其鳴哀」，此之謂也！

案：傳曰：「眾鳥罹難於羅網，唯有鳳皇孤獨地高翔；魚鱉都陷於笓笱，唯有蛟龍蟄伏深藏；良馬臣服於衡下，唯有騏驥能安步當車。」鳥獸尚且都生活得如此困苦，更何況是人呢！眞令人哀傷啊！爲這場天降的災禍感到哀痛！出自眞誠地寫下這篇賦。曾子說：「鳥之將死，其鳴也哀。」正是這樣的心境吧！

三、〈神烏賦〉的形式及特色

西漢時的禽鳥賦，除賈誼〈鵩鳥賦〉和孔臧〈鴞賦〉外，再來便是尹灣漢簡〈神烏賦〉了。試將〈神烏賦〉與西漢賦篇中描寫禽鳥的段落作一比較，可以很明顯地看出二者在寫作形態上的不同。例如枚乘〈七發〉中寫道：

朝則鸝黃鳱鴠鳴焉，暮則羈雌迷鳥宿焉。獨鵠晨號乎其上，鵾雞哀鳴，翔乎其下。

又如揚雄〈羽獵賦〉中寫道：

玄鸞孔雀，翡翠垂榮。王雎關關，鴻雁嚶嚶。群娭虖其中，噍噍昆鳴。鳧鷖振鷺，上下砰磕，聲若雷霆。

在這些賦篇中禽鳥的描寫往往僅只於作爲其紛然萬物中的一種，寫法上是以陳列的方式把各式各樣的鳥類羅列並陳，而且是客觀地描寫眼前所見到的各式禽鳥，多只是提及鳥的種類和對牠鳴叫聲音的形容，並沒有更多的著墨和深入禽鳥本身作更多的描寫。《西京雜記》中所載路喬如〈鶴賦〉雖描寫白鶴，但白鶴在賦中沒有開口說話，也沒有故事情節。〈神烏賦〉中以禽鳥作爲故事中的角色，展開故事情節及對話，中間有許多將禽鳥擬人化的生動描寫。這些都顯示出〈神烏賦〉的形態有別於一般漢大賦，也有別於以詠物爲本質的詠鳥賦。

〈神烏賦〉在語言上，異體字、通假字乃至錯別字地大量出現，顯示出作者並沒有接受官方統一的文字規範，墓主爲下層官吏，其生活階層與民間人士接近，此其一。又賦中語言平實質樸，且描寫生動，對話活潑，人物栩栩如生，富有濃厚的民間文學色彩，這些都構成其俗賦的形態。所謂「俗賦」係相對於大量文人雅文學的賦作型態而言，文士雅文學的賦作多語言雕琢整鍊，講究用典，形式典麗，甚至駢偶排比，字詞艱澀。以漢代而言，司馬相如及揚雄之京都苑獵大賦可爲代表。

〈神烏賦〉中以禽鳥作爲故事中的角色（character），對禽鳥動作、神態、語氣等都有非常細膩的描寫。例如「〔雌烏〕發忿，追而呼之：『咄！盜還來。』」就表現出生動而擬人化的表情。而類似〈神烏賦〉這樣通篇敘說故事之賦作，以禽鳥作爲故事中之主角，並對主角進行內在細膩的刻劃描寫者，在現存的漢代文人賦中幾乎找不到類似者。趙壹〈窮鳥賦〉雖有幾分相似，但其藝術表現卻不如〈神烏賦〉成熟，曹植〈鷂雀賦〉及敦煌〈燕子賦〉與〈神烏賦〉堪稱最爲近似。敦煌賦中如〈韓朋賦〉、〈晏子賦〉等也都是敘事之作，正與〈神烏賦〉之敘事性質相同。

不過俗賦中亦有滑稽俳諧之作而非敘事賦者，如王褒〈僮約〉、〈責鬚髯奴辭〉即是，萬光治便說：王褒〈僮約〉、〈責鬚髯奴辭〉略於敘事，且在敘事中所寄寓的思想也不如〈神烏賦〉。（〈尹灣漢簡《神烏賦》研究〉，頁 107）雖然是俗賦，也有並非敘事之作者，有的屬於遊戲性質的滑稽俳諧之作，未必具備敘事體的條件和規模。〈神烏賦〉之所以顯得如此特別，就在於它所呈現出的敘事規模相當典型，首尾完整，情節環環相扣，依時序關係逐步開展，呈現出其主題。前面分析出的十三小節，前十二節都是依情節發展上重要轉化處而立，每一節都具有不可或缺的重要性，顯示出該情節在全篇故事中具有一定的意義。例如雌烏面對盜烏時的勸告，由第一次動之以情到第二次說之以理，充分展現了雌烏對待盜烏合理及客氣的態度，在兩次勸說不聽的情況下，只有被迫訴諸暴力了。由這些情節的安排便可以看出雌烏的性格，及其不得不被迫出手的無奈。也正因這些情節的環環相扣，往下推展，終於導致悲劇收場。

四、〈神烏賦〉的主題思想

烏在漢代被視爲是具有仁性，孝慈的善鳥，如《說文》釋「烏」爲「孝鳥也」。有烏飛來，也往往被視爲是好事，如晉時成公綏〈烏賦・序〉便言：

> 有孝烏集余之廬，乃喟爾而歎曰：「余無仁惠之德，祥禽曷爲而至哉？」夫烏之爲瑞久矣，以其反哺識養，故爲吉烏。是以《周書》神其流變，詩人尋其所集，望富者瞻其爰止，愛屋者及其增歎，茲蓋古人所以爲稱。若乃三足德靈，國有道則見，國無道則隱，斯乃鳳烏之德，何以加焉？鵩，惡鳥而賈生懼之；烏，善禽而吾嘉焉。懼惡而作歌，嘉善而賦之，不亦可乎？

雖然此爲西晉時之看法，但其與漢人對烏的認識大體是一致的。在《古今圖書集成・禽蟲典・烏部》中收錄了大部分與烏相關的記載，漢人對烏的看法除慈孝反哺外，還認爲烏是祥瑞之物，如《孝經緯・援神契》謂：「德至鳥獸，則白烏下。」這是漢代盛行的讖緯思想，也是神話在歷史演化過程中受到政治化影響的結果。而《淮南子・精神訓》所謂：「日中有踆烏。」及《論衡・說日》：「日中有三足烏。」等記載則是關於烏的神話傳說。在漢畫像石中有一幅畫著三足烏在日中，有一幅畫著烏烏載日，一烏返回，另一烏出發。此即漢人「日載於烏」及「日中有三足烏」的神話，《山海經．大荒東經》載：「大荒之中，有湯谷，上有扶木。一日方至，一日方出，皆載于烏。」人們以爲太陽不只一個，每日由烏載而出，且烏居於太陽之中。從這些漢人對烏的看法中，可以知道：烏在漢代被視爲善良、孝慈的鳥，而且烏富有濃厚的神話色彩和祥瑞的象徵〔註36〕。〈神烏賦〉既以「神烏」稱之，顯示出烏具神性的意涵，這與漢人對烏的看法是一致的。而透過漢人對烏的看法，也得以了解〈神烏賦〉中府君對烏愛護備至的原因。

〈神烏賦〉全文充滿了悲劇性，因爲善良的雌烏最後竟「自投汙廁」而死，而作惡多端的盜鳥卻反而什麼事也沒有。雄烏對蒼天發出不平的質疑，終究沒能得到回應。而只能孤獨地離開這傷心之地。賦中更表現雄烏與雌烏的相愛，雌烏受傷，雄烏不忍離去。而雌烏不願拖累雄烏，在叮嚀、交代了後事之後，便自盡而亡。她要雄烏另娶賢婦，更要雄烏善待孩子們。這些話在雌烏臨死之前說出，更加哀痛感人。

賦中表現了很深刻的情感，夫妻之間的深情和母親對孩子、丈夫的叮囑，都一一形象化、擬人化。最後更以「鳥獸且相憂，何況人乎？」點出主題，作者顯然是藉禽鳥來比喻人的，在禽鳥世界中的不公平正是作者心中所欲抒發的：人世間不也如此不公平嗎？何以善良的人不能得到上天的庇祐，而作惡多端之人卻往往逍遙法外？這樣的質疑司馬遷在《史記．伯夷列傳》也有同樣的疑惑。生存在一個不公的社會中，而發出如此的慨歎，又能出之以寓言的形式，這樣一篇具有深刻

〔註36〕今日人們所熟知的烏鴉報凶，此一意涵是宋代時才有的。如梅堯臣、范仲淹〈靈烏賦〉中所述，又如薛士隆〈信烏賦．序〉言：「南人喜鵲而惡烏，北人喜烏而惡鵲。」又如清．王夫之《詩經稗疏》云：「烏者孝鳥，王者以爲瑞應，其以鴉鳴爲凶者，乃近世流俗之妄，古人不以爲忌。且北人喜烏而惡鵲，南人喜鵲而惡烏，流俗且異，況於古今？」（卷一，頁16）皆說明烏的文化意象有時空上的變化。

內涵的賦作，想不到竟失傳這麼久？墓主以此賦下葬，想必有著深刻的意義，只是今日已無由得知。

就當時的時代背景來看，《漢書・京房傳》中記載了京房與元帝的一次談話，京房曰：「陛下視今為治邪，亂邪？」元帝曰：「亦極亂耳，尚何道。」極其深刻地道出了西漢末年大亂的史實與統治者無力挽救局面的哀傷。但與此同時，豪強大族勢力的發展卻達到頂峰。〔註37〕〈神烏賦〉中暴露出人民對於生活中最基本的居住問題都不能得到很好的安頓，流離失所是生命中深層的不安定感，也間接顯示出社會貧富差距懸殊的不公平現象。「雄烏感慨的『吉凶浮祔』，命運難以把握，不僅反映了士人乃至普通人的遭遇和心態，也確證了在官方權威受到挑戰和威脅的情況下，隨時可以成為官方軟弱與妥協的犧牲。」（萬光治〈尹灣漢簡《神烏賦》研究〉，頁 105～106）而雌烏伸張正義卻落得犧牲生命的下場，作為社會中的弱勢者，也只能是如此悲劇的結局！雖然雄烏試圖對這樣的不公表示強烈的不滿，但顯然是無效的。這就更加顯示出其處境的無可奈何和大環境難以改變的悲哀。〈神烏賦〉所表現的思想內涵和對社會現實的批判，是多方面的，而且具有深刻的意義。

五、〈神烏賦〉在中國文學史上的價值

〈神烏賦〉的發現在中國文學史上具有非常重要的意義，正如《尹灣漢墓簡牘・前言》所云：

> 新出的〈神烏傳（賦）〉，是一篇亡佚兩千多年的基本完整的西漢賦。其風格跟以往傳世的大量屬於上層文人學士的漢賦有異，無論從題材、內容和寫作技巧來看，都接近於民間文學。此賦以四言為主，用擬人手法講述烏的故事，跟曹植的〈鷂雀賦〉和敦煌發現的〈燕子賦〉（以四言為主的一種）如出一轍。它的發現把這種俗賦的歷史提早了二百多年，在古代文學史上的意義是不言而喻的。（頁 6）

〔註37〕見馬青芳〈《神烏賦》的生命價值觀及其悲劇意義〉，頁 75。

〈神烏賦〉的出土證明了類似曹植〈鷂雀賦〉、敦煌〈燕子賦〉這種敘事體禽鳥賦在漢代即已有之。它們同樣是以禽鳥爲主角的敘事之作，語言形式上同爲以四言句爲主的韻文，文體上同屬賦體。且用語平易，文字通俗，與漢大賦好用奇字的現象殊不相同，這顯示出漢賦的面貌其實是多樣化的〔註 38〕。《後漢書・蔡邕傳》中載漢靈帝喜歡文學，而用了許多無行的文人待制鴻都門下，向靈帝陳述「方俗閭里小事」，頗得靈帝歡心，因此得到官職。〔註 39〕熹平六年，蔡邕上封事，條列宜施行七事，其中第五事即針對取士之方而論，蔡邕說：

> 夫書畫辭賦，才之小者。匡國理政，未有其能。陛下即位之初，先涉經術，聽政餘日，觀省篇章，聊以游意，當代博奕，非以教化取士之本。而諸生競利，作者鼎沸。其高者頗引經訓風喻之言；下則連偶俗語，有類俳優；或竊成文，虛冒名氏。(《後漢書・蔡邕傳》，頁 1996)

蔡邕在此批評靈帝用人不當，對於一些無行的諸生因辭賦受到皇帝賞識而得到官職這樣的取士之道表示不以爲然。但同時從這段話中也可以看出：漢賦「其高者頗引經訓風喻之言；下則連偶俗語，有類俳優。」意即漢賦中有高、下，雅、俗的不同面貌；又如漢宣帝說：「辭賦大者與古詩同義，小者辯麗可喜」(《漢書・王褒傳》) 也對辭賦有大、小的區分。假如拿〈神烏賦〉與司馬相如、揚雄之苑獵大賦相比便可以看出：〈神烏賦〉與一般吾人所熟知的漢大賦有很大的差異，其風格也與一般文人賦不類，〈神烏賦〉的出土證明了寓言體俗賦可從敦

〔註 38〕萬光治也認爲：「班固敘錄漢賦一千零四篇，今所存完整或不完整者，不過百篇左右，〈神烏賦〉似不應一枝獨秀。如果上述推論有一定的道理，則漢代賦文學題材、手法與風格的多樣性，更有重新估價的必要。」(〈尹灣漢簡《神烏賦》研究〉，頁 107)

〔註 39〕《後漢書・蔡邕傳》載：「帝好學，自造〈皇羲篇〉五十章，因引諸生能爲文賦者。本頗以經學相招，後諸爲尺牘及工書鳥篆者，皆加引召，遂至數十人。侍中祭酒樂松、賈護，多引無行趣埶之徒，並待制鴻都門下，熹陳方俗閭里小事，帝甚悅之，待以不次之位。又市賈小民，爲宣陵孝子者，復數十人，悉除爲郎中、太子舍人。(點校本，頁 1996)

煌〈燕子賦〉、曹植〈鷂雀賦〉一直上溯至漢代。《漢書・藝文志・詩賦略》「雜賦類」著錄「雜禽獸六畜昆蟲賦十八篇」，其中或即有〈神烏賦〉之類的俗賦。

而之後類似的敘事體賦作，就以曹植的〈鷂雀賦〉和敦煌的〈燕子賦〉是與此最爲相近者，〈神烏賦〉與〈鷂雀賦〉、〈燕子賦〉的共同之處包括：一、同爲敘事體，有人物、對話、情節。二、同以擬人化的動物作爲故事主角。因此簡宗梧先生認爲：

> 在漢代故事性的俳諧俗賦所在多有，而它與曹植〈鷂雀賦〉和敦煌俗賦〈燕子賦〉一樣，都是以飛禽爲寓言故事的主角，可見這類賦源遠流長。（簡宗梧〈俗賦與講經變文關係之考察〉，收入《第三屆國際辭賦學學術研討會論文集》，頁357）

程毅中早在〈敦煌俗賦的淵源及其與變文的關係〉一文中即指出：「俗賦的來源很古」（頁33），惜當時尚不知有〈神烏賦〉，因此此一推論的說服力有限，如今〈神烏賦〉的出土更加印證了此一說法。從漢賦的確存在著兩種風格迥異之作和從〈神烏賦〉到〈燕子賦〉這樣一條俗賦的發展脈絡看來，推想：賦當有雅、俗二途，同時在歷史上雙線並行發展。

再就〈神烏賦〉的敘事而言，在漢代像〈神烏賦〉這樣通篇敘事的韻文作品，並不多見。漢代的敘事韻文除了敘事賦外，還可見於樂府詩中，如著名的〈孔雀東南飛〉。漢樂府中有一首〈烏生〉是值得拿來與〈神烏賦〉並看之作：

> 烏生八九子，端坐秦氏桂樹間。唶我！秦氏家有遨游蕩子，工用睢陽彊，蘇合彈。左手持彊彈兩丸，出入烏東西。唶我！一丸即發中烏身，烏死魂魄飛揚上天。阿母生烏子時，乃在南山岩石間。唶我！人民安知烏子處？蹊徑窈窕安從通？白鹿乃在上林西苑中，射工尚復得白鹿脯。唶我！黃鵠摩天極高飛，後宮尚復得烹煮之。鯉魚乃在洛水深淵中，釣鉤尚得鯉魚口。唶我！人民生，各各有壽命，死生何須道前後？

這首詩和〈神烏賦〉相比：二者同樣借禽鳥（且同樣是借烏）來闡述人民生活的困苦境遇。〈烏生〉中的烏在秦氏桂樹間被遨遊蕩子用彈丸獵殺，詩中以擬人的手法生動地陳述出烏無處可棲的痛苦。在表現手法上和主題上與〈神烏賦〉都有些相似。不過，在形式上，就呈現出賦與樂府兩種文體上的差異，〈神烏賦〉基本上是整齊的四言句，〈烏生〉則是二、三、五、七、八言句皆有的雜言體。且〈神烏賦〉的鋪陳和經營人物、情節的手法都比〈烏生〉成熟。但像〈神烏賦〉這樣敘事體的賦作，在後來的賦史發展上終究不是居於主流的地位，究其原因，或許是因爲賦體在六朝時被視爲是一種善於體物的文體，而完全朝文人雅文學一路發展下去，使得類似〈神烏賦〉這樣富有民間性質的敘事性俗賦只能流傳在民間，而不被重視，日久也就亡佚流失了。萬光治說：

> 兩漢魏晉南北朝的很多賦篇，無論其詠物、寫人、述行，本來可以加大敘事的成分，而令其描繪、抒情、敘事兼長。或許是因爲當時的人們囿於對賦體功能的認識，把散體賦局限於描繪和説理，把騷體賦局限於抒情或抒情而兼描繪，因而往往把可敘之事，濃縮到序言之中，賦的正文僅以敘事爲極簡略的結構線索，從而捨棄了敘事的內容。賦之略於敘事，或與古代人的辭賦學觀念有關。（〈尹灣漢簡《神烏賦》研究〉，頁 107）

賦在實際創作下是靠著漢代文人創作的體物類賦而得到重視，提高了賦的價值與地位，但也因爲這樣大量的文人創作，使得賦被視爲是最擅長於體物之文體，在賦的實際創作與賦體觀念二者交互影響下，賦原本多樣性的面貌受到賦體定位上的局限，使得敘事賦的發展不能與詠物賦相提並論。這是原因之一。其次，可能是因爲賦體雅俗分途的結果，使得俗賦多未能保存下來，若非藉著一些新的出土資料，又哪會知道漢代曾經有過〈神烏賦〉這樣的作品？那麼沒能保存下來而亡佚的賦作更不知有多少了！

貳、東漢趙壹〈窮鳥賦〉

〈神烏賦〉在形式上是通篇以四言爲主的敘事體禽鳥賦，東漢晚期趙壹的〈窮鳥賦〉基本上也是一篇敘事體禽鳥賦，以下即針對趙壹〈窮鳥賦〉作一說明。

趙壹生卒年不詳，約當東漢桓、靈二帝之時。《後漢書》本傳載：

> 趙壹字元叔，漢陽西縣人也。體貌魁梧，身長九尺，美須豪眉，望之甚偉。而恃才倨傲，爲鄉黨所擯，乃作《解擯》。

而〈窮鳥賦〉的寫作背景也載於史傳，言趙壹：

> 後屢抵罪，幾至死。友人救，得免。壹迺貽書謝恩。曰：昔原大夫贖桑下絕氣，傳稱其仁；秦越人還虢太子結脈，世著其神。設曩之二人不遭仁遇神，則結絕之氣竭矣。然而糒脯出乎車軨，鍼石運乎手爪。今所賴者，非直車軨之糒脯，手爪之鍼石也。乃收之於斗極，還之於司命，使乾皮復含血，枯骨復被肉，允所謂遭仁遇神，眞所宜傳而著之。余畏禁，不敢班班顯言，竊爲〈窮鳥賦〉一篇。（新校本《後漢書》，頁 2628）

趙壹因屢觸法犯罪，幾乎有性命之危，後來因爲友人相救才得免。〈窮鳥賦〉即是基於這樣的背景下，爲感激友人相救而作。《後漢書》本傳中載錄〈窮鳥賦〉全文如下：

> 有一窮鳥，戢翼原野。畢網加上，機穽在下，前見蒼隼，後見驅者，繳彈張右，羿子彀左，飛丸激矢，交集于我。思飛不得，欲鳴不可，舉頭畏觸，搖足恐墮。内獨怖急，乍冰乍火。幸賴大賢，我矜我憐，昔濟我南，今振我西。鳥也雖頑，猶識密恩，内以書心，外用告天。天乎祚賢，歸賢永年，且公且侯，子子孫孫。（同上，頁 2629）

趙壹在〈窮鳥賦〉中自比爲身處險境的窮鳥，並以第一人稱敘述自身遭受各方交襲而來的攻擊和災厄，危急之際幸賴恩人相救，於是心存感激，祈願恩人富貴長壽。

比較〈神烏賦〉與趙壹〈窮鳥賦〉，二者具有下列三項共同之處：

一、形式上同爲四言句式、押韻的賦體；二、同樣都以生動的敘述，表現禽鳥遭受困厄的境遇，而有所隱喻。三、同爲以禽鳥爲主角，以擬人化手法敘說故事之敘事作品。

但二者間又有所差異，一、在敘事的角色安排上，〈神烏賦〉中有雌烏、雄烏、盜烏三個主要角色，而〈窮鳥賦〉中只有一隻窮鳥。二、在敘事觀點上，〈神烏賦〉是以第三人稱口吻來敘述故事，而〈窮鳥賦〉是以第一人稱來敘述。三、在情節安排上，〈神烏賦〉的故事較長，情節較繁；而〈窮鳥賦〉的故事較簡短，情節也比較單純。四、賦末的處理方式，〈神烏賦〉之故事以雄烏孤飛而去作結，賦末有「《傳》曰」及「鳥獸且相憂，何況人乎？」等的評論。而〈窮鳥賦〉的賦末以感恩頌賢作結〔註40〕，這樣的結尾被馬積高《賦史》批評爲「結意庸俗」（頁128）。

趙壹〈窮鳥賦〉是一篇相當特別的禽鳥賦，它具有與〈神烏賦〉相近的敘事形式，但其故事簡略、情節未能有更進一步的發展，使得它作爲一篇敘事賦不像〈神烏賦〉那麼典型。但趙壹〈窮鳥賦〉中有很多描寫動作之處，而且這些動作都可連貫成一連串的動作，正具備了敘事中強調的動作（action）要素，而且這一連串的動作在時間上是有具有貫串性的，因此〈窮鳥賦〉雖然敘事的情節稍嫌簡略，但仍然可以被視爲敘事體禽鳥賦。

其次，〈窮鳥賦〉中「自比於鳥」的寫法，和以第一人稱敘述的形式都可說是〈窮鳥賦〉在手法上頗爲獨特之處。雖然「自比於鳥」的手法在後來的詠鳥賦中頗爲常見，但詠鳥賦中幾乎沒有以第一人稱敘述者，多是以第三人稱進行對禽鳥的描寫。

最後，就趙壹〈窮鳥賦〉的結尾來看，其以「感恩」的方式結尾

〔註40〕萬光治比較〈窮鳥賦〉與〈神烏賦〉後認爲：「趙壹〈窮鳥賦〉寫窮鳥身處險境，無可逃遁，……全賦與〈神烏賦〉的前面部分大致相似，惜乎作者僅止于感恩頌賢，情節乃未能有所發展。」（〈尹灣漢簡《神烏賦》研究〉，頁107）

是比較接近詠鳥賦的寫法。如路喬如〈鶴賦〉云：「賴吾王之廣愛，雖禽鳥兮抱恩。」或如禰衡〈鸚鵡賦〉：「期守死以報德，甘盡辭以效愚」等，都是以感恩作結。趙壹這種賦末以感恩結尾的方式一方面是源自於賦體本身的結構，一方面恐怕也是受了頌體的影響。就賦體的結構而言，在揚雄之時即有「勸百諷一」、「曲終奏雅」之說〔註41〕，賦篇結尾可以與之前正文的內容有別，賦篇結尾自有其形式上和功能上的要求。這種結尾的處理方式其實也和賦篇的閱讀對象有著密不可分的關係，揚雄所謂「勸百諷一」、「曲終奏雅」當指的是那些給皇帝看的京都苑獵式的大賦，至於〈神鳥賦〉從其內容中可以看出它的閱讀對象絕非顯赫的豪門貴戚。趙壹的〈窮鳥賦〉既是在特定背景下寫給特定對象（恩人）看的賦篇，自然也有設定好的結尾方式。可見賦篇的結尾方式其實與其閱讀對象有相當密切的關聯。

參、曹植〈鷂雀賦〉

今日所見趙幼文之《曹植集校注》中的〈鷂雀賦〉係從《藝文類聚・卷九十一》、《太平御覽・卷九二六》、《太平御覽・卷九六五》、《太平御覽・卷八四一》等處拼湊出來的。但從這幾處見引的內容看來，相信曹植〈鷂雀賦〉仍有一些殘佚的部分，而目前根據《藝文類聚》和《太平御覽》中所拼湊出的〈鷂雀賦〉是不完整的，而且中間拼湊的次序、文意的解釋……也有許多難解之處。以下僅依己意將上述類書中所見引的曹植〈鷂雀賦〉試爲拼湊還原，並將之分爲十段，一者是依其文意的完整性而分，再者則方便解釋。

（一）鷂欲取雀。雀自言：「雀微賤，身體些小；肌肉瘠瘦，所得蓋少，君欲相噉，實不足飽。」鷂得雀言，初不敢語。

〔註41〕參《史記・司馬相如列傳》結尾部份：「太史公曰：……揚雄以爲靡麗之賦，勸百諷一，猶馳騁鄭衛之聲，曲終而奏雅，不已虧乎？」此係後人據《漢書》贊語勦入於此。

案：鷂子類似老鷹而體形較小，他要捕抓麻雀。麻雀說：「我這麼微賤，身體弱小，沒什肉，瘦巴巴地，實在不夠您吃。」鷂子聽了麻雀的話，起初不知該說什麼。

（二）「頃來轗軻，資糧乏旅。三日不食，略思死鼠。今日相得，寧復置汝！」雀得鷂言，意甚怔營。

案：過了一會兒，鷂子想想，便說：「我近來生活不順，在旅途中缺乏糧食。已經三天沒吃東西了，餓得就連死鼠都想吃。今天逮到你，哪能這麼輕易把你放了！」麻雀聽了鷂子的話，嚇得戰戰兢兢。

（三）言：「雀者但食牛矢中豆，馬矢中粟。」（《太平御覽‧卷八四一》）

案：麻雀說：「麻雀都只吃牛糞、馬糞中的豆、粟。」意指自己很微賤，不堪鷂子食用。

（四）「性命至重，雀鼠貪生：君得一食，我命是傾。皇天是鑒，賢者是聽。」鷂得雀言，意甚沮惋。

案：麻雀哀求鷂子放過他一命，說：「生死大事，螻蟻尚且貪生；您的一頓飯，就是我的一條命。求求您高抬貴手。皇天在上，您大人大量，好人有好報。」鷂子聽了麻雀的話，神情有些沮喪。

（五）「當死斃雀，頭如果蒜。不早首服，烈頸大喚。行人聞之，莫不往觀。」

案：鷂子說：「你這該死的笨麻雀，你的頭就像顆蒜頭一樣，不早點屈服，還要大喊救命。路旁的行人，都會圍過來觀看。」

（六）雀得鷂言，意甚不移。依一棗樹，藂蕽多刺。（《太平御覽‧卷九六五》，頁7）目如擘椒，跳躍二翅。

案：麻雀聽了鷂子的話，抵抗的心意依然沒有改變。麻雀躲在一棵濃密多刺的棗樹間，瞪著圓小如同擘椒的雙眼，鼓動著雙翅，跳來跳去。躲避鷂子。

（七）「我雖當死，略無可避。」鷂乃置雀，良久方去。

案：麻雀說：「雖然今日看來難逃一死，可是還是要設法逃命。」鷂子最後沒辦法，折騰了很久才放過麻雀離去。

（八）二雀相逢，似是公嫗，相將入草，共上一樹。仍共本末，辛苦相語。

案：麻雀夫婦重逢，相扶著進入草叢，共同飛上一棵樹。然後敘說這段驚險的過程及箇中的艱苦。

（九）「向者近出，爲鷂所捕。賴我翻捷，體素便附。說我辨語，千條萬句。欺恐舍長，令兒大怖。我之得免，復勝於兔。」

案：麻雀說：「剛才出來，差點被鷂子抓去。幸虧我敏捷機靈，動作迅速。又懂得說一堆辯詰的話，千言萬語拖延他。憑著這三寸不爛之舌，欺瞞巧辯，眞是嚇死人了！能夠保住這條小命眞是好險啊！這番脫險覺得自己眞可以媲美機靈的狡兔了！

（十）自今從意，莫復相妒。（《藝文類聚・卷九十一》，頁 12）

案：雀兒夫妻和好，說：「從今以後，我們不要再彼此猜忌、爭吵了。」

曹植〈鷂雀賦〉以鷂與雀作爲故事中的主角，和漢代〈神烏賦〉以雄烏、雌烏、盜烏爲故事之主角一樣，相形之下，趙壹〈窮鳥賦〉只有窮鳥爲主角，因而在賦中只有窮鳥自述，少了對話的成分，其敘事性便顯得不夠濃厚。〈鷂雀賦〉由「鷂欲取雀」開始，展開二者間的對話及一連串動作，可惜此賦不很完整，有些部分在文意上似乎不足以貫串，銜接處不是很完密。就現存部分來看，它描寫雀在鷂的捕食下哀求、掙扎、逃亡的過程。通篇爲四言句式，與〈神烏賦〉、〈窮鳥賦〉同。篇幅上較〈窮鳥賦〉爲長，可能由於殘缺之故，〈鷂雀賦〉之敘事結構不像〈神烏賦〉那麼完整。不過〈鷂雀賦〉通篇述說鷂捕捉雀，而雀機智巧辯、驚險逃命的過程，無疑地是一篇敘事體禽鳥賦。而其主題則展現了雀在鷂的性命相逼之下求生存的卑微與掙扎，在大自然弱肉強食的世界中大欺小、強凌弱的殘酷景象，刻劃出弱者在夾縫中求生存的艱困，與〈神烏賦〉的主題思想遙遙相契。

〈鷂雀賦〉文詞淺白流利，如雀自言：「雀微賤，身體些小；肌肉瘠瘦，所得蓋少，君欲相噉，實不足飽。」中間或有難解之詞，但那可能是當時方言、俗語運用之故。如「頭如果蒜」一詞，趙幼文之《曹植集校注》以爲應作「頭如顆蒜」，這是民間俗語的運用〔註42〕。馬積高《賦史》以爲：

> 此賦當據民間寓言寫成，語言全是口語，非常生動形象，完全擺脫了文人賦的窠臼。（頁 155）

這樣設計以動物爲角色，直接展開對話及敘事的賦，今日所見不多，是以〈鷂雀賦〉正居於上承〈神烏賦〉，下啓敦煌〈燕子賦〉的樞紐，在辭賦發展史上具有非常重要的地位。而程章燦《魏晉南北朝賦史》則認爲〈鷂雀賦〉:「以調侃語氣、游戲筆墨，再現了建安時代通脫詼諧的風度。」（頁 66）〈鷂雀賦〉實際上是表現了貴遊生活中也有接近於市井生活的一面，而表現在文學上則有雅、俗之分。

〔註42〕見趙幼文《曹植集校注》，頁 304，注十四云：「案《顏氏家訓・書證篇》:『《三輔決錄》云：前隊大夫范仲公，鹽豉蒜果共一筩。果當作魏顆之顆，北土通呼物一塊改爲一顆，蒜顆是俗間常語耳。』案如顏氏說，果當作顆。但曹植此賦疑原作顆蒜，與惋、喚、觀協韻，若作蒜顆，則失其韻矣，丁校（鳳案：丁晏）疑誤。」

第四章　兩晉禽鳥賦的發展

第一節　兩晉禽鳥賦的特色

原本創作就稀少的敘事體禽鳥賦，在進入兩晉時期以後，伴隨著文學風尚的轉變，創作更形衰微，目前蒐羅的結果並未發現兩晉時有敘事體禽鳥賦。與此同時，詠物體禽鳥賦卻步入創作的高峰，形成一支獨秀，獨擅勝場的局面，因此本章的論述均以詠物體賦禽鳥賦爲主。兩晉禽鳥賦在發展上有一些值得注意之處，有的沿襲建安風氣的遺緒，有的則是屬於兩晉時期特有的風格。以下即對兩晉禽鳥賦的特色作一說明，自第二節以下則舉具有代表性的作品以見兩晉詠鳥賦創作的情形。

壹、創作風氣興盛

兩晉時期詠鳥賦的作家及作品都非常多，假使將僅存篇目的禽鳥賦作均算在內的話，兩晉時期的詠鳥賦家包括阮籍、鍾會、傅玄、傅咸……等約有三十人，可以說作家人數超過自漢初至建安的二十二人。〔註1〕就禽鳥賦的作品數量上來說，西漢時約有八篇、東漢時約

〔註 1〕禽鳥賦的時代分期主要是以作家爲主，並配合其禽鳥賦作的創作背景

八篇（不含建安），建安時期，三曹及建安諸子即創作了十七篇禽鳥賦，當然其中又以曹植的創作量最豐盛。可是在西晉 52 年的時間裡禽鳥賦的創作約有三十九篇〔註 2〕，東晉 103 年間卻只有大約十篇。大致上說來，西晉仍延續著建安時期豐盛的創作量，不過大多數作品都不全。潘岳〈射雉賦〉、張華〈鷦鷯賦〉因被《文選》收錄，阮籍〈鳩賦〉倖存於文集中，僅此三篇可見其全貌，其餘禽鳥賦作多只能從類書中去輯佚，而類書中所收錄的賦作只是一小部分，有些賦作只殘存隻字片語，如孫楚〈鶴賦〉、成公綏〈鸚䳇賦〉；有些賦甚至只存篇目，如褚陶〈鷗鳥賦〉〔註 3〕、李賜〈玄鳥賦〉〔註 4〕。作品大量亡佚，根據這些零星的資料，所見究竟有限。不過畢竟從數量上看來，西晉確實是詠鳥賦創作興盛的時期。

貳、同題共作的變化

此一時期仍沿襲著建安以來貴遊文學同題共作的活動方式，不過並不完全是在同一時間下同樣題目的奉和之作，反而有較多的變化。以下分別舉例說明。

同題共作的第一種情況是君王命題，在同一時間多人一起完成。這種情形相信在晉武帝時必然有之，試看《晉書》記載左芬處說道：

來看，如阮籍〈鳩賦〉雖作於魏朝，但其時政權已爲司馬氏把持，故在此將之列入兩晉詠鳥賦之列，有別於之前三曹與建安七子的作品。鍾會亦因同樣的理由而附於晉。吳國的幾位詠鳥賦家，如褚陶、李賜等由於其時代都已入晉，當無疑慮。

〔註 2〕這裡是把生卒年代橫跨西晉末、東晉初的一些作家都以西晉來算。

〔註 3〕褚陶約與陸機同時，《晉書・卷九十二》有傳：「褚陶字季雅，吳郡錢塘人也。弱不好弄，少而聰慧，清淡閑默，以墳典自娛。年十三，作〈鷗鳥〉、〈水碓〉二賦，見者奇之。」（頁 2381）據此知其著有〈鷗鳥〉、〈水碓〉二賦。

〔註 4〕《晉書・卷八十八・李密傳》載：李賜爲李密之子。賜字宗石，少能屬文，嘗爲〈玄鳥賦〉，詞甚美。（頁 2276）此賦今佚。

左貴嬪名芬。兄思。…芬少好學，善綴文，名亞于思，武帝聞而納之。泰始八年，拜修儀。……後爲貴嬪，姿陋無寵，以才德見禮。體羸多患，常居薄室，帝每遊華林，輒回輦過之。言及文義辭對清華，左右侍聽，莫不稱美。……帝重芬詞藻，每有方物異寶，必詔爲賦頌，以是屢獲恩賜焉。答兄思詩、書及雜賦頌數十篇，並行于世。(《晉書·卷三十一》)

左芬「姿陋無寵」，憑藉的是善屬文辭的才華入宮，晉武帝帶著她是因爲「每有方物異寶」就可以馬上詔她作賦。左芬於泰始八年（272）拜修儀，同年左芬寫了一篇〈白鳩賦〉，其序云：

泰始八年，鳩巢於廟闕，而孕白鳩一隻，毛色甚鮮，金行之應也。(《全晉文》，頁 1533)

在這殘存的賦序中，我們看到了左芬作〈白鳩賦〉的緣起是因爲巢於廟闕的母鳩，生了一隻小白鳩，因而被認爲是吉祥之兆。這想必也是在晉武帝詔命下所作的。晉武帝司馬炎（236～290）於泰始元年（265）即位，至太熙元年四月傳位惠帝。晉武帝在位期間正是詠鳥賦家左芬、傅玄（217～278）、孫楚（220～293）、羊祜（221～278）、成公綏（231～273）、張華（232～300）、傅咸（239～294）等人的活動時期。羊祜與傅玄、張華曾同朝爲官，這段時期同樣是〈鸚鵡賦〉，便有左芬、成公綏、傅玄、傅咸等人之作；〈雉賦〉有孫楚、傅玄之作；〈雁賦〉有孫楚、羊祜之作。雖然缺乏資料而難以確定這些同題的賦作是在什麼樣的背景下創作出來的。不過，西晉時宮廷中依然盛行著建安以來那種文人間彼此同題共作的文學風氣，這一點是可以確定的。而且同題共作的文學現象與貴遊文學集團有著密不可分的關係，如羊祜、張華極受晉武帝重用，《晉書·杜預傳》載「時（武）帝密有滅吳之計，而朝議多違，唯（杜）預、羊祜、張華與帝意合。」（頁 1028）羊祜、張華二人都是積極參與政治的王公大臣。且之前在魏高貴鄉公（254～260）在位時，就流行獻詩、獻賦的風氣了〔註5〕。之後又有賈謐的

〔註 5〕《晉書·羊祜傳》載：「時高貴鄉公好屬文，在位者多獻詩賦，汝南和逌以忤意見斥，祜在其間，不得而親疏，有識尚焉。」（頁 1014）

「竟陵二十四友」，包括像石崇、潘岳、陸機、陸雲、摯虞、左思、劉琨等都是其中較爲知名者〔註6〕。賈謐因賈后掌權之故，曾經權傾一時，幾乎凌駕主上，門下來往的賓客莫不以禮事之。〔註7〕凡此種種，都可以看出西晉時貴遊文學風氣之盛。又如張華在位時對文人多所禮遇，如來自吳郡的陸機、陸雲兄弟及褚陶〔註8〕、成公綏〔註9〕等人都曾受張華禮遇，這對於當時文學風尚確實具有推波助瀾之功。

同題共作的第二種情況是：採用共同的題目，但創作時間一先一後，不是在同一時間完成的。如傅咸（239～294）、盧諶（284～350）二人一前一後，一在西晉，一在東晉，卻分別都寫了〈燕賦〉。又如〈鷹賦〉有孫楚、傅玄之作，雖然二人身處同樣的時代，但從孫楚的賦序中，得知他與傅玄之〈鷹賦〉在創作背景上應沒有任何關聯。孫楚〈鷹賦·序〉云：

> 郭延考與余厚，其從者韝二鷹以侍側。郭，邊人也，好弋獵顧盼，心欲自娛樂，請余爲賦。（《歷代賦彙》，頁1746）

此外，如鍾會、左芬都有〈孔雀賦〉，但二者也很難確定是否爲同時

〔註6〕《晉書·賈謐傳》載：石崇、歐陽建、潘岳、陸機、陸雲、繆徵、杜斌、摯虞、諸葛詮、王粹、杜育、鄒捷、左思、崔基、劉瓌、和郁、周恢、牽秀、陳眕、郭彰、許猛、劉訥、劉輿、劉琨皆傅會於謐，號曰二十四友。（頁1173）

〔註7〕賈謐其實是賈充的外孫，其父親爲韓壽，但因爲賈充無子嗣，故過爲賈充之嗣。《晉書·賈謐傳》載：「謐好學，有才思。既爲充嗣，繼佐命之後，又賈后專恣，謐權過人主，至乃鏁繫黃門侍郎，其爲威福如此。負其驕寵，奢侈踰度，室宇崇僭，器服珍麗，歌僮舞女，選極一時。開閣延賓，海內輻湊，貴游豪戚及浮競之徒，莫不盡禮事之。或著文章稱美謐，以方賈誼。」（頁1173）

〔註8〕《晉書·褚陶傳》載：張華見到褚陶，「謂陸機曰：『君兄弟龍躍雲津，顧彥先鳳鳴朝陽，謂東南之寶已盡，不意復見褚生。』機曰：『公但未睹不鳴不躍者耳。』華曰：『故知延州之德不孤，川嶽之寶不匱矣。』」（頁2381）

〔註9〕如《晉書·卷九十二·成公綏傳》載：「張華雅重綏，每見其文，歎伏以爲絕倫，薦之太常，徵爲博士。……每與華受詔並爲詩賦。」（頁2375）

之作。因此，同題的賦作，可以是同時或不同時的，可以是有創作上關聯的（如後人和前人之作），也可以是毫無關聯的。嚴格說起來，只有第一種同一時間下共同以一題爲限的創作才適合以「同題共作」稱之。其次，是在創作背景上有密切關聯的和作、擬作，同樣一個題目，前代已有人創作過，此時不憚重複，再繼續同題唱和。當然同一題材的賦作變化很多，有時即使是寫同樣的對象，在賦題上也可以有彈性的變化，而不必謹守一格。如同樣是寫鳳凰，傅咸寫〈儀鳳賦〉、桓玄寫〈鳳凰賦〉、顧愷之寫〈鳳賦〉；又如羊祜寫〈雁賦〉、成公綏寫〈鴻雁賦〉；嵇含寫〈雞賦〉、習嘏、陸善寫〈長鳴雞賦〉，雖然賦家們寫的是同樣種類的禽鳥，但有些作家在題目上會賦予自己的想法、創意，未必是一字不差的「同題」。更有一個值得注意的現象是：在同一個背景下創作，卻出之以不同的內容和題目。最具代表性的例子就是張華的〈鷦鷯賦〉、傅咸的〈儀鳳賦〉和賈彪的〈大鵬賦〉。關於張華〈鷦鷯賦〉及相關的詠鳥賦將在第四節中專門討論。

參、新題材的開拓

詠鳥賦在兩晉時期有不少新題材的開創，之前詠鳥賦的題材多是像鸚鵡、孔雀、鶯、鶴等屬於宮廷中的寵物，像鸚鵡因爲善學人語，鶯也因爲羽色華美、聲音曼妙，都具有玩賞的價值；而孔雀和鶴也各有其羽毛光鮮美麗和別具象徵意義的特質，這些禽鳥都是王公貴族賞玩的對象。因此，我們看到貴族、王公大臣們在詠鳥賦的題材上多寫孔雀、鶴、鸚鵡、鶯等。以孔雀爲例，鍾會和左芬都有〈孔雀賦〉。鍾會是西晉王朝平蜀的大功臣，是司馬昭的心腹大臣，頗受到重用，後來因謀反被誅除。〔註10〕鍾會是這樣描述孔雀的：

有炎方之靈鳥，感靈和而來儀。稟麗精以挺質，生丹穴之

〔註10〕《魏書・鍾會傳》載：「壽春之破，會謀居多，親待日隆，時人謂之子房。軍還，遷爲太僕，固辭不就。以中郎在大將軍府管記室事，爲腹心之任。」（頁787）

> 南垂。戴翠毛以表弁，垂綠蕤之森纚。裁脩尾之翹翹，若順風而揚麾。五色點注，華羽參差，鱗交綺錯，文藻陸離。丹口金輔，玄目素規。或舒翼軒峙，奮迅洪姿，或蹀足踟躕，鳴嘯郁咿。(《歷代賦彙・卷一百二十八》，頁 1710)

而身爲妃嬪的左芬所作之〈孔雀賦〉今僅殘存數句，其云：

> 戴綠碧之秀毛，擢翠尾之修莖，飲芳桂之凝露，食秋菊之落英，耀丹紫之儵爍，應晨風以悲鳴。(《全晉文》，頁 1533)

至於鸚鵡，因爲「鸚鵡羽毛鮮麗，且能人語，故爲王公貴人之寵物，亦爲進貢之珍品。是以飲宴之間，屢爲吟詠之對象。」(《魏晉詠物賦研究》，頁 221）左芬、傅咸都寫過〈鸚鵡賦〉，左芬〈鸚鵡賦〉云：

> 色則丹喙翠尾，綠翼紫頸，秋敷其色，春耀其榮。(《全晉文》，頁 1533)

而傅咸〈鸚鵡賦〉云：

> 有金商之奇鳥，處隴坻之高松。謂崇峻之可固，然以慧而入籠。披丹脣以授音，亦尋響而應聲。眄明眸以承顏，側聰耳而有聽。口纔發而輕和，密晷景而隨形。言無往而不復，似探幽而測冥。自嘉智於君子，足取愛而揚名。(《藝文類聚・卷九十一》)

左芬、傅咸二賦「大抵就鸚鵡羽色之美艷加以描寫，敘述其能人語而見愛，與魏代阮瑀、陳琳、應瑒之作相似，篇幅亦極短小。」(《魏晉詠物賦研究》，頁 224）像鸚鵡、孔雀、鶯、鶴等這一類題材的詠鳥賦在之前都曾被創作過，在前人既有的基礎上，這類詠鳥賦多已落入一種固定的寫作模式，在這樣的情形下，如前引的兩篇〈孔雀賦〉，我們已很難從其中看出作家自身的情感和個性。這也就是爲何馬積高《賦史》中評論傅玄、傅咸父子賦作數量雖多，但價値不高的原因，其云：

> 傅玄有賦五十六篇，其子傅咸有賦三十六篇，數量可謂前無古人，後少來者，但其中大部分是詠物之作，又鮮新意。……從文學上說，這些作品的價值一般不高。(頁 160)

這些賦作多是純粹體物之作。一來由於作品散佚已甚，二來這些賦作在寫作形態上係純粹體物之作，少有自身的創發和深刻的思想情感。相較於禰衡的〈鸚鵡賦〉，左芬、傅咸之作是純粹體物之作，即賦家著重於對物象的摹寫貼切、刻劃精巧，少有賦家本身心志的吐露，以極物寫貌、體物工切爲能事者屬之。至於禰衡〈鸚鵡賦〉則是體物、寫志兼而有之的理想典型。

隨著既有的題材已被賦家大量寫作之後，開拓新的題材便是賦家可以展現其創造力之處。相較於之前的禽鳥賦作，兩晉時期出現了不少新的題材。如存在於神話和傳說中的鳳鳥（傅咸有〈儀鳳賦〉）；或是尋常可見的燕（盧諶、傅咸各撰有〈燕賦〉）；或根據神話傳說而來的「玄鳥」（燕的另一種稱呼），如夏侯湛有〈玄鳥賦〉，其中寫道：

> 有受祥而皇祇，故遺卵而生殷。惟帝皇之嘉美，置高禖以表神。類鸞皇之知德，象君子之安仁。爾乃銜泥構巢，營君傅桷。積一喙而不已，終累泥而成屋。拾柔草以自藉，採懦毛以爲蓐。吐清惠之冷音，永吟鳴而自足。（《歷代賦彙・卷一百二十九》，頁 1713）

燕在文人的筆下已經不是單純地人們眼中所看到的形貌、樣態了，而往往帶著豐富且深厚的歷史文化意涵。

許多常見的鳥類，如雉（孫楚、傅純、傅玄有〈雉賦〉）、烏（成公綏〈烏賦〉）、鳩（如阮籍〈鳩賦〉、傅咸〈斑鳩賦〉）、鷦鷯（張華〈鷦鷯賦〉）、燕、雁等這些都是漢代未見的禽鳥題材，而在兩晉時卻有蓬勃的發展。如果不是因爲漢代禽鳥賦亡佚過多的因素；那麼或許可以說晉代在詠鳥賦的創作上勇於嘗試新題材，喜歡自己找尋新的鳥類題材來寫。

如雁是常見的野禽，因爲雁是候鳥，會隨著季節的變換而南北遷移，造成雁在中國文學中具有特定的文化意象〔註 11〕。羊祜、孫楚都

〔註 11〕關於雁的在中國文學中的文化意象可參見王立《中國文學主題學——意象的主題史研究》第三章〈懷土思親憶賓鴻——中國古典文學中的雁意象〉，因爲雁的候鳥習性使得雁往往在古典文學中帶有濃厚的懷鄉意蘊。

曾寫過〈雁賦〉，羊祜的〈雁賦〉最爲人稱道的是他將雁寫得有如士兵一般：

> 鳴則相和，行則接武，前不絕貫，後不越序。齊力不期而並至，同趣不要而自聚。當其赴節，則萬里不能足其路；苟泛一壑，則眾物不能易其所。臨空不能頓其翼，揚波不能濺其羽。(《歷代賦彙·卷一百二十九》，頁 1717)

寫雁陣行列有序地前進，同心齊力，勇往直前。這樣把雁寫得有如寫士兵行伍一般，可說是羊祜任西晉重要軍事將領的背景下，呈現出的個人特色。王立平也說：

> 羊祜的〈雁賦〉，生動地描繪了雁群有組織有紀律的生活，有意志甚至還有情操的個性。這既是雁群生活的眞實寫照，也是羊祜嚴於律己的情志體現。古人說:「情動而言形，理發而文見」，雁群這個客觀事物，牽動了羊祜蘊藏於心底的情志，產生創作的激情，於是有了「理發而文見」的〈雁賦〉。(王立平〈假草區以致興，托禽族而言志——詠物小賦雜談〉，頁 125)

再看凶猛的禽鳥，如鷹。之前雖然曹植曾寫過〈鶡賦〉，但大量的猛禽類題材卻是在兩晉時出現。如傅玄有〈鷹賦〉：

> 含炎離之猛氣兮，受金剛之純精。獨飛跱於林野兮，復徊翔於天庭。左看若側，右視如傾。勁翮二六，機連體輕。鉤爪懸芒，足如枯荊。觜利吳戟，目潁星明。雄姿邈世，逸氣橫生。

前面爲六字句，後面爲四字句。寫出老鷹雄壯、凶猛的英姿。孫楚也有〈鷹賦〉：

> 有金剛之俊鳥，生井陘之巖阻。超萬仞之崇嶺，蔭青松以靜處。體勁悍之自然，振肅肅之輕羽。擒狡兔於平原，截鴻雁於河渚。且其爲相也，疏尾闊臆，高鬢禿顱。深目蛾眉，狀似愁胡。曲觜短頸，足若雙枯。麾則應機，招則易呼。背碣石以西遊，經馬嶺而南徂。

第一段先敘鷹的生長背景，然後形容其獵物時之勁悍勇捷。繼而刻畫鷹之形相，分別就尾、首、目、喙、頸、足等一一描寫。末敘其爲狩獵之好幫手。第二段如下：

> 於時商秋既邁，歲在玄冥。風霜激厲，羽毛振驚。爾乃策良驥，服羔裘，鞲青骹，戲田疇，縈深谷，繞山丘。定心意，審精眸。獸馳厥足，鳥矯其翼。下赶幽谿，上翔辰極。隨指授以騰踴，因升降以畢力。紛連薄以攖竄，遂陷首以摧臆。（《歷代賦彙．卷一百三十二》，頁 1746）

第二段寫至秋季時鷹擊殺獵物之情形，此時群鳥振驚。而獵人騎著良馬、穿著羔裘，帶著獵鷹，在谿谷、田野、深山中狩獵。獵鷹在此展現出牠洞悉的觀察力和精準的狩獵能力，爲主人效勞。孫楚這篇〈鷹賦〉寫得就略勝一籌，不只寫出了鷹的形貌，更寫出了獵鷹與獵人之間的關係。牠是「隨指授以騰踴，因升降以畢力」受主人指揮的。這恰符合孫楚在賦序中所述之狀況：

> 郭延考與余厚，其從者鞲二鷹以侍側。郭，邊人也，好弋獵顧盼，心欲自娛樂。請余爲賦。

寫的正是郭延考養鷹弋獵的情況，寫得極爲貼切。

又如鬥雞、鬥鳧等的描寫，如傅玄〈鬥雞賦〉中對鬥雞凶猛樣貌的描寫也是之前的詠鳥賦作中所不曾見過的：

> 前看如倒，傍視如傾。目象規作，觜似削成。高膺峭峙，雙翅齊平。躍身竦體，怒勢橫生。爪似鍊鋼，目如奔星。揚翹因風，撫翮長鳴。猛志橫逸，勢凌天廷。或躑躅踟蹰，或囁喋容與。或爬地俯仰，或撫翼未舉。或狼顧鴟視，或鸞翔鵠舞。或佯背而引敵，或畢命於疆禦。於是紛紜翕赫，雷合電擊。爭奮身而相戟兮，競隼鷙而鵰睨。得勢者凌九天，失據者淪九地。徒觀其戰也，則距不虛挂，翮不徒拊，意如饑鷹，勢如逸虎。（《歷代賦彙》，頁 1754）

傅玄從正面、側面等不同的角度來觀察和描寫鬥雞，既細膩地描寫鬥雞細部的目、觜、膺、翅、爪、距……等外在形貌，又描寫其「揚翹」、「長鳴」、「俯仰」等動態，更結合鬥雞的內在質性寫出其雄猛、凌厲的氣勢。在如此簡短的篇幅中充分地以文字刻劃出鬥雞的形貌、樣態，不只是寫其形，更能傳其神，將鬥雞寫得躍然紙上般活靈活現，而且讀者看到的不只是一隻作為鬥雞的自然物，更是一隻有情緒、志氣和思想的動物。可以看出作者觀察之細膩，及摹寫時的體貼、用心。且作者更賦予這隻鬥雞豐沛的生命力，並且提昇其品性，使得賦中呈現出來的不是一隻普通的鬥雞，而是一隻「猛志橫逸」、戰鬥力極強的鬥雞。王立平更認為此賦的精妙之處「是作者蓄意抨擊統治階級內部官場中那爾虞我詐、勾心鬥角的醜惡現實」，他說：

> 試看那公雞相互格鬥的凶相，那欲置對手於死地的殘忍鏡頭，使人如臨其境，歷歷在目。……「得勢者凌九天，失據者淪九地」這何嘗不是官場中一幅爭權奪利、生死搏鬥的眞實圖景呢！（〈假草區以致興，托禽族而言志——詠物小賦雜談〉，頁 126）

王立平認為傅玄的〈鬥雞賦〉其實是體現了傅玄富正義感、疾惡醜行的性格，也就是《晉書・傅玄傳》所言其人「性剛勁亮直，不能容人之短」的生命人格的展現。

類似的題材另有蔡洪的〈鬥鳧賦〉。蔡洪，字叔開，初仕吳朝，後赴洛。〔註 12〕蔡洪〈鬥鳧賦〉云：

> 嘉乾黃之散授，何氣化之有靈？產羽蟲之麗鳥，惟鬥鴨之最精。稟離午之淑氣，體鸞鳳之妙形。服文藻之華羽，備艷采之翠英。冠葩綠以耀首，綴素色以點纓。性浮捷以輕躁，聲清響而好鳴。感秋商之肅烈，從金氣以出征。招爽敵於戲門，交武勢於川庭。爾乃振勁羽，竦六翮，抗嚴趾，

〔註 12〕徐震堮《世說新語校箋》引《洪集錄》曰：「字叔開，吳郡人。有才辯。初仕吳朝，太康中，本州從事舉秀才。」又引王隱《晉書》曰：「洪仕至松滋令。」（頁 45～46）。據《世說新語・言語第二》載：「蔡洪赴洛，洛中人問曰：『幕府初開，群公辟命，求英奇於仄陋，采賢儁於巖穴。君吳、楚之士，亡國之餘，有何異才而應斯舉？』蔡答曰：『夜光之珠，不必出於孟津之河；盈握之璧，不必采於崑崙之山。大禹生於東夷，文王生於西羌。聖賢所出，何必常處。昔武王伐紂，遷頑民於洛邑，得無諸君是其苗裔乎？』」（同上）

望雄敵。忽雷起而電發，赴洪波以奮擊。(《歷代賦彙・卷一百三十三》，頁 1757)

此賦題材特殊，篇幅雖然短小，但運用精煉的語言描寫出鬥鳧凶猛和旺盛的戰鬥力。

又如摯虞〈鵁鶄賦〉、張望〈鸑鷟賦〉也是之前未有的新題材。摯虞的〈鵁鶄賦〉是一篇清麗可喜的小品：

有南州之奇鳥，諒殊美而可嘉，生九皋之曠澤，遊江淮之洪波。既剪翼以就養，遂婉孌乎邦家。鵁鶄呈儀，若刻若畫，鸞頸龜背，戴玄珥白，斑毛頳膺，駮羽朱腋，青不專紺，纁不擅赤，因宛點注，希稠有適。其在水也，則巧態多姿，調節柔骨，一低一昂，乍浮乍沒，或遊或舞，繽翻倏忽。若乃陽故多陰，殊方相求，見水則喜，睹火而憂。(《歷代賦彙・卷一百三十一》，頁 1740)

張望（約西元 360 年左右在世）的〈鸑鷟賦〉也是一篇令人耳目一新之作：

余觀鸑鷟之爲鳥也，形貌叢蔑，尾翮憔陋，樂水以遊，隨波淪躍，汎然任性而無患也。

惟鸑鷟之小鳥，託川湖以繁育，翩舒翮以和鳴，匪窘惕於籠畜。瀺灂池沼，容與河洲，翔而不淹，集而不留。值汙則止，遇澤則遊，淪潭裡以銜魚，躍浪表而相求。萃不擇渠，娛不擇川，隨風騰起，與濤回旋。沉竄則足撥圓波，浮泳則臆排微漣。率性命以閑放，獨遨逸而獲全。(同上，頁 1740)

實爲一篇風格清新的小品。

像摯虞、張望、蔡洪、傅玄、傅咸、孫楚等這些作家能將寫作對象的焦點從宮廷中的玩賞鳥轉移至生活周遭的野禽上，這其實體現了作家自身自由豐富的創造力與想像力。換言之，這象徵著作家能擺脫宮廷遊宴中賦作「爲文而造情」的創作傳統，而能賦予作品眞正的生命力，而非只是翻撿類書、運用典故，單純沈湎於文字藝術的精麗工巧上。

又如同樣是雞科的鳥類，有傅咸的〈山雞賦〉、習嘏〈長鳴雞賦〉、孫楚〈雉賦〉等。之前曹植雖然寫過〈射雉賦〉，但今天只能看到「暮春之月，宿麥盈野，野雊群飛。」（《曹植集校注》，五三八）一句。倒是潘岳的〈射雉賦〉被完整地收錄在《文選》中通篇細膩而完整地既寫了雉的形貌、又寫了射獵雉的經過，使我們得以了解這種當時經過人爲設計的射雉方式。

肆、自作賦序的普遍化

漢代的賦序多爲史傳中的記載，如賈誼〈鵩鳥賦・序〉、班昭〈大雀賦・序〉均見於史傳，至張衡〈鴻賦・序〉似乎爲張衡自作。張升〈白鳩賦・序〉、趙壹〈窮鳥賦・序〉、禰衡〈鸚鵡賦・序〉也都是史傳中的記載，雖然東漢之時已有作者自作賦序的情況，但這似乎是到建安時期才比較常見，如楊脩〈孔雀賦・序〉、曹丕〈鶯賦・序〉、曹植〈離繳雁賦・序〉、〈鷂賦・序〉等都是作者自己所加。

到了晉代作者自行加上賦序在賦前的情況更爲普遍，如阮籍〈鳩賦〉、孫楚〈鷹賦〉、成公綏〈烏賦〉、〈鴻雁賦〉、〈鸚鵡賦〉、傅咸〈燕賦〉都有自己的序，如傅咸〈斑鳩賦・序〉云：

> 庭楸蔚然成林，閒居無爲，有時遊之，顧見斑鳩，音聲可悅，於是捕而畜之。既以馴擾，出之於籠。無何，失去後時時一來，飛翔殆如有戀，聊爲之賦。

成公綏〈鴻雁賦・序〉云：

> 余嘗遊乎河澤之間，是時鴻雁應節而群至，望川以奔集。夫鴻漸著羽儀之歎，小雅作于飛之歌，斯乃古人所以假象興物有取其美也。余又奇其應氣而知時，故作斯賦。

成公綏〈烏賦・序〉云：

> 有孝烏集余之廬，乃喟爾而歎曰：「余無仁惠之德，祥禽曷爲而至哉？」夫烏之爲瑞久矣，以其反哺識養，故爲吉烏。是以《周書》神其流變，詩人尋其所集，望富者瞻其爰止，

> 愛屋者及其增歎，茲蓋古人所以爲稱。若乃三足德靈，國有道則見，國無道則隱，斯乃鳳鳥之德，何以加焉？鵩，惡鳥而賈生懼之；烏，善禽而吾嘉焉。懼惡而作歌，嘉善而賦之，不亦可乎？

傅咸、成公綏都是在見到禽鳥有感而發之下創作了賦篇，同時賦家開始有意識地將自己創作的動機藉著賦序來表達，這在晉代已逐漸形成普遍的風氣。如張華〈鷦鷯賦・序〉、賈彪〈大鵬賦・序〉、傅咸〈儀鳳賦・序〉等，亦都顯示出賦序逐漸變得越來越重要，其功能在於提供讀者了解作者創作該賦的動機、目的及背景。

第二節　純粹體物的詠物體禽鳥賦：潘岳〈射雉賦〉

潘岳的〈射雉賦〉是一篇很特別的作品，其序云：「余徙家于琅邪，其俗實善射，聊以講肄之餘暇，而習媒翳之事，遂樂而賦之。」（見《文選》李善注，頁139）琅邪在今山東省臨沂縣北十五里處，潘岳父親潘芘曾爲琅邪內史〔註13〕，因此潘岳此篇〈射雉賦〉很可能是根據他少年時在琅邪射雉的經驗而寫成的。所謂「媒翳之事」，晉末宋初的徐爰（394～475）在〈射雉賦〉的注解中說：

> 媒者，少養雉子，至長狎人，能招引野雉。因名曰媒。翳者，所隱以射者也。晉邦過江，斯藝乃廢。歷代迄今，寡能厥事。嘗覽茲賦，昧而莫曉，聊記所聞，以備遺忘。（《文選・卷九》）

原來潘岳〈射雉賦〉描寫那時盛行於琅邪地區的一種射獵活動，但隨著晉室南渡，這個活動就連晉末宋初的徐爰都「昧而莫曉」了。

〈射雉賦〉歷來被置於畋獵、蒐狩一類，如《文選》將之置於卷九「畋獵」類，而《歷代賦彙》將其置於卷五十八「蒐狩類」。不過

〔註13〕《晉書・潘岳傳》載：「潘岳字安仁，滎陽中牟人也。祖瑾，安平太守。父芘，琅邪內史。岳少以才見稱，鄉邑號爲奇童，謂終賈之儔也。早辟司空太尉府，舉秀才。」

比較潘岳此賦與之前描寫狩獵活動的賦，可以發現：之前的賦作都是對狩獵過程做全面性地描繪，如司馬相如〈上林賦〉、揚雄〈長揚賦〉、〈羽獵賦〉、王粲〈羽獵賦〉、曹丕〈校獵賦〉、應瑒〈西狩賦〉等。但潘岳的〈射雉賦〉卻將焦點集中在獵雉活動的過程，特別是對狩獵活動中的雉鳥做了許多細膩的觀察和精確的描寫。潘岳的好友夏侯湛〔註 14〕也曾寫〈獵兔賦〉來描寫獵兔，但該賦篇幅短小，描寫的內容也不如潘岳〈射雉賦〉細膩、詳盡。對形之下，更顯示出潘岳此賦體物之微，刻劃之工的難能可貴。就這類描寫狩獵活動的體物之賦來說，潘岳此賦在創作手法上也有異於前人的突出表現，誠如馬積高所言：「(〈射雉賦〉) 把射獵與詠物結合起來，既脫出了過去射獵賦的窠臼，又不蹈襲過去詠鳥賦的作法，也體現出作者的匠心獨運。」(《賦史》，頁 182)

〈射雉賦〉描寫射雉的活動，其中描寫的對象有三，即參與射獵活動的獵者、雉媒和作爲獵物的野雉。雉媒是從小受人豢養的雉鳥，長大後和人親近，又經過特殊的訓練，便可以成爲引誘野雉出現的雉媒。〈射雉賦〉在描寫雉媒之處非常細膩，其云：

> 眄箱籠以揭驕，睨驍媒之變態。奮勁骹以角槎，瞵悍目以旁睞。鸎綺翼而輕撾，灼繡項而袞背。鬱軒翥以餘怒，思長鳴以效能。(《文選・卷九》，以下同)

寫雉媒從籠子中放出來，一副想要有所作爲的態勢。對雉媒的神情、爪距、怒目、羽色等都有細微的刻劃。接著賦中續云：「何調翰之喬桀，邈疇類而殊才。候扇舉而清叫，野聞聲而應媒。」前二句描述雉媒具有殊異才氣，後二句則說到雉媒在經過訓練後會在舉布（徐爰注：「扇，布也。」）之後發出清亮的鳴叫聲，此時野雉就會被吸引而來。

野雉是射獵者想要捕獲的獵物，透過潘岳工筆般的描摹，人們看

〔註 14〕史載夏侯湛：「幼有盛才，文章宏富，善構新詞，而美容觀，與潘岳友善，每行止同輿接茵，京都謂之『連璧』。」(《晉書》，頁 1491)

到了野雉的鮮明形象：

摛朱冠之赩赩，敷藻翰之陪鰓。首葯綠素，身拕黼繪。青鞦莎靡，丹臆蘭綷。或蹶或啄，時行時止。班尾揚翹，雙角特起。良遊呃喔，引之規裡。應叱愕立，擢身竦峙。

賦中仔細地描寫了野雉的冠、鰓、羽色、尾、角，辭藻華美，舖陳細緻，令人印象深刻。

在狩獵過程中，被雉媒吸引來的禽鳥除了野雉之外，還有山鷩(即錦雞)，潘岳在賦中也連帶地做了描寫，其云：

山鷩悍害，猋迅已甚。越壑凌岑，飛鳴薄廪。鯨牙低鏃，心平望審。毛體摧落，霍若碎錦。逸群之俊，擅場挾兩。櫟雌妬異，倏來忽往。

描寫的重點在山鷩姿態的勇猛與動作的迅捷，可說是做一種動態的描述，與對野雉的描寫專注於靜態形象的捕捉，適成一鮮明的對比。由此可見，潘岳在此賦中由靜態形象的捕捉到動態行爲的掌握都能匠心獨運地做出完美的刻劃。

潘岳還寫到雉媒和野雉打鬥的情形，其云：

伊義鳥之應敵，啾擭地以厲響。彼聆音而逕進，忽交距以接壤。彤盈窗以美發，紛首頹而臆仰。

義鳥指的即是雉媒，和野雉開始打鬥起來。獵人則趁牠們打鬥之時用箭瞄準野雉的後腦勺，一箭射過去，野雉應聲而倒。

除了對禽鳥的描寫之外，潘岳在賦中也花了許多工夫來描述狩獵的活動與過程，如寫獵人的心情：「恐吾游之晏起，慮原禽之罕至」，這是潘岳用獵者的口吻自述其獵雉之心情，怕起得太晚，又怕野雉不出現，但爲了射雉，這一切都甘之如飴。又寫到射獵時的準備工作：「擎場拄翳，停僮葱翠」，是說獵者聽到了雉鳴之聲，便除地爲場，張設獵者隱身之翳，用繁密的枝葉草木作爲掩飾的工具。至於在打獵時不但要注意到：「忌上風之餮切，畏映日之儻朗」(即風向和日照)，更要「屏發布而累息，徒心煩而技癢」，充分地表現出獵人在守候獵物時那種期待、心急而又必須耐著性子、沉著冷靜的心境。潘岳在賦中也對這種射獵活動的甘苦做了忠實的描述：「何斯藝之安逸，羌禽從其己豫。清道而行，擇地而住。」正因爲這種活動不像一般去山林野外的打獵活動那樣勞累，不但整個過程漫無目標，必須碰運氣，還必須置身在危險的境地中。相較之下，射雉活動一切都在獵人的計劃和掌握之中，即安全又方便。當獵人獵到野雉後，「尾飾鑣而在服，肉登俎而永御」，既有雉尾可以炫耀自己高超的弋射能力，又能吃到美味可口的雉肉，眞是一舉兩得。因此這樣的活動「豈唯皁隸，此焉君舉！」不止皁隸們喜歡，就連國君也很愛好這種射獵活動。當然潘岳在賦末也和一般射獵賦一樣，不能免俗地有個諷諭的尾巴：

> 若乃耽槃流遁，放心不移。忘其身恤，司其雄雌。樂而無節，端操或虧。此則老氏所誡，君子不爲。

儘管之前說了很多射雉的樂趣，但最後還是勸戒人們不要過度地耽溺沈迷於其中。

整體來看，此賦通篇首尾完整，既寫射獵的活動，又有對於獵者的心境刻畫，也有許多描寫雉鳥之處，確實是將詠鳥與射獵兩種題材結合得非常好的一篇賦作。而透過這篇賦中細膩的描寫也可使我們對於盛行在西晉琅邪地區的射雉風俗有更進一步的認識，因此可以說〈射雉賦〉不只具有文學上的價值，亦具有考證歷史風俗的意義。此外，這篇賦也對雉鳥的某些生態活動有所描述，如牠們在春夏之交時，雄雉會互相鳴叫、打鬥等，有助於人們認識雉鳥的習性。潘岳在此賦中如此詳盡地描寫了這許多細節，相信他必然親自參與過這種射雉活動，才能刻劃得如此生動、細膩。透過這篇〈射雉賦〉不禁令人對賦家深入而細膩的觀察，及其文字刻鏤之細微精巧嘆爲觀止！

第三節　體物寫志的詠物體禽鳥賦：阮籍〈鳩賦〉

阮籍〈鳩賦〉也是現存兩晉詠鳥賦中一篇完整且具有代表性的作品，不過其寫作手法與潘岳〈射雉賦〉有很大的不同，二者分別代表了兩種不同詠物體禽鳥賦的寫作類型。

阮籍〈鳩賦〉之寫作背景，據賦序知：因為阮籍養了兩隻幼小的鳩鳥，一天天看著牠們長大，正感欣慰之際，鳩鳥卻被狗殺了。感傷之餘，便寫作了這篇〈鳩賦〉。〈鳩賦〉大意云：有隻母鳩帶著七隻小鳩，寡母幼兒，屢遭困苦的處境，旁人不但「既顛覆而靡救，又振落而莫弼」，鳩鳥「終飄搖以流離，傷弱子之悼栗。」可憐的孤雛，母親已無法再照顧牠們，所幸有君子養育這兩隻幼鳥，在主人悉心的照料下，小鳩鳥過著快樂的日子，「何飛翔之羨慕？願投報而忘畢。」主人的恩德令小鳩鳥銘感在心，希望來日報答。孰料一日竟不幸被暴怒的狂犬殺害，主人為此傷心不已。

就寫作手法來看，阮籍雖然也用詠物的方式來寫作〈鳩賦〉，對鳩的形象、樣態都有所描繪，但與前節所述潘岳〈射雉賦〉相較，二賦手法明顯不同。〈射雉賦〉在雉媒、野雉與山鷟等禽鳥的描寫上是以客觀寫實的方式進行形象的描繪；阮籍〈鳩賦〉則以充滿情感的筆調渲染鳩鳥的悲苦，賦中帶有濃厚的感傷色彩，讀來令人低徊不已。這種在賦中流露情感的表現方式在潘岳〈射雉賦〉中並不顯著，這也不禁使人懷疑阮籍這篇賦是否有更深的涵意？以下就阮籍個人的身世和所處的政治環境兩方面來試圖抉發〈鳩賦〉的言外之意。

就其身世來看，阮籍的父親阮瑀，是建安七子之一，卒於建安十七年（213），當時阮籍四歲，阮籍的母親帶著阮籍、阮熙和一個女兒一起生活。曹丕曾為她作〈寡婦賦〉，其序文言：

> 陳留阮元瑜，與余有舊。薄命早亡，每感存其遺孤，未嘗不愴然傷心。故作斯賦，以敘其妻子悲苦之情，命王粲並作之。（《三曹詩文全集譯注》，頁328）

〈寡婦賦〉云：

> 惟生民兮艱危，在孤寡兮常悲。人皆處兮歡樂，我獨怨兮無依。撫遺孤兮太息，俛哀傷兮告誰？三辰周兮遞照，寒暑運兮代臻，歷夏日兮苦長，涉秋夜兮漫漫。微霜隕兮集

> 庭，燕雀飛兮我前。去秋兮既冬，改節兮時寒。水凝兮成冰，雪落兮翻翻。傷薄命兮寡獨，內惆悵兮自憐。（同上）

曹丕的〈寡婦賦〉可說爲阮籍的母親道出了寡母帶著幼兒生活的辛苦及淒愴。史傳載阮籍「性至孝，母終……毀瘠骨立，殆致滅性。」阮籍母親去逝，起初阮籍痛飲不哭，終至兩度吐血數升。這種反常的行爲舉止，實則是一種至爲哀痛的表現。孤兒寡母的成長背景，使得阮籍對母親在情感上自然更是深厚，所以《晉書》本傳中又載阮籍曾說：「禽獸知母而不知父，殺父，禽獸之類也。殺母，禽獸之不若。」深究起來，阮籍在心理上和人格上都多少受到其幼年喪父、孤兒寡母的成長背景影響。這樣的成長背景使得阮籍這篇〈鳩賦〉似在說母鳩與小鳩，又隱含了自己深有同感的情感在其中，所以「既顛覆而靡救，又振落而莫弼」一句，其實描寫的是孤兒寡母需要救援時，感到世態炎涼的深刻體會。

再就當時的政治背景來看，阮籍此賦作於曹魏政權晚期，此由賦序中提及「嘉平中」可知。嘉平是魏廢帝的年號，當時正是曹爽與司馬懿政治爭鬥最激烈的時候，二派勢力的角力也正呈白熱化之勢。最後司馬懿鏟除曹爽一派的勢力，獨攬大權，從此曹魏政權完全落入司馬氏之手。司馬氏同曹魏一般欺人孤兒寡母〔註15〕，在這樣的政治情勢下，再看到阮籍〈鳩賦〉中用了《詩經・曹風・鳲鳩》：「鳲鳩在桑，其子七兮」的典故（〈詩序〉：「刺不壹也。在位無君子，用心之不壹也。」）以阮籍善用比興隱喻手法來寫作的情況來看，阮籍此賦不免讓人聯想他有藉此賦來譏刺司馬氏之意，如劉汝霖就持這樣的看法，其言：

> 按狗殺雙鳩，細事耳，嗣宗竟爲之作賦，是必有所感而借以爲喻者。疑雙鳩即指曹爽兄弟也。其證有三：嘉平元年，司馬懿殺曹爽兄弟，故賦中以嘉平立時，證一也。古有爽

〔註15〕《晉書・卷一〇五・載記・石勒下》：「……終不能如曹孟德、司馬仲達父子欺他孤兒寡婦，狐媚以取天下也。」（頁2749）

鳩氏，故賦中以「鳩」字影「爽」之名，證二也。曹爽聞桓範之言，躊躇終夜，終不能聽，竟還洛陽，爲司馬懿所殺。故賦中言「陵桓山以徘徊，臨舊鄉而思入。」證三也。
（《漢晉學術編年・卷六》，頁 180）

劉氏認爲阮籍〈鳩賦〉必然有所隱喻，但是否眞如劉氏所言：雙鳩指的是曹爽兄弟？就不得而知了。

顏延年、沈約等注阮籍詠懷詩〈夜中不能寐〉，云：

嗣宗身仕亂朝，常恐罹謗遇禍，因茲發詠，故每有憂生之嗟。雖志在刺譏，而文多隱避。百代之下，難以情測，故粗明大意，略其幽旨也。（《文選・卷二三》，頁 322）

如果阮籍在作詠懷詩時是如此「隱避」，相信他在作其他詩、賦、文章時亦當如是。故張溥在《漢魏六朝百三家集題辭》中比較漢大賦與阮籍之賦作時，說道：

長篇爭麗，兩都三京，讀未終卷，觸鼻欲睡。展覩阮作，則一丸消疹，胸懷蕩滌，惡可謂世無萱草也。（頁 89）

意指阮籍賦作可令人洗滌胸懷、忘卻憂愁。張溥又說：

晉王九錫，公卿勸進，嗣宗製詞，婉而善諷。司馬氏孤雛人主，豺聲震怒，亦無所加。正言感人，尚愈寺人孟子之詩乎？（同上）

阮籍身處易代之際，晉氏君主得位不正，對天下文士猜忌殘忍，身爲竹林七賢之一的阮籍，在其詩賦中用「婉而善諷」的方式表達，實有其不得已的苦衷。因爲「婉」，所以用曲折隱晦的方式來表達，否則就有遭致殺身之禍的可能。但他畢竟不能不對黑暗的現實無動於衷，因而在作品中批判現實，此即「諷」。若將〈鳩賦〉放在這樣雙重的背景下（個人身世及政治環境）來解讀，其意義就顯得更爲深厚了，而這些意義就是他在作品中所欲傳達的言外之意。所以從詠物的角度來看，阮籍在〈鳩賦〉中不僅只對所體之鳩鳥做客觀形貌的刻劃，如潘岳〈射雉賦〉般。他藉著描繪禽鳥的同時，流露或注入個人的思想情感，這種手法不同於〈射雉賦〉之純粹體物，而是一種體物寫志的寫作方式。當然賦家在賦中所寫之「志」不僅僅局限於個人身世或外在時局之感慨，有時亦會提升至哲學思想的層次，與當時的思潮相關聯。稍晚於阮籍的張華，在其〈鷦鷯賦〉中便呈現出與其時思潮密切相關的文學現象，這也是〈鷦鷯賦〉之所以具有特殊意義之處。

第四節　西晉思潮下的詠物體禽鳥賦：張華〈鷦鷯賦〉

張華〈鷦鷯賦〉是晉賦中的名篇，《文選》及《晉書・張華傳》均錄有此賦。《文心雕龍・章表》言：「世珍〈鷦鷯〉，莫顧章表。」雖係劉勰感嘆世人僅重視張華之〈鷦鷯賦〉而忽略其章表作品，但由此也可看出張華〈鷦鷯賦〉享有之盛譽。此外，更有針對〈鷦鷯賦〉而寫作的傅咸〈儀鳳賦〉和賈彪〈鵬賦〉，加上《晉書・張華傳》中記載阮籍見此賦後發出令人莫明所以的讚嘆，〈鷦鷯賦〉所引起的讀者迴響顯然已經是一個很值得注意的現象。其何以會在當時引發如此大的迴響？又何以會得到阮籍的賞識，並讚許作者爲「王佐之才」？究竟張華〈鷦鷯賦〉在整個西晉玄學思潮下扮演了一個什麼樣的角色？〈鷦鷯賦〉與之後傅咸的〈儀鳳賦〉、賈彪的〈大鵬賦〉又分別展現了怎樣不同的人生抉擇？這些賦作究竟與當時的社會環境、文化思潮間有何關聯？從張華〈鷦鷯賦〉出發並將之與傅咸〈儀鳳賦〉、賈彪〈鵬賦〉等禽鳥賦置於西晉思潮的發展脈絡下來看，將可以對這類禽鳥賦有更深一層的認識。

壹、張華〈鷦鷯賦〉的取材及主題

張華〈鷦鷯賦〉的寫作，〈序〉云：

> 鷦鷯，小鳥也。生於蒿萊之間，長於藩籬之下，翔集尋常之內，而生生之理足矣。色淺體陋，不爲人用；形微處卑，物莫之害。繁滋族類，乘居匹游，翩翩然有以自樂也。彼

鷲鶚鵾鴻，孔雀翡翠，或凌赤霄之際，或託絕垠之外。翰舉足以沖天，嘴距足以自衛。然皆負矰嬰繳，羽毛入貢。何者？有用于人也。夫言有淺而可以託深，類有微而可以喻大，故賦之云爾。

鷦鷯在一般人眼中看來是平凡、微小的鳥，但張華卻在〈鷦鷯賦〉中將「巢林不過一枝，每食不過數粒」（張華〈鷦鷯賦〉語，以下同）的鷦鷯改由另一個角度來看，反而是「委命順理，與物無害」的，原本地位卑微，而且「毛弗施於器用，肉弗登於俎味」，這樣一種在人們眼中沒有什麼實用價值的鳥，經過在張華的筆下，這一切反成爲鷦鷯的優點，因爲如此一來便能避禍遠害，做到「不懷寶以賈害，不飾表以招累」，張華不禁讚歎鷦鷯「何處身之似智」！

〈鷦鷯賦〉並舉其他鳥類作爲對比，認爲：雕鶡、鵠鷺、鵾雞、孔雀、鳧雁等「咸美羽而豐肌，故無罪而皆斃」，至於蒼鷹、鸚鵡也是「雖蒙幸於今日，未若疇昔之從容」，鷦鷯則「上方不足，下比有餘」，雖比不上大鵬「彌乎天隅」的高遠，但至少不會招致災禍。

從表面上看來，〈鷦鷯賦〉其取材於《莊子》是很明顯的，尤其賦中「巢林不過一枝，每食不過數粒」即來自《莊子・逍遙遊》：「鷦鷯巢於深林，不過一枝；偃鼠飲河，不過滿腹」，加上賦末點出「大鵬彌乎天隅」「吾又安知大小之所如」更明顯是來自《莊子・逍遙遊》中的典故。

〈鷦鷯賦〉在禽鳥賦發展史上獨特之處即在於其主題取材自《莊子》，雖然之前如張衡也從《莊子・至樂》篇取材作〈髑髏賦〉〔註16〕，不過就禽鳥賦而言，張華〈鷦鷯賦〉在禽鳥賦發展上較爲獨特之處即在於：它在禽鳥賦的寫作上對莊子典故的融化及運用的手法。〈鷦鷯賦〉從《莊子》中取材，進而以賦體形式來闡發哲理，這是以體物爲

〔註16〕《莊子・至樂》篇中原爲莊周見一髑髏，張衡〈髑髏賦〉則改爲張衡見一髑髏（即莊周），並在張衡與髑髏的對話中傳達了「死爲休息，生爲役勞」，和死後可以「與道逍遙」、「合體自然，無情無欲」的想法。

本質的賦體作品中比較少見的。這樣的寫作方式可以說爲詠鳥賦的寫作開啓了新的方向。一般說來，詠鳥賦多不脫禰衡〈鸚鵡賦〉的寫作模式，以詠物方式寫鳥，並結合自己的心志，以達到物我合一之境。而賈誼〈鵩鳥賦〉雖是談哲理之賦，但鵩鳥在其中所佔的分量卻很微小。而像張華〈鷦鷯賦〉這樣既描寫禽鳥，又闡發哲理者，可說是詠鳥賦中較值得注意者。而從《莊子》中取材，在之後的禽鳥賦也有像賈彪〈鵬賦〉、李白〈大鵬賦〉及唐代高邁的〈鯤化爲鵬賦〉、浩虛舟〈木雞賦〉等，但追溯主題中最早運用《莊子》典故的禽鳥賦則爲張華〈鷦鷯賦〉。

就「鷦鷯」一詞本身的取材來看，這本是《莊子・逍遙遊》「堯讓天下於許由」一段中的文字。原文的脈胳是：堯請許由出來治理天下時，許由拒絕時所說的一段話，許由說「名」不過是外在的虛榮罷了，自己的需求不多，不過像鷦鷯、偃鼠一般，所以他不會越俎代庖去參與政治的。在《莊子》中本段的重點在許由的不慕名利，視權位如浮雲，而寧願安於自給自足的生活。鷦鷯代表的是與世無爭，知足常樂，寧願選擇隱逸的象徵。比較張華〈鷦鷯賦〉和《莊子・逍遙遊》中的鷦鷯形象，鷦鷯原來在《莊子》中的用法是隱逸、知足的形象，而張華〈鷦鷯賦〉強調的主題卻是鷦鷯避禍全身，看似無用，實乃自全之策的智慧，藉此傳達一種「委命順理」、「任自然以爲資」的人生態度。對於張華這樣的處理方式，馬積高《賦史》評論他：「只是鼓吹一種安份守己的處世哲學而已。」（頁 173）。郭維森在《中國辭賦發展史》中也說〈鷦鷯賦〉：「寫一種安份守己、避禍遠害的人生觀是十分明顯的。」（頁 247）

從〈鷦鷯賦〉強調避禍全身的主題思想上來看時，其思想應源於《莊子》中「以不材得終其天年」處。《莊子・山木篇》載：

> 莊子行於山中，見大木枝葉盛茂，伐木者止其旁而不取也。問其故，曰：「無所可用。」莊子曰：「此木以不材得終其天年。」

大木以不材得終其天年，同樣地鷦鷯也以其「毛弗施於器用，肉弗登於俎味」而得以全身。〈鷦鷯賦〉的這種思考方式仍是由《莊子》而來。誠如郭維森《中國辭賦發展史》所言：〈鷦鷯賦〉是表現張華「自居卑弱以求生存的人生觀。」（頁 248）不過，張華何以會有這樣的想法，而寫下〈鷦鷯賦〉呢？這就必須關涉到張華寫作〈鷦鷯賦〉的時代背景來看了。

貳、張華寫作〈鷦鷯賦〉的時代背景及創作心態

關於張華〈鷦鷯賦〉的寫作背景，在唐人所修《晉書》與唐以前諸家《晉書》之間略有出入。唐人所修《晉書・張華傳》載：

> 張華，字茂先，范陽方城人也。父平，魏漁陽郡守。華少孤貧，自牧羊……初未知名，著〈鷦鷯賦〉以自寄。其詞曰：……陳留阮籍見之，歎曰：「王佐之才也！」由是聲名始著。……兼中書郎。（頁 1069）

言張華在寫作〈鷦鷯賦〉時仍是一籍籍無名之士，結果就因爲〈鷦鷯賦〉一出，得到阮籍的稱讚，從此聲名大噪，兼中書郎也是在著〈鷦鷯賦〉之後的事。然《文選》李善注引臧榮緒《晉書》卻有不同的記載，曰：

> 張華，字茂先，范陽人也。少好文義，博覽墳典。爲太常博士，轉兼中書郎，雖栖處雲閣，慨然有感，作〈鷦鷯賦〉。後詔加右光祿大夫，封壯武郡公，遷司空。爲趙王倫所害。
> （李善注《文選・卷十三》，頁 23）

臧榮緒爲南齊時人，所修《晉書》包括西晉、東晉，規模較大，體例完整，唐修《晉書》即以此爲底本〔註 17〕。若據臧榮緒《晉書》所言，則張華〈鷦鷯賦〉是作於他任中書郎之後。若依唐修《晉書》之說，

〔註 17〕參見楊朝明〈試論湯球《九家舊晉書輯本》——代前言〉，頁 4。收入湯球輯、楊朝明校補《九家舊晉書輯本》，河南：中州古籍出版社，1991 年初版。

似乎意指張華因〈鷦鷯賦〉受到阮籍的稱讚，故鮮于嗣推薦張華爲太常博士，之後張華的仕途便有了起色，也頗受人重視。顯示出張華是因〈鷦鷯賦〉使他從此仕途順遂，而這和〈鷦鷯賦〉受到阮籍的賞識有關。可見作品受到知名人士的延譽往往可以幫助士人在仕途上更爲平順〔註 18〕。但臧榮緒本《晉書》則無延譽之意，其意謂：張華是在栖處雲閣，位居高官時，慨然有感作〈鷦鷯賦〉。這兩種不同的說法今日皆各有學者支持，廖蔚卿採唐修《晉書》之說，在其〈張華年譜〉中將〈鷦鷯賦〉繫於魏高貴鄉公甘露四年（259），時張華二十八歲，尚未入仕途。而陸侃如《中古文學繫年》則採臧榮緒之說，將〈鷦鷯賦〉繫於魏元帝景元二年（261），時張華年三十。廖蔚卿與陸侃如二人在張華的生卒年推定上一致認爲：張華生於魏明帝太和六年（232），卒於晉惠帝永康元年（300）。

湯球輯臧榮緒《晉書》及王隱《晉書》〔註 19〕，均載：「阮籍見華〈鷦鷯賦〉，許以王佐之才。中書郎成公綏亦推華文義勝己。」〈鷦鷯賦〉受到阮籍推許之說是三家（唐人所修、臧榮緒、王隱）《晉書》均有的，當無疑義，因此可以確定〈鷦鷯賦〉作於景元四年（263）阮籍死前，即〈鷦鷯賦〉當作於張華三十二歲之前。其次，若依臧榮緒、王隱《晉書》之記載，則〈鷦鷯賦〉當作於成公綏任中書郎之後，而成公綏爲中書郎在魏元帝景元中，景元年號計有四年，故〈鷦鷯賦〉當作於景元二年或三年。陸侃如之繫年即據此而來，他並認爲：〈鷦鷯賦〉中的牢騷不像二十左右的人所有，移於三

〔註 18〕蓋自「後漢以來養成的風氣，大家都非常看重自己在士林間的聲譽，這是和仕進事業很有關係的。九品中正之法行後，聲譽之爲人稱道，更是求之不得的事情，因爲這可以發生實際的效果。……爲人延譽可以得居高品，仕途順易，自然許多人都兢兢求人之稱道了。」（《中古文學史論》，頁 91）

〔註 19〕臧榮緒《晉書》見引於《太平御覽·卷五九九》（《九家舊晉書輯本》，頁 44）。王隱《晉書》見引於《初學記》二十一、《類聚》五十六（《九家舊晉書輯本》，頁 223）。

十左右較合理（《中古文學繫年》，頁602）。

從當時的大環境來看，正當魏之晚期，時大權已落入司馬氏之手。魏明帝在病篤之時，詔命曹爽與司馬懿共同輔政，但二人卻暗中角力，曹爽用丁謐計，轉司馬懿爲太傅，外示尊崇，實則奪其政權。曹又引用何晏、丁謐、鄧颺等名士興革朝政。嘉平元年司馬懿誅除曹爽一派，上述名士全部坐罪，夷三族。此後又陸續有不少屠戮：

嘉平元年（249），殺何晏等八家。

正元元年（254），殺夏侯玄等六家皆夷三族。

景元元年（260），高貴鄉公曹髦被害。

景元四年（263），嵇康被害。

殺戮的文士包括何晏、夏侯玄、嵇康等，即使是帝王之尊如曹髦者也不能倖免。錢穆說：何晏、夏侯玄諸人「人格自高，所存自正，惟不脫名士清玄之習，乃不敵司馬父子之權譎狠詐。」（《國史大綱》，頁248）說明其被害之誣枉。對應於〈鷦鷯賦〉的內容：

> 雕鶡介其觜距，鵠鷺軼於雲際。鵾雞竄於幽險，孔翠生乎遐裔。彼晨鳧與歸雁，又矯翼而增逝。咸美羽而豐肌，故無罪而皆斃。徒銜蘆以避繳，終爲戮於此世。

無論是勇猛的雕鶡、清高的鵠鷺、能幹有用的鵾雞、或是美麗高貴的孔雀，乃至於肥美的野鳧、野雁，都因爲他們的「有用」而招致殺戮。這些「有用」的禽鳥不正隱喻上述那些被害名士嗎？而出身高貴的孔翠，不也隱喻著高貴鄉公曹髦嗎？

至於未被殺害者，依〈鷦鷯賦〉言：

> 蒼鷹鷙而受紲，鸚鵡惠而入籠。屈猛志以服養，塊幽縶於九重。變音聲以順旨，思摧翮而爲庸。變鍾岱之林野，慕隴坻之高松。雖蒙幸於今日，未若疇昔之從容。

如蒼鷹、鸚鵡也必須歸順、屈服，而不再像昔日那樣的自由、從容了。這寫的不正是像阮籍一類雖未受害，但也並不自由之人嗎？

嘉平元年誅殺曹爽一派名士，史稱「同日斬戮，名士減半」〔註20〕，《晉書・卷四十九・阮籍傳》亦云：「籍本有濟世志，屬魏晉之際，天下多故，名士少有全者。籍由是不與世事，遂酣飲爲常。」阮籍爲了不與司馬氏合作也只有消極地藉酒佯狂。司馬氏對名士猜忌之深，是連依違兩可的騎牆派也不能容，李豐兄弟便是一個很好的例子〔註21〕。凡此皆顯示了司馬氏在政權的爭奪戰中誅殺了不少名士，而使得士人處身於如此險惡的政治環境中，充滿恐懼。魏晉易代之際，司馬氏一方面極力拉攏士人，一方面也對士人充滿猜忌。在險惡的政治環境下，如何保全自身，便成爲士人們無助而消極的想法。所以曹道衡說〈鷦鷯賦〉「完全是當時一些人的經歷和心情的眞實寫照。」（《漢魏六朝辭賦》，頁136）張華便是在如此的背景下以其敏銳的心思寫作〈鷦鷯賦〉，傳達出一種「避禍遠害」的主題，此一主題實與當時的思潮及士人所身處的政治環境有密切的關係。

從張華當時的身分來看，無論〈鷦鷯賦〉是作於張華二十八歲或三十歲，以他當時的官位而言，其實並不具有重要性和影響力。張華聲譽達致顚峰之時當在太康元年（280）滅吳之後，但張華作〈鷦鷯賦〉是在景元四年（263）阮籍死前，那時張華在官職上稱不上顯赫。當然張華從時局的觀察上也同樣可以感受到名士在魏晉之際司馬氏統治下的不安全感，但畢竟張華出身寒門，在政治上又非居於重要的地位，因此他雖有危機意識，卻可以置身事外，類似那樣危迫的感受其實並不強烈，而是帶有一些自我惕勵，和自我安慰的心態。自言：與其像何晏、夏侯玄那樣死於非命，倒不如與世無爭，甘於平淡。既然本來就是不爲人所重的小鳥，也不會招來猜忌和殺身之禍，〈鷦鷯賦〉中：「毛弗施於器用，肉弗登於俎味，鷹鸇過猶俄翼，尙何懼於

〔註20〕《三國志・魏書・卷二八》裴松之注引《漢晉春秋》王廣語。

〔註21〕《三國志・魏書・卷九》裴松之注引《魏略》言曹爽專政，豐依違二公間，無有適莫，故于時有謗書曰：「曹爽之勢熱如湯，太傅父子冷如漿，李豐兄弟如游光。」之後帝每獨召豐與語，景王知其議己，請豐，豐不以實告，乃殺之。

罿罻？」便充滿了這樣一種自嘲、僥倖的意味。至於賦中說：「靜守約而不矜，動因循以簡易，任自然以爲資，無誘慕於世僞。」便是張華對自己處世之道的自我勉勵了。

參、阮籍對〈鷦鷯賦〉的讚嘆

《晉書·張華傳》載：阮籍見〈鷦鷯賦〉，嘆曰：「王佐之才也！」表現出阮籍對〈鷦鷯賦〉的讚賞，而阮籍之所以欣賞〈鷦鷯賦〉，廖蔚卿解釋道：

> 由賦意觀之，顯見華作此賦，一則以鷦鷯喻己身世寒微，難登廟堂；再則以美羽豐肌之禽喻當時豪族權臣，無辜皆斃，不能避禍，蓋感慨於司馬專權，政變屢起，故托喻如此，與阮籍〈首陽山賦〉辭雖異而寄慨同，故得籍之賞識。
>
> （〈張華年譜〉，頁16）〔註22〕

阮籍〈首陽山賦〉透露出士人處於當時政治環境下面臨的出處進退的問題，個人處身政治之中的寂寞，有意歸隱。賦中並透露出對伯夷、叔齊的仁義不以爲然之意，這裡隱含著阮籍對儒家思想的不滿，伯夷、叔齊是孔子所稱許的人物，也是司馬遷《史記》在以孔子及六經爲中心思想下記載的人物。阮籍非伯夷、叔齊，應是他轉向莊子思想的一種表現。

從阮籍處身於「天下多故，名士少有全者」的司馬氏政權下得以全身看來，他是非常謹愼的〔註23〕。想必他對於避禍遠害這個主題有著深刻的體會。從張華〈鷦鷯賦〉和阮籍〈首陽山賦〉看來，當時士人對自身的出處進退是非常關心的，在混亂的政局中如何保全性命是士人們切身的課題。其次，阮籍撰〈達莊論〉公開地推崇莊學，而貶

〔註22〕廖蔚卿〈張華年譜〉（臺大文學院編《文史哲學報》，二十七期，1978年12月），頁16。該文後收入氏著《中古詩人研究》（臺北：里仁書局，2005）一書。

〔註23〕「晉文王稱阮嗣宗至愼」（《世說新語·德行》，頁10）。

低儒學，(《魏晉思想史》，頁 90)「在『名士多故，少有全者』的魏晉之際，阮籍捨棄了儒學禮樂治世的思想，而轉入了欣賞莊子的遁世逍遙之說。」(同上，頁 91)。阮籍對張華〈鷦鷯賦〉的欣賞可能有一部分也是建立在阮籍對莊子思想的推崇上，從而對張華能引申莊子之說，又能推出新意，感到讚嘆！

張華寫了這篇〈鷦鷯賦〉之後，先是受到阮籍的稱讚，之後在政治上受到重用，位至卿相。從〈鷦鷯賦〉讀者(如阮籍)的角度來看，或許會因爲賦作中所傳達出來的思想，而以爲作者張華應當可以避禍遠害！然而事實上不然，張華雖然在賦中傳達了避禍遠害的想法，但身處混亂的政治環境中，最終亦不能眞正做到「免乎禍害」，反而在惠帝時的宮廷權力爭鬥中喪命。永康元年（300）趙王倫殺張華、裴頠及后黨賈謐等數十人。……朝野莫不悲痛之。不久，孫秀又譖殺石崇、歐陽建、潘岳等人。太安二年（303）成都王穎殺陸機、陸雲。一時之間，多少名士都死於這樣一場因八王之亂而引發的各種權力爭奪及恩怨報復中，眞令人不勝唏噓。看來在混亂的政局中即使想做到「避禍遠害」也不是件容易的事，明人張溥感嘆：「張茂先博物君子，昧於知止，身族分滅」(《漢魏六朝百三家集題辭》)，古往今來，類似張華這樣「知易行難」的例子不知凡幾！

肆、三種不同的人生抉擇：鷦鷯、鳳鳥抑或大鵬？

針對張華〈鷦鷯賦〉，傅咸與賈彪分別持有不同的看法，他們各自藉著賦鳳鳥及大鵬來闡發自己的想法。傅咸寫〈儀鳳賦〉，其序云：

> 〈鷦鷯賦〉者，廣武張侯之所造也。以其形微處卑，物莫之害也。而余以爲物生則有害，有害而能免，所以貴乎才智也。夫鷦鷯既無智足貴，亦禍害未免。免乎禍害者，其(原作「不」)唯儀鳳也。(《藝文類聚・卷九十》，頁 2313)

傅咸認爲鷦鷯沒有才智，不能免於禍害，唯有儀鳳之才智，才能免乎禍害。其辭曰：

> 仰天文以彌觀兮，覽神象乎太清。伊儀鳳之誕育兮，稟朱行之淳精。故能體該眾妙，德備五靈。穢惟塵之紛濁兮，患俗網之易嬰。心眇眇其悠遠兮，意飄飄以遐征。翔寥廓以輕舉兮，凌清霄而絕形。若乃龍飛九五，時惟大明。闡隆正道，既和且平。感聖化而來儀兮，讚簫韶於九成。隨時宜以行藏兮，諒出處之有經。豈以美而貫害兮，固以德而見榮。曠千載而莫睹兮，忽翩爾而來庭。應龍至兮，庶有感於斯誠。而君子之是忽兮，賦微物以申情。雖綺靡之可翫兮，悲志大之所營。敢砥鈍於末蹤兮，廁（原作「則」）瓦礫於瑤瓊。（《初學記・卷三十》，頁725～726）〔註24〕

傅咸以鳳鳥爲題，用的正是儒家的觀點，《論語集解》引孔安國曰：「聖人受命則鳳鳥至，河出圖。」〔註25〕又曰：「鳳鳥待聖君乃見」〔註26〕。傅咸〈儀鳳賦〉即形容鳳鳥在聖明之時才出現，「隨時宜以行藏」，而如今正是「曠千載而莫睹，忽翩爾而來庭」的聖明之時。從賦序中對張華稱「侯」和《晉書》本傳載傅咸性亮直，對朝政多所諫言，然他在此賦中大大稱頌當朝，猜想：這篇賦可能是在晉武帝太康元年平定吳國不久後所作。因爲張華是之前惟一贊成伐吳的大臣，因此吳滅之後，得到封侯之賞，一時位高權重，同時平吳對晉來說是件舉國歡騰的大事，也大大增加晉武帝的政治聲望。相較起來，這時的西晉是國勢隆盛，天下乂安的時候。

〈儀鳳賦〉前段描寫鳳鳥，中段稱頌當朝，但末段則似乎意有所指地略帶批評：「而君子之是忽兮，賦微物以申情」此句似在批評張華賦鷦鷯，言該賦「雖綺靡之可翫兮，悲志大之所營」，所賦鷦鷯小鳥，究竟志向不夠遠大。傅咸對張華〈鷦鷯賦〉中表現出委順、卑下

〔註24〕《初學記・卷三十》賦題作「傅咸〈鳳皇賦〉」。《藝文類聚・卷九十》僅有賦序，而賦文則見於《初學記・卷三十》。

〔註25〕《論語・子罕第九》：「子曰：『鳳鳥不至，河不出圖。吾已矣夫。』」句下注（《論語注疏・卷九》，頁78）。

〔註26〕《論語・微子》：「鳳兮鳳兮何德之衰」句注（《論語注疏・卷十八》，頁165）。

的哲學有不以爲然之意。

比較傅咸與張華二人賦中所呈現的思想，傅咸是以儒家較爲積極入世的態度和張華消極、自居卑下的態度相對應。而這樣的思想其實又與二人之出身、所處環境有密切的關係。就出身背景來看，傅咸是北地靈州（相當於今甘肅隴西）世族，父親是傅玄，具有濃厚的儒家士人的理想，嘗撰《傅子》一書，即是「存重儒教」之作〔註27〕。傅咸在〈儀鳳賦〉裡呈現出的正是承繼其家學的儒家思想。就西晉時的世家大族而言，自以賈充、賈謐一族、太原晉陽王氏（如王渾、王濟）、河東聞喜裴秀及子裴頠、潁川潁陰荀氏（如荀勗）等最爲顯赫。傅玄、傅咸雖無如上述諸族顯貴，但亦歷代有人爲官〔註28〕，如傅玄的祖父傅燮爲漢時漢陽太守，父親傅幹魏時曾任扶風太守，而傅玄的從兄傅嘏歷仕魏朝，魏末輔佐司馬氏，因功進封陽鄉侯。至於傅玄受晉武帝重用，傅咸亦襲父爵，任職亦多所執正，一如其父。傅氏一門雖稱不上顯赫，但也稱得上是「隴右政治世家，世代均於朝中任職，且與出身河南溫郡的司馬氏關係密切。」（王繪絜《傅玄及其詩文研究》，頁36）

至於張華「在漢、魏之際，其父祖並無可以稱述的門閥地位及重要官職，與當時大族相較，實爲寒門。」（廖蔚卿〈張華與西晉政治之關係〉，頁36）正因張華出身庶族，「進無逼上之嫌，退爲眾望所依」〔註29〕，在晉惠帝時才會再度受到重用。也因爲張華的出身是平民寒

〔註27〕《晉書・傅玄傳》載：「玄少時避難於河內，專心誦學。後雖顯貴，而著述不廢。撰論經國九流及三史故事，評斷得失，各爲區例，名爲《傅子》。爲內外中篇，凡有四部六錄合百四十首數十萬言，並文集百餘卷行於世。玄初作內篇成，子咸以示司空王沉，沉與玄書曰：『省足下所著書，言富理濟，經綸政體，存重儒教，足以塞楊墨之流遁，齊孫孟於往代，每開卷未嘗不嘆息也。』（頁1323）

〔註28〕蘇紹興〈評介毛漢光著「兩晉南北朝士族政治之研究」〉一文，頁244，列有北地靈州傅氏之仕宦官居五品以上者，在晉計有八位。

〔註29〕《晉書・張華傳》載：「賈謐與（賈）后共謀，以華庶族，儒雅有籌略，進無逼上之嫌，退爲眾望所依，欲倚以朝綱，訪以政事。疑而未

士，所以他特別會去提拔那些和他一樣出身寒門之士，為之延譽。〔註30〕也因為出身背景的不同，造成張華與傅咸二人思想上的差異。

鷦鷯小鳥與鳳鳥所呈現的對比不只是道家與儒家思想上的對比，也顯示了出身背景上一為寒士出身，一為世族出身的對比。鷦鷯是平凡的、卑微的小鳥，象徵著張華貧寒的出身，而鳳鳥則象徵了傅咸世家大族的出身背景，二者有著出身地位的階級差別。在一個實際上「上品無寒門，下品無勢族」（《晉書・卷四十五・劉毅傳》）的社會裡，世家大族的貴族與寒士之間是明顯的階級差異。家世背景、出身，決定了個人的命運，張華雖然在政治上有不錯的職位，但「處在那個彼此交爭的時候，還是依藉於他沒有門閥勢力的背景。」（王瑤《中古文學史論》，頁38）而傅咸「鳳鳥」所展現的世族氣勢，自然與鷦鷯那樣自知卑微，且所求不多，知足守分的形象大不相同了。

除了傅咸〈儀鳳賦〉是針對張華〈鷦鷯賦〉所作之外，另外還有賈彪的〈鵬賦〉也是針對張華〈鷦鷯賦〉而作。

賈彪，其生卒年不詳，只知為晉人，其〈鵬賦〉云：

> 余覽張茂先〈鷦鷯賦〉，以其質微處褻，而偏於受害。愚以為未若大鵬棲形遐遠，自育之全也。此固禍福之機，聊賦之云。
>
> 歎大鈞之播物，啓塊化於天壤。嘉有鵬之巨鳥，攝元

決，以問裴頠，頠素重華，深贊其事。華遂盡忠匡輔，彌縫補闕，雖當闇主虐后之朝，而海內晏然，華之功也。」（頁1072）

〔註30〕《晉書・張華傳》載：「華性好人物，誘進不倦，至於窮賤候門之士，有一介之善者，便咨嗟稱詠，為之延譽。」（頁1074）廖蔚卿解釋：「考華生平推舉賞譽之士人甚多，要之，約分二類：一為出身寒庶的學術文章之士，如成公綏、陳壽、摯秀、束皙、索靖、皇甫重等；一為東吳大族士子，如陸機、陸雲、顧榮之輩，此即所謂『候門』，非指王、裴諸族。細推之，蓋因華出身寒族，後雖居處雲閣，仍受王、裴諸大族之輕視及排擠，故華所賞薦，多屬寒微出身之士；陸機等人，雖為江南大族，然吳亡之後，亦受中原大族之排抑，華與彼輩，實有相似之感受，且俱以文采相當，故華亦為之延譽。」（〈張華年譜〉，頁27）

氣之夸象，揭宇內之逼隘，遵四荒以汎蕩。(《藝文類聚・卷九十二》，頁 2383)

從賦中可看出賈彪回歸到《莊子》原意，標舉大鵬，認爲大鵬「棲形遐遠」才是自全之道。言下之意當是隱居山林，透露出追求隱逸的想法。馬積高《賦史》認爲：從思想發展上來看，賈彪〈鵬賦〉應該作於西晉八王之亂後，基於對朝政的徹底失望而渴望回歸山林，興起隱逸的想法。(頁 174) 不過，是否眞是如此？以下嘗試再就此而論。

伍、〈鷦鷯賦〉之思想與向郭注《莊》之一致性

王琳《六朝辭賦史》說：「借詠物小賦抒寫處世思想是魏晉之際賦的一個比較普遍的現象。這種現象的產生與玄學有一致性。」(頁 110) 程章燦比較張華〈鷦鷯賦〉與傅咸〈儀鳳賦〉中不同的人生觀，認爲這「反映了當時思想界儒道兩家的衝突」(《魏晉南北朝賦史》，頁 118) 馬積高也說：「圍繞著張華這篇賦所展開的論爭……反映了從魏末到西晉某些士人夫人生觀的變化。」(《賦史》，頁 174) 究竟三篇賦作與當時社會思潮的發展有何關聯？將是本文接下來所欲探討的重點。以下先從〈鷦鷯賦〉與向秀、郭象注《莊》的關係談起。

張華〈鷦鷯賦〉既是引申莊子的思想，那麼他與注解《莊子》的向秀、郭象之間的關係又如何呢？向秀約生於魏明帝太和初(227)，卒於晉武帝太康元年(280)。郭象生於嘉平五年(253)，卒於永嘉六年(312)。二人都與張華的年代有交集，向秀較張華年長六歲，郭象比張華小十九歲。在交遊上，張華和向秀二人是相識的，《晉書・任愷傳》載：「庾純、張華、溫顒、向秀之徒皆與愷善，楊珧、王恂、華廙等(賈)充所親敬，于是朋黨紛然。」張華、向秀都是與任愷相善的一群名士，他們都不屑於賈充的爲人，兩黨之間不乏明爭暗鬥。

張華〈鷦鷯賦〉中除了「鷦鷯」一詞本身來自於《莊子》外，其中也涉及〈逍遙遊〉中「小大之辯」的思想。在《莊子・逍遙遊》

中的「小大之辯」原意是認爲學鳩、斥鴳是小知，牠們哪裡能了解大鵬之志呢？而竟以自己有限的智識去嘲笑大鵬。不過這一段「小大之辯」的意涵，到了魏晉之時就有不同的解釋了。《世說新語・文學篇》劉孝標注曾引向秀、郭象〈逍遊義〉曰：「夫大鵬之上九萬，尺鷃之起榆枋，小大雖差，各任其性，苟當其分，逍遙一也。」（徐震堮《世説新語校箋》，頁 120）從向秀和郭象對逍遙義的闡釋看來，他們認爲小鳥與大鵬同樣可以達到逍遙的境地，而無小大之分。這種「寄言出意」的注解方式並不吻合《莊子・逍遙遊》上下文脈的原意，因爲原本《莊子・逍遙遊》中大鵬象徵逍遙的聖人境界，而小鳥則是凡人的象徵，二者在境界上是不相同的。而蜩與學鳩自我滿足地嘲笑大鵬也顯然是一種坎井之蛙的見識，爲莊子所不取。但向、郭的詮釋卻以爲：只要小鳥各盡其性，也可以達到牠們自足的逍遙境地。雖然向、郭的詮釋與原文的語脈並不吻合，但從整體的《莊子》思想上來看，卻發揮了莊子「齊物」的看法，與莊子思想在本質上並不衝突。

而張華的〈鷦鷯賦〉顯然也是和向、郭同樣的詮釋，認爲鷦鷯雖是小鳥，但同樣有牠的處世智慧，而肯定小鳥的價值。其次，在「堯讓天下於許由」一段中，原本莊子是肯定隱逸思想的。但在郭象注中，巧妙地用「以不治治天下」這種「身在魏闕，心懷江湖」的意思將原意做了轉換，即不否定從政之途。郭注又云：「故堯、許之行雖異，其於逍遙一也。」（郭慶藩《莊子集釋》，頁 26）這和張華〈鷦鷯賦〉中透露出來的意思有相似之處，即他們都不迴避仕途，並不認爲從政與隱逸有何扞格或不能融合之處。這和原本這一段文義中莊子推崇隱逸的想法有很大的不同。

由〈鷦鷯賦〉看來，張華對《莊子》的詮釋和向秀、郭象是一致的，而這也顯示出當時士人對《莊子》思想的理解情況。士人這樣一種對《莊子》經典的詮解，其實又與其身處的時代思潮密切相關。

陸、〈鷦鷯賦〉與魏晉思潮發展之關聯

從魏晉時代思潮的發展來看，魏晉之時士人所關心的課題是自然與名教的衝突，司馬氏表面上提倡名教，實則陰險譎詐，殘酷殺戮，而嵇康、阮籍則代表了越名教而任自然的名士，但嵇康枉死、阮籍佯狂，都未能眞正解決存在士人心中眞正的難題。堅持理想如嵇康者，終是死於司馬氏之手。但放棄理想，又有違知識份子的良知。隨著司馬氏政權的鞏固，士人在這樣的政治環境中，如何自處，是士人關心的課題。張華〈鷦鷯賦〉及因此衍生的〈儀鳳賦〉、〈鵬賦〉，這三篇賦作便是探討士人在身處當時的政治環境中，應當如何自處的問題。當理想與現實間的衝突無法調和之時，在高度的壓力下，是要放棄理想與現實妥協？或是堅持理想與現實壓力對抗？如果對抗將遭致自身的災禍時，又該如何？傅咸、賈彪二人代表的正是從讀者角色轉爲積極參與創作、論辯的再創作者，由二人的廻響和反應，也透露出士人對此一課題（如何「避禍遠害」）不約而同的重視，也各有自己不同的應對之道。三人分別以鷦鷯、鳳鳥、大鵬表現了自我的人生觀。在時間上張華〈鷦鷯賦〉的創作在先，張華〈鷦鷯賦〉首先打破世人習以爲常的思維去看待鷦鷯。

當時思想上崇尚玄學，也是因著這種政治上無能爲力的無奈而來。大家喜歡談論《莊子》，而清談與玄學之風的盛行，也表現在士人的作品之中。傅咸和賈彪相繼提出與張華觀點不同的賦作，這也是在西晉玄學思潮中，哲學上互相論辯的風氣延伸到文學創作上的一種現象。表現在這三篇賦作中，即是三人分別透過詠鳥賦的寫作表現了個人對於人生價值觀的選擇，而這價值觀正是建立在他們對儒、道經典詮釋的基礎上。

士人在名教與自然的衝突下，有一逐漸調和的發展過程。嵇康、阮籍反對司馬氏的假名教，而提倡自然，但這不容於當權者〔註31〕。

〔註31〕許抗生說：「嵇、阮之學是曹魏集團中的一些名士，爲反對司馬氏的

且在司馬氏政權下，士人連隱居的自由都沒有，例如向秀在嵇康死後去做官，從其〈思舊賦〉中便可看出其隱含的無奈。在高壓統治下，士人們不得不向司馬氏的政權妥協〔註 32〕。既然不能選擇隱逸的生活方式，那也只有退而求其次，僅希望能得到心靈上的逍遙了，就像張華〈鷦鷯賦〉、向、郭《莊子注》中不排斥仕宦的想法一樣，將理想與現實之間的衝突做了一番調和，向秀、張華與郭象就展現了這樣一路調和自然與名教思想脈絡。從思想史的角度來看，張華〈鷦鷯賦〉表現出的思想傾向與向郭是一致的。士人從不合作到合作，從儒道衝突到儒道調和，以道爲本。如果說傅咸〈儀鳳賦〉代表的是儒家思想，賈彪〈鵬賦〉代表的是莊子思想，那麼張華〈鷦鷯賦〉代表的便是儒道融合的思想。比較賈彪〈鵬賦〉與張華〈鷦鷯賦〉，可知：賈彪〈鵬賦〉主張隱逸，而張華的〈鷦鷯賦〉雖強調避禍遠害，但並不認爲需要隱逸，而顯示出「仕宦」與「逍遙」二者並不相妨之意。從向秀、郭象二人並未選擇隱逸看來，賈彪〈鵬賦〉中所說的「棲形遐遠」，並不是他們想要的。而傅咸〈儀鳳賦〉的儒家思想也並非西晉思潮中的主流。反觀張華〈鷦鷯賦〉，其與西晉玄學思潮中調和自然與名教衝突之課題，在發展方向上是一致的。也因爲〈鷦鷯賦〉反映了當時正逐漸居於主流的莊學思潮，符合這股儒道融合的思想潮流，故能引起讀者廣泛的共鳴。因而三篇賦作相較之下，〈鷦鷯賦〉爲世爲重，其它兩篇則否。

向秀、郭象以注釋《莊子》的方式展現其思想，而張華則透過文

儒家說教而發。向秀郭象之學，則是反映了司馬氏集團鞏固了政權之後，原來抵制司馬氏，後來又走上了與司馬氏政權妥協道路的一批士人的思想。」(《魏晉思想史》，頁 161)

〔註 32〕許抗生說：「向秀原是竹林七賢之一，只是在嵇康被司馬氏殺害之後，在大勢所趨的情況下，又轉向司馬氏政權中去做官的，走的就是一條由不合作到與司馬氏妥協合作的道路。郭象亦是如此，他最初也是不願做官的，是位常閒居以自娛的人，後來才參與了司馬氏的政權，成爲了一位顯赫的人物。」(《魏晉思想史》，頁 161)

學作品（如〈鷦鷯賦〉）展現其思想，他們都同樣藉著莊子「委命順理」、「各任其性」的原則來解消理想與現實間的矛盾，他們同樣在朝爲官，但卻可以身在魏闕，心懷江海，既滿足了當權者要他們出仕的要求，也保全了性命，在心靈上也不因出仕的矛盾而痛苦。表現出一種在不得不的情況下，與現實妥協，但又能不與自己堅持的理念相衝突的折衷之道。張華〈鷦鷯賦〉中強調「避禍遠害」的主題，展現的即是士人以委順、卑下之道來保全自身的消極做法。而其所堅持的理念就是道家式的自然無爲，即〈鷦鷯賦〉中所說的「任自然以爲資」，這也是處身在那樣一個時代環境下不得不然的選擇。

從〈鷦鷯賦〉中我們看到：士人所處的時代環境及其出身會影響到士人的創作，而且從文學作品中所呈現出來的不只是文學上的成就，〈鷦鷯賦〉正如《文心雕龍・才略篇》所言：「張華短章，奕奕清暢」且深含寓意。〈鷦鷯賦〉運用《莊子》典故的寫法可說爲詠鳥賦開拓了新的方向，使詠鳥賦向先秦諸子寓言取材。此外，更進一步地透過作品去闡發哲理，對經典有一番新的詮釋。這使得〈鷦鷯賦〉不僅僅是文學之作，更具有思想史上的價値，它代表了由嵇康、阮籍到向秀、郭象之間的一種過渡。〈鷦鷯賦〉的寫作使詠鳥賦得到一個很好的示範，它使詠鳥賦在詠物的本質之外增加了在思想層次上的可讀性和豐富意涵。

綜合說來，兩晉時的詠鳥賦家，也如《文心雕龍・時序篇》中所說的「晉雖不文，人才實盛」，其中如傅玄、傅咸父子、孫楚、成公綏、桓玄等都有爲數不少的詠鳥賦作，其餘作家加起來，詠鳥賦的數量更是可觀。一方面人才濟濟，另一方面也有不少新題材的創發，而產生一些像張望〈鷺鷀賦〉、摯虞〈鴳鵲賦〉這樣清新的小品，以「結藻清英，流韻綺靡」（《文心雕龍・時序》）稱之，頗爲恰當。而最具代表性的就是阮籍〈鳩賦〉、張華〈鷦鷯賦〉和潘岳的〈射雉賦〉。阮籍的〈鳩賦〉含意深刻，張華的〈鷦鷯賦〉足以代表這個時代的社會思潮，而潘岳的〈射雉賦〉在詠鳥賦的發展上也開拓一種結合射獵與詠鳥的寫作典型，使得詠鳥賦的形態有了更多的變化。只可惜文人處身在一個政治爭鬥如此繁複的世局中，仕途上不順利，生活上也不安定，如張華、潘岳都因宮廷中爭權奪利而死於非命，正如王瑤《中古文學風貌》中所言：

> （文人）在外戚宗室爭權的漩渦中討寄生的生活，所以使後人有「運涉季世，人未盡才」的感覺。（頁31）

第五章　南北朝禽鳥賦的演變

東晉末年桓玄叛逆，之後東晉終爲劉裕所篡，建立宋朝，開啓了南朝的歷史。南北朝時的詠鳥賦幾乎都是南朝作家，即使像庾信的〈鴛鴦賦〉也是他在南朝時所作，眞正北朝的詠鳥賦家只有魏澹（撰有〈鷹賦〉）及後來入隋的盧思道（撰有〈孤鴻賦〉）。

目前所見的南朝詠鳥賦除收錄在《文選》和作家文集中的少數篇章外，多只能從類書（如《藝文類聚》、《初學記》）中去輯錄殘存的賦篇。雖然材料不完整使得研究困難，不過就南朝詠鳥賦的發展來看，仍是有一些作家和文學現象頗值得注意。

南朝創作詠鳥賦的作家包括謝靈運、謝惠連、劉義慶、顏延之、謝莊、鮑照、王叔之、王徽、謝朓、江淹、沈約、何遜、蕭子暉、蕭綱、蕭繹、庾信、徐陵等人。在這些賦家當中，謝靈運、謝惠連、謝莊及鮑照等人爲宋代的詠鳥賦家，其中又以鮑照的〈舞鶴賦〉及〈野鵝賦〉堪稱此時禽鳥賦的代表作。沈約、謝朓二人則是「竟陵八友」文學集團的成員，這個文學集團活動於南齊永明年間，以文惠太子蕭長懋、竟陵王蕭子良爲核心，著名文士如沈約、謝朓、王融、任昉、范雲、蕭衍、蕭琛、陸倕等均參與唱和。〔註1〕由於沈約、謝朓、王

〔註 1〕《梁書・武帝紀》載：「（南齊）竟陵王子良開西邸，招文學，高祖（蕭衍）與沈約、謝朓、王融、蕭琛、范雲、任昉、陸倕等並遊焉，號曰

融等人倡導「聲律論」，形成一股文學史上新的文學風尚，故當時的詩有「永明體」之稱。本文分析沈約等人的詠鳥賦，發現：注重聲律的現象並不僅限於詩，賦亦有之。

再來如梁朝簡文帝蕭綱、湘東王蕭繹、徐陵、庾信四人同作〈鴛鴦賦〉，分析這些同題共作的賦篇，發現：南朝後期的詠鳥賦具有宮體傾向及詩化現象。就賦的詩化現象而言，其實在沈約的〈天淵水鳥應詔賦〉中即已有之，後來更在梁、陳時的詠鳥賦中有進一步的發展。至於「宮體」傾向，一般文學史論及此一風格之作，往往以詩體爲主，實則此種文風流行蔓衍不只於詩體如此，賦作亦然。

南北朝時是駢賦發展的時期，因此如賦的宮體傾向、賦的詩化現象、永明聲律說對賦的影響等都是文學史上値得進一步探究的問題，這些現象在詠鳥賦中也都有出現，因此由這些問題出發，探討南北朝時詠鳥賦的發展將是深具意義的。

第一節　元嘉禽鳥賦家

宋代詠鳥賦家有謝惠連（397～433）、劉義慶（403～444）、顏延之（384～456）、鮑照（421？～465？）、謝靈運（385～433）、謝莊（421～466）等知名文士。謝惠連有〈瀏鶒賦〉、〈白鷺賦〉，都是之前未見的禽鳥題材，惜今日所見亦是殘而不全的，〈白鷺賦〉僅存兩句：「有提樊而見獻，實振鷺之鮮禽。表弗緇之素質，挺樂水之奇心。」（《藝文類聚・卷九十二》）〈瀏鶒賦〉所存較多：

> 覽水禽之萬類，信莫麗乎瀏鶒。服昭晰之鮮姿，糅玄黃之美色。命儔侶以翱遊，憩川湄而偃息。超神王以自得，不意虞人之在側。網羅幕而雲布，摧羽翮於翩翻。乖沈浮之諧豫，宛羈畜於籠樊。（《藝文類聚・卷九十二》）

賦中實已展現了駢賦字句簡麗整練的特色。

八友。」

劉義慶〔註 2〕〈鶴賦〉、〈山雞賦〉今亦僅存殘句。〈鶴賦〉寫鶴的形狀：

> 其狀也，紺絡頸而成飾，頳點首以表儀。羽凝素而雪映，尾舒玄而參差。趾象虯以振步，形亞鳳以擅奇。(《藝文類聚．卷九十》)

字句上更進一步顯示出對偶精巧的形式。又如〈山雞賦〉殘句：

> 形鳳婉而鵠跱，羽袞蔚而緗暉。臨綠湍而映藻，傍青崖而妍飛。不隱燿而貽累，倏見屈於虞機。(《藝文類聚．卷九十一》)

體物細膩，力求刻劃入微，正是所謂「巧構形似」之言。但詠物的同時，要做到物盡其情，則又必須有入乎其內的想法和觀照，因而必須將自身投射成該鳥，寫其所歷、所思、所感，如此才能達到不只寫其形，且能傳其神的效果，也使得原本巧構形似之作能兼顧及抒情性。這樣的寫作形態其實肇自禰衡的〈鸚鵡賦〉，建安及兩晉時的詠鳥賦表現亦大抵不外乎這樣的要求，劉義慶之作亦是承襲了兩晉以來詠鳥賦的寫作風格，尤其是像張望〈鷺鶿賦〉、摯虞〈鴳鸖賦〉、蔡洪〈鬥鳧賦〉一般字句整練、造語平實的清新風格。

謝莊的〈赤鸚鵡賦〉爲應詔之作，但也寫得如其膾炙人口的〈月賦〉一般，在寫景上有絕佳的描繪：

> 徒觀其柔儀所踐，頳藻所挺，華景夕映，容光晦鮮。惠性昭和，天機自曉。審國音於寰中，達方聲於裔表。及其雲移霞峙，霰委雪翻，陸離暈漸，容裔鴻軒。躍林飛岫，煥若輕電溢煙門。集埸棲圃，曄若夭桃被玉園。至於氣淳體浮，霧下崖沈。月圖光於綠水，雲寫影於青林。遡還風而聳翮，霑清露而調音。

寫景之處莫不清麗如詩，刻意地以夕陽、彩霞、雲煙、雪霰、迷霧、

〔註 2〕嚴可均《全宋文》（頁 2496）載劉義慶〈鶴賦〉、〈山雞賦〉，但《歷代賦彙．逸句．卷二》題劉道規作。嚴氏所錄係輯自《藝文類聚》，《藝文類聚》作「宋臨川康王」，劉道規爲臨川烈武王，劉義慶爲臨川康王，是知：《歷代賦彙．逸句．卷二》所題作者名有誤。

月光等自然美景來營造出一幅美麗的畫面，這可說是謝莊賦作之特色。《宋書・卷八十五・謝莊傳》載此賦之寫作背景：

> （元嘉）二十九年……時南平王鑠上赤鸚鵡，普詔群臣爲賦。太子左衛率袁淑文冠當時，作賦畢。齎以示莊，莊賦亦竟。淑見而歎曰：「江東無我，卿當獨秀，我若無卿，亦一時傑也。」遂隱其賦。（頁 2167～2168）

袁淑因爲見了謝莊這篇〈赤鸚鵡賦〉，使得袁淑「遂隱其賦」，難怪今日看不到袁淑之作。

至於顏延之有〈白鸚鵡賦〉，序云：

> 余具職崇賢，預覩神秘，有白鸚鵡焉，被素履玄，性溫，言達九譯，絕區作玩，天府同事，多士咸奇，思賦。

其辭曰：

> 稟儀素域，繼體寒門。貌履玄而被潔，性既養而亦溫。雖言禽之末品，妙六氣而剋生。往秘奇於鬼服，來充美於華京。恨儀鳳之無辯，惜晨鷺之徒喧。思受命於黃髮，獨含辭而採言。起交河之榮薄，出天山之無垠。既達美於天居，亦儷景於雲阿。漸惠和之方渥，綴風土而未訛。服璅翮於短衿，仰梢雲之曾柯。覬天網之一布，漏微翰於山阿。

顏延之雖在賦中描寫白鸚鵡形貌、性情、來歷與處境，體物不可謂不工，但對照賦序可知，實亦有自況之意，並不只是單純的體物。

謝莊、顏延之等人雖然是當時著名的詩賦名家，但就以創作禽鳥賦而言，當時成就最大者非鮑照莫屬。鮑照有〈舞鶴賦〉、〈野鵝賦〉，前者收入《文選》中，後者見於文集，兩篇均完整保存下來，素有好評，足以代表此時禽鳥賦的創作巔峰。

鮑照字明遠，其出身爲寒士，《詩品》言：「嗟其才秀人微，故致湮當代」，又言其「善製形狀寫物之詞」。鮑照〈舞鶴賦〉之特別在於其既賦鶴，又賦舞，而且巧妙地將鶴與舞結合爲一體，能發前人所未發，別出心裁。兼以詠鶴之中蘊含了自身的寄托與感慨，這也使得〈舞鶴賦〉價值更高。

〈舞鶴賦〉一開始言：「散幽經以驗物，偉胎化之仙禽。鍾浮曠之藻質，抱清迴之明心。」（《文選・卷十四》，以下同）先寫鶴超逸絕俗的丰姿。繼而以「指蓬壼而翻翰，望崑閬而揚音。匝日域以迴騖，窮天步而高尋。」寫其高遠目標和雄偉氣魄。更以「踐神區其既遠，積靈祀而方多。」以表示鶴之長壽。「精含丹而星曜，頂凝紫而煙華。」是就鶴的外形寫其睛、頂。前面著重寫鶴在仙境逍遙無憂的神仙生活，時「朝戲於芝田，夕飲乎瑤池」，但自「厭江海而遊澤，掩雲羅而見羈」起，筆鋒一轉，寫鶴自此不幸被網羅於人世，乃由仙境墮入人寰。因而「去帝鄉之岑寂，歸人寰之喧卑。歲崢嶸而愁暮，心惆悵而哀離。」以下一段寫景淒美：

> 於是窮陰殺節，急景凋年，涼沙振野，箕風動天。嚴嚴苦霧，皎皎悲泉。冰塞長河，雪滿群山。既而氛昏夜歇，景物澄廓。星翻漢迴，曉月將落。

因「鶴舞多在寒夜」（張雲璈《選學膠言》）故寫道：「感寒雞之早晨，憐霜鴈之違漠。臨驚風之蕭條，對流光之照灼。」將鶴在寒夜的孤寂與景色融合爲一，情景交融，刻畫甚妙。「唳清響於丹墀，舞飛容於金閣。」則指鶴如今成爲王宮中的寵物，接著描寫鶴舞之姿：

> 始連軒以鳳蹌，終宛轉而龍躍。躑躅徘徊，振迅騰摧，驚身蓬集，矯翅雪飛。離綱別赴，合緒相依。將興中止，若往而歸。颯沓矜顧，遷延遲暮，逸翮後塵，翱翥先路。指會規翔，臨岐矩步。態有遺妍，貌無停趣。奔機逗節，角睞分形。長揚緩騖，並翼連聲。輕跡凌亂，浮影交橫，眾變繁姿，參差洊密。煙交霧凝，若無毛質。風去雨還，不可談悉。既散魂而盪目，迷不知其所之。忽星離而雲罷，整神容而自持。

舞蹈動作變化多端，非靜態的對象，化爲語言文字的表達時，實有難以摹其情態的困難，在描寫上也需要更高明的技巧，鮑照在此卻能巧妙地運用諸如「宛轉」、「躑躅」、「徘徊」、「颯沓」、「遷延」等副詞來表現鶴舞的曼妙，在抽象的描寫中予人想像的空間，更因這些雙聲或疊韻的連綿詞，在音韻上也達到了和諧的效果。而「離綱別赴，合緒相依。將興中止，若往而歸。」也充分地顯示出將鶴舞寫得有如人舞一般具有整齊的舞蹈隊形和出人意表的步履動作。又如利用「雪飛」形容鶴舞時的白羽飄散、以「逸翮後塵」寫鶴舞中揚起塵沙，透過寫具象的足跡、影子（「輕跡凌亂，浮影交橫」）來傳達不易描寫的動態畫面。又如以「煙交霧凝，若無毛質」的描繪，使鶴舞在煙霧中呈現迷離朦朧之美。最後，「風去雨還，不可談悉。既散魂而盪目，迷不知其所之。」從觀者被震懾住的神情，暗喻出：這眞是一場令人嘆爲觀止的表演！

這些對鶴舞的描寫，在在都令人不得不讚嘆作者寫作技巧的高明。錢鍾書讚其：「鶴舞乃至於使人見舞姿而不見舞體，深抉造藝之窈眇。」（《管錐編》第四冊，頁 1312）

賦末以「仰天居之崇絕，更惆悵以驚思。」來表達鶴舞停歇後，一切復歸於平靜，而仙鶴從鶴舞中回復過來，似有在短暫的嬉遊之後，回到現實中那樣突兀而帶有些許惆悵的心情，表示牠仍是嚮往原來在仙鄉中自由的生活，而對墮入人寰、受人豢養的不自由感到哀傷。末段更以燕姬、巴童、中拂、丸劍、邯鄲舞女、陽阿名倡等諸多技藝都相形失色來襯托鶴舞之美妙絕倫。這裡也運用了一些典故來稱美鶴在歷史上曾受到的禮遇（如「入衛國而乘軒」），和有關吳王闔閭小女兒死時，舞白鶴於吳市，最後萬人同鶴俱入墓門而死〔註 3〕的傳說（「出吳都而傾市」），雖是典故的堆砌，卻也呈顯出鶴之受寵及鶴與人之間親密的關係。最後一句：「守馴養於千齡，結長悲於萬里。」全篇在此哀婉的情調中結束，留下的是無限的岑寂。

鮑照〈舞鶴賦〉不僅僅是詠鶴舞而已，其「雖名爲詠鶴，實有所寄託。作者感物及身，寄寓了自己作爲一個文士以才華出眾而被籠絡羈束於統治者的抑鬱心情，含蓄委婉地抒發了一個出身寒微的

〔註 3〕《文選》李善注引《吳越春秋》。

才士的懷才不遇的深沉慨嘆。」（陳宏天主編《昭明文選譯注》第二冊，〈舞鶴賦〉題解，頁 767）因此，〈舞鶴賦〉中寫鶴哀鳴處似爲作者自身心境的投射，隱含一種對自由生活的嚮往與現實中理想難以達成的感慨！

鮑照另有一篇〈野鵝賦〉，其序云：「有獻野鵝於臨川王，世子愍其樊縶，命爲之賦。」雖然是奉題所作，但鮑照仍然藉由詠野鵝而投射了個人的身世感慨！

〈野鵝賦〉中如「踐菲跡於瑤塗，昇弱羽於丹庭」、或如「無青雀之銜命，乏赤鴈之嘉祥」、「雖陋生於萬物，若沙漠之一塵」都在描寫野鵝輕賤的出身，而鮑照本人出身寒微，野鵝亦非珍貴的鳥類，正可以將自己寒微的出身投射於野鵝身上，使野鵝帶有作者自身的隱喻。尤其像「空穢君之園池，徒慚君之稻粱」表面上寫的是野鵝，寫野鵝來到臨川王的苑囿，受到良好的對待，對此深表感激，而對自己無所貢獻感到羞慚！實則寫的正是作者自身。依錢振倫所編鮑照年表，將〈野鵝賦〉繫於鮑照二十六歲時（439）獻詩於臨川王，且受到拔擢。《南史．卷十三．劉義慶傳》載鮑照曾經拜謁臨川王劉義慶，但未見知，鮑照欲貢詩言志，旁人阻止他，說他職位卑微，不宜輕舉妄動，以免得咎。鮑照不以爲然，生氣地說：「千百年來多少英才都湮沒而不聞！大丈夫怎麼可以隱藏自己的才能，終日碌碌，與一般庸碌之輩無所分別？」於是上奏自己的詩，劉義慶見了鮑照的詩非常驚嘆，賜他帛二十匹，不久拔擢他爲國侍郎，很賞識鮑照。就〈野鵝賦〉中一再透露出的「將感愛而投身」、「苟全軀而畢命，庶魂報以自申」這樣深表感激、願畢命報恩的心情來看，與當時情況也頗相合。又如賦中說到苑囿中的珍禽如海鷗、鳴鶤、鷃、翬等，相形之下野鵝發出「雖居物以成偶，終在我以非群」的感嘆，這何嘗不是鮑照置身王府中孤立的寫照呢？所以曹道衡說此賦「善用比興，以寓其不容於同僚之嘆。」（《漢魏六朝辭賦》，頁 179）在這樣的情況下，野鵝只有「望征雲而延悼，顧委翼而自傷」！至於「聞宿世之高賢，澤無微而不均，育草木而明義，愛禽鳥而昭仁，全殞卵而來鳳，放乳麑而感麟。」則明顯是在頌美臨川王的仁德。結語同之前的詠鳥賦，一貫地以願感懷報恩作結。

無論是〈舞鶴賦〉或〈野鵝賦〉，鮑照都掌握到詠物賦「物我合一」的美學要求，能上承禰衡〈鸚鵡賦〉的精神，詠物言志，洵爲佳作。馬積高曾對顏延之、謝靈運、鮑照三人之賦做了一番比較，其云：「以賦而言，顏不如謝，謝又不如鮑。」（《賦史》，頁 206）此評用以論三人詠鳥賦之成就亦很恰當，可見每位作家在不同文體上的成就不盡相同，有人長於詩，有人長於賦，風格亦不相同，可分別觀之。

第二節　沈約禽鳥賦與永明文學

沈約生於宋文帝元嘉十八年（441），卒於梁天監十二年（512），歷仕宋、齊、梁三朝，在當時文壇上居領導的地位。「永明」本是齊武帝蕭賾的年號，而「永明體」指的則是當時沈約等人提倡聲律，並以此爲指導原則所形成的創作。由於聲律說的主張爲沈約所特別標舉，因此學者也以沈約的卒年（天監十二年）作爲永明體時期的下限〔註 4〕。

沈約在文學上最重要的影響是他提出的兩項文學主張：一是聲律說，一是「三易說」。先說「三易說」，顏之推《顏氏家訓・文章篇》言：

> 沈隱侯曰：「文章當從三易：易見事，一也；易識字，二也；易誦讀，三也。」邢子才常曰：「沈侯文章用事，不使人覺，若胸臆語也。」深以此服之。

〔註 4〕劉躍進《永明文學研究》指出：「鍾嶸著《詩品》以沈約爲入評的最後一位作家，蕭統編《文選》也主要收錄的是沈約以前的創作。由此看來，他們似乎是把天監十二年沈約之死視爲文學史上一個歷史段落的標志。近來，曹道衡、沈玉成二位先生在《有關文選編纂中幾個問題的擬測》等文中明確提出，這個歷史段落的文學，實際就是概指永明文學。」（頁 77）

第一、「易見事」是就用典而言，強調用典宜看似自然天成，不使人覺得在用典，這是根據邢子才之說的解釋；但「易見事」也可解釋爲：毋須用典生僻，刻意追求晦澀。第二、「易識字」是就辭藻而言，強調用字勿生僻、詭異。第三、「易誦讀」是就聲律而言，強調音韻和諧優美。其中「易見事」和「易識字」都是針對當時文學發展過於追逐用典和用字冷僻的流弊而發。就用典而言，鍾嶸《詩品‧序》批評「大明、泰始中，文章殆同書抄。」即是針對元嘉以降用典繁密的缺失而發，《南史‧王僧孺傳》曰：「其文麗逸，多用新事，人所未見者。」「競須新事」（《詩品‧序》）成了當時的風氣，人人競相追逐用事之多、之新，乃至「句無虛語」、「語無虛字」（同上）。至於提出「易識字」的背景則可參見劉勰《文心雕龍‧練字篇》中對當世用字之批評，從劉勰所批評的「詭異」、「聯邊」、「重出」、「單複」便可以知道當時的作家，爲了追求新變，或炫耀才學，刻意弄些古怪的文字，如江淹的〈學梁王兔園賦〉即有學習漢大賦用奇詞僻字的痕跡，造成「三人弗識」（《文心雕龍‧練字篇》）的結果，想來這也是沈約所不以爲然的，所以有「易識字」的提出。尤其賦體更容易因爲摹擬司馬相如、揚雄之作而連帶地也摹仿二人的瑋字，等而下之者便容易「畫虎不成反類犬」，流於刻意追求用字奇僻之弊。而「易誦讀」既是講究聲律，以下說明沈約的聲律說。

沈約與永明體、聲律說的關係，在蕭子顯《南齊書‧卷五十二‧陸厥傳》中說得最明白：

> 永明末，盛爲文章。吳興沈約、陳郡謝朓、瑯琊王融以氣類相推轂。汝南周顒善識聲韻。約等文皆用宮、商，以平、上、去、入爲四聲，以此制韻，不可增減，世呼爲「永明體」。（頁 898）

沈約等人強調將四聲和諧運用於創作上的文學主張，成爲當時創作上的指導原則，且因此造成當時一種文學風尚，故這批作品被稱爲「永明體」。既言「文章」，則宜涵括詩、賦、文，如《文選》之題名爲「文」實則詩、賦、文均有收錄，而並非僅只於詩體〔註 5〕。稱之爲「永明體」是因爲「齊永明中，文士王融、謝朓、沈約文章始用四聲，以爲新變。」（《梁書・庾肩吾傳》）顯見沈約、王融、謝朓等人因爲「用四聲」的方式去進行的文學創作，在當時有令人耳目一新的感覺，故世人將這些創作稱爲「永明體」。

關於永明聲律論興起的背景，王運熙、楊明《魏晉南北朝文學批評史》說明魏晉以降諷詠詩文、清言談論及誦經說法時對聲音動聽的講求已經使文人對語音美的感受更爲敏銳。鍾嶸《詩品・序》載：

> 齊有王元長者，嘗謂余云：「宮商與二儀俱生，自古詞人不知之，惟顏憲子乃云律呂音調，而其實大謬。唯見范曄、謝莊頗識之耳。嘗欲進知音論未就。」王元長創其首，沈約、謝朓揚其波，三賢或貴公子孫，幼有文辯，士流景慕，務爲精密，襞積細微，專相陵架，故使文多拘忌，傷其眞美。

雖然鍾嶸反對沈約、王融、謝朓等人之聲律論，這一點在《詩品》中表現得十分明顯。不過，透過這段記載也可以看出永明聲律說的起源。鍾嶸之說與《南齊書・陸厥傳》不同，鍾嶸說聲律之說是王融創其首，「沈約、謝朓揚其波」；而《南齊書・陸厥傳》則以沈約爲主。又，封演《封氏聞見記》載：

> 王融、劉繪、范雲之徒，……慕而扇之，由是遠近文學轉相祖述，而聲韻之道大行。

歸納以上諸說，可以確定的是：王融、沈約、謝朓、劉繪、范雲等人都是支持聲律說且以實際創作去實踐這項主張者，至於沈約，則因他隱然當時文壇領袖的身分，在提倡聲律說上更具有舉足輕重的影響力，遂使聲律說的推展更有力。

〔註 5〕如劉躍進《永明文學研究》其實仍以永明詩體爲主，未言及賦；郭紹虞編《中國歷代文論選・上冊》（頁 178）論及沈約聲律說的貢獻時，亦只言其開啓五言古詩向律詩轉變的途徑，而未言及其對律賦的影響。

聲律說的提出雖被沈約自詡爲「自騷人以來，此秘未睹」(《宋書·謝靈運傳論》)自認爲這是了不得的創見，但就實際的歷史背景來看，並不盡然。從我國音韻之學的發展來看，「音韻之學早在三國時代已經興起，孫炎作《爾雅音義》，初步創立反切，李登作《聲類》以宮、商、角、徵、羽分韻。但那時還沒有四聲之說。四聲說的提出，到永明年代而條件成熟。它是受了當時隨著佛教傳入中國的佛經轉讀和拼音學理的影響而產生的（據陳寅恪《四聲三問》)。」（郭紹虞編《中國歷代文論選·上冊》，頁178）《梁書·卷一三·沈約傳》載：

> 帝問周捨曰：「何謂四聲？」捨曰：「天子聖哲是也。」然帝竟不遵用。（頁243）

可見當時已經能總括出漢語中平上去入的四種聲調了，其實「四聲的變化，本來就是漢語固有的特徵，自古而然。永明詩人的功績主要是總結概括出這種特徵而已。」（劉躍進《永明文學研究》，頁112）

至於文人注意到作品的聲律問題，則先有陸機在〈文賦〉中提到「暨音聲之迭代，若五色之相宣」，算是文論家初步提到音聲迭代的誦讀之美。其次，在范曄的〈獄中與諸甥姪書〉也提到「性別宮商，識清濁，斯自然也。觀古今文人，多不全了此處」(《宋書·卷六十九·范曄傳》)。再接下來就是沈約與陸厥對「性別宮商，識清濁」的討論了。所以說起來在沈約之前也有人論及聲律，但沒有人像沈約如此去大力提倡與強調，加上沈約因助梁武帝篡齊有功，在政治上受到隆恩，在文壇上具有領導地位，使得其聲律說的主張得以產生廣泛的影響力，也爲唐代律詩、律賦的產生埋下了種子。

沈約自云：

> 自古辭人，豈不知宮羽之殊，商徵之別？雖知五音之異，而其中參差變動，所昧實多，故鄙意所謂「此秘未睹」者也。以此而推，則知前世文士便未悟此處。(《南齊書·卷五十二·陸厥傳》，頁900）

沈約說聲律諧調這個道理前人並非完全不懂，只是箇中奧妙，前人未能體會到。而沈約自己則對此頗有自信地認爲自己有一套獨到的見解。他「撰《四聲譜》，以爲在昔詞人，累千載而不寤，而獨得胸衿，窮其妙旨，自謂入神之作。」（《梁書・沈約傳》）可說是有意識地去注意到文章的聲律之美。至於沈約標榜的聲律論其原則主要爲：

> 欲使宮羽相變，低昂舛節：若前有浮聲，則後須切響。一簡之內，音韻盡殊；兩句之中，輕重悉異。（《宋書・謝靈運傳論》，收入《文選・卷五十》）

指出創作時宜注意文句聲律上平仄相間的變化，亦即劉躍進《永明文學研究》中所說：

> 要求在一句之中，平仄調配得宜，這樣才能「音韻盡殊」，而在一聯之內，又須「顛倒相配」，即平仄相對，這樣誦讀起來就會感到「輕重悉異」，眞正顯示出漢語言所具有的抑揚頓挫之美。（頁121～122）

綜合沈約所提的「三易說」和聲律說來看，其主張可以歸納爲以下三項：第一、辭藻上要求「易識字」；第二、用典上要求「易見事」；第三、聲律上要求平仄相間、四聲錯落。以下即以沈約的兩篇禽鳥賦（〈反舌賦〉及〈天淵水鳥應詔賦〉）作爲檢視的對象，看看在這兩篇賦作中是否展現出其主張。（二賦之四聲標示參見本論文末頁281附錄一：沈約〈反舌賦〉、〈天淵水鳥賦〉聲調譜）

在〈反舌賦〉及〈天淵水鳥應詔賦〉這兩篇賦中沈約的三項主張都有呈現出來，以下即分別從語言、用韻、句式及格律等方面來說明。

一、從語言來看，二賦均用字淺顯、語言樸實，符合「易識字」的要求。而且看不出用典之處，亦符合「易見事」之說。

二、從用韻來看，賦本來就是韻文，在押韻方式上有句句押韻和隔句押韻兩種，換韻爲常例，且通常換韻之處與文意的段落起迄是相一致的。因此兩篇賦作的分段也是以換韻來分。〈反舌賦〉分爲四段，第一段押上聲效韻，第二段押去聲翰韻，第三段押平聲支韻，第四段押去聲遇韻。平仄韻都有，且以仄聲韻部爲主。〈天淵水鳥賦〉分爲四段，第一段押平聲支韻，第二段押上聲語韻，第三段押平聲尤韻，第四段押去聲漾韻。是爲一平一仄之相間用韻。

三、從句式及格律來看，用韻及對偶兩項是賦體本來就具備的，在詠鳥賦的表現上，對偶是自漢代即已有之，只是在永明時要求更嚴整，而沈約可說是更自覺地去注意到對偶時的聲律問題。賦通常以四六言句式爲主，這兩篇賦作也不例外，比較特別的是在〈天淵水鳥應詔賦〉中出現了不少五言句式，造成此賦呈現出近似於五言詩體的現象，此即賦史上所謂的「賦的詩化」現象。這一點在下一節談到徐陵、庾信等人〈鴛鴦賦〉時表現得更爲明顯，而沈約可說開其先河。以下就沈約〈反舌賦〉及〈天淵水鳥應詔賦〉的聲律依合律之句與非合律之句兩部分做更進一步的說明。

第一部分、合律之句

所謂合律之句，即一聯內之上下句平仄相對，此即沈約在《宋書·謝靈運傳論》中所論之「兩句之中，輕重悉異」。合律之句又有四言、五言及六言三種情況，以下依次論述。

（一）四言句式：四言句式之節奏點在第二、四字上，有以下兩種格律。（粗體字表該字可平可仄，以下皆同。）

甲式：平平仄仄，仄仄平平。例如：

攢嬌動葉，促囀縈枝（〈反舌賦〉）

因風起哢，曳響生奇（〈反舌賦〉）

天淵池鳥，集水漣漪（〈天淵水鳥應詔賦〉）

乙式：仄仄平平，平平仄仄。例如：

侶浴清深，朋翻回曠（〈天淵水鳥應詔賦〉）

（二）六言句式：有以下兩種句式。

甲式：□□□之□□：一句中第四字爲虛字（如之、于、而、以）者。例如：

倦城守之喧疲，愛田郊之閑素（〈反舌賦〉）

　　仄　　平　　　平　　仄

案：此六言句式依語意結構，其節奏點爲第一、三、六字，首字可不論，此聯第三、六字平仄相對爲諧調〔註6〕。又一聯之中上句（仄平）與下句（平仄）亦相對。此較漢賦的聲律要求更進一步，西漢賦家作賦唯注意句末一字上下句平仄相對〔註7〕。又例如：

眷春物而懷之，聞好音于庭樹（〈反舌賦〉）

仄平仄　平平　平仄平　平仄

案：如果用更嚴整的聲律要求來看，則此句以第四字爲準，分爲上下兩節，其平仄主要看上節（第二、三字）與下節（第五、六字）的對應。有兩項要求：第一、一句中上下兩節平仄相反，如：「春物」對「懷之」、「好音」對「庭樹」。第二、一聯中上下句平仄相反，如：「眷」對「聞」、「春物」對「好音」、「懷之」對「庭樹」。

乙式：□□□□之□：一句中第五字爲「之」者。例如：

翠鬣紫纓之飾，丹冕綠襟之狀（〈天淵水鳥應詔賦〉）

仄仄仄平平仄　平仄仄平平仄

案：合律之式爲：（仄）仄（平）平（仄）仄，（平）平（仄）仄（平）平。此聯下句未與上句相對，，但上、下句之第二、四、六字皆平仄相間（仄平仄），一聯中上下句格律係反覆而非相對。

（三）五言句式：亦有以下兩種句式。

甲式：含「兮」字者，將「兮」字拿掉，實爲四言句。例如：

過波兮湛澹，隨風兮回漾（〈天淵水鳥應詔賦〉）

平平　仄仄，平平　仄仄

〔註6〕劉熙載《藝概・卷三・賦概》云：「騷調以虛字爲句腰，如之、於、以、其、而、乎、夫是也。腰上一字與句末一字平仄異爲諧調，平仄同爲拗調。」（頁139）此駢賦六言句亦然。

〔註7〕夏承燾〈四聲繹說〉（《中華文史論叢》第五輯）一文中指出西漢賦家作賦時即已注意到一聯之中上下句最末一字必平仄相間，如賈誼〈鵩鳥賦〉、〈惜誓〉之結篇、與枚乘〈七發〉都有奇偶句句腳浮切的情形。並提到《西京雜記》載司馬相如論賦云：「一經一緯，一宮一商。」指的應當就是此句腳浮切相間的情形。

乙式：不含「兮」字者。又有仄起及平起兩種格律，仄起式格律的例子如：

單泛姿容與，群飛時合離（〈天淵水鳥應詔賦〉）

平仄平平仄　平平平仄平

平起式格律的例子如：

將騫復斂翮，回首望驚雌（〈天淵水鳥應詔賦〉）

平平仄仄仄　平仄仄平平

案：乙式兩聯所舉之例從格律上看與五言詩接近。

第二部分、非合律之句

除了上述合律之句外，二賦在格律上的表現，也有以下幾點值得注意之處，從中可以看出沈約在格律上的用心。

（一）一句之中，逐字平仄相間。例如：

驚詭遒嘖（〈反舌賦〉）

或發曲無漸（〈反舌賦〉）

未曾宿蘭渚（〈天淵水鳥應詔賦〉）

（二）一聯之中，上句與下句平仄相同（即反覆）。其中四言句如：

雜沓逶迤，嗷跳參差（〈反舌賦〉）

仄仄平平，仄仄平平

而五言句則如：

飛飛忽雲倦，相鳴集池籞（〈天淵水鳥應詔賦〉）

平平仄平仄　平平仄平仄

至於六言句則如：

乏嘉容之可玩，因繁聲以自表（〈反舌賦〉）

仄平平平仄仄，仄平平平仄仄

案：六言句第二、三字及第五、六字須平仄相對，此例上下句相同。

（三）一聯中部分對仗。例如：

竦臆兮開萍，蹙水兮興浪（〈天淵水鳥應詔賦〉）

上入　　　　入上

案：此聯有兩處之聲律值得注意：一、「竦臆」之上入對「蹙水」之入上；二、「開萍」之元音（a，i）對「輿浪」之（i，a）（開合）。

（四）一簡之內，音韻盡殊：此即一句之中四聲調配，例如：

本來　暫　止息，遇此　遂　淹留（〈天淵水鳥應詔賦〉）

上平　去　上入　去上　去　平平

案：此聯之中平上去入四聲均有，「上平去」構成先揚後抑的聲調；上句收尾之入聲字，因其急促的收音，帶有停頓的效果，造成一種節奏感，放在上句句末，正好是一個停頓之處。下句「去上去平」相間則造成「抑—揚—抑—揚」之音律效果，此聯四聲之調配堪稱恰當。

經過對沈約〈反舌賦〉及〈天淵水鳥應詔賦〉的分析，可以發現：沈約的確在創作上努力去實踐他的文學主張，包括「三易說」和聲律論。從《宋書・謝靈運傳論》中可以看出沈約在聲律上的主張有以下三項重點：

一、所謂「前有浮聲，後須切響。」泛指平仄相間之意，包含的意思有很多種：包括第一、指上下句句腳平仄相間；第二、指上下句的平仄相對；第三、指一句之中上節與下節的平仄相對；第四、指一句之中字字平仄相間。

二、所謂「一簡之內，音韻盡殊。」悉指一句或一聯之內平仄宜多變化。

三、所謂「兩句之中，輕重悉異。」則指一聯中上下句的平仄相對。

其實沈約提出的理論並不詳盡，只有一些簡單的原則〔註 8〕，但他在實際創作上確實有注意到平仄的錯落變化、上下句平仄相對、四聲的調配、部分的對仗及同句聲律的反覆。他的貢獻正如劉

〔註 8〕後世對沈約「四聲八病」各種繁瑣的解釋，實爲後人攀附之說，非沈約本人所言。這一點已有不少學者論及，可參啓功《詩文聲律論稿・（十）永明聲律說與律詩的關係》、劉躍進《永明文學研究》附錄〈四聲八病二題〉。

躍進在《永明文學研究》一書中所言：

> 從理論上講，永明詩人在發現四聲的基礎上，已經比較明確地意識到了詩歌平仄變化的重要性，並作出了初步的歸類，不僅在一句之內、而且更強調在一聯之中講究平仄變化，強調顛倒相配，可以說這是一種理論上的自覺。同時，永明詩人不僅止於理論上的探討，他們還進一步把這些理論與創作實踐結合起來，這就使得他們的詩歌至少在詩歌韻律方面較之前代有了明顯的變化，或者說，具有自己比較鮮明的創作特色。（頁 124～125）

正是這種聲律上的自覺及重視使「永明體」具有新變的風貌，「沈約利用了前人聲韻研究的成果，正式確立四聲的名稱。在永明詩人的大力提倡下，詩歌的音節美被提到首要的地位，詩篇的人為韻律逐漸形成，開出了五言古體詩向律詩轉變的途徑。」（郭紹虞編《中國歷代文論選・上冊》，頁 178）從以上兩篇沈約的詠鳥賦分析看來，永明體的影響其實應該不只是在詩的方面，它同時也表現在賦體上，永明聲律說使得文人在創作時對於賦體的聲律、對偶也愈來愈講究，這對唐代律賦的產生有必然的影響。

第三節　南朝後期禽鳥賦的宮體傾向及詩化現象

蕭綱、蕭繹、徐陵、庾信四人同作〈鴛鴦賦〉，但這裡特別以〈鴛鴦賦〉為例，並不僅僅是因為其為同題共作，而是因為從中可以明顯地看出宮體化傾向和賦的詩化現象。從賦的發展歷史上來看，這是很值得注意的現象。

先看〈鴛鴦賦〉的寫作背景。徐陵賦作僅有〈鴛鴦賦〉一篇，可見徐陵主動作賦的意願不高。又因蕭綱、蕭繹、庾信都有〈鴛鴦賦〉，再根據《周書・卷一四・庾信傳》載：

> 時肩吾為梁太子中庶子，掌書記。東海徐摛為左衛率。摛子陵及信並為抄撰學士。父子在東宮，出入禁闥，恩禮莫

> 與比隆。既有盛才，文並綺豔，故世號爲「徐庾體」焉。當時後進，競相模範。每有一文，京師莫不傳誦。

又《梁書・卷四十九・庾肩吾傳》亦云：

> 初，太宗（簡文帝）在藩，雅好文章士，時肩吾與東海徐摛，吳郡陸杲，彭城劉遵、劉孝儀，儀弟孝威，同被賞接。及居東宮，又開文德省，置學士，肩吾子信、摛子陵、吳郡張長公、北地傅弘、東海鮑至等充其選。（頁 690）

可見簡文帝蕭綱在未任太子之前即已與庾信之父庾肩吾、徐陵之父徐摛有文學上的來往，至中大通三年（531）昭明太子薨，蕭綱繼立爲太子，翌年移居東宮，開文德省，召徐陵與庾信等人爲抄撰學士，因而學者多認爲〈鴛鴦賦〉應是在此一時期所作。〔註 9〕時蕭綱（502～551）爲太子，蕭繹（508～554）爲湘東王，徐陵（507～583）、庾信（513～581）爲東宮學士，四人年紀相近，年紀最大的蕭綱與最小的庾信相差也只有十一歲，徐陵、庾信在蕭綱身邊任職達二十餘年之久，二人在文學史上素享盛名。又史載湘東王蕭繹：

> 聰悟俊朗，天才英發。年五歲，高祖問：「汝讀何書？」對曰：「能誦《曲禮》。」高祖曰：「汝試言之。」即誦上篇，左右莫不驚歎。初生患眼，高祖自下意治之，遂盲一目，彌加愍愛。既長好學，博總群書，下筆成章，出言爲論，才辯敏速，冠絕一時。（《梁書・元帝紀》，頁 135）

又言蕭綱：

> 幼而敏睿，識悟過人，六歲便能屬文，高祖驚其早就，弗之信也，乃於御前面試，辭采甚美。高祖歎曰：「此子，吾家之東阿。」……讀書十行俱下。九流百氏，經目必記；篇章辭賦，操筆立成。……引納文學之士，賞接無倦，恆討論篇籍，繼以文章。（《梁書・簡文帝紀》，頁 109）

〔註 9〕劉家烘《徐陵及其詩文研究》後附〈徐陵年表〉將〈鴛鴦賦〉繫於中大通六年（西元 534），時太子蕭綱居東宮，開文德省置學士，陵與庾信等充其選。倪璠〈春賦注〉亦以爲此「庾子山仕南朝時爲東宮學士之文也。」

蕭繹、蕭綱二人都是文章愛好者，蕭綱有〈與湘東王書〉，書中稱「思吾子建，一共商榷」，以「子建」稱蕭繹。又言「領袖之者，非弟而誰？」可以看出蕭綱對蕭繹的推崇，〈與湘東王書〉也顯示出兩人在文學活動上彼此切磋的情形，加上徐陵、庾信在旁隨侍，已初具文學集團的規模。因此〈鴛鴦賦〉當可視爲四人年輕時在東宮宴遊中同題共作的產物。（四篇〈鴛鴦賦〉之用韻及四聲標示請參見本論文末頁283附錄二：四篇〈鴛鴦賦〉聲調譜）

綜合這四篇〈鴛鴦賦〉的特色，說明如下：

一、用韻上仍以平仄相隔間用的情況為主

1. 蕭綱〈鴛鴦賦〉分三段，押語、麻、眞韻。
2. 蕭繹分八段，押微、職、先、屋、麻、職、脂、文韻。
3. 徐陵分六段，押眞、紙、江、覺、豔、庚韻。
4. 庾信分四段，押陽、覺、東、有韻。

案：其中以庾信之作屬規律的平仄相隔押韻，而蕭繹、徐陵之作則僅在最後一、兩段有變化，但之前的段落押韻仍是平仄相間。

二、句式上五七言句式出現較多

因爲賦的句式基本上以四六言句式爲主，這四篇〈鴛鴦賦〉也不例外。但比較値得注意的是五、七言句式的出現變得十分頻繁，這也被認爲是賦的詩化現象之一。

1. 蕭綱〈鴛鴦賦〉七言有四句，在篇尾。
2. 蕭繹〈鴛鴦賦〉五言共有十句，其中不含兮字者兩句；七言三句，在篇尾。
3. 徐陵〈鴛鴦賦〉五言共有八句，其中不含兮字者六句；七言九句，篇中、篇尾均有。
4. 庾信〈鴛鴦賦〉無五言句，七言有四句，在篇首及篇中。

案：可以看到七言句從置於篇尾，到徐陵之置於篇中，至庾信時更被置於篇首這樣的變化。七言句式在賦體中逐漸被廣泛地採用，顯示出這時詩賦兩種文類合流的現象。蓋詩以五、七言句式爲主，而賦以四、六言句式爲主，此時文人則打破此種句式上的制約，而將五七言句式運用於賦中，就賦而言，是一種「詩化」的現象。這種文類上的交互滲透，顯示出作爲其本身文類本質的要求已逐漸模糊。

三、其五、七言句聲律上不同於律句，較接近古詩或樂府

如蕭綱〈鴛鴦賦〉云：「亦有佳麗自如神，宜羞宜笑復宜嚬。既是金閨新入寵，復是蘭房得意人。」類似七言詩的句式，但格律上卻都不入律，而有歌行體之貌。又如蕭繹〈鴛鴦賦〉：「金雞玉鵠不成群，紫鶴紅雉一生分。願學鴛鴦鳥連翩，恆逐君。」曹道衡《漢魏六朝辭賦》便說：蕭綱、蕭繹之作都有音節優美和歌行體的特色，但學者認爲有失於「纖弱」（頁 192）。

四、在風格方面有兩項值得注意之處

首先在語言風格上，這四篇賦都有以口語入賦的現象，頗具民間樂府的色彩。如徐陵〈鴛鴦賦〉：「山雞映水那自得，孤鸞照鏡不成雙，天下眞成長合會，無勝比翼兩鴛鴦。……特訝鴛鴦鳥，長情眞可念，許處勝人多，何時肯相厭？聞道鴛鴦一鳥名，教人如有逐春情，不見臨邛卓家女，袛爲琴中作許聲。」文字淺近，語言通俗是其特色，又有虛字、擬聲字（許、那）的使用，更使得〈鴛鴦賦〉富有民間歌謠的風味。程章燦評徐陵〈鴛鴦賦〉云：「以口語入賦，清新純樸，自然可喜，呈現南朝民歌的影響。」（《魏晉南北朝賦史》，頁 246）從這四篇同題之作的風格看來，其受南朝民歌的影響是一致的。

其次，這四篇賦整體來看，也帶有輕豔的美學風格及宮體化和詩化的傾向。詩化現象已如前述，表現在五七言句式的大量出現上。至於宮體化傾向則是指其輕豔的風格，「宮體」一詞的由來，據《梁書．卷四．簡文帝紀》載簡文帝：

> 雅好題詩，其序云：「余七歲有詩癖，長而不倦。」然傷於輕豔，當時號曰「宮體。」（頁 109）

又《梁書．徐摛傳》載：

> 摛屬文好爲新變，不拘舊體，春坊盡學之，「宮體」之號，

自斯而起。

可見宮體指涉的意涵有二：一是徐擒新變的文體，二是輕艷之詩。而二者所指涉的其實到頭來是同樣的東西，因爲無論是徐擒或簡文帝，乃至於徐陵、庾信、蕭繹等人都同樣身處於同樣的文學環境中，他們彼此間交往密切，常在宮廷遊宴中互相唱和，所以這種輕豔的風格其實是耳濡目染，互相影響的。所謂「輕豔」，輕指態度輕薄，豔指豔情，即有不少對女性的描寫，且多涉男女之情。就這四篇〈鴛鴦賦〉來看，其中幾乎全以女性口吻敘述，雖然是詠鴛鴦的賦作，但因鴛鴦代表的是雙雙對對，恩愛相守之象徵意義，因而使得作者都不免用一種觸景傷情的方式來表現少婦獨守空閨的寂寞之情，如：「必見此之雙飛，覺空床之難守」（庾信〈鴛鴦賦〉）或「見鴛鴦之相學，還欹眼而淚落，南陽漬粉不復看，京兆新眉遂懶約。」（同上）「這些描寫，所謂『態冶思柔，香濃骨艷』（許槤《六朝文絜》評語），與宮體詩一樣，充分體現了細緻刻畫女子形貌的文學趣味。此種審美趣味，實亦與時代風氣有關。它不但見之於文學，亦見之於繪畫。」（《魏晉南北朝文學批評史》，頁 306）這就是〈鴛鴦賦〉的宮體傾向。

這種賦作宮體化的傾向，其來有自，一方面與東晉南朝文人愛好吳聲、西曲等民間歌謠有關。（《魏晉南北朝文學批評史》，頁 307）另一方面則是對之前文學風氣的一種反動。蕭綱〈與湘東王書〉針對當時文風頗有訾議，言「京師文體，儒鈍殊常，競學浮疏，爭爲闡緩。」蓋「未聞吟詠情性，反擬《內則》之篇，操筆寫志，更摹《酒誥》之作，遲遲春日，翻學《歸藏》，湛湛江水，遂同《大傳》。」而學謝靈運者，「但得其冗長」，學裴子野的，「惟得其所短」，之後蕭綱不禁感嘆道：「甚矣哉！文之横流，一至於此！」爲糾正元嘉以來的繁縟之風，強調自然天成，反對過於雕飾、用典繁縟的弊病，在這樣的背景下，產生「宮體」這樣的新體，是可以理解的。

在徐陵、庾信的大量創作下，世人競相模仿「徐庾體」〔註10〕，這也使得「宮體」的創作由上而下地流傳開來，也在各個文體之間擴散，相互滲透。因此王瑤說：

> 徐庾的主要成就，即在將宮體詩所運用的隸事、聲律和緝裁麗辭的形式美，完全巧妙地移植在文上；使當時的駢文凝固成一種典型的示範，而成了後來唐宋四六和律賦的先導。(《中古文學風貌》，頁129)

此處所謂的「文」、「駢文」，實包含「賦」在內，所以其後才會說到這是唐代律賦的先導。不過，就這四篇〈鴛鴦賦〉來看，其宮體化傾向主要是表現在女性情感的描寫上，至於隸事，則以庾信之作略見，其用典並不繁密。蓋因〈鴛鴦賦〉為徐、庾二人早年所作，與他們後期之創作風格不同。與江淹〈翡翠賦〉、何遜〈窮鳥賦〉等這一類好用典、駢儷化的駢賦相比，〈鴛鴦賦〉可說擺脫了這樣的束縛而企圖吸收民歌的口語化來造成賦體的新變，其創新及努力是值得肯定的。這樣的宮體傾向在陳後主的〈夜亭度雁賦〉中仍可以看到：

> 春望山楹，石暖苔生。雲隨竹動，月共水明。暫消搖於夕徑，聽霜鴻之度聲。度聲已淒切，猶含關塞鳴。從風兮前倡融，帶暗兮後群驚。帛久兮書字滅，蘆束兮斷銜輕。行雜響時亂，響雜行時散。已定空閨愁，還長倡樓嘆。空閨倡樓本寂寂，況此寒夜褰珠幔。心悲調管曲未成，手撫弦，聊一彈。一彈管，且陳歌，翻使怨情多。

這篇賦一樣在四六句式外，雜入不少三、五、七言句，使得全賦像一首雜言詩〔註11〕，寫春夜鴻雁的飛度之聲，再聯想及倡樓女子的閨怨。雖然文字清麗，富有巧思，但內容平凡。

〔註10〕史稱徐陵「其文頗變舊體，緝裁巧密，多有新意。每一文出手，好事者已傳寫成誦，遂被之華夷，家藏其本」(《陳書》本傳）又《周書・庾信傳》云：「當時後進，競相模範，每有一文，都下莫不傳誦。」又如《周書・趙王招傳》云：「好屬文，學庾信體，詞多輕艷。」

〔註11〕「似雜言詩」說見許結、郭維森《中國辭賦發展史》，頁327。

第四節　北朝的禽鳥賦

北朝的詠鳥賦作有二：一是盧思道的〈孤鴻賦〉，二是魏澹的〈鷹賦〉。盧思道〈孤鴻賦〉全文並序見載於《隋書・卷五十七》本傳中。

盧思道字子行，小字釋奴，范陽人。范陽盧氏爲北方大族，盧思道年少即有才名，歷仕北齊、北周及隋文帝。史載〈孤鴻賦〉之寫作背景爲：

> 高祖爲丞相，遷武陽太守，非其好也，爲〈孤鴻賦〉以寄其情。（《隋書》本傳，頁 1398）

隋高祖楊堅於大象二年九月任大丞相，而盧思道由原先掌教上士之職被遷爲武陽太守，心中有所不平，遂作此〈孤鴻賦〉以抒發其懷抱。是知〈孤鴻賦〉作於北周靜帝大象二年（580）九月後不久此時，時盧思道年約四十六歲。〈孤鴻賦・序〉云：

> 余志學之歲，自鄉里遊京師，便見識知音，歷受群公之眷。年登弱冠，甫就朝列，談者過誤，遂竊虛名。通人楊令君、邢特進已下，皆分庭致禮，倒屣相接，翦拂吹噓，長其光價。而才本駑拙，性實疏懶，勢利貨殖，淡然不營。雖籠絆朝市且三十載，而獨往之心未始去懷抱也。攝生舛和，有少氣疾。分符坐嘯，作守東原。洪河之湄，沃野彌望，囂務既屏，魚鳥爲鄰。有離群之鴻，爲羅者所獲，野人馴養，貢之於余。置諸池庭，朝夕賞玩，既用銷憂，兼以輕疾。《大易》稱「鴻漸於陸」，羽儀盛也。揚子曰「鴻飛冥冥」，騫翥高也。《淮南》云「東歸碣石」，違溽暑也。平子賦曰「南寓衡陽」，避祁寒也。若其雅步清音，遠心高韻，鵷鸞以降，罕見其儔，而鎩翮牆陰，偶影獨立，唼喋粃粺，雞鶩爲伍，不亦傷乎！余五十之年，忽焉已至，永言身事，慨然多緒，乃爲之賦，聊以自慰云。（《隋書》本傳）〔註 12〕

〔註 12〕《太平御覽・卷九一六》將「平子賦曰」以下文字錄爲張衡〈鴻賦〉，實爲誤收。第三章第二節論及張衡〈鴻賦〉之處對此有較多說明，請參見前文。

盧思道感到時光消逝，轉眼間自己已年近半百，回首前半生的宦途，有所感慨。兼以任所遠離京師塵囂，有魚鳥爲鄰。鄉民捕獲一隻鴻鳥，馴養後進獻給盧思道，盧思道將之置於池庭之中，朝夕賞玩。因有感於孤鴻的身世，雖「遠心高韻」卻落得與「雞鶩爲伍」的孤立下場，不免與自身的感慨結合爲一，抒發而成這篇藉詠孤鴻實寓己志的〈孤鴻賦〉。

〈孤鴻賦〉首段寫孤鴻的清高、逍遙。如：

> 彭蠡方春，洞庭初綠，理翮整翰，群浮侶浴。振雪羽而臨風，掩霜毛而候旭，餍江湖之菁藻，飫原野之菽粟。行離離而高逝，響噰噰而相續，潔齊國之冰紈，皓密山之華玉。若乃晨沐清露，安趾徐步；夕息芳洲，延頸乘流；違寒競逐，浮沉水宿；避暑言歸，絕漠雲飛。望玄鵠而爲侶，比朱鷺而相依，倦天衢之冥漠，降河渚之芳菲。

〈孤鴻賦〉在寫法上與鮑照〈舞鶴賦〉相似，先極力寫孤鴻的「遠心高韻」及其原本無憂自在的生活，自「倦天衢之冥漠，降河渚之芳菲」以下便與〈舞鶴賦〉寫法相同，寫孤鴻從天衢墮入河渚，結果：

> 忽值羅人設網，虞者懸機，永辭寥廓，蹈跡重圍。始則窘束籠樊，憂憚刀俎，靡軀絕命，恨失其所。終乃馴狎園庭，栖託池籞，稻粱爲惠，恣其容與。於是翕羽宛頸，屏氣銷聲，滅煙霞之高想，閟江海之幽情。

寫孤鴻被捕，起初「憂憚刀俎」，而後被人「馴狎園庭」，可以保住性命，已是大幸。但昔時的「煙霞高想」和「江海幽情」，此時都不能再去奢想了。話雖如此，孤鴻仍是期待著有那麼一天可以「驤首奮翼，上凌太清！鶱翥鼓舞，遠薄層城。」這樣理想與現實的矛盾、掙扎，也是作者盧思道本身所無法掙脫的，只有在文末以莊子齊物論的思想去企圖做一調和，自我安慰一番：

> 惡禽視而不貴，小鳥顧而相輕，安控地而無恥，豈沖天之復榮！若夫圖南之羽，偉而去羨，栖睫之蟲，微而不賤，各遂性於天壤，弗企懷以交戰。不聽《咸池》之樂，不饗

太牢之薦，匹晨雞而共飲，偶野梟以同膳。匪揚聲以顯聞，寧校體而求見，聊寓形乎沼沚，且夷心於溏淀。齊榮辱以晏如，承君子之餘眄。

在結尾中盧思道以近似張華〈鷦鷯賦〉的思想來慰勉自己只要「各遂性於天壤，弗企懷以交戰」。既然現實無法改變，那就讓自己的心無所分別吧！縱使無咸池之樂、太牢之薦，與雞鶩同伍又何妨？表現在末尾的想法與賦序及之前的賦文是不一致的，其實作者盧思道出身北方名門望族，又自幼才華橫溢，自視甚高，在仕途上有高遠的企圖心，他在北齊時曾解褐司空行參軍，長兼員外散騎侍郎，直中書省。西元572年北周武帝平定北齊後，盧思道因參預叛亂，本當死，因宇文神舉素聞其名，惜其文才乃寬宥之。西元580年，年近半百的盧思道被遷爲武陽太守，仕途失意，有違其平生之志，不免在進退之間感到矛盾，最後他以「寓形乎沼沚」、「齊榮辱」的想法來勸慰自己。之後他又作〈勞生論〉，可以看出他受莊子思想的影響日益明顯，〈勞生論〉寫法上近似東方朔〈答客難〉、揚雄〈解嘲〉，都是以主客問答的形式寄寓諷刺之意，文中大肆批評那些衣冠士族不仁不義，外貌忠厚，內蘊百心，極寫其虛僞逢迎之道，可見他仕宦多年對宦途的失望，既不願同流合污，便只有「屏息窮居」「不聞不見」了。（〈勞生論〉見《隋書》本傳）

魏澹字彥深，鉅鹿下曲陽人。父親爲北齊大司農卿，稱爲著姓，世以文學自業。《隋書》本傳載：

澹年十五而孤，專精好學，博涉經史，善屬文，詞采贍逸。……又與諸學士撰《御覽》……復與李德林俱修國史。（頁1416）

又注《庾信集》，撰《笑苑》、《詞林集》，是一位非常博學的學者。他的〈鷹賦〉寫得就像一本有關鷹的百科全書一般，如他寫到鷹有各式各樣的鷹：

若乃貌非一種，相乃多途：指重十字，尾貴合盧，立如植木，望似愁胡，觜同劍利，腳等荊枯。亦有白如散花，赤如點血，大文若錦，細斑似纈，眼類明珠，毛猶霜雪，身重若金，爪剛如鐵。或復頂平似削，頭圓如卵，臆闊頸長，筋麤脛短。翅厚羽勁，髀寬肉緩，求之群羽，俱爲絕伴。或似鶉頭，或似鵄首，赤睛黃足，細骨小肘，懶而易驚，姦而難誘。住不可呼，飛不及走，若斯之輩，不如勿有。

很細膩地寫出如何從鷹的外形去判斷鷹的種類，並且還指出鷹的品第高下。簡直可說是專門的鷹科研究。又如〈鷹賦〉寫到如何判斷鷹的身體情況，說：

若夫疾食速消，此則有命。兔頸猴立，是爲無病。廁門忌大，結肚惡軟。絛不宜絕，背不宜喘。生於窟者則好伏，巢於木者則常立。雙骹長者則起遲，六翮短者則飛急。毛衣屢改，厥色無常。

又寫到飼養鷹的方法：

寅生酉就，總號爲黃。二周作鴘，千日成蒼。雖曰排虛，性殊眾鳥。雌則體大，雄則形小。遇犬則驚猜，得人則馴擾。養雛則少病，野羅則多巧。察之爲易，調之實難。格必高迴，屋必華寬。薑以取熱，酒以排寒。韝須溫暖，肉不陳乾。近之令狎，靜之使安。晝不離手，夜便火宿。微加其毛，少減其肉。肌羸腸瘦，心和性熟。念絕雲霄，志在馳逐。

從魏濬〈鷹賦〉中可以看見當時人養鷹的風氣，對鷹的觀察入微，及對養鷹的講究等等。

第六章　唐代禽鳥賦的繁榮

第一節　唐代禽鳥賦的特色

歷經近四百年的分裂局面，隋文帝楊堅於西元 581 年統一天下，建立隋朝。不過隋的國祚很短，自西元 581 年～618 年隋朝滅亡，僅維持了 38 年。之前所敘述的北朝賦家盧思道雖然晚年已進入隋朝〔註1〕，但就其〈孤鴻賦〉的創作時間而言，仍在北朝，故將之繫於北朝禽鳥賦家之列。由於隋的國祚短暫，而且在禽鳥賦的創作上也未見成績，可直接進入唐代討論禽鳥賦的發展。

壹、唐賦的特色

賦在經過漢代及魏晉南北朝的蓬勃發展後，到了唐代有怎樣的變化？又有哪些值得注意的現象？

兩漢及魏晉南北朝賦已呈現蓬勃的發展，然而由於唐以前的賦篇被完整保存下來者十分有限，相形之下唐代賦家和賦作便顯得數量有突飛猛進之勢。葉幼明《辭賦通論》述及唐賦的特點時，指出唐賦作

〔註 1〕在某些文學史中將盧思道歸爲隋朝詩人，如游國恩等主編之《中國文學史》上冊，第四篇第一章，頁 396。

家、作品數量之多是前所未有的：

> 據《全唐文》統計，單只以賦名篇的作品即有 1622 篇，有賦存留的辭賦作家 544 人。《全唐文》尚未收入敦煌賦近二十篇。此外尚有大量的騷體賦、對問體賦、七體賦和賦體文未統計進去。如果將這些賦一併計入，唐賦當在兩千首以上。這個數字在賦史上是空前的，是唐賦繁榮的標志之一。（頁 106～107）

關於唐賦作品豐富的原因，簡宗梧先生解釋，認為：

> 唐賦作家作品數量豐富，固然與文獻的保存有關，更重要的是科舉取士打破世族門閥對政治資源的壟斷，唐代科舉尤貴進士一科，而進士大多考詩賦，於是鼓舞了各地充滿創作活力的士子，分享了政治資源，也投入賦體創作的行列。利祿是外在的誘因，而眾多有此專能者，也常有表達心中鬱陶的內在需要，加以科考範文的大量需求，作品當然就豐富了。（《賦與駢文》，頁 183）

除了賦篇較之前有更好的保存外，唐賦的興盛與科舉考試有著密切的關聯。因為有著科舉考試的需要，作賦可說是士人進入仕宦之途必備的才能，也因此使得唐賦的創作數量特別豐富。

唐賦除了現存的作品數量豐碩外，其體裁形式的多樣化更展現了唐賦在發展上承先啓後的重要性和集大成的關鍵性地位。郭維森提到：「唐代辭賦形式多樣化，騷、散、詩、駢、文、律、俗各體應有盡有。」（《中國辭賦發展史》，頁 336）其中提到的騷體賦、散體賦、詩體賦和駢賦〔註 2〕都可說是之前已有，而唐賦繼承者。這些「體裁形式與風格氣象前人開拓於先，唐人承之在後，所以唐賦體裁形式與

〔註 2〕騷體賦與散體賦是漢賦的兩種型態，騷體賦指的是類似《楚辭》中所收篇章，是承襲屈原辭賦以降之作，如班固〈幽通賦〉、馮衍〈顯志賦〉、班昭〈東征賦〉等。散體賦指的則是像司馬相如〈子虛上林賦〉、揚雄〈長楊賦〉、〈羽獵賦〉、班固〈兩都賦〉等與騷體有別之作。詩體賦指的是在南朝賦的詩化現象下律化五、五言歌行體，如唐·駱賓王〈蕩子從軍賦〉。駢體賦是六朝駢儷對偶的賦，如江淹〈恨賦〉、〈別賦〉等。

藝術風格多樣，是理所當然的事。」（簡宗梧《賦與駢文》，頁 123）

不過，在承前之外，唐賦也有開創之處，其中律賦、文賦和俗賦便是唐賦中形態較爲特殊的三種體裁風格。雖然俗賦並非遲至唐代才有，但目前所能見到的俗賦仍以敦煌遺書中所保存下來的作品爲主，除去唐代敦煌遺書中的作品，俗賦的數量便寥寥無幾。因此，雖然俗賦並非唐代新創之賦體，但卻是論唐代賦時不得不特別一提的特殊形態。

律賦可說是唐代各式賦體中最具有時代表徵意義的體製。從賦體的時代發展特色上來看：漢代的古賦、六朝的駢賦、唐代的律賦和宋代的文賦〔註 3〕分別代表了各時代賦體發展上的特色。而這也已成爲多數人對賦史一種概括式的看法。律賦的發展與科舉考試有密切的關係，所以律賦中多爲應試和準備應試（即所謂「私試」）之作。〔註 4〕律賦「雖淪爲『因難見巧』的考試工具，但仍不乏具有文學價值的作品，所以我們是不該一筆抹殺的。」（簡宗梧《賦與駢文》，頁 184）

文賦是唐代在受到古文運動的影響下所形成的一種賦體，它展現了一種接近於散文的風貌，「語言比較平易，藝術構思比較新穎」（簡宗梧《賦與駢文》，頁 208），大約在中唐以後出現，杜牧的〈阿房宮賦〉被視爲文賦的先聲。而典型的文賦則宋代蘇軾〈前赤壁賦〉和歐陽修〈秋聲賦〉可爲代表。文賦擺脫駢賦和律賦的拘束，其特色主要有：句式散文化、用韻寬泛及增加議論、說理的成分。一個新文體的產生是在歷史發展過程中逐漸演變而成，從萌芽至茁壯需要大量作品累積，不是一蹴可幾的。文賦一向被視爲宋賦發展上的特色，從文賦的發展歷程看來，宋代是文賦發展上成熟而極盛的時期，相形之下唐代雖然已有文賦產生，但未臻成熟，可視爲宋代文賦的先驅。

〔註 3〕如徐師曾《文體明辨序說》、祝堯《古賦辯體》和吳訥《文章辯體》中均有類似的說法。

〔註 4〕見馬積高《賦史》談唐賦的特色處（頁 253）。

若從唐賦本身的發展階段來看，可以分爲初、盛、中、晚四期〔註5〕。大致上說來，初唐時的賦仍多沿襲六朝餘韻，以駢賦爲主。盛唐賦則展現了一種自然渾成的氣象。中唐時在古文運動風氣的影響下，賦體呈現出不同的面貌，包括：一、在賦中增加議論、說理的成分，如劉禹錫〈砥石賦〉、陸贄〈傷望思臺賦〉屬之；二、辭賦的小說化，如丘鴻漸〈愚公移山賦〉；三、辭賦的散文化，如楊敬之的〈華山賦〉，基本上以散文筆法寫成。這些都是中唐時賦體發展上值得注意的現象。其中第一點和第三點，增加議論、說理成分和散文化都是文賦發展上的特色。而第二點辭賦的小說化，則可以從賦本身具有敘事功能的這一面去觀察，在小說與賦之間存在的共同點即在於其敘事性。晚唐賦的特色則是有諷刺小品的出現，葉幼明說唐賦「反映社會生活更深刻廣泛」(《辭賦通論》，頁 108)，如孫樵〈大明宮賦〉抨擊朝政的腐敗黑暗（同上，頁 109)、杜牧的〈阿房宮賦〉也同樣地具有批判性。

貳、唐代禽鳥賦的特色

略述了唐賦的特色後，以下將範圍縮小至唐代禽鳥賦的作家及作品來看，唐代禽鳥賦在發展上有哪些值得注意之處呢？

一、唐代禽鳥賦計有七十三篇

從作品的數量上來看，前已述及唐代在賦的創作上可說是一個高峰時期，賦作的數量非常多。同樣地，這種盛產的情況也表現在禽鳥賦上。相較於之前各個朝代，唐代可說是禽鳥賦創作量的顛峰時期，光是現存的禽鳥賦篇即有七十三篇（這尚不包括那些亡佚或僅存題目之作），這幾乎相當於之前從西晉到南北朝時禽鳥賦的總和。雖然這

〔註5〕唐賦的分期大致上與唐詩一樣可分爲四期，李曰剛《辭賦流變史》及許結、郭維森《中國辭賦史》（頁 338）皆言唐詩四期的分法，也適用於辭賦的分期上。本文亦依此將唐代禽鳥賦的發展分爲初、盛、中、晚四期。

樣的統計結果可能是由於文獻資料的保存隨著時代演進而得到改善，就像唐代的賦作因爲《文苑英華》的編纂而得到了較好的保存。不過，從整體上來看，流傳至今的唐代禽鳥賦數量多、且幾乎都是完整的篇章；相形之下，唐以前的禽鳥賦作數量有限，且多爲斷簡殘篇。這也多少顯示了唐代禽鳥賦持續蓬勃發展和創作的現象。

二、律賦較非律賦多

再從數量上來看看具有唐賦代表性的律賦，其何以在唐賦中具有這樣重要的地位？究竟唐賦中律賦所占的比例如何？

《全唐文》中收錄的唐賦計有 1622 篇之多，律賦就有 961 篇，約佔唐賦總篇數 59%。而唐賦可具名的作家計有 551 人，而律賦作家爲 353 人〔註 6〕，算來大約佔了三分之二的分量，可見律賦在唐賦中的重要性。雖然這可能是因爲《文苑英華》中收錄的唐賦大多是律賦之故。不過由於科舉考試中雜文試賦之舉使得唐代律賦的創作鼎盛，也是不容否認的事實。李曰剛《辭賦流變史》和鈴木虎雄《賦史大要》論唐賦都以律賦爲主，律賦儼然成爲唐賦的代表。其實唐賦大體而言不外乎律賦及非律賦兩種，且二者是同時並行的。以律賦概括唐賦並不恰當，不過律賦在唐賦中占據十分重要的地位，這是在討論唐賦時不能不重視的。茲將唐代禽鳥賦律體與非律體的發展及篇數、比例表述如下：

階　段	年數	律賦篇數	非律賦篇數	合　計	律賦比例	非律賦比例
初唐（618～712）	95 年	4	7	11	36%	64%
盛唐（713～762）	50 年	9	7	16	56%	44%
中唐（763～826）	64 年	16	7	23	70%	30%
晚唐（827～906）	80 年	8	6	14	57%	43%
作者年代不詳		3	6	9	33%	67%
總　　計		40	33	73	55%	45%

〔註 6〕參見馬寶蓮《唐律賦研究》第三章第一節。

由上表中可以看出：禽鳥賦在唐代的發展是律賦及非律賦雙軌並行的：初唐時律賦仍在發展初期，除王勃〈寒梧棲鳳賦〉被視爲律賦外，其餘如王勃、盧照鄰之〈馴鳶賦〉、和疑爲蘇瓌所作之〈鳳巢阿閣賦〉可算是律賦。就初唐十一篇的禽鳥賦總數看來，律賦只是少數。到了盛唐時律賦數量增加，其與非律賦之比例拉近。從大曆之後律賦就佔有壓倒性的勝利，中唐時律賦數量明顯大增，取得三分之二的優勢。直至唐末，非律賦數量都維持在六、七篇，較律賦少。

唐代禽鳥賦總篇數爲 73 篇，包括年代不詳及闕名之作 9 篇，總計律賦 40 篇，佔 55%；非律賦 33 篇，佔 45%。律賦的數量集中在中唐之時。既然律賦在唐賦占據大半的分量，因此在討論唐代禽鳥賦時不可避免地必須處理這佔有 55%的律賦。律賦的興起和科舉考試有密切的關係，究竟二者之間的關係如何？律賦的形式要求和限制又有哪些？這是首先必須了解的。因此在本章第二節中將針對唐代律賦的形成背景、發展及其形式要求等進行探討。

三、作者背景多元化

從禽鳥賦的作者來看，初唐時的禽鳥賦大體可以賦家的生活環境來作爲一種劃分，一類以宮廷生活爲主的禽鳥賦家，如唐太宗、李百藥、張說、蘇頲等帝王及大臣；二是生活在宮廷之外的文人，如王績、盧照鄰、王勃、高邁等。（如下表所列）

宮中貴族	李百藥〈鸚鵡賦〉、唐太宗〈威鳳賦〉、蘇瓌〈鳳巢阿閣賦〉、蘇頲〈白鷹賦〉、張說〈進白烏賦〉
一般文人	王績〈燕賦〉、盧照鄰〈馴鳶賦〉、王勃〈馴鳶賦〉、〈江曲孤鳧賦〉、〈寒梧棲鳳賦〉、高邁〈鯤化爲鵬賦〉

前一類中特別像李百藥、蘇頲那樣世族出身的宮中詞臣，彷彿還延續著南朝以降的宮廷貴遊文學之風。作者的出身背景與他們筆下的禽鳥之間也有著密切的關聯，如宮廷貴族多描寫鸚鵡、鳳凰、白鷹、白烏等較高貴的禽鳥；而一般文人所描寫的禽鳥就比較不一樣，除了王勃〈寒梧棲鳳賦〉和高邁〈鯤化爲鵬賦〉因爲屬於典故的運用，所以不

是一般的野禽、凡鳥外，其餘多是文人在日常生活中可見之鳥類，如燕、鳶、鳧。

初唐時作者以生活背景二分的情形到了盛唐有所改變。盛唐之後的賦家已無法單純以其出身背景和生活環境來劃分。由於科舉制度的實施，逐漸打破世族政治的門閥〔註7〕，因此在初唐之後的禽鳥賦家，已看不出有宮中貴族與一般文人二分的現象。這時對於禽鳥賦的觀察便必須轉變成從是否為律體形式上來看：

律體禽鳥賦與非律體禽鳥賦的作者一覽表：

	律體禽鳥賦	非律體禽鳥賦
初唐	盧照鄰、王勃、蘇瓌	李百藥、王績、唐太宗、張說、高邁、蘇頲
盛唐	王維、郗名遠、郗昂、李解	李邕、高適、李白、杜甫、蕭穎士、喬琳
中唐	錢起、高郢、敬騫、武少儀、陸贄、張莒、崔損、李子卿、崔元明、趙殷輅、張仲素、侯喜、皇甫湜、王顏、李雲卿、楊弘貞、浩虛舟、李程	陳仲師、權德輿、孟簡、裴度、韓愈
晚唐	康僚、崔陟、謝觀、宋言、王棨、黃滔、韓鎰	李德裕、司空圖
不詳	樊晦	

律賦初唐時尚在發展之中，所以作者並不專擅律體，偶爾有一兩篇律體之作，數量不多，也未必是為科舉考試而作（如王勃〈寒梧棲鳳賦〉）。盛唐時禽鳥賦在律體與非律體的創作上數量接近，且律賦的作者大多都是經過科舉考試者，如王維（開元九年進士）、郗昂（開元二十二年進士）、錢起（天寶十年進士）等。至於非律賦的部分，作者多為知名文人，如李邕、高適、李白、杜甫、蕭穎士等，其中李邕是李善之子，屬世族出身，但後來宦途並不順遂。又如杜

〔註7〕在武則天掌政時就極欲拔擢新興階級的勢力來和傳統世族的士大夫對抗。參羅龍治《進士科與唐代文學社會》一書。

甫雖曾參加科舉但落第。蕭穎士是開元二十三年進士，但因未通過吏部銓選的考試，宦途亦不順遂。像這些作家無論是律賦作家或是非律賦作家，其實他們的主要差異未必是因生活背景而來，當中同樣有人參加科舉考試，也有人曾登進士第，其差異這時就只能從賦作的形式體製和主題思想上來看了。

中晚唐時律賦的作家數量暴增，從律體禽鳥賦與非律體禽鳥賦的作者看來，律體禽鳥賦中尤多不知名之士，此又集中在中晚唐。這些知名度不高的禽鳥賦家，生平資料付之闕如。由於律賦是經由科舉考試進入仕途的一種手段，許多禽鳥賦家，僅有這一、兩篇律賦，像李雲卿僅有一篇〈京兆府獻三足烏賦〉、趙殷輅僅有一篇〈山雞舞鏡賦〉，此外如韓鎡、康僚、樊晦亦然。彷彿只是爲科舉考試而不得不作，待考上之後，雜務繁忙，便不再作賦了。唐人賦篇數量雖多，但從個別作家來看時，賦的創作未必是該作家的主要寫作文體，如王維，其文集中賦僅有一篇〈白鸚鵡賦〉，而且還是一篇律賦。當然也有律賦數量很多的，如王起（律賦有六十篇）、李程（律賦有二十三篇）、王棨（有四十六篇律賦）、徐寅（有四十篇律賦）等，這當中有不少是他們在考前不斷練習的習作。

就作家的出身看來，南朝的世族勢力僅延續至初唐，之後世族的勢力就逐漸被科舉考試打破。因爲無論是世家大族的子弟或是寒門庶族都已無可避免地投入科舉考試，只有少數人例外，如李德裕。他是元和宰相李吉甫之子，一生未參加科舉考試，卻能身居要職，在晚唐的政壇中成爲牛李黨爭中李黨的首腦人物。他的四篇禽鳥賦都不是律賦，但卻相當具有文學性。

唐代的禽鳥賦既有宮廷詞臣之作（如李百藥〈鸚鵡賦〉），又有在科舉制度下的律賦（如敬騫〈射隼高墉賦〉），也有文人失意落魄時抒發情志之作（如韓愈〈感二鳥賦〉），也有爲干謁求進的進獻之作（如杜甫〈雕賦〉），就作者的背景來看是多元化的。只不過初唐時仍因襲著六朝餘緒，於是宮廷內外的作品和作家是明顯的二途並行。在盛唐之後便不再有像初唐時朝野作者殊途那麼明顯的現象，而變成是作品的題材內容和主題思想上的差異，例如作品是歌詠宮廷中的珍禽、祥瑞（如鳳凰）？或是歌詠一般常見的禽鳥以寄寓作者個人的心志？而在唐代政治上或文壇上具有影響力的人，像是初盛唐之時的張說、大曆之後的權德輿、韓愈都有禽鳥賦，這也隱約顯示出：禽鳥仍然是文人、士大夫從事創作中一項重要的素材。

四、歌詠猛禽展現盛唐文化特色

除了形式上的律體與非律體是唐代禽鳥賦觀察上值得注意的一項重點外，唐代禽鳥賦表現出的禽鳥種類也是可以注意的一項特色，唐代禽鳥賦中所描寫的禽鳥種類數量較歷代多的，包括鳳、鵬、烏和猛禽類，試看以下所列歷代鳳、鵬、烏、猛禽等禽鳥賦數量一覽表：

朝　代	漢　魏	兩晉南北朝	隋　唐	宋	金元明
鳳	0	3	5	0	2
鵬	0	0	2	0	0
烏	1	2	9	4	2
猛　禽	0	6	10	1	3

唐代尤其以猛禽類的禽鳥賦數量最多，爲歷代之冠，關聯於唐代的整體文化和美學傾向來看時，文人（尤其是盛唐的文人）將注意力集中在猛禽的描寫上，似乎也是盛唐雄渾壯闊風格的一種展現。這一點在本章第三節論及體物寫志類禽鳥賦時亦有觸及，如李白詠大鵬、杜甫詠鵰、李邕詠鶻，都展現了作者恢宏的氣度和理想，也彰顯了盛唐的文化特色。

五、唐代禽鳥賦的寫作類型

唐代禽鳥賦在形式體製上有著各式各樣的風貌，如限韻的律賦、承襲南朝駢儷文風的駢賦、或是文人感物抒懷的騷體賦、或是敘說故事的敦煌俗賦、或是晚唐的諷刺小品。然大體而言，不外乎律體和非律體之分。

從律體禽鳥賦的賦題出處看來（參見本文文末頁288附錄四：唐代律體禽鳥賦篇目一覽表），其內容多爲禎祥類禽鳥，而主題則多屬歌功頌德之作，但另有一類敘事體之作是値得注意者。從附錄四中可以看出：敘事體禽鳥賦主要來自於那些賦題典故本身即是一則故事者。由於這些作品其賦題出處本身是一則故事，使得賦篇在根據其典故由來撰寫時，不可避免地帶有敘事性。例如根據《左傳》昭公二十八年賈大夫事舖寫成的〈射雉解顏賦〉便富有濃厚的敘事風格。相形之下，這一類敘事體禽鳥賦在寫作形態上與一般詠鳥之作有別，也與敦煌〈燕子賦〉不同，本章第四節將專就這些敘事體禽鳥賦做更進一步地探討。

如從寫作形態來區分，唐代禽鳥賦可在詠物體之下區分爲三類：一、感物起興，二、體物寫志，三、純粹體物；而敘事體之下也可區分爲雅、俗兩類，如下表所示：

<table>
<tr><th colspan="2">寫作類型</th><th>律體禽鳥賦</th><th>非律體禽鳥賦</th></tr>
<tr><td rowspan="4">詠物體禽鳥賦</td><td>感物起興</td><td>無</td><td>感二鳥賦、懷鶍賦（2篇）</td></tr>
<tr><td>體物寫志</td><td>馴鳶賦（兩篇）、寒梧棲鳳賦、鳥求友聲賦、鳥擇木賦、燕巢賦、秋鷰辭巢賦、反舌無聲賦、一鶚賦（9篇）</td><td>燕賦、威鳳賦、江曲孤鳧賦、鶻賦、鬥鴨賦、奉和鶻賦、大鵬賦、鵰賦、白鷴賦、鶺鴒賦、傷馴鳥賦、鶴處雞群賦、山鳳凰賦、振鷺賦（14篇）</td></tr>
<tr><td rowspan="2">純粹體物</td><td>鳳巢阿閣賦、白鸚鵡賦（三篇）、鳳凰來儀賦、鳳鳴朝陽賦、紅嘴烏賦（兩篇）、京兆府獻三足烏賦（兩篇）、日中烏賦、越裳獻白雉賦、延州獻白鵲賦、烏巢大理寺獄戶賦（14篇）—禎祥類禽鳥</td><td>鸚鵡賦、進白烏賦、白鷹賦、白烏呈瑞賦（兩篇）（5篇）—禎祥類禽鳥</td></tr>
<tr><td>晴皋鶴唳賦、沙洲獨鳥賦、射隼高墉賦（兩篇）、聖人苑中射落飛雁賦、鴻漸賦（兩篇）、放籠鷹賦（8篇）—非禎祥類禽鳥</td><td>鵲始巢賦、鵲巢背太歲賦（2篇）—非禎祥類禽鳥</td></tr>
</table>

敘事體禽鳥賦	雅文學	蚌鷸相持賦、黃雀報白環賦、射雉解顏賦、木雞賦、效雞鳴度關賦、鸜鵒舞賦、鶴歸華表賦、山雞舞鏡賦（兩篇）、狎鷗賦（10 篇）	鯤化爲鵬賦、共命鳥賦（2 篇）
	俗文學	無	燕子賦（敦煌俗賦）（1 篇）

上表的分類主要是根據作品的寫作形態（包括形式和結構）而分。詠物體中「感物起興」、「體物寫志」與「純粹體物」三者在劃分上是以物象與情志比重之多寡而定；敘事體中雅、俗之分是依作品之語文形態而定。詳細的說明將在後文中闡述。這樣的分類最重要的是有助於吾人掌握及了解唐代禽鳥賦有哪些主要的寫作類型？且這些寫作類型不是只有在禽鳥賦的表現上是如此，擴大到賦的寫作形態上來看時亦適用。這也是本文研究禽鳥賦更積極、正面的意義。

唐代禽鳥賦從律體與非律體的形式上來看，一般而言，律體多純粹體物之作，其中又以歌詠禎祥類禽鳥尤甚，主要用以歌功頌德；律體中另一大宗是敘事體，這些作品是文人創作的敘事體禽鳥賦，採用律賦體製，講究駢偶、對仗、限韻、用典、藻飾典麗。非律體則較多文人感物抒懷之作。針對禽鳥賦的寫作類型，說明如下。

（一）詠物體禽鳥賦

文人在沒有奉命寫作或參加考試的情況下，本身有感而發所創作的禽鳥賦多半是感物起興或體物寫志之作。這類作品多半都不是律賦，而能夠藉由賦作展現出作者的心志。他們或懷才不遇、或在政治上有所企圖、或對政治感到失望……種種動機和眞實的情感都因爲禽鳥賦的創作而流露出來。其實唐代感物起興之詠物體禽鳥賦不多，這是因爲大部分感物起興的賦作都已經在寫作上採取將引發其感想的物（禽鳥）作爲賦中吟詠的主體，而較少出現將所感之物與所欲抒寫的情志二分，且很少去描寫物象（如賈誼〈鵩鳥賦〉）這樣的寫作方式。只有韓愈〈感二鳥賦〉和李德裕〈懷鴞賦〉可以算得上是感物起興之作。

體物寫志已然成爲詠物體禽鳥賦的主流，如李邕〈鶻賦〉、〈鬥鴨賦〉、杜甫〈雕賦〉，都展現出盛唐時恢宏開闊的氣象。其中表現了文人對仕途的干進，如杜甫〈雕賦〉；也有表現自己失意落魄的情懷，如蕭穎士〈白鷴賦〉；或是一種傷春悲秋的感懷，如王績〈燕賦〉、趙勵〈鴻賦〉。這類賦的作者多爲知名文人，如李白、杜甫、蕭穎士、權德輿等，而且都不是律賦，所描寫的禽鳥也與宮廷中的鸚鵡、鳳凰、烏等不同，而是一般民間常見的禽鳥。至於韓愈〈感二鳥賦〉和蕭穎士〈白鷴賦〉雖然寫的是民間進獻宮中的禽鳥，但寫法不同於純粹體物之作，〈感二鳥賦〉是感物起興（藉鳥起興）的寫法、〈白鷴賦〉是體物寫志（藉鳥言志）的寫法；前者以抒情的騷體形式抒發自己的不平，後者以體物詠鳥的方式寄寓自己的心情。唐代體物寫志一類的禽鳥賦以知名文人創作爲主，其創作動機主要源自感物抒懷的念頭，禽鳥的種類一般多爲常見的家禽、野禽，或是路上偶然遇見進貢之珍禽，乃有感而發。這類自抒懷抱之作可說沿襲了自禰衡以降體物、寫志兼而有之的寫作傳統，係文人藉詠鳥來寄寓自身不遇的感慨。

詠物體禽鳥賦中第三類即純粹體物之作。這類作品多以宮中珍禽（如鸚鵡）、或進貢之鳥（如白雉、白鷹）、或祥瑞象徵的禽鳥（如鳳、烏）爲歌詠對象、旨在歌頌。在寫作手法上，著重於刻劃禽鳥的內在、外在，堆堞諸多典故，但缺乏個人主觀情志的投射。這類歌詠具有禎祥象徵的禽鳥多半屬於應制或應試之作，亦即簡宗梧先生所謂：「應詔頌聖及科舉場屋的律賦」（《賦與駢文》，頁 179）。這類賦作中不乏歌功頌德，缺乏作者情志者。賦家對唐代的盛世氣象發出恭維與讚歎、歌頌帝王德業。由於這類作品不是出於作者眞實情感的抒寫，而往往是因外在目的（如奉命制作或參加考試）而寫作。傳統文學批評中對這類作品的評價多半不高。不過，如就其體物、頌揚等文學功能和創作技巧言，也可以有不同的觀察角度。

純粹體物類尤以歌詠禎祥類禽鳥或珍禽（如鸚鵡、鳳凰、烏、白雉）之賦爲多，不論是否爲律賦，它們都同樣地表現了歌功頌德的主題，當有瑞應象徵之禽鳥降臨時、或有珍禽進貢時，大臣們便會獻上這類作品。無論是不是律賦，這些作品中所表現的歌頌主題是一致的，而禽鳥的種類也多半是固定的，如〈鳳凰來儀賦〉、〈進白烏賦〉、〈鸚鵡賦〉等。它代表了一種宮廷中應詔頌聖的文學類型。本章第三節將分別針對詠物體禽鳥賦中感物起興、體物寫志及純粹體物這三種類型做深入的探究。

（二）敘事體禽鳥賦

唐代禽鳥賦在形式體製上有俗賦、律賦之作，俗賦如敦煌〈燕子賦〉，律賦如郗昂〈蚌鷸相持賦〉、張仲素〈黃雀報白環賦〉，不過如果從詠物與敘事的寫作形態上來看，它們都屬於敘事體禽鳥賦。敦煌〈燕子賦〉敘述雀奪燕巢的故事，歸爲敘事體，當無疑義。至於律體禽鳥賦中若干作品（如〈蚌鷸相持賦〉、〈黃雀報白環賦〉……）歸爲敘事體，是因爲這些賦作中具有強烈的敘事手法。究其原因，乃是因爲這些賦作往往都是採用先秦諸子或史傳中的典故作爲賦題，爲舖陳賦題，便多少都帶有敘事性，例如出自《莊子》的〈木雞賦〉、出自《戰國策》的〈蚌鷸相持賦〉、出自《左傳》的〈射雉解顏賦〉、或是出自《史記‧孟嘗君傳》的〈效雞鳴度關賦〉等。在這些賦作中，禽鳥並不是作爲一個孤立的、被描寫的對象；而是被納入一段故事情節中，成爲當中的一個角色。這一類作品最值得注意之處在於其敘事性，像郗昂的〈蚌鷸相持賦〉便可說是一篇具有規模的敘事賦，與詠物體之禽鳥賦完全不同。前人以爲這類敘事賦是賦受到古文運動的影響，而有賦體小說化的現象（郭維森《中國辭賦發展史》，頁 350）。不過，從禽鳥賦看來，這樣的說法並不適用。因爲賦體中敘事的手法早已有之，而通篇敘事之作更不必等到古文運動產生之後。觀察唐代的敘事體禽鳥賦可以發現：敘事賦雅、俗二途並存的現象。雅的部分像郗昂的〈蚌鷸相持賦〉，這是一篇律賦，而且也是一篇典型的敘事體禽鳥賦。俗的部分則是敦煌〈燕子賦〉，承襲自漢代〈神烏賦〉、曹植〈鷂雀賦〉以來的民間敘事賦的風格，屬於通俗的、民間性的文字和趣味。這雅俗二途的敘事體禽鳥賦正可以做一個比較。由敘事賦的角度觀察其發展歷史，將會有縱貫的銜接，而不會只是從橫斷面看到點的特殊現象。如將文人創作的這類敘事體禽鳥賦與敦煌的〈燕子賦〉做一比較，將可以從中對照出兩種截然不同的寫作手法，也可以從中呈顯出雅、俗兩種不同文學的差異。

參、資料考辨的問題

唐代禽鳥賦的數量多、作品完整，這爲研究者提供了更爲廣闊的視野和研究材料，當然這其中仍然必須面臨許多資料考辨的難題，包括對於賦作的作者及其生平的考察、賦作的寫作背景……等。

第一、賦篇著錄作者版本不一的情況

這些禽鳥賦常見的問題是作者的著錄版本不一致的情況。大部分的禽鳥賦作都被收錄在《文苑英華》中，而清人所編的《歷代賦彙》和《全唐文》也是號稱網羅盡備的總集。在不同版本的賦篇選擇上，對於知名作家，已有文集傳世者，如王維、李白、杜甫、李德裕、陸贄等人自可採用其文集，尤其各家文集多經過歷代的校對、注釋，版本應最可靠。故首先應考慮各家文集。其次，沒有文集傳世的作家就只能仰賴《文苑英華》、《歷代賦彙》和《全唐文》了，其中又以《文苑英華》編纂時間較早而優先考慮。作者著錄不一的情況很多，如《全唐文》常將《文苑英華》中原本闕名的作者張冠李戴，如〈蒼鷹賦〉作者，《全唐文》作高適，但《文苑英華》和《歷代賦彙》均闕，且高適文集中亦未收此賦。可能是《全唐文》編者誤將《文苑英華》中闕名的作者全視爲同前篇作者的情況處理了。然依《文苑英華》之例，凡同前篇之作者，會於題下標「前人」，但若闕作者名，則並不見得是同前篇作者。況且《文苑英華》鳥獸類

的賦篇排列方式是依禽鳥類別的順序，將同樣寫鷹，或同樣寫鴻的賦放在一起，而非依作者來排列。類似這樣的例子，尚有〈白鷹賦〉（《全唐文》題作張莒）、〈鴻賦〉（《全唐文》題作崔陟）、〈白雀賦〉（《全唐文》題作王顏）、〈鳥擇木賦〉（《全唐文》題作侯喜）這四篇原爲《文苑英華》闕作者名之作。究竟《全唐文》在這五篇賦作的作者歸屬上有無依據？不得而知，仍有待進一步的考證。

其次，是《文苑英華》和《全唐文》兩個版本都有作者名，但卻略有出入。如〈一鶚賦〉作者《文苑英華》作「楊弘貞」，而《全唐文》作「楊宏貞」；又如〈紅嘴鳥賦〉作者《文苑英華》作「崔元明」，《全唐文》作「崔明允」。類似這樣的例子很多，在面對資料時如何考辨其眞僞、如何取決，對研究者而言是一大考驗。

比較《全唐文》、《文苑英華》和《歷代賦彙》賦篇文字的差異後，發現：《歷代賦彙》與《文苑英華》重複的部分（如唐代的許多賦篇）幾乎都是採《文苑英華》之版本，二者間出入較小。至於《全唐文》則與上述二者有較多出入，如〈晴皋鶴唳賦〉《文苑英華》及《歷代賦彙》均不著撰人，而《全唐文》則題作「錢起」。

第二、《歷代賦彙》中收錄的賦作不全

《歷代賦彙・補遺》中錄有李德裕之〈振鷺賦〉和〈懷鴞賦〉，但所錄文字是不完整的。可見研究者在資料來源的選擇上實不可不愼。

第三、多數作者生平無考

在處理唐代禽鳥賦作家及作品時所面臨的另一項難題是許多賦篇的作者生平不詳，作者生平可考者悉以新舊《唐書》爲本，如史書中未載者，再根據傅璇琮等編《唐五代人物傳記資料綜合索引》詳查，並由《登科記考》、《全唐詩》、《唐詩紀事》等各處蒐集所得資料，對這些唐代的禽鳥賦家作一考述。費力蒐羅的結果，仍有未盡人意之處，如樊晦、崔元明仍是生平資料闕如。由於缺乏作者及作品創作的相關資料，將增加研究上的困難，這也是不可避免的限制。

第二節　律賦的產生與唐代律體禽鳥賦的形式體製

壹、賦與科舉制度的關係

一、科舉考試制度之始

隋煬帝於大業間設置進士科〔註8〕，被認為是科舉考試制度的開始。不過，就選士制度本身而言，其實這是從南北朝的考試制度上發展而來的。唐長孺在〈南北朝後期科舉制度的萌芽〉一文中曾指出：東晉南朝一般是秀才試策、孝廉試經，北朝末期周齊之制大致亦如此。《北齊書・四十四・儒林傳》：「劉晝舉秀才，入京考策不第，乃恨不學屬文。」秀才、孝廉考試科目的不同，也就是以後進士、明經兩科之別。明經自應試經，而進士初置也只試策。所以羅龍治說：「隋代的進士科仍是梁陳以來以文詞取士的餘緒。」（《進士科與唐代的文學社會》，頁 3）而「唐代科舉中最重要的進士、明經兩項科目，從形式上來看和過去的孝廉、秀才有繼承關係，只是當門閥盛時被舉為秀才孝廉的人必定出于士族，而唐代并無此限止。」（唐長孺〈南北朝後期科舉制度的萌芽〉，頁 124）也因此，大多數提到科舉考試的資料中都將此一制度上溯至漢魏六朝時，如馮鑒《文體指要》云：「賦家者流，由漢晉歷隋唐之初，專以取士。」（《能改齋漫錄・卷二・事始》「試賦八字韻腳」條，頁 27）

隋末大亂，待唐高祖平定天下，於武德四年（621）下詔恢復進士科的貢舉〔註9〕。此後科舉制度便一直沿襲至明清時代，影響至深且鉅。一般多以唐代為科舉制度之始，其所持理由有二：

（一）從科舉制度的成熟及固定化來看，科舉考試制度是在唐代成為一項固定而成熟的考試制度。李新達說：

科舉制度的基本特點是：以進士科為主，定期考試，平等

〔註8〕《舊唐書・卷一〇一・薛登傳》：「煬帝嗣興，置進士等科。」
〔註9〕蘇鶚《蘇氏演義・卷上》：「武德四年，復置秀才進士兩科。」

競爭，擇優錄取。唐以前，科舉制度尚處於萌芽時期，有些特點很不成熟，時隱時現，形式多變，至唐高祖武德年間始漸形成。(《中國科舉制度史》，頁107)

（二）從科舉制度的地位和影響力來看，羅龍治《進士科與唐代的文學社會》第一章敘論言：由於唐以前的考試取士方式，「既未得到帝王特殊的眷顧，而進士科亦不是士人（包括世族與寒庶）致身通顯的唯一共同捷徑，所以進士科在當時並無任何特殊的地位。」（頁3）唐代「由於太宗、高宗對於進士的尊重與榮寵，於是進士科的地位大爲提高。」（同上）「高宗永隆二年以後專尚以文取士。到玄宗開元天寶後，幾乎成爲士人出仕的唯一最佳途徑，迄於後代因而不改。」（同上）

從上述兩種理由看來都足以說明科舉考試制度形成於唐代，此一重要的歷史意義。雖然在此之前並非完全沒有類似的選舉制度〔註10〕，但就其制度化、和其社會影響力而言，唐代是此一制度成型的時期。

二、加試雜文之始

科舉制度因爲在考試內容中有試賦一項，這是在探討唐代律賦時不能略過的歷史背景。因爲科舉考試既已成爲唐代士人晉身仕途的主要途徑，每年都有數以千計的士人投入科舉考試中，那麼科舉考試的科目必然是考生念茲在茲、不斷練習的內容。

唐代科舉考試的內容，根據相關文獻的記載：在唐初和之前都只有試策而已。〔註11〕從試策到加試雜文是考試內容上一項重大的改

〔註10〕唐長孺在〈南北朝後期科舉制度的萌芽〉：「南北朝後期北朝的舉秀（才）孝（廉）和南朝的明經射策從考試內容上，特別是從放寬門第限止上説已經爲唐代科舉制度開辟了道路。」（頁131）

〔註11〕羅龍治《進士科與唐代的文學社會》說：「隋代的進士科只是試策而已，策文的性質多浮華不實。」（頁16）《冊府元龜‧卷六三九》亦言：唐初貢士之法多循隋制……明經、進士二科，其初只試策。（葉十八）

變，這項改變使得詩、賦成爲日後科舉考試中重要的科目。唐高宗調露二年（680）四月考功員外郎劉思立認爲：進士僅試策，過於庸淺，而無實才，上奏主張於進士科加試帖經及雜文。〔註 12〕爲了經文並重，以經試其學而以文觀其才，永隆二年（681）八月高宗下詔施行進士科考試加試雜文兩道〔註 13〕。所謂雜文包括：箴銘論表詩賦等〔註 14〕。也就是從此時開始「賦」成爲進士科考試的內容之一。雖然進士科考試的內容在日後仍然有一些小變化〔註 15〕，但大致上說來始終是以試策、雜文和帖經三項爲考試內容，雜文的範圍雖廣，但到後來詩賦可說是主要的內容。〔註 16〕

以上是從唐代的科舉考試加試雜文此一制度的確立來看，不過還應該注意到的是：事實上加試雜文的情形並不是非要等到此一制度建立之後才有。例如《北史・卷二十六・杜銓附族孫正玄傳》便記載了隋朝科舉考試試賦的情形，其云：

> 隋開皇十五年（595）舉秀才，試策高第。曹司以策過左僕射楊素。怒曰：「周孔更生，尚不得爲秀才，刺史何忽妄舉此人，可附下考。」乃以策抵地不視。時海内唯正玄一人

〔註 12〕《新唐書・卷四十四・選舉志》載：「永隆二年考功員外郎劉思立建言，明經多抄義條，進士唯誦舊策，皆亡實才，而有司以人數充第。乃詔自今明經試帖粗十得六上，進士試雜文二篇，通文律者然後試策。」（頁 1163）

〔註 13〕《唐會要・卷七十五・貢舉上・帖經條例》載：「永隆二年八月敕：如聞明經射策，不讀正經，抄撮義條，纔有數卷；進士不尋史籍，惟誦舊策，銓綜藝能，遂無優劣。自今已後，明經每經，帖十得六以上者，進士試雜文兩首，識文律者，然後令試策。」（頁 1375）

〔註 14〕徐松《登科記考》永隆二年八月下詔「進士試雜文兩首」按語云：「按雜文兩首，謂箴銘論表之類。開元間，始以賦居其一，或以詩居其一，亦有全用詩賦者，非定制也。雜文之專用詩賦，當在天寶之季。」（頁 70）

〔註 15〕其間的變化如文宗太和七年（833）試論、不試詩賦，到太和八年（834）又恢復試詩賦。

〔註 16〕參註 14。又傅璇琮《唐代科舉與文學》也說：「進士科在八世紀初開始採用考試詩賦的方式，到天寶時以詩賦取士成爲固定的格局」（頁 179）

> 應秀才……素志在試退正玄。乃手題使擬「司馬相如上林賦」、「王褒聖主得賢臣頌」、「班固燕然山銘」、「張載劍閣銘」、「白鸚鵡賦」。曰：「我不能爲君住宿，可至未時令就。」正玄及時并了。素讀數遍，大驚曰：「誠好秀才」。（頁 961～962）

這段有關楊素以雜文試杜正玄的記載中便有試〈司馬相如上林賦〉和〈白鸚鵡賦〉，無獨有偶地，杜正玄的弟弟也有試賦的記載：

> 正玄弟正藏……開皇十六年（596）舉秀才。時蘇威監選，試擬「賈誼過秦論」及「尚書湯誓」、「匠人箴」、「連理樹賦」、「几賦」、「弓銘」。應時便就，又無點竄。（頁 962）

由以上的記載中可以得知：在隋朝舉秀才的考試中已出現試賦的情況。雖然主試者有刻意刁難之意，但相信像這樣加試雜文的情況應該不是僅此一見的特例。這也證明了唐代進士科試策及加試雜文是由隋朝舉秀才一科轉化而來。馮鑒《文體指要》言「由漢晉歷隋唐」命題試賦之說〔註 17〕，隋以前如何，不得而知。不過至少隋開皇之時已有試賦的情況，這是可以確定的。只是那時只限於出題，並未見有限韻的要求。唐高宗時加試雜文的實施，是將「雜文」一項正式納入科舉考試中。但實際上在此一制度實施之前就已有試賦的情形了。

三、賦在科舉考試中的重要性

以「賦」作爲科舉考試的內容並不僅限於進士一科。唐代的考選制度分爲貢舉、制舉和雜舉三種。

貢舉是常年固定的選士制度，舉於鄉曲、館、學，由禮部主之。（《唐代政制史》，頁 358）而貢舉中的明經和進士兩科可說是應試人數最多的，其中進士科最爲社會所重，也是士人主要的入仕途徑。

〔註 17〕馮鑒《文體指要》云：「賦家者流，由漢晉歷隋唐之初，專以取士。止命以題，初無定韻。」（《能改齋漫錄・卷二・事始》「試賦八字韻腳」條，頁 27）

制舉是以天子名義徵召各地知名之士，由州府荐舉前來京都應試，其考試科目與時間不固定。（《唐代科舉與文學》，頁 147）。此一制度源於漢代的察舉，是天子禮賢詔四方有德行才能文學之士。一般說來，多爲有出身有前官之經歷者應之，由吏部主持。（《唐代政制史》，頁 336）由於是由天子下制，定其科目，精選專材，因此除「宏詞」、「拔萃」由吏部主辦外，其餘隨制所定各科，原則上均由天子親主其事。（《唐代政制史》，頁 358）

雜舉則是在貢舉和制舉之外的其他取士科目，包括三史、三傳、三禮、開元禮、童子、神童、道舉、孝廉、四科、八科、醫藥……。唐代科舉項目繁多，但貢舉中的進士、明經和制舉才是科舉制度中最主要的。

（一）有試賦項目的考試

在科舉制度下很多考試都有試賦的情況，如下列四種考試都有試賦：

1. 貢舉進士科的地方考試

如以唐代的行政制度來看，其地方行政由小而大依序爲鄉、縣、州、府，關於貢舉的地方考試情形，所知有限，不過從若干例子中可以看出縣、州、府的各級考試都有試賦的可能。第一、士人必須先應縣級考試，縣級考試有試賦者，如呂鏄〈萬年縣試金馬式賦〉（《文苑英華》，v132/5a）注明以「漢朝鑄金爲名馬式」爲韻，三百九十六字。王起也有同題之作（同上，v132/6a），韻同，當是同年所試。第二、州由刺史出題，也要考賦，白居易在宣州所試的賦題即爲〈宣州試射中正鵠賦〉，注云：「以諸侯立誠眾士知訓爲韻，任不依次用韻，限三百五十字以上成。」（《白居易集箋校》，頁 2596）第三、京兆府試也試賦，如〈京兆試慎所好賦〉（《文苑英華》，v92/1a）注明以「重譯獻珍信非寶也」爲韻。

2. 進士科的中央禮部省試

省試即中央禮部主持的考試，由魏至隋，對策始終是選賢的方法之一。從唐高宗永隆二年起，考進士者先要帖經和試雜文，通過以後再試策。雜文兩道即包含詩、賦，雖然不見得每次都是一詩一賦，但雜文一項即表示考生必須會作各種文體，包括詩賦箴銘頌贊等在內。因此，「賦」當然也不例外地是進士科考試中的一項，而且雜文專試一詩一賦最晚從代宗大曆八年開始就已經是這樣了〔註 18〕。一般而言，唐代每年錄取的進士登第人數在三十人左右，而每年到長安應試者有兩三千人之多，包括應明經與進士科試者〔註 19〕，進士科的錄取率約爲百分之二、三（《唐代科舉與文學》，頁 5），競爭非常激烈，由此可以想見每年有多少舉子在爲科舉考試奮戰不懈了。

3. 吏部的銓選考試

在通過禮部的進士科考試後，必須再通過吏部的銓選考試，才能正式授予官職。而吏部的銓選考試也有試賦的情況。〔註 20〕

4. 制　舉

天寶十三載（754）制舉試詞藻宏麗科，除策文外，還加試詩賦各一首。《舊唐書・玄宗紀》載：天寶十三載秋，「上御勤政樓，試四科制舉人，策外加試詩賦各一首。制舉加詩賦，自此始也。」（頁 229）

（二）試賦之外，賦的獻納功能

除了上述這些考試有可能試賦之外，賦還有納卷、行卷和進獻的功用。

1. 昔日寫的賦可以作爲納卷、行卷的內容

天寶元年至十二年舉子納省卷成爲一項制度，即舉子在禮部考試

〔註 18〕《登科記考》卷一永隆二年條說：「按雜文兩首，謂箴銘論表之類，開元間始以賦居其一，或以詩居其一，亦有全用詩賦者，非定制也。雜文之專用詩賦，當在天寶之間。」不過羅聯添〈唐代進士科試詩賦的開始及其相關問題〉（頁 384～386）一文則就《登科記考》所載高宗到代宗大曆時的雜文試題歸納，較爲保守地指出：專用一詩一賦爲雜文試題是在代宗大曆八年（773）以後。這是就雜文專試一詩一賦形成固定模式而言。

〔註 19〕參見傅璇琮《唐代科舉與文學》，頁 51～52。

〔註 20〕參見傅璇琮《唐代科舉與文學》，頁 507～508。

前先交納昔日所作詩、賦、雜文等交納禮部貢院，以觀其所長〔註21〕，作爲一項參考。這項制度宋代仍有，稱爲「納公卷」，並要求內容爲：古律詩賦文論共五卷〔註22〕。這是官方正式要求舉子在禮部考試前交納昔日作品，這樣可以避免考試成爲唯一的評斷標準，而忽略舉子平時表現的弊病。而「行卷」則是非官方性質的，但卻是當時相當流行的一種風氣，即「應試的舉子將自己的文學創作加以編輯，寫成卷軸，在考試以前送呈當時在社會上、政治上和文壇上有地位的人，請求他們向主司即主持考試的禮部侍郎推荐，從而增加自己及第的希望的一種手段。」（程千帆《唐代進士行卷與文學》，頁3）行卷是投向禮部以外社會上有名望的人，是舉子通過個人交往請求他們給以揄揚和推荐，以影響主司的視聽。（《唐代科舉與文學》，頁 260）無論是官方性質的「納卷」，或非官方性質的「行卷」，士人都可以將昔日創作的賦作呈上，算是一種自我推薦的方式。

2. 獻　賦

唐代也有獻賦之風，如著名的詩人杜甫就曾在長安進獻三大禮賦，獻賦之風可以說承襲自漢代，漢武帝時司馬相如因〈子虛賦〉而被武帝召見，此後至漢成帝時仍有千餘篇的獻賦〔註23〕。士人獻賦無疑是想因此而受到青睞，博得晉身之階。唐代除了像杜甫那樣直接獻賦給皇帝的情況外，還有獻賦給知貢舉者的情況，如晚唐時盧肇便曾向知貢舉的王起上書並獻賦一首〔註24〕。

從科舉考試的科目來說，除貢舉中進士科的各級考試外，制舉和

〔註21〕參見傅璇琮《唐代科舉與文學》，頁 262～266。

〔註22〕見《蘇魏公文集・卷一五・議貢舉法》：「舊制，秋賦先納公卷一副，古律詩賦文論共五卷，預薦者仍親赴貢院投納，及於試卷頭自寫家狀。」（頁 215）

〔註23〕班孟堅〈兩都賦・序〉云：「孝成之世，論而錄之，蓋奏御者千有餘篇。」（《文選・卷一》）

〔註24〕參見盧肇〈上王僕射書〉（氏著《文標集・卷上》，收入《叢書集成續編・冊一二三》）

吏部銓選也可能試賦。作賦成爲眾多考試中的一項內容，因此作賦可以說已經是欲進入仕途的文人必備的才能。而且賦在科舉考試的成敗中占有舉足輕重的影響力，如沈亞之就因爲不擅長作賦而落第，沈亞之〈與京兆試官書〉云：

> 去年始來京師，與群士皆求進，而賦以八詠，雕琢綺言與聲病。亞之習未熟，而又以文不合於禮部，先黜去。(《全唐文》，v735/6a-b)

由於科舉考試中的試賦有特別的規定，即格律及限韻的要求，也就是一般所謂的「律賦」。舉子們爲應付科舉考試勢必得熟習律賦的寫作，究竟「律賦」所指爲何？它在科舉考試中的形式又是如何？以下將就這些問題繼續探究。

貳、律賦的意義和形式要求

一、何謂「律賦」？

賦的發展隨著時代的演進而有體制上的變化。一般多分爲四個階段：漢代古賦、六朝駢賦、唐代律賦和宋代文賦〔註25〕。王力在《古代漢語．賦的構成》一文中對「律賦」做了如下的說明：

> 律賦是唐宋時代科舉考試所採用的一種試體賦。……律賦比駢賦更追求對仗工整，並注意平仄諧和。其最明顯的不同之處在於押韻有嚴格的限制。一般是由考官命題，並出八個韻字，規定八類韻腳，所以說八韻律賦。……除韻字有規定外，甚至押韻的次序，韻腳的平仄也有規定。……律賦的字數，也有一定限制，一般不超過四百字。(頁 1356)

鄺健行指出律賦的特點有四：一、講究對偶，二、注重聲律，三、限韻，四、句式以四六爲主（鄺健行《科舉考試文體論稿：律賦與八股文》，頁 2）其中第一、二、四項的特點南朝駢賦中已有，

〔註25〕如徐師曾《文體明辨序說．賦》、祝堯《古賦辯體》中均有類似的區分。

講究對偶工整、聲律是齊梁以來對語言形式美的要求。徐師曾《文體明辨序說》便指出：律賦是「始於沈約四聲八病之拘，中於徐庾隔句作對之陋，終於隋唐宋取士限韻之制。」（《文章辨體序說、文體明辨序說》，頁 101）除聲律、限韻外，徐師曾更指出：律賦的對句形式多隔句作對。

從禽鳥賦的發展上來看，對句的形式早已有之，如禰衡〈鸚鵡賦〉即是。但聲律的講求卻是要到沈約時才清楚地意識到。在句式方面，漢代禽鳥賦多爲通篇四言句，如賈誼〈鵩鳥賦〉、趙壹〈窮鳥賦〉均是。自東漢末禰衡及建安時期之禽鳥賦作則多爲通篇六言句。及至西晉時則出現以六言句爲主，偶雜有四言句的形式，其組合仍以四言對句和六言對句（四四或六六）的形式爲常見，如成公綏〈鴻雁賦〉：

> 辰火西流，秋風厲起，軒翥鼓翼，抗志萬里。過雲夢以娛遊，投淮湘而中憩，晝顧眺以候遠，夜警循而相衛。（《歷代賦彙・逸句・卷二》，頁 2133）

到了南朝之時便有了四六、四六形式的隔句對，如鮑照〈野鵝賦〉一開頭言：

> 集陳之隼，以自遠而稱神；栖漢之雀，乃出幽而見珍。

這種隔句對的形式在唐賦中變得更爲普遍，而且字數也不限於四言、六言〔註 26〕，其實在謝莊的〈赤鸚鵡賦〉中即已有四七言隔句對的句式了，如：

> 躍林飛岫，煥若輕電溢煙門；集場棲圃，曄若夭桃被玉園。

此賦被評爲「屬對工整，應是律賦先聲」（《雨村賦話校證》，頁 2）其實不只是屬對工整，其四七言隔句對的句式也是律賦先聲。

梁陳之時更有五言句、七言句等詩化的句式出現，如沈約〈天淵水鳥應詔賦〉及徐陵等人的〈鴛鴦賦〉。而這種詩化的五言或七言句

〔註 26〕如初唐賦中有四七、五五、五六、五七、六四等隔句對句式，乃至於像「五八、五八」式的對句、「八六、八六」式的對句。這呈現出初唐賦隔句對句式變化多端的特色。詳參白承錫《初唐賦研究》，頁 198～206。

式在初唐時仍存在，如王績〈鶩賦〉:「若非歷陽隨水沒，定是吳宮遭火焚。」

順著南朝駢賦發展而來的唐賦在句式上承襲了之前所述的各種句式，而在文人的運用之下，變得更加靈活多變，富有彈性。雖然仍以四六言句式爲主，但全篇的句式卻有較多的錯落變化，而不顯單調平板。

賦在句式上的變化，無疑是受了駢體文句式的影響。最早，駢體文的產生是散文受了賦體偶化對句的影響，於是句必成雙。但賦體中原本的四言句或六言句，轉變爲四六言句式的隔句對則不能不說是受了駢體文影響後的表現。以禽鳥賦爲例，張華〈鷦鷯賦・序〉中有四六言隔句對的駢體序文，但賦作本身卻尚未有這種形式。

簡單地說，律賦是在駢賦既有的對偶工整和聲律要求下，成爲一種固定且嚴格的形式要求。而且在此之外，更多一限韻的規定〔註 27〕。

事實上，中唐以前並沒有「律賦」一詞，今日所謂「律賦」概念主要承襲自五代以來的用法〔註 28〕。唐代對於類似的概念早期稱「詞賦」，如《舊唐書・王丘傳》言王丘「尤善詞賦」，而〈薛登傳〉中錄薛登論科舉的考試科目，也批評不應以考「詞賦」作爲用人之標準。到了中唐時稱「甲賦」，與律詩並舉〔註 29〕。總之，在晚唐之前，「律賦」一詞並不多見，早期多稱「詞賦」，中唐之後因爲多指的是科舉考試中特定的賦體，故又有「甲賦」之稱。至於唐人一般對於律賦和非律賦是以近體（或新體）和古體來區分的，如《李白集》中卷一便

〔註 27〕如王忠林《中國文學之聲律研究》言：「所謂律賦，除保持駢賦之音律諧協，對偶精切之外，又多一限韻之規。」（頁 678）

〔註 28〕關於「律賦」一語的考察，可參見鄺健行《科舉考試文體論稿：律賦與八股文》，頁 3～5。

〔註 29〕如權德輿〈答柳福州（冕）書〉:「近者，祖習綺靡，過於雕蟲。俗謂之甲賦、律詩，儷偶對屬。」（《權載之文集・卷四十一》，頁 240）又如舒元輿〈上論貢士書〉:「試甲賦、律詩，是待之以雕蟲微藝，非所以觀人文化成之道也。」（《全唐文》，v727/1a）

標明「古賦」，所收錄之賦無一是律賦，柳宗元的《柳河東集・卷二》和姚鉉《唐文粹》卷一至九也同樣如此。而宋代歐陽修的《居士外集・二》前收「古賦」四首，後收「近體賦」十二首，便是以「古賦」與「近體賦」對舉。而存於日本的唐抄本《賦譜》也以「古賦」和「新體」或「新賦」對舉〔註 30〕。唐代的賦便是在這樣古體與近體並存的情形下，展現百花齊放的風采。

二、律賦的形式限制

律賦在形式上的限制主要表現在字數和用韻上。

（一）字數的限制

李調元《賦話・卷四》言：「唐時律賦，字有定限，鮮有過四百字者。」其實這只是一個概括性的說法，不表示唐代律賦都有字數的限制，馬寶蓮《唐律賦研究》曾歸納過律賦的字數，其中少者如李夷亮〈魚在藻賦〉（以潛泳水府形諸雅什爲韻）僅 167 字（《歷代賦彙》，v137/13a-b），多者如王諲〈花萼樓賦〉（以花萼樓賦一首并序爲韻）可達 674 字（同上，v74/4a-5b）。所以除非是考試的試題中對字數有特別的規定，否則舉子們只要在考試時間內完成，字數上是有彈性的。而且因爲科舉考試有作答時間的限制，考生不可能在有限的時間內毫無節制地長篇大論，所以科考的律賦字數都不會太多，一般而言多在三、四百字的範圍內。不過還是有出題者會特別在出題時加上字數的限制，有的是要求考生一定要寫三百五十字以上，如貞元十四年（798）禮部以〈鑒止水賦〉爲題，「限三百五十字已上成」（見呂溫《呂衡州集》）；又如貞元十五年（799）白居易在宣州所試〈射中正鵠賦〉也「限三百五十字已上成」，在省試中的〈性習相遠近賦〉也有同樣的字數規定（《白居易集箋校》，頁 2596

〔註 30〕《賦譜》云：「凡賦體分段，各有所歸，但古賦段或多或少，若〈發（登？）樓〉三句，〈天臺〉四段之類是也；至今新體分爲四段。」（〔美〕柏夷〈賦譜述略〉，頁 159）又云：「故曰新賦之體項者，古賦之頭也。」（同上，頁 162）

及頁 2599）。有的則是避免考生長篇大論，如黃滔於唐昭宗乾寧二年試〈良弓獻問賦〉，限三百二十字成〔註 31〕。

由此也可以看出：科舉考試中對於字數的限制是一個由寬漸嚴的發展過程，初、盛唐時幾乎是毫無限制的，到了貞元之時要求三百五十字以上，到了唐末更限定「三百二十字成」。看來眞是愈來愈嚴格，拘束和限制也愈來愈多。

（二）用韻的限制

賦本來就有押韻，且是可以換韻的韻文。從梁陳時的禽鳥賦（如沈約、蕭綱等人）中可以看到當時賦的用韻已有平仄相間的情況。不過唐律賦是否有在用韻上要求平仄相間？這一點是有待檢視的（說詳後）。

律賦和非律賦之間其中一項重要的區別標誌便是「題下限韻」。這也是今日作為一項判斷其是否為律賦的依據，具有限韻條件的賦幾乎都是律賦，不過沒有「題下限韻」者卻不必然是非律賦，因為那很可能是由於賦篇在傳鈔的過程中將限韻詞句遺落之故。例如高郢的〈沙洲獨鳥賦〉據知這是一篇科舉考試的題目〔註 32〕，又如晚唐時宋言的〈效雞鳴度關賦〉，依《困學紀聞》所言〔註 33〕，這是一篇律賦，但二賦在《全唐文》、《文苑英華》、《歷代賦彙》各版本中均未見有題下限韻。高郢為肅宗寶應二年（763）進士，之前早在開元、天寶之

〔註 31〕限三百二十字成見載於《容齋四筆・卷六》，頁 683。黃滔文集（《莆陽黃御史集》）中所收〈良弓獻問賦〉注「限三百二十字」。

〔註 32〕《雲仙雜記・卷四》「石鱉銜賦題」條載：「高郢夜課於豐亭，忽見一鱉在案上，視之，石也。郢異其事，取千題散置楮中禱祝。令石鱉銜之，以卜來事。既而石鱉舉頭，乃是〈沙州獨鳥賦〉，題出果然。其年首選。（《湘潭記》）（頁 25）又《唐摭言・卷二》亦載：「高貞公郢就府解後，時試官別出題目曰〈沙洲獨鳥賦〉，郢援筆而成，曰：『鵁有飛鳥，在河之洲。一飲一啄，載沈載浮。賞心利涉之地，浴質至清之流。』（其年首送）」（頁 19）

〔註 33〕《困學紀聞》：「唐律賦〈雞鳴度關〉云：『念秦關之百二，難逞狼心；笑齊客之三千，不如雞口。』」

時即已有題下限韻的試賦了，所以高郢的〈沙洲獨鳥賦〉很可能也是限韻的律賦，只是該賦可能在流傳過程中遺落了限韻的詞句。

無論如何，今日就算從賦篇本身找出其用韻也難以看出其是否有限韻的情況，除非是像王勃、盧照鄰〈馴鳶賦〉那樣有兩篇以上、又各段押韻相同的明顯情況才可能由此去歸納、推論。在面臨有題下限韻的賦作時，可以立即判定其爲律賦，但在沒有題下限韻標注的賦作時，在判定上就不能武斷地認定其爲非律賦，而需要有更多檢證的工作，包括從其是否有律賦中隔句對聯的形式和聲律是否和諧流暢等來作爲輔助的判斷工具〔註 34〕。

（三）隔句對偶和聲律流暢是律賦的內在形式

雖然說隔句對偶和聲律流暢這兩項特色早在六朝駢賦中即已有之，不過唐代律賦在這兩項特色的表現相較於六朝駢賦更是有過之而無不及。唐人對於聲律的要求比沈約之時更精細、更繁瑣，如《文鏡秘府論》中蜂腰、鶴膝之病等都可以視作是唐人在聲律諧暢上高度的注重。同時，唐代律賦在既有的駢賦和駢文的基礎上發展，其隔句對偶的現象也較駢賦更爲普遍，而且不限於四言、六言句式的運用。句式交錯變化、綜合運用可說是唐代律賦的一項特色，如王勃〈寒梧棲鳳賦〉中有四六、四六句式者：「遊必有方，哂南飛之驚鵲；音能中呂，嗟入夜之啼烏。」有三五、三五句式者：「之鳥也，將托其宿止；之人也，焉知乎此情。」有五六、五六句式者：「雖璧沼可飲，更能適於醴泉；雖瓊林可棲，復相巡於竹榭。」句式的變化可以使得行文駢而不板，偶而不澀〔註 35〕。

〔註 34〕鄺健行認爲：判斷一篇賦作是否爲律賦，主要取決於作品的文字和聲音形式，儘管沒有題下限韻，若隔句對偶的情況很多，聲調和其他限韻賦作差別不大的話，是可以視之爲律賦的。所以隔句對偶和聲律流暢是律賦的內在形式。（參見氏著《科舉考試文體論稿：律賦與八股文》，頁 85、89、90。）

〔註 35〕律賦句法變化的特色，曹明綱《賦學概論》，頁 200～204 有較詳盡的說明。

唐代科舉考試之所以重視試策及試賦，其中一個很重要的原因即在於：考察此人是否具有優秀的文筆才能？因爲作爲一名官吏其中一項必備的條件便是寫作官場中的應用文書，對於文字的斟酌和用語遣詞的講究，都是既細微又影響重大的。所以科舉試賦其實就是在測驗考生的文筆撰作能力。而從唐代文人不論工作中或私人應酬中都必須撰寫四六文這類應用文體來看，要說律賦沒有受到四六文的影響〔註36〕，幾乎是不可能的事。

（四）有關律賦「八字韻腳」之說的澄清

後世觀念中一般都說律賦有「八字韻腳」的限制，如《能改齋漫錄・卷二・事始》「試賦八字韻腳」條云：

> 賦家者流，由漢晉歷隋唐之初，專以取士。止命以題，初無定韻。至開元二年，王丘員外知貢舉，試〈旗賦〉，始有八字韻腳，所謂「風日雲野，軍國清肅」。見僞蜀馮鑒所記《文體指要》。（頁27）

這一段文字經常見引於說明律賦之處，如李調元《賦話・卷一》亦有見引。不過這段文字其中有不少值得澄清之處，茲分別說明如下：

一、馮鑒所謂命題作賦可能是指像班昭〈大雀賦〉或禰衡〈鸚鵡賦〉那樣臨場受命，在指定的題目下作賦。不過，其中將自漢晉歷隋唐以賦取士之法視爲等同，則過於含混。就目前文獻資料來看，以科舉方式試賦取才之法出現於隋唐之時。之前如漢晉之時所謂以賦取士，也是概括地說明文人以其文學才能獲得賞識或重用的一種手段，這其中有各種不同的情況，包括像漢代司馬相如、揚雄的獻賦，或是像西晉時的張華因〈鷦鷯賦〉得阮籍延譽而聞名……。然而不論是何

〔註36〕鄺健行《科舉考試文體論稿：律賦與八股文》反對徐師曾《文體明辨序説》以律賦之四六言隔句對係自徐陵、庾信而來之説。蓋鄺氏認爲徐、庾隔句對的表現是在駢文上，而非賦上，因此他強調：「駢文是駢文，賦是賦，二者畢竟不好混爲一談」（頁66），有意擺脱前人（如徐師曾）所持賦受駢文影響之説。但這樣一來卻顯得是鄺氏刻意避免去正視兩種文體間密切關聯的事實。

種情況，它們都與唐代的科舉考試大不相同，二者不能混爲一談。

二、馮鑒在此重點是要指出所謂「八字韻腳」最早的由來，他提到在開元二年之前的取士之賦都只有命題，而沒有限韻。其實這一點是有待商榷的。首先，不妨來看看最早以限韻方式完成的賦作有哪些？王勃的〈寒梧棲鳳賦〉被認爲是最早的律賦〔註37〕，約與王勃同時的蔣王李惲（太宗第七子）作〈五色卿雲賦〉亦以題爲韻。因此限韻之賦可說在開元二年之前即已有之，但是這其中還有兩個關鍵：一、王勃〈寒梧棲鳳賦〉以「孤清夜月」爲韻，僅有四字，非八字韻腳。李惲〈五色卿雲賦〉以題爲韻，也同樣非八字韻腳。二、它們都不是科舉試題。鄺健行於是提出〈京兆試慎所好賦〉，以「重譯獻珍信非寶也」爲韻，此賦既是八字韻腳，從題名看來又可以確定是參加京兆府科舉考試的試題。鄺健行依《全唐文》的著錄以此賦爲劉知幾所作，並依劉知幾的生平研判此賦當寫於儀鳳二年（677）至調露或永隆元年（680）之間（鄺健行《科舉考試文體論稿：律賦與八股文》，頁 41），故推斷此賦比馮鑒所說的開元二年（714）還要更早。乍看之下，似乎眞如鄺氏所言。然而鄺氏的推論中有一項重要的疏失，即〈京兆試慎所好賦〉是否眞爲劉知幾所作？這是很可疑的。因爲此賦《文苑英華・卷九十二》有收錄，但未著撰人，而《全唐文》往往將《文苑英華》中未著撰人的篇章自行歸屬到同前篇的作者之下，可是這麼做是不合《文苑英華》體例的。因爲《文苑英華》凡是作者同前篇者，均題「前人」，且其賦篇係依類別排列，而非依作者排列。《全唐文》中賦作部分作者張冠李戴的情形很多〔註38〕，此爲其中一例。如果〈京兆試慎所好賦〉根本不是劉知幾所作，那麼鄺氏對此賦著作年代的判斷便無法成立。那麼，究竟可考的早於開元二年的律賦還有

〔註37〕姜書閣《駢文史論》（頁 450）及鈴木虎雄《賦史大要》（頁 164）均持此說。

〔註38〕其他像張莒〈白鷹賦〉、高適〈蒼鷹賦〉、侯喜〈鳥擇木賦〉、崔陟〈鴻賦〉其實都是《文苑英華》中闕名之作，而《全唐文》將之歸屬於前篇作者的名下，實爲張冠李戴的結果，讀者不可不察。

哪些？據蔡梅枝〈唐初律賦探析——兼論律賦的形成因素〉一文所列「唐初律賦及作家一覽表」，剔除時代較晚及作者生平、身分不確定之作，除前已述及之王勃〈寒梧棲鳳賦〉和李憚〈五色卿雲賦〉外，尚有蘇珦〈懸法象魏賦〉（以正月之吉懸法象魏爲韻）、徐彥伯〈汾水新船賦〉（以虛舟濟物利涉大川爲韻）兩篇應是開元二年之前所作。這兩篇賦的限韻是八字韻腳，且比馮鑒所舉王丘〈旗賦〉之例更早。只不過不能確定其是否爲科舉考試的試題。

三、馮鑒《文體指要》說：開元二年〈旗賦〉爲八字韻腳之始。還隱含可能的另一個意思是：八字韻腳從開元二年開始。然而從實際的科舉律賦看來，八字韻腳的使用並沒有自此之後馬上固定下來，律賦中固定出現八字韻腳的限韻方式大約在唐德宗貞元之後。換言之，開元二年〈旗賦〉只是馮鑒所知最早的八字韻腳的律賦，而非在開元二年之後的律賦都用八字韻腳。

爲能更明瞭唐代律賦的發展及其特色，以下將藉由禽鳥賦的形式體製發展做更進一步的說明。

參、唐代律體禽鳥賦的形式體製

一、王勃、盧照鄰〈馴鳶賦〉

眾所周知地，王勃的〈寒梧棲鳳賦〉是最早的律賦，可是恐怕少有人注意到王勃、盧照鄰的〈馴鳶賦〉也有限韻的現象。總章二年（669）五月王勃自長安入蜀，曾與盧照鄰同遊〔註 39〕，從二人〈馴鳶賦〉皆押同樣韻部看來，這兩篇〈馴鳶賦〉當是二人在蜀中時互相唱和之作。試看盧照鄰〈馴鳶賦〉：

> 孕天然之靈質，稟大塊之奇工。嘴距足以自衛，毛羽足以凌風。懷九圍之遠志，託萬里之長空。陰雲低而含紫，陽景升而帶紅。經過巫峽之下，惆悵彭門之東。

〔註 39〕《唐詩紀事・卷八》「邵大震」條下載：〈九月九日登玄武山旅眺〉一詩有盧照鄰、王勃和詩，邵大震爲其同時人也。

既而摧頽短翮，寥落長想。忌蒙莊之見欺，哀武溪之莫往。進謝扶搖之力，退慚歸昌之響。腐食多懼，層巢無像。屈猛性以自馴，抱愁容而就養。

於是傍眺德門，言栖仁路，不踐高梁之屋，翔止吾人之樹。聽鳴雞於月曉，侶群鵲於星暮。狎蘭砌之高低，翫荊扉之新故。循廣庭之一息，歷長簷而逕度。

若乃風去雨還，河移月落，徘徊亂於雙燕，鳴舞均乎獨鶴。乍嘯聚於霞莊，時追飛於雲閣。荷大德之純粹，將輕姿之陋薄。思一報之無階，欣百齡之有託。(《盧照鄰集．卷一》，頁 2～3)

四段韻部分別爲東、養、遇、鐸。而王勃〈馴鳶賦〉：

海上兮雲中，青城兮絳宮。金山之斷鶴，玉塞之驚鴻。謂江湖之漲不足憩，謂宇宙之路不足窮。終銜石矢，坐觸金籠。聲酸夕露，影怨秋風。

已矣哉！何氣高之望闊，卒神瘁而智癢。徒驚跡於仙遊，竟纏機於俗網。未若兹禽，猶融泛想。慚丹丘之麗質，謝青田之逸響。與道浮沈，因時俯仰。去非內懼，馴非外獎。

夫勁翮揮風，雄姿觸霧。力制煙道，神周天步。爵宵漢之弘圖，受園亭之近顧。質雖滯於城闕，策已成於雲路。

陳平負郭之居，韓信昌平之遇，似達人之用晦，混塵濛而自託，類君子之含道，處蓬蒿而不怍。悲授餌之徒懸，痛聞弦之自落。故爾放懷於誕暢，此寄心於寥廓。((《文苑英華》，v135/5-6)

賦中四段押韻部分別爲「東、養、遇、鐸」，與盧照鄰〈馴鳶賦〉同，且恰好又是押平上去入四聲，可見這是王、盧二人刻意限韻的結果。二賦相較，王勃才氣似更勝一籌，末尾一改詠鳥賦常見的報恩主題，而表現出一種放曠之情，別具創意。

又，王勃、盧照鄰〈馴鳶賦〉兩篇韻腳共同出現的字包括有：第一段：風，第二段：響、想，第三段：路，第四段：託、落。只是四段的韻字組合起來無法構成有意義的詞句，或許這是因爲二賦限韻不限本字之故。後人若想從賦中的韻字去還原原本的限韻詞句恐怕非常困難！像盧、王二人這樣的限韻方式，可以看作是律賦發展初期的情形。

相形之下，王勃〈寒梧棲鳳賦〉以「孤清夜月」爲韻，就注意到了四個韻字組合出有意義的語句，並與賦題相配產生一致性。這種賦題與限韻詞句的搭配也是律賦發展上一項很重要的關鍵。

從王勃、盧照鄰二人唱和的〈馴鳶賦〉看來，賦會從齊梁的駢賦發展成唐代的律賦其實是非常自然，而且順理成章的結果。文人在駢賦的基礎上爲了尋求更高難度的挑戰並藉以展現自己的才學，限韻是必然的趨勢。因此，律賦起初並不是因爲科舉考試才有的〔註40〕，而主要是文人之間爲競相唱和，在創作上處處設限以增加難度、展現才學的一種表現，流風所及便沿用到科舉考試中，使得律賦成爲其中一項可以因難見巧，藉以汰蕪存菁的科目。

二、疑為蘇瓌所作之〈鳳巢阿閣賦〉

清代不著撰人之舊抄本《歷代賦彙續》（藏於國家圖書館善本書室）其中抄錄了一本舊藏天一閣，題爲《唐應試賦選》之書，其中錄有唐・蘇瓌的〈鳳巢阿閣賦〉。然而這篇〈鳳巢阿閣賦〉的內容卻與《文苑英華・卷八四》所錄同題之作內容一樣。《文苑英華》對此

〔註40〕王勃〈寒梧棲鳳賦〉是否爲科舉之作是有爭議的，如張正體〈唐代的科試制度與試賦體制研究〉以爲王勃的〈寒梧棲鳳賦〉爲試賦限韻的最早作品之一例（頁27），即是將此賦視爲科試之作。同樣的說法亦見於鈴木虎雄的《賦史大要》（頁164）。但李曰剛《辭賦流變史》考之較詳，據《舊唐書・王勃傳》云：「勃年未及冠，應幽素舉及第。」《唐才子傳》則稱：「王勃六歲，善詞章，麟德初，劉祥道表其才，對策高第。」認爲王勃係以策登第，非以試賦登第，故認爲此篇非應試之作。本文同意李曰剛之說，認爲不應將唐初之時所有限韻之賦都視爲科舉的試賦，而應當將「律賦」（限韻的賦體）與「試賦」（爲科舉考試所作）分開看待。唐初的律賦並非都爲應試而作，如李咸〈田獲三狐賦〉，以田獲三狐吉無不利依序押韻（《文苑英華》，v134/3b）即爲朋友間相互奉和之作（參蔡梅枝〈唐初律賦探析——兼論律賦的形成因素〉，頁65）。

賦的作者有「李程」及「未題撰者」兩種不同的版本〔註41〕。這篇〈鳳巢阿閣賦〉的作者究竟是蘇瓌、李程或佚名？實難判斷。假設《歷代賦彙續》之抄錄是可信的，那麼〈鳳巢阿閣賦〉便是蘇瓌所作，且既出自《唐應試賦選》一書，則可以確定此賦是應試之作。考盧藏用〈太子少傅蘇瓌神道碑序〉云蘇瓌年十八進士高第（《文苑英華》，v883/1a），那麼這篇賦的寫作時間推測應在唐高宗顯慶元年（656）。〈鳳巢阿閣賦〉以「天下清泰神物來萃」爲韻，將是目前可以確定爲八字韻腳的科舉試賦中最早的一篇。

從初唐禽鳥賦看律賦的發展，可以發現律賦由文人之間互相限韻唱和到形成風氣，到成爲科舉試題的過程。大約在唐高宗以後，律賦就脫離不了科舉考試的影響了。

三、王維的〈白鸚鵡賦〉

盛唐著名詩人王維（701～761）的〈白鸚鵡賦〉是其僅見的一篇賦作，也是禽鳥賦作中較早限八字韻之律賦。不妨以王維〈白鸚鵡賦〉爲例，看看律賦的體制。王維〈白鸚鵡賦〉「以容日上海孤飛色媚爲韻」：

> 若夫名依西域，族本南海。同朱喙之清音，變綠衣於素彩。惟茲鳥之可貴，諒其美之斯在。
>
> 爾其入翫於人，見珍奇質。狎蘭房之妖女，去桂林之雲日。易喬枝以羅袖，代危巢以瓊室。慕侶方遠，依人永畢。託言語而雖通，顧形影而非匹。
>
> 經過珠網，出入金鋪。單鳴無應，隻影長孤。偶白鷴于池側，對皓鶴於庭隅。愁混色而難辨，願知名而自呼。
>
> 明心有識，懷恩無極。芳樹絕想，雕梁撫翼。時嗛花而不言，每投人以方息。慧性孤稟，雅容非飾。含火德之明輝，被金方之正色。
>
> 至如海燕呈瑞，有玉筐之可依；山雞學舞，向寶鏡而

〔註41〕新文豐出版公司印行的版本未題撰者。而另一藏於國家圖書館善本書室的明藍格鈔本則題作者爲「李程」。

知歸。皆羽毛之偉麗，奉日月之光輝。豈憐茲鳥，地遠形微。色凌紈質，彩奪繒衣。深籠久閉，喬木長違？儻見借其羽翼，與遷鶯而共飛。(《王維集校注・卷十二》，頁 1138)

各段押韻如下：

第一段　上聲　海：海、彩、在

第二段　入聲　質：質、日、室、畢、匹

第三段　平聲　虞、模同用：鋪、孤、隅、呼

第四段　入聲　職：極、翼、息、飾、色

第五段　平聲　微：依、歸、輝、微、衣、違、飛

賦題要求以「容日上海孤飛色媚」爲韻，但王維只押了其中五部，而容、上、媚三部沒押。可見唐人試律賦時，其限韻之字是可以任意多寡，不是非要每一字都用到的。這一點在李調元《賦話・卷三》中也有提到，他說：

唐王維〈白鸚鵡賦〉韻限以「容日上海，孤飛色媚」八字，而賦止五韻，首尾完善，不似脫簡。豈如祖詠之賦終南山雪，崔曙之詠明堂火珠，意盡而止，不復足成邪？至其筆意高儁，自是右丞本色。按乾符中，蔣凝應宏辭，爲賦只及四韻，遂曳白而去。試官歎息久之，頃刻之間，播於人口。或稱之曰：「白頭花鈿滿面，不若徐妃半粧。」觀此，則唐人應試恆有任意多寡者，不獨右丞爲然也。(頁 47)

關於此賦的寫作背景，一說此爲王維在開元二十二年經張九齡推薦，再度入朝後，一直在宮廷中任職，〈白鸚鵡賦〉可能是那段期間所作。(《中國歷代賦選・唐宋卷》，頁 60) 但《明皇雜錄》載：

開元中，嶺南獻白鸚鵡，養之宮中，歲久，頗聰慧，洞曉言辭。上及貴妃，皆呼雪衣女。性既馴擾，常縱其飲啄飛鳴，然亦不離屏幃間。上令以近代詞臣詩篇授之，數遍便可諷誦。(引自《合璧事類》，v67/2a)

若以《明皇雜錄》這段記載來看，王維等人〈白鸚鵡賦〉或許與此有關。開元計有二十九年，如依陳鐵民〈王維年譜〉王維開元二十三年

拜右拾遺，若以此時作〈白鸚鵡賦〉，相較於開元中獻白鸚鵡之時間似嫌太晚。

據〈王維年譜〉載開元七年己未（719），時王維十九歲，在長安。七月，赴京兆府試。開元八年春，就試吏部，落第。開元九年春，擢進士第。（《王維集校注》，頁 1326～1328）就目前所見《王維集》來看，文集中以詩爲主要創作，文的部份多爲公務性質的表、文和應酬性質的序、碑、墓誌銘等，賦僅見存一篇，即此〈白鸚鵡賦〉，而且是一篇限韻的律賦，同樣的題目和限韻條件還有兩篇賦作，作者分別爲郝名遠和闕名。郝名遠生平無考。如果此賦寫作的背景與《明皇雜錄》中所載雪衣女之白鸚鵡有關的話，那麼這三篇〈白鸚鵡賦〉有可能是開元中的科舉試題。王維在開元七年七月通過京兆府的考試，由府州解送尚書省，隔年春天參加中央的科舉考試，結果落第，第二年（開元九年）重考就考上了〔註 42〕。其間王維經歷三次科考。又或者這是王維在任官職期間與同僚奉命之作，也未可知。三篇〈白鸚鵡賦〉在形式上都具有律賦的特點，包括：限韻、對偶工整、音律協暢、以四言六言句式爲主，在主題上則是屬於歌詠禽鳥的體物、狀物之作。

四、確定爲科舉試題的敬騫、武少儀〈射隼高墉賦〉

確定爲科舉試題的禽鳥賦，可以〈射隼高墉賦〉爲代表。大曆二年敬騫、武少儀以〈射隼高墉賦〉考中進士。敬騫、武少儀二人生平不詳〔註 43〕，徐松《登科記考》載二人爲大曆二年（767）進士，試題爲〈射隼高墉賦〉，由禮部侍郎薛邕知貢舉。這篇確定爲科舉考試

〔註 42〕唐制，士人赴進士試，需自向府州求舉，經考試合格，方得至長安受吏部試（後改由禮部考試）。吏部試例於二月舉行，府州試則在前一年七月舉行。《唐音癸籤．卷十八》載：「舉場每歲開於二月。每秋七月，士子從府州覓解紛紛，故其時有『槐花黃，舉子忙』之諺。」（《唐音癸籤》，頁 197）

〔註 43〕《全唐文》言敬騫開元時官監察御史（v365/5a）。然敬騫於大曆二年方考中進士，其是否於開元時即已任監察御史職？疑《全唐文》有誤。

中規定的律賦，試以敬騫之作爲例。敬騫〈射隼高墉賦〉以「君子藏器待時」爲韻：

（一）養形玄豹兮，以隱霧而成文。
振羽飛蛾兮，因附火而自焚。
彼紛然之落隼，識昧此而喪群。
誠不知高非小者所處，靜爲躁者之君。
苟失度而接適，將受斃而何云。

（二）且夫長墉崇崇，矗若雲峙，
飛隼翍翍，倏隨風止。
曾不料其微陋，焉更知其休否。
故疾惡之夫，善射之子，
操騂角之弓，調白羽之矢，
縱穿楊之妙，呈落雁之美。
量遠近於目端，審高下於規裡，
紛洞胸而達腋，果裂嗉而破觜。

（三）原夫剛鏃初架，勁弦正張，
引彎彎之月影，迸的的之星光。
鏟毛羽之振迅，挫容貌之昂藏。
審必中而後發，固焉用而不臧。
若也處身順理，投跡知常，
時決起而無滯，或怒飛而有方。
煙雲足以遐賞，翳薈足以來翔。
必絕捐軀之患，豈貽在彀之殃。

（四）是則素有雋志，往無不利，
藏器者人，獲隼者器。
矢應弦而上激，禽應矢而横墜。
微隼諒比於小人，高墉亦方於重位。
苟不戒於游處，曾何免於顛躓。

（五）士有五善斯在，載櫜有待。
麗龜之知未忘，貫隼之誠勿改。
幸文武之不墜，希葑菲之必采。

（六）則知發矢有期，獲禽俟時。
想大易之靈文，微言可頤，
稽高墉之玄象，壯立空持。
既是則而是效，永念茲而在茲。

文分六段，各段押韻情況如下：

第一段　平聲　文部：文焚群君云
第二段　上聲　止部：峙止子裡、矢否美（旨同用）、觜（紙同用）
第三段　平聲　唐部：光臧藏、張方常翔殃（陽同用）
第四段　去聲　至部：利躓器墜位
第五段　上聲　海部：待改采
第六段　平聲　之部：時頤持茲

敬騫此賦試題爲六字韻腳，而且也沒有一平一仄相間遞用的情況。他雖將「君子藏器待時」六個韻字全都用出，但這並不是絕對必要的，因爲另一篇武少儀的同題之作就沒有把「器」和「藏」字用出。可見是否要將限韻詞句中的所有的韻字都用出是沒有硬性規定的。

律賦出題的方式很多，有六字韻腳、八字韻腳，也有像李雲卿〈京兆府獻三足烏賦〉「以平上去入周而復始爲韻」者，該賦在平上去入四聲之後，再押平上二聲，共六韻。不過，除了限用固定韻字外，也有的題目規定不能使用某字爲韻腳，如闕名之〈鶴歸華表賦〉限「以去家千歲今始一歸爲韻，而賦中無一字韻」。

至於一般以爲律賦都是「八字韻腳」或是用韻必須「一平一仄」相間之說，其實都是科舉考試到後來愈來愈嚴密的結果。如陸贄〈聖人苑中射落飛雁賦〉要求「以題爲韻次用」，賦中便依序出現「聖人苑中射落飛雁」八字韻腳，完全將限韻中的八字逐一用出。（也沒有平仄相間用韻。）但也不是每位考生都有將題下限韻之字全部用出，所以看來這並不是科舉考試中嚴密的形式要求。

大約在元和之後，八字韻腳就少有例外的情形。至於八字韻腳四平四仄的情況，則似乎在唐末之前，都未見這項要求成爲一個制度。

比較確定的是宋代才正式在考試中納入這樣的規定，宋代王楙《燕翼詒謀錄・卷五》「詞賦依平仄用韻」云：

> 國初，進士詞賦押韻，不拘平仄。太平興國三年九月，始詔進士律賦平仄次第用韻。而考官所出官韻，必用四平四仄。詞賦自此整齊，讀之鏗鏘可聽矣！（頁48）

正式官方考試以四平四仄八韻的整齊格式出題，見諸詔令者，始於宋太宗太平興國三年（978）九月。唐代的律賦其實在押韻的數目和平仄順序上並沒有這麼嚴格限制。可以說愈到中晚唐，律賦的體製愈固定化，例如八字韻腳的成型，和字數的要求，幾乎在元和以後科舉試律賦的情形就已經相當典型化了。到了宋代太平興國三年更要求押韻必須一平一仄相間使用，這實在是使律賦在形式上的束縛和限制愈來愈多了。

自科舉考試中有了律賦的考試項目後，科舉與律賦之間便產生了密不可分的關係。文人爲了仕途更加鑽研在律賦的創作中，更齊聚一堂模擬科考的律賦，不斷練習的結果除了可以磨鍊自己創作律賦的技巧，所寫的作品也可以在省試的納卷中上繳，幫助加分。或投納給有名望的人士，請求推薦及延譽。在這樣的情形下，作賦的風氣大盛，數量也大增。

雖然從文獻上可確定爲科舉試題的禽鳥賦只有大曆二年的〈射隼高墉賦〉和長慶二年的〈木雞賦〉，但相信實際上在附錄四中的律體禽鳥賦一定還有不少是科舉的試題。因爲既然科舉考試必須經過鄉貢、府州考試、京兆府試、省試，乃至吏部銓選的考試等重重關卡，可想而知：這些考試中大概都少不了試律賦，然而由於有關試題的文獻紀錄有限，所以無法得到史料的證據。像徐松《登科記考》中所載就相當缺乏鄉貢、府州考試、京兆府試的試題資料。如果能嘗試從文人律體詩賦的集體作品中大量地進行一番考察的話，相信可以找出不少唐代科舉試題的資料。所以在眾多以律賦形式創作的禽鳥賦中相信應當有一些是科舉過程中的試題；或者是考生的習作；或在省試時納卷之作。這些未知的科舉試賦應該還有不少！

過去賦話或筆記中對於律賦的說法，多屬概括之言，未能逕信其說。例如李調元《賦話・卷一》云：

> 唐初進士試於考功，尤重帖經、試策，亦有易以箴、論、表、贊，而不試詩、賦。之時專攻律賦者尚少，大歷、貞元之際，風氣漸開，至大和八年，雜文專用詩賦，而專門名家之學樊然競出矣！（頁 3）

這段話就唐代律賦而言，只是一個粗略和概括的印象，並不能據此而認為「至大和八年」雜文考試才有試詩賦的情形，因為進士科在天寶時就已經以詩賦取士且成為固定的格局了〔註 44〕。所以傳統賦話或筆記中之說法，有些未必是很精確的。

律賦是科舉考試中用來拔擢人才的一項考試內容，由於每年考試的人數眾多，錄取名額有限，競爭十分激烈。「進士科錄取的名額約占考試人數的百分之二、三」（《唐代科舉與文學》，頁 5），而這百分之二、三的總考試人數指的還是那些已經通過鄉試，來到京師參加中央禮部省試的佼佼者。每年有來自全國各地風塵僕僕的考生，在眾多的競爭者中渴望脫穎而出。有人甚至考了數十年，像黃滔在通過鄉試後，過了 23 年才考上進士。類似這樣例子還有很多，為了考取進士多少人耗盡了一生的青春歲月！〔註 45〕律賦的限韻和格律的形式要求素為人所詬病，然而主試者之所以要加上這些限制本來就是要提高題目的難度，以期能在眾多考生中淘汰弱者，取其菁華。是以簡宗梧先生將律賦比喻成：戴腳鐐手銬跳舞的舞者，把枷鎖當做道具，隨著變巧的節奏，舞出優美的身段，顯示他的靈巧和造詣。（《賦與駢文》，頁 173）因為競爭激烈，所以考試難度便提高了。起初這樣的考試也的確網羅了不少優秀的人才，像陸贄、裴度。不過隨著考試內容的日

〔註 44〕同註 16。

〔註 45〕類似的例子很多，可參見傅璇琮《唐代科舉與文學》第十二章「舉子情狀與科場風習」。

趨固定，坊間也流傳著不少教人如何作賦的參考書（如張仲素《賦樞》、范傳正《賦訣》、浩虛舟《賦門》等），考生們蒐集資料、掌握應付考試的技巧，練習固定格式的詩賦寫作。當一切的目標都爲考試而設時，律賦的寫作便逐漸成爲一種人人皆可習得的固定寫作程式，就像八股文和今日坊間應付考試的作文大全一樣，變得格式化、缺乏個人眞實情感。是以簡宗梧先生批評說：

> 這一類的題目，原本不易發揮，加上官韻的限制，就很難寫出具有個人風格的文學作品，不免使律賦淪爲「因難見巧」的考試工具而已。（〈試論唐賦發展及其特色〉，頁 115）

徐師曾《文體明辨序說》也批評道：

> 至於律賦，其變愈下。始於沈約四聲八病之拘，中於徐庾隔句作對之陋，終於隋唐宋取士限韻之制。但以音律諧協、對偶精切爲工，而情與辭皆置弗論。（《文章辨體序說、文體明辨序說》，頁 101）

雖然律賦之中並非全無有價值之作，但畢竟多是歌功頌德之作，因爲作者考慮到讀者爲評閱的主試委員，往往在預設讀者的立場下去寫一些比較討好的內容，所以在這樣的情況下，優秀的作品很難出現在科舉考試的律賦中。從上述的幾篇禽鳥賦和附錄四所列之律體禽鳥賦題便可以看出：律賦中表現歌功頌德主題及引經據典舖陳者佔大多數。由於限題、限韻和爲考試而作，在這樣特定的目的及背景下寫作的結果，律賦作品中很少有作者個人的情志存在，是以作品多缺乏生命力，也無怪乎在後來難以引起讀者的共鳴。

第三節　唐代詠物體禽鳥賦

經歷魏晉南北朝四百年來的分裂與動亂，唐代一統天下，乃至於國威遠播，四夷前來朝貢，這樣一幅泱泱大國的盛世景象，無疑是令人讚歎的！就像班固在《漢書》中瀰漫著「宣漢」的精神一樣，唐代士人也有不少透過禽鳥賦的撰作來表現他們對心目中的大唐盛威衷心地頌揚！

唐代詠物體禽鳥賦的寫作類型有三：感物起興、純粹體物及體物寫志。其中「感物起興」一類作品數量很少，而「純粹體物」類則多為歌功頌德的律體，文人之作則集中在「體物寫志」一類，而這也可以說是禽鳥賦發展中評價較高且居於主流地位者。

就初盛中晚四個時期的詠物體禽鳥賦發展來看，初唐時的詠物體禽鳥賦，仍延續了之前一貫的主題，多是文人在政治上沒有很好的發展下，舉目所及，便以禽鳥為題抒寫己懷。其中不乏類似盧思道〈孤鴻賦〉因一時失意，藉作賦以自我寬慰者。士人既在宦途上遭遇挫折，不如退一步想海闊天空，在野隱逸也沒什麼不好，如此出之於曠達，寧願平淡度日者，如王勃〈江曲孤鳧賦〉、王績〈燕賦〉均流露出類似的情懷。初唐時較特別的是唐太宗〈威鳳賦〉，因為這是一篇帝王追憶王業維艱之作，因其身分特殊，所表現的心境自然也與一般文人不同。

盛唐的禽鳥賦以猛禽類題材的禽鳥賦為主，其中包括了年輕氣盛、豪氣干雲如李白〈大鵬賦〉者；也有積極自荐，冀能受到重用之干謁者（如杜甫〈雕賦〉）。這類猛禽類的賦作表現了一己剛直、忠誠的形象，和飛揚蹈厲的精神，也展現了盛唐國勢強盛時的氣象。此外，還有喬琳的〈鶺鴒賦〉、蕭穎士的〈白鷴賦〉也都是盛唐時的作品。

中唐時韓愈的〈感二鳥賦〉在寫作的動機上和蕭穎士〈白鷴賦〉相同，都是二人在吏部銓選考試失利，宦途不順的情形下，在路上看見進貢的禽鳥，因而有所感慨之作。韓愈〈感二鳥賦〉表現了悲士不遇、自怨自艾的主題。另外，權德輿的〈傷馴鳥賦〉則是作者馴養幼小的鸜鵒因「鎩其羽翼」（〈傷馴鳥賦〉），「使喪天和」，後來不幸遭狸狌斃命，使權德輿有感於自己人為的作法，違反了自然，以致傷生害命，遂發出議論。賦的後半段屬於說理之作。這樣在賦中議論、說理的形態，可說是宋代散文賦的先聲。

晚唐時李德裕被貶袁州，在當地見到一些禽鳥，在多所感慨下分別作了〈懷鴞賦〉、〈山鳳凰賦〉、〈振鷺賦〉、〈孔雀尾賦〉等四篇禽鳥賦作，屬於文人感物寄慨之作。以下的敘述分為三小節：壹、純粹體物；貳、體物寫志；參、感物起興。分別就這三類詠物體禽鳥賦做進一步的作品分析和類型說明。

壹、純粹體物

唐代禽鳥賦的純粹體物之作多為宮中詞臣應詔頌聖或科舉場屋的律賦，而所描寫的禽鳥種類大多不是進獻宮中的珍禽（如鸚鵡），即是具有祥瑞象徵的瑞鳥（如鳳、烏）。珍禽之所以珍是因其希珍、罕見，且又具有美麗、特殊的外貌，因此成為皇室貴戚賞玩的對象。但這類希珍、罕見的禽鳥之所以希罕當然是因為中國本土很少或甚至不出產這類禽鳥，因此，就只有依賴遠方異國的進獻了。對中國皇帝而言，遠方異國的進獻是表示一種臣服、歸順的心態，而這自然表示出中國國勢強大，聲威遠播，以致四夷賓服，咸來入貢。如此一來，寫作這類遠方進貢的禽鳥賦作本身就是一種對朝廷作為的讚揚與歌頌。至於瑞鳥之所以會為文人所重視，會成為體物賦的寫作對象，則是因為在古人的觀念中，常常把這些鳥的出現視為天降祥瑞的象徵，如《史記・周本紀》：「武王渡河中流，白魚躍入舟中，武王俯取以祭。既渡，有火自上復于下，至於王屋，流為烏，其色赤，其聲魄云。」又如《論語・子罕》：「子曰：『鳳鳥不至，河不出圖，吾已矣夫。』」孔安國注曰：「聖人受命，則鳳鳥至，河出圖，今天無此瑞，吾已矣夫者，傷不得見也。」朝代的更替、聖人的受命，這些令人振奮且期待的事蹟皆靠赤烏、鳳鳥這些瑞鳥來向後知後覺的世人報知，人們豈可不重視牠們的出現！〔註 46〕

〔註 46〕這些禽鳥都是帶著歷史累積下來的神話，而且可以說是政治神話，其奠基當是漢代時的天人感應及讖諱思想，其理論為：「德至則鳥獸下」，到後來則是凡是見到奇珍異物，便有種種附會之說。禽鳥也因為其顏色（白色）或是既有的神話基礎（如鳳、烏）進一步也成為一既然瑞鳥的出現是天降祥瑞的象徵，那麼，生爲秉筆之臣，搦翰之士，焉能不奮筆直書，歌功頌德一番？唐人這類賦作就繼承了古人重視符瑞的思維模式，大量地運用前人經傳、傳說既有的祥瑞典故，以舖陳的方式寫出歷代累積下來有關此一禽鳥的傳說，再配合著歌頌國家政治的清明、聖主的仁德、武功的強大……等，如此就構成了寫作一篇歌詠瑞鳥賦作的基調。張說的〈進白烏賦〉就是這類型賦作很典型的一篇。張說曾歷仕武后、中宗、睿宗、玄宗四朝，玄宗時又久居宰執之職，號稱開元名相之一。此賦從賦題上即可知係因進獻白烏所作，對張說而言，白烏之所以爲國家祥瑞的象徵，係因君王有德而致，如賦中有言：「咨大鈞之播氣，在品物而流形。有莫黑之凡族，忽變白而效靈。感上人於孝道，合中瑞於祥經。」又言：「惟聖君之靈囿，物何遠而不臻？」而「恐同類之見嫉，畏不才之速謗，期委命於渥恩，豈願思於閑放？」則有自喻之意，末尾一貫地以「鑒深心於反哺，終報德於君親。」作結。由此可知張說這篇描寫祥瑞象徵的禽鳥賦帶有頗爲濃厚的「頌聖」意味。其文集中並附有皇帝的墨詔批答，云：

> 得所進白烏，符彩明媚，助日揚輝，白羽翩翻，凌霜比色。況乎反哺斯重，能仁是高。對之有歡情不能已。又覽所進，放言體物，詞藻瀏亮，尋繹研味，把翫無厭。所謂文苑菁華，詞場警策也。今賞卿金五挺，銀十挺云云。(《張說之文集・卷一》)

種祥瑞的符號，成爲一種政治上的神話。這些政治神話並不是毫無意義的，「神話不只是一些荒誕矛盾與愚蠢的東西，它與人類文化密切相關，是人類文化中的一個重要因素，在人的原始愚蠢的遮蔽掩飾之外，也有積極的意義與價值。因爲一個神話的產生，必定有它的原因和憑藉，甚至有它的動機與目的；這原因與憑藉，動機與目的，便是確切實在的，便是眞正的事實。」（孫廣德《政治神話論》，頁 3）而「政治神話，是流行於社會中的基本政治符號的模式」、「政治符號有助於權力的建立，轉移或保持」（同上，頁 233）而作爲符瑞象徵的禽鳥神話顯然與政治權力有著密不可分的關係。

張說這篇〈進白烏賦〉的確是典型的宮廷頌聖的禽鳥賦。這篇作品極力體物鋪陳，但其中並沒有什麼深刻的思想內涵。同樣以白烏爲題的禽鳥賦作還有裴度〈白烏呈瑞賦〉，孟簡亦有同題之作。

除了白烏之外，三足烏也是當時人所驚豔的一種祥瑞禽鳥，據史書記載，唐肅宗寶應元年（762）七月乙卯，京兆府萬年縣曾經捕獲三足烏進獻朝廷。〔註47〕在現存的唐人禽鳥賦作中，就有歌頌三足烏者，如生平不詳的李雲卿有〈京兆府獻三足烏賦〉一篇，限以「平上去入周而復始」爲韻，又如唐順宗莊憲皇后之父王顏〔註48〕亦有〈京兆府獻三足烏賦〉。王顏賦中頌：「夫何赫赫之太陽，忽降精於烏鳥，乃呈瑞於皇王」（《歷代賦彙》，頁827，以下引語同）及「昭聖代之有應，垂休徵之無盡。瑞於帝室，表大孝於天衷」等句可知：這種鳥不但是祥瑞之鳥，而且這種祥瑞之鳥的出現對當時人具有「光昭萬葉，輝映千古」的意義。正因爲如此，「良史當載美而記時，謏才顧賡歌而蹈舞。」良史既載美記時，詞臣秉筆以頌聖也是很自然的事。

事實上唐人以烏爲寫作題材的賦作很多，除上述諸篇外，中唐時李子卿和崔元明〔註49〕皆分別都有〈紅嘴烏賦〉，並以「新飛羽未調」爲韻。晚唐康僚有〈日中烏賦〉，而生卒年不詳的韓鎡則有〈烏巢大理寺獄戶賦〉，這些以烏爲題材的賦作不是以烏的慈孝爲描寫重點，就是採用了富有濃厚神話色彩的日中踆烏傳說〔註50〕。

除了歌頌具有禎祥意味的瑞鳥外，來自遠方異國的珍禽也是常被歌詠的禽鳥，其中又以鸚鵡最常見。鸚鵡向來就是宮廷豪宅中備

〔註47〕《古今圖書集成》，v516/58引《唐書・五行志》。

〔註48〕《舊唐書・卷五十二》載：「順宗莊憲皇后王氏，琅邪人。……父顏，金紫光祿大夫、衛尉卿。」（頁2194）

〔註49〕另一〈紅嘴烏賦〉在《文苑英華》和《歷代賦彙》中作者都作「崔元明」，惟《全唐文》作「崔明允」，不知所據爲何？查《新唐書・宰相世系表》博陵第二房崔氏後裔中有崔述，字元明，房州刺史。（頁2809）不知是否與此〈紅嘴烏賦〉作者崔元明爲同一人？

〔註50〕《淮南子・精神訓》曰：「日中有踆烏。」此爲上古之神話傳說。

受貴人寵愛的鳥類，也是歷代禽鳥賦中常見的題材。鸚鵡因爲羽毛美麗，又善學人語，常常被用來作爲進獻宮中的貢物。鸚鵡入貢，象徵「隨四夷而來王」，是對當今聖上「仁沾草木」、「四海咸鏡」、「萬物畢睹」（以上皆李百藥〈鸚鵡賦〉語）的極力歌頌讚美。初唐承襲了六朝華靡綺麗的餘韻，李百藥的〈鸚鵡賦〉正是此時純粹體物之作的代表。

李百藥（565～648）字重規，定州安平（今河北省安平縣）人。隋內史令、安平公德林子。《隋書》及兩《唐書》皆有傳。又李百藥其父李德林歷仕北齊、北周、隋三朝，久享文名，仕至內史令，且「少有才名，重以貴顯，凡製文章動行於世；或有不知者，謂爲古人焉。」（《唐才子傳校箋》，頁 114）李百藥之家世如此，他也是初唐宮中的要臣。如盧照鄰〈南陽公集序〉云：

> 貞觀年中，太宗外厭兵革，垂衣裳於外國，舞干戚於兩階，留思政塗，內興文事。虞（世南）、李（百藥）、岑（文本）、許（敬宗）之儔以文章進，王（珪）、魏（徵）、來（濟）、褚（亮）之輩以材術顯。咸能起自布衣，蔚爲卿相，雍容侍從，朝夕獻納。我之得人，於斯爲盛。（《盧照鄰集．卷六》，頁 72）

唐太宗貞觀年間頗提倡文事，李百藥等人朝夕獻納，可見這時仍沿襲著漢魏六朝以來的貴遊文學之風，帝王獎掖文學，而臣子們也樂於作賦進獻。〈鸚鵡賦〉的創作，據《舊唐書》載：貞觀五年林邑國獻五色鸚鵡，太宗異之，詔太子左右庶子李百藥爲之賦（頁 5270）。由於此賦是在奉唐太宗之詔命下所作，再加上李百藥本身的出身和處境的不凡，這都使得這篇賦表現出與禰衡〈鸚鵡賦〉迥然不同的主題思想。雖然李百藥〈鸚鵡賦〉也同樣描寫鸚鵡的出身背景，也極力地鋪陳鸚鵡的身世、外形、及其內在稟性，不過其筆下的鸚鵡卻是「徘徊阿閣，容與堂皇。背風雲之遐路，承日月之休光。聽蕭韶之逸響，味椒掖之餘芳。更無嘆於羅罻，終懷恩於稻粱。」（《文苑英華》，v135/ 1a，以下同）展現出的鸚鵡是一派的悠遊及從容不迫的自得模樣。這隻「以薄伎而見知」的鸚鵡，不但「亦無憂而鼎俎」，而且還「往來丹陛，周旋玉除」，甚至更懷抱「將以整六翮而遐溯，望一舉而沖虛」的淩雲大志。可見這隻能夠悠遊自在地遨翔於「上苑」、「上林」中的鸚鵡，對於自己的處境感到十分愜意滿足。且對自己的幸福處境也知道要感恩圖報，正如賦末云：「況能言之擅美，冠同類以稱奇。奉皇恩之亭育，將謝生而莫施。惟一人之有慶，願千歲其若斯。」表現了對皇恩浩蕩的感激和祝禱。與禰衡的〈鸚鵡賦〉相較之下，禰衡筆下的鸚鵡是局促且悲苦而不自由的，而李百藥的〈鸚鵡賦〉則顯然展現了初唐大臣雍容華貴的貴族氣息。二人筆下鸚鵡形象的差異其實正反映了作者的出身和經歷，正如郭維森在《中國辭賦發展史》中所說：

> 初唐詞臣經歷數朝，入唐後居高位，比較滿足於詞臣地位，李百藥的〈鸚鵡賦〉反映了這種典型心態。……禰衡曾賦鸚鵡，此賦狀物與之相似，而所抒之情則相去甚遠。（頁 342）

盛唐時也有三篇〈白鸚鵡賦〉，作者分別爲王維、郝名遠及闕名。三篇賦作不約而同地以白鸚鵡爲題，都是律賦，所限的韻部也都是「容日上海孤飛色媚」，可見不是應詔之作便是應試之作。三篇賦作都盛讚白鸚鵡「明而且慧，聰而多識。雖羽族之殊流，與人智而同德」（郝名遠〈白鸚鵡賦〉）此鳥因「遇天網之四掩，獻君門於九重」（郝名遠〈白鸚鵡賦〉）。寫作方式上都極力體物、狀物，刻劃一隻在宮廷中受到眷顧與寵愛的白鸚鵡，多爲客觀的描寫，寫其形貌、聰慧及蒙幸感恩，但缺乏作者的主體性，是典型的體物之作。

大部分的禽鳥都是自然界實際存在，且可以爲人們所具體感知的，如鸚鵡、白鳥等。但也有的禽鳥並不存在於現實世界中，而僅僅是古代的神話傳說或典籍記載當中的瑞鳥，如鳳鳥、三足烏等。雖然唐代賦家都用「體物」的方式來對這些禽鳥加以描寫，但仔細考索，可以發現：這兩類禽鳥賦的寫作方式及表現手法略有差異。例如鳳是古代神話中的百鳥之王，也是聖人受命的祥瑞象徵，歷代都不乏歌詠鳳凰之作。唐代禽鳥賦中也出現不少以鳳鳥爲題的賦篇，這些賦篇在性質上大多是歌功頌德之作，而其內容則寫得「裔皇典麗，頌揚得體」（《中國辭賦發展史》，頁 496）。而其具體的寫作手法，試以盛唐時李解的〈鳳凰來儀賦〉〔註 51〕爲例來說明。此賦以「聖感時平樂和瑞集」爲韻，其辭曰：

至哉乎鳳凰之致也！應運合符，體中履正。依道德以出處，表帝皇之衰盛。宣尼興歎，見周道之陵夷；太史正辭，知漢德之明聖。寄高跡於圖牒，流遺旨於歌詠。我國家化洽生成，歸淳反朴，理定制禮，功成作樂，萬物懷仁，四靈沾渥。

方棲息於上苑，寧徘徊於南岳。覿乎肅肅其羽，鏘鏘其鳴。吸天地之嘉氣，赴簫韶之雅聲。知至道之可樂，識泰階之已平。身安撫馴，或顧步以屢舞；心畏榮寵，乍聯騫而若驚。寧同眾鳥之德，竊比達人之情。

且如六翮已成，五文畢備，奇姿委發，逸志殊類。挹寥廓以推靈，嚮人寰而作瑞。籠檻不能展其巧，羅網無以施其智。

豈若翡翠以美色殺身，鸚鵡以能言剪翅，鴻鵠以稻粱自苦，鷹鸇以擊搏取類？孰與夫退則全其性，出則得其時，將稱年以表德，豈反袂以等期？依宿倚桐之枝，朝餐竹實之粒，望雙闕以上下，先百禽而翔集。薰風飄而響清，甘露沾而羽濕。對離景以照耀，披慶雲而出入。來儀則那樂我，時和因物見志。爲鳳凰之歌，歌曰：處分明兮繫舒慘，一人慶兮萬物感，羽族猶得以效珍，微生何久於習坎？（《歷

〔註 51〕此賦《文苑英華》標示作者爲李解，《歷代賦彙・卷五十五・禎祥》同。但《全唐文》無李解之文。其生平亦不詳。僅查得《新唐書・卷八一》處載李解爲宗室，祖爲高宗之子許王素節，父李瓘。天寶十四年，解始襲王。（頁 3588）

代賦彙・卷五十五・禎祥》，頁 819）

這篇賦通篇缺乏對鳳鳥形體、姿態、外觀、習性的具體描寫，大都只是一些比較抽象的、空泛的、概念式的敘述或說明，眞正就鳳鳥直接描寫的文句如「六翮已成，五文畢備，奇姿委發，逸志殊類。」也是籠統而概括。即使是第二段中對鳳鳥有「方棲息於上苑，寧徘徊於南岳。觀乎肅肅其羽，鏘鏘其鳴。」的描寫，但仍不能令讀者獲得對鳳鳥的整體印象的捕捉。整篇賦作關於鳳鳥的描述幾乎都是關聯於歷史或典籍中既有的對鳳鳥形象或事蹟的相關記載，事實上此篇以「鳳凰來儀」爲題，即是取材自《尚書・益稷》:「簫韶九成，鳳皇來儀。」的典故，又如「宣尼興歎，見周道之陵夷；太史正辭，知漢德之明聖」、「依宿倚桐之枝，朝餐竹實之粒」也都是採用典籍中的典故進行舖寫。

相較之下，另外一類以實際存在現實世界的禽鳥爲描寫對象的賦篇，其寫作手法就與上述李解之〈鳳凰來儀賦〉有明顯的不同。例如蘇頲有〈白鷹賦〉〔註 52〕，其文如下：

> 開元乙卯歲，東夷右長曰肅賚扶餘而貢白鷹一雙，皆皓如練色，斑若綵章。積雪全映，飛花碎點。所謂金氣之英，瑤光之精。高髻偉臆，長距秀頸。奮發而銳，堅剛則厲。摩天絕海，雷擊飆逝。觀其行時令，順秋殺。指揮應捷，顧盼餘容。當落鵬之賞，蔑仇鶴之敵，實希代之尤也。況此鳥猛過於眾，重倍於凡禮，於君則勸忠，祭於祖則立敬。壯其體則用武，綷其翼則成文。彼寵而服之，鶡也；能果榮而戴之，蟬也；能潔矧乎職命，司寇師。惟尚父聞

〔註 52〕蘇頲（670～727）父蘇瓌，其屬世族出身，家族成員自隋代即擔任朝廷要職，綽、威、瓌、頲，四世爲名宰相。蘇頲弱冠舉進士，父蘇瓌同中書門下三品時，父子同掌樞密，時以爲榮。後頗受玄宗重用。（見《舊唐書・卷八十八・列傳第三十八・蘇瓌》）《文苑英華》中有一篇闕名的〈白鷹賦〉但內容與蘇頲此篇不同。蘇頲的〈白鷹賦〉見於《古今合璧事類備要・卷六十五》中，由於《文苑英華》未收，因而此篇唐代賦作多爲人所忽略。此賦《古今圖書集成・禽蟲典・鷹部》亦有收錄，內容大致相近（少數詞句有異），但題爲〈雙白鷹讚并序〉。

箴刺姦，擇善爲吏。蓋選士之是式，匪從禽之足云。此謂備於圖而儆在位也。微臣奉制敢稱贊曰：

鷹之大者，精明竦俊，勁而橫絕。雄則遠捩，錦文素綵，珠聯玉潤。往乃奮威將軍所徇。鷹之次者，勇銳光芒。截海而至，乘風載揚。絡以紅點，文其綵章。下韝必中，惟吏之良。(《古今合璧事類備要》，v65/3a)

賦中一開始即說明此賦作於開元三年（715），且是因東夷入貢白鷹一雙所作。賦末稱：「微臣奉制」可見當亦是受命而作。通篇描寫白鷹之形貌、神態、剛猛及忠敬，如「皓如練色，斑若綵章。積雪全映，飛花碎點。」是寫白鷹的羽毛色澤；「高髻偉臆，長距秀頸。」是寫其形體；「奮發而銳，堅剛則厲。摩天絕海，雷擊飆逝。」是寫其剛猛；這些描寫可以讓讀者對白鷹獲得直接而深刻的印象。類似這樣的描寫方式在李邕〈鶻賦〉、高適〈奉和鶻賦〉、杜甫〈鵰賦〉中皆不難看到。在主題上，蘇頲此賦在描寫白鷹之餘，更兼有「擇善爲吏」的訴求。然與李邕等人猛禽之作所不同者，蓋蘇頲乃當時朝中大臣，身處權力核心，與其他偏處地方一隅之官吏（如李邕）或失意不得志之文士（如高適、杜甫）在心境上仍有極大不同，因此蘇頲賦中欠缺上述文士的自抒懷抱之情。

我們不得不承認：這些作品的確因爲純粹描寫物態，極力地狀物、體物，可是缺乏個人情感的融入。而用典繁密，也造成文詞上的晦澀。唐代律賦中這一類體物之作很多，也因此使得學者對唐賦的評價低落，如馬積高《賦史》便認爲唐代律賦中有價値之作不多。（頁253）。其實這一類體物之作也是沿襲六朝貴遊文學而來，只不過到了唐代除了詞臣應詔之作外，更有應試之作。而唐代以前由於所存賦篇多爲片段，難以窺其全貌，因此難從中看出物象與情志的比重多寡。除非是像詠物與敘事這樣在寫作形態上明顯不同者，否則不容易根據僅存的片段資料做出「純粹體物」與「體物寫志」的區分。

「純粹體物」與「體物寫志」原本都是賦體常見的寫作手法，二者的區別僅在於是否能將所寫物象與個人情志做出緊密的連繫，且能盡可能達到「物我合一」的理想，寫物的同時也是寫自己。如能在體物之中寄託個人情志，便是「體物寫志」兼而有之；反之，則是「純粹體物」。

六朝時文人競爲「巧構形似之言」、以「體物爲妙」，不過「體物」概念發展到唐代便有了變化。一來可能是由於唐代賦篇更多、更完整，二來「體物」與「詠物」逐漸在觀念在發展上有了區隔，這個區隔與本文所謂「純粹體物」與「體物寫志」的區分相似。「體物」是只求形似、以刻畫物象爲務，而「詠物」則被賦予了較高的期許，要作者能在詠物的同時融入自我，達到物我合一的理想，才稱得上是詠物之作。否則，便只是謎語。晚唐司空圖《詩品》「離形得似」（《詩品通釋．形容》，頁 70）一語便是後來宋人對詠物之作形神課題探討的先鋒，北宋歐陽修、梅堯臣、蘇軾都強調「神似」勝於「形似」〔註53〕。自宋代以後，「體物」與「詠物」便有了文學評價上的不同，一般文學批評的觀念上認爲：體物僅只於寫物之形貌，然而上乘之作必不只於此，而應當遺貌取神、形神兼備。此一觀念之成熟雖在宋代，但在創作上唐人早已在作品中呈現出這兩種不同類型之作了。

詠鳥賦屬於詠物賦的一種，詠物賦注重人工辭采的描述，如聲律、對偶、用典的講究，要求物象的刻畫形似逼眞，但在內容上卻往往忽略了眞實情感的注入，而成爲缺乏生命力之作，因而成爲純粹體物之作，只以文學技巧的訓練爲滿足，以達到物象的刻畫描象爲務，而不必擁有作者的感發。本節所討論的游揚德業、歌功頌德的禽鳥賦便屬於這一類純粹體物之作。然而在此同時，文人托寓詠懷的「體物寫志」禽鳥賦仍然存在（下一小節將述及）。二者的不同在於：作者是否具有本身生活上眞實的感受與體驗？純粹的體物之作多只是創

〔註53〕有關「體物」課題在宋代的討論和發展詳參程杰《北宋詩文革新研究》第十四章第三節。又如王運熙、顧易生主編《中國文學批評通史．宋金元卷》第五章論蘇軾一節亦說明蘇軾一再強調神似的重要性。

作技法上的摹擬，典故的羅列堆砌而已，即便有若干表現情感之詞語，也是很浮淺、流於表面的一種恣態罷了。蓋因其只著重運用舖陳其事的手法極力刻劃物象、物態。而「體物寫志」之作則重在表現一己的情志，小如個人一己之出處進退，大至憂國憂民的社會使命均包括在內。由本節所敘之純粹體物的歌功頌德型詠鳥賦看來，更可以發現：其繼承自漢代班固〈神雀賦〉、班昭〈大雀賦〉一類含有濃厚「頌」體意味的賦體類型，蓋因其本爲進獻帝王所作，以揄揚歌頌爲主，自然隱惡揚善，以讚美頌揚爲主。

貳・體物寫志

體物寫志類禽鳥賦基本上是沿襲自禰衡以來文人藉詠鳥托寓詠懷這樣的寫作傳統，此一類型在歷史發展中一直是持續而穩定的類型，歷代都不乏這類作品，在禽鳥賦中位居主流，也享有較高的文學評價。

由於這類禽鳥賦寫作上「體物、寫志兼而有之」，寫禽鳥的同時也寄寓作者自身的心志，因而在所詠禽鳥與作者之間便有著緊密的連繫。這種連繫有的是以禽鳥暗喻自身，如唐太宗〈威鳳賦〉、李白〈大鵬賦〉、杜甫〈鵰賦〉、李邕〈鶻賦〉；有的是藉禽鳥表現自己的心志，如王績〈燕賦〉、王勃〈江曲孤鳧賦〉；有的則是藉禽鳥引發自身對事理的感悟，如權德輿〈傷馴鳥賦〉；有的則是藉禽鳥表達自身對時局的感慨，如司空圖〈共命鳥賦〉。

不同種類的禽鳥往往代表著不同的文化意涵，也因此文人在禽鳥的選擇上也都是有意義的選擇，例如唐太宗以威鳳表現其帝王風範，李白以大鵬展現其逍遙奔放之思，李邕以鶻表現其忠直果敢之心……他們都因爲選擇了非常合適的禽鳥來表現自己所欲傳達的理念，因而能藉由其筆下之禽鳥益發彰顯其人格特質。這也是「體物寫志」類禽鳥賦的特色，讀者一來必須了解作者的生平及其人格特質，二來要了解他創作此賦的動機和背景，最後透過作品的深入解讀，又可以進一步地從文人筆下的禽鳥形象更加深入地認識作者。

作者本身所欲傳達的訊息與所詠的禽鳥間有著密切的關聯，而「體物寫志」類禽鳥賦中的大多數作品的主題都是表現士人對自身在政治上出處進退的關心，有人想要歸隱，有人想要積極自荐。想要歸隱者，以〈燕賦〉及〈江曲孤鳧賦〉爲代表；想要有所作爲者，就選擇猛禽（如鶻、鵰）表現自己強烈的企圖心。將這些賦作所寫之「志」做一整理後，歸納出以下四種不同的情志：一、田園隱逸之志；二、帝王創業心聲；三、追求逍遙境界；四、英勇忠直的用世之心。以下分別述之。

一、田園隱逸之志

王績（590～644）字無功，自號東皋子，絳州龍門人。本傳見新舊《唐書·隱逸傳》。王績〈鷰賦〉寫微薄的燕子，曾經「出入金龍殿，瞻視銅雀臺」（《王績集校注》，以下同）的燕子，「昔年居至，桂棟蘭枌；今來舊地，谷變陵分」。在燕子的意象上，與劉禹錫〈烏衣巷〉：「舊時王謝堂前燕，飛入尋常百姓家」相同，都以燕子來表現一種時光荏苒，物是人非的歷史感懷。賦末的〈亂曰〉再次點出全篇的主題：

> 昔窺前殿，花飛絮迴。今過上苑，雁度鴻來。光陰遞代，搖落悲哉！眼看巢户，還應北開。

〈鷰賦〉的語句清新自然，如「弱條垂柳，殘花落梅。鶯候暖而初囀，鷰排寒而始來。」通篇均是俳偶的句式，以四六言句式爲主，但其中也保留了部分五、七言句式，如「出入金龍殿，瞻視銅雀臺。」、「若非歷陽隨水沒，定是吳宮遭火焚。」這可說是梁陳時詩化句式的延續。而〈鷰賦〉的體製則可說是六朝駢賦的延續，不過其文字流利清暢，展現了王績脫俗的氣質。

王績〈鷰賦〉云：「並忘情而馴擾，俱順時而動息」、「還將擇木之意，自覓安巢之所」與其尋尋覓覓，期待擇木，不如自覓一安巢之所，擇居的條件：「匪陋蓬宇，誰矜杏梁？網羅是避，鷹鸇是防。」很務實，不追求虛華與矜貴。表現出平實的一面，和甘於平淡而實在的生活態度。而史傳載作者選擇隱逸的生活方式，和他選擇以平凡的燕子作爲其描寫對象，與李百藥之詠鸚鵡、唐太宗之賦鳳凰相較起來，從作家選擇的禽鳥便可以看出他們在人生態度和生活環境上的不同。王績〈鷰賦〉表現出來的是一種甘於平淡生活的隱逸思想。

王勃除律體的〈馴鳶賦〉與〈寒梧棲鳳賦〉（第二節中已述）外，又有〈江曲孤鳧賦〉。其〈江曲孤鳧賦・序〉云：

> 梓州之東南，涪江之所合。有潭焉，周數十步，青壁絕地，綠波澄天。常有孤鳧棲蕩其側，飛沈翻唼，而天性不違。嗟乎！宇宙之容我多矣，造化之資我厚矣。何必處華池之內，而求稻粱之恩哉？

由序文中可知此賦爲王勃在離開沛王府，遊蜀時所作，正値人生失意之時。故王勃在賦中表露出一種排遣其苦悶的傾向，其云：

> 靈鳳翔兮千仞，大鵬飛兮六月，雖憑力而易舉，終候時而難發。不如深潭之鳥焉，順歸潮而出沒，跡已存於江漢，心非繫於城闕。吮紅藻，翻碧蓮，刷霧露，棲雲煙，迫之則隱，馴之則前，去就無失，沉浮自然。（《文苑英華》，v135/5）

靈鳳、大鵬雖是有才有爲者，終需「侯時」。不如此江曲之野鳧，「心非繫於城闕」，無憂無慮地自在生活。顯示了王勃在來到梓州後，在大自然美景的洗滌下，亦頗有拋卻仕途之念，而對歸隱的生活感到嚮往。看著野鳧「忘機絕慮，懷聲弄影，乘駭浪而神驚，漾澄瀾而趣靜。」想到自己過去寄人籬下的生活，有如「園雞之戀促」，在仕途上的競奔有如「塞鴻之赴永」。如今自己只想像野鳧一般「甘辭稻粱之惠焉，而全飲啄之志也」，在歷經種種挫折之後，其對宦途的理想不再，而寧可選擇自由自在的生活。表現出一種順應自然，退隱自適的想法。這和王勃早期之〈寒梧棲鳳賦〉相比有很大的不同，〈寒梧棲鳳賦〉透露出來的是積極用世之心，以寒梧棲鳳暗寓良禽擇木而棲之意。賦云：「鳳兮鳳兮，來何所圖？出應明主，言棲高梧。」

其實是王勃以鳳自喻，「鳥也將託其宿止，人也焉知乎此情？」「梧則嶧陽之珍木，鳳則丹穴之靈雛。」鳳非梧不棲，非醴泉不飲的清高正是士人自身品行的比喻，不願同於流俗，唯梧桐之棲的自尊，展現了士人高傲和自命不凡的性格。從這兩篇賦作中，可以看出王勃思想上先後的變化。

二、帝王創業心聲

唐太宗（599～649）〈威鳳賦〉據《舊唐書・卷六五・長孫無忌傳》載：「太宗追思王業艱難，佐命之力，又作〈威鳳賦〉，以賜無忌。」（頁 2448）並載錄〈威鳳賦〉全文於〈長孫無忌傳〉中。〈威鳳賦〉首段云：

> 有一威鳳，憩翮朝陽。晨游紫霧，夕飲玄霜。資長風以舉翰，戾天衢而遠翔。西翥則煙氛閉色，東飛則日月騰光。化垂鵬於北裔，馴群鳥於南荒。殄亂世而方降，應明時而自彰。（《舊唐書・卷六十五》，頁 2448）

寫威鳳之出身高貴不凡，及其「弭亂世而方降」之重責大任，用以自喻。第二段云：

> 俛翼雲路，歸功本樹。仰喬枝而見猜，俯修條而抱蠹。同林之侶俱嫉，共幹之儔並忤。無桓山之義情，有炎洲之凶度。

轉寫威鳳受到猜忌和攻訐，「同林之侶」、「共幹之儔」都嫉妒他，而無情無義，欲加害鳳鳥。第三段：

> 若巢葦而居安，獨懷危而履懼。鴟鴞嘯乎側葉，燕雀喧乎下枝。慚己陋之至鄙，害他賢之獨奇。或聚咮而交擊，乍分羅而見羈。戢凌雲之逸羽，韜偉世之清儀。

寫鳳鳥處境危殆，鄙陋之鴟鴞、燕雀因自慚不如鳳鳥，欲加害之。「或聚咮而交擊」寫眾人之謗言傷己；「乍分羅而見羈」則言惡人設下羅網陷害。於是鳳鳥被迫韜光養晦，暫斂鋒芒。這明顯是唐太宗以威鳳自喻，比擬自己在登基前南征北戰，在推翻隋朝的戰爭中握有實權，因而招致了其父及其兄弟的猜疑嫉妒，其兄太子建成和其弟齊王元吉亦相勾結，施展種種陰謀欲陷害他。〔註 54〕接著〈威鳳賦〉寫道：

遂乃蓄情宵影，結志晨暉，霜殘綺翼，露點紅衣。嗟憂患之易結，歎矰繳之難違。期畢命於一死，本無情於再飛。

自己身處如此險惡之境，本已絕望、喪志。以下出現一大轉折：

幸賴君子，以依以恃，引此風雲，濯斯塵滓。披蒙翳於葉下，發光華於枝裡。仙翰屈而還舒，靈音摧而復起。眄八極以遐翥，臨九天而高峙。庶廣德於眾禽，非崇利於一己。

「幸賴君子，以依以恃」依史籍所載則是唐太宗感謝長孫無忌之言，讓他風雲再起，成此帝王之業。武德九年（626）六月，太宗在長孫無忌的協助下，發動了玄武門之變，殺太子建成及齊王元吉，八月即皇帝位。（《新唐書・太宗本紀》）〈威鳳賦〉末段云：

是以徘徊感德，顧慕懷賢。憑明哲而禍散，託英才而福全。答惠之情彌結，報功之志方宣。非知難而行易，思令後以終前。俾賢德之流慶，畢萬葉而芳傳。

除表示報答之情外，也顯示了君王勵精圖治的企圖，以此爲報，並以賢德自許。展現了帝王應有的氣魄和恢宏大度。賦中也透露出處身在政治鬥爭中的黑暗。

唐太宗以帝王之尊寫禽鳥賦，將主觀的個人情感投射在客觀的禽鳥身上，表現開創帝業過程中憂讒畏譏的驚險過程，回顧以往，心存感恩，是很特殊的一篇詠鳥賦。

三、追求逍遙境界

李白（699～762）〈大鵬賦并序〉據《古今合璧事類・卷六十四》載：「唐開元十年壬戌賦〈大鵬遇希有鳥賦〉，後改爲〈大鵬賦〉。」故知此賦作於開元十年（722）〔註 55〕。〈大鵬賦・序〉云：

〔註 54〕此處關於〈威鳳賦〉的分析可參白承錫《初唐賦研究》（政治大學中文研究所博士論文，1993），頁 35。

〔註 55〕詹鍈《李白詩文繫年》與安旗《李白全集編年注釋》將〈大鵬賦〉繫於開元十三年下。

余昔於江陵，見天台司馬子微，謂余有仙風道骨，可與神遊八極之表。因著〈大鵬遇希有鳥賦〉以自廣。此賦已傳于世，往往人間見之。悔其少作，未窮宏達之旨，中年棄之。及讀《晉書》，睹阮宣子〈大鵬贊〉，鄙心陋之。遂更記憶，多將舊本不同。今復存手集，豈敢傳諸作者？庶可示子弟而已。

此爲李白二十二歲於江陵遇道士司馬承禎時所作。司馬承禎是著名的道士，開元九年唐玄宗曾遣使迎司馬承禎入京，親受道籙。十年駕還西都，承禎又請還天台山，玄宗賦詩以遣之。（見《舊唐書‧司馬承禎傳》）

開元八年（720）禮部尚書蘇頲出爲益州長史時，李白曾於路中投刺拜謁蘇頲，蘇頲謂群僚曰：「此子天才英麗，下筆不休，雖風力未成，且見專車之骨。若廣之以學，可以相如比肩。」（見李白〈上安州裴長史書〉）蘇頲與李白的相遇，和他對李白當時的評語，頗能說明李白少年時天才橫溢的情形。〈大鵬賦〉雖經李白中年更改，但仍未減少年時之豪氣。

李白〈大鵬賦〉一開始云：

南華老仙，發天機於漆園。吐崢嶸之高論，開浩蕩之奇言。徵志怪於齊諧，談北溟之有魚。吾不知其幾千里，其名爲鯤。化成大鵬，質凝胚渾。脫鬐鬣於海島，張羽毛於大門。刷渤澥之春流，晞扶桑之朝暾。燀赫乎宇宙，憑陵乎崑崙。

（《李白全集編年注釋》，頁 1842～1843）

從一開頭便可以很明顯地看出李白〈大鵬賦〉取材自《莊子‧逍遙遊》中鯤化爲鵬的大鵬意象，且此賦在描寫大鵬的同時，也掌握到《莊子》文氣中那種汪洋自肆的風格！

此賦先寫大鵬「質凝胚渾」的出生之狀，然後由鯤化爲鵬，「脫鬐鬣」、「張羽毛」。整個過程都是以鯤化爲鵬的神話爲本，但卻增加了許多文學的渲染、夸飾，也使得此一神話被舖寫得更具傳奇性！用「五岳爲之震蕩，百川爲之崩奔。」來誇張描寫大鵬巨大的聲勢。

接著寫大鵬起飛時，「激三千以崛起，向九萬而迅征。背竦太山之崔嵬，翼舉長雲之縱橫。」將《莊子》中那「翼若垂天之雲」、「背若太山」的大鵬發揮得淋漓盡致！大鵬的形象本具有濃厚的神話色彩，而其巨大景象更令人充滿虛幻、想像的空間，正如〈大鵬賦〉所言，讀者「固可想像其勢，髣彿其形」，儘可能地去想像大鵬的巨大和叱吒風雲之狀。

寫大鵬遨翔天空時，「噴氣則六合生雲，灑毛則千里飛雪」；寫大鵬向下眺望時，「塊視三山，杯觀五湖」，這些在地上看已是非常雄偉的地理景觀，在大鵬眼中竟變得如此渺小！使讀者對大鵬的巨大充滿了更無邊無垠地想像。

李白繼寫大鵬圖南之「雄姿壯觀」：「繽紛乎八荒之間，掩映乎四海之半」，莫不令人「投竿失鏃，仰之長吁！」這時讀者隨著李白的行文至此也不免發出讚歎！

接著寫大鵬的歇息，「憩乎泱漭之野，入乎汪湟之池。猛勢所射，餘風所吹。溟漲沸渭，巖巒紛披。」那種排山倒海的驚人氣勢，就連海神、巨鼇、長鯨都不免怵慄、躨跜、卻走、下馳。「縮殼挫鬣，莫之敢窺。」從旁映襯出大鵬那種銳不可當的氣勢。

為了表現大鵬超凡絕俗的格調，更透過與其他神鳥（如黃鵠、玄鳳、精衛、鶢鶋、天雞、踆烏）對比的方式，襯托大鵬的不可一世。這些神鳥在李白筆下都「不曠蕩而縱適，何拘攣而守常？未若茲鵬之逍遙，無厥類乎比方。」不論哪種神鳥，沒有一樣能比得上大鵬！

末段回歸至早期版本之主題：「大鵬遇希有鳥」。唯希有鳥堪與大鵬為友，二者相呼同遨共翔，登於寥廓。「而斥鴳之輩，空見笑於藩籬。」轉而又諷刺了那些庸庸碌碌的世俗之輩！大鵬即李白的自況，而希有鳥則比喻序言中所提及的道士司馬承禎。太白一心求道的渴望在這篇賦裡也表露無遺！

從李白〈大鵬賦〉的序言中可以看出他晚年改寫〈大鵬賦〉，是因為覺得少作「未窮宏達之旨」，也許正因為如此，在這篇改寫過的

〈大鵬賦〉中似乎約略可以看出李白強調大鵬宏達之旨的企圖。〈大鵬賦〉寫大鵬曠蕩自適的逍遙，不像一般世俗的禽鳥拘攣守常，而一心嚮往逍遙放曠的境界。李白對道教的熱衷從其日後受籙爲道士可見一斑！

李白從各方面去寫大鵬的巨大和高貴，運用許多襯托、對比的手法。字裡行間充滿雄偉的氣勢，更留給讀者無限的讚歎和想像空間。他運用夸飾法，將「鯤化爲鵬」的神話舖陳得無以復加；又音調的鏗鏘有力，表現出有力的節奏感和澎湃的氣勢；句式的錯落變化使得全賦顯得靈活自然，不拘板、不呆滯。氣勢寫得何等雄壯！此豪放不羈之勢，唯李白當之！無怪乎霍然《唐代美學思潮》說：唯有天才橫逸的李白才能展現開元、天寶間那種朝氣蓬勃的盛唐氣象！（頁 210～220）

李白論賦，說：「賦者古詩之流，辭必壯麗，義歸博遠。」（李白〈大獵賦〉）〈大鵬賦〉正是其賦論的具體實踐。祝堯《古賦辨體》評太白〈大鵬賦〉曰：

> 賦家宏衍巨麗之體，《楚騷》、《遠遊》等作已然，司馬、班、揚猶尚此。此顯出《莊子》寓言，本自宏闊，太白又以豪氣雄文發之，事與辭稱，俊邁飄逸，去《騷》頗近。（《李白全集編年注釋》，頁 1850）

言〈大鵬賦〉與《楚辭》同樣富有那種瑰麗而又奇異的神話氣息。

不過，唐代取材自《莊子》「鯤化爲鵬」神話而撰作的賦，在李白之前還有高邁的〈鯤化爲鵬賦〉。李白〈大鵬賦・序〉中並未提及此賦。

〈鯤化爲鵬賦〉的作者高邁，其生卒年不詳，約爲唐中宗初年人（《全唐文》，v276/10b），《新唐書・藝文志》著錄有賦一卷（頁 1615）。其運用《莊子》典故之〈鯤化爲鵬賦〉是一篇取材自先秦諸子神話之作，此賦成於李白〈大鵬賦〉之前，但因李白文壇的名氣大，所以高邁的〈鯤化爲鵬賦〉幾乎被人遺忘，而無人提及。但是看看這篇賦，其實也寫得不錯。賦云：

北溟有魚，其名曰鯤。橫海底，隘龍門。眼睔睔而明月不沒，口呀呀而修航欲吞。一朝乘陰陽之運，遇造化之主，脱我鬐鬣，生我翅羽，背山橫而壓海嵯峨，足山立而偃波揭竪。張皇聞見，卓犖今古。過魯門者累百，曾莫敢睹；來條支者成群，又何足數？既負此特達壯心亦有取也。

若乃張垂天、激洪漣，海若蹙其後，陽侯騰其前。洶如也、皓如也。蛟螭爲之悚怖，洲島爲之崩騫。如此上未上之間，邈矣三千，接海運摶，風便飛廉，倏而走羊角，忽而轉勃如也、蓬如也。雲溟爲之光掩，山澤爲之色變。

如此高未高之間，騰夫九萬，足踏元氣，背摩太清，指天池以遙集，按高衢而迅征，時與運並，道與時行。遺天關之類，放逍遙之情，如此自一日亙千歲，陰數與陽數際，乃下夫南溟之裔。嗚呼！誰無借便之事，九萬三千，故非常情之所希冀；誰無迴翔之圖，一翥六月，故豈常情之所覬覦。

由此言之，則鳳凰上擊，誠未得其錙銖；鴻鵠一舉，適可動其盧胡。況鶬鶊之輩、斥鷃之徒易安易給，其足其居。須臾之間，騰蹴無數；齷齪之内，翩翻有餘。伊小大之相紀，諒在人而亦爾。凌雲詞賦，滿腹經史，婆娑獨得，骯髒自得。不大遇不大起，謂斯言之無徵。試假借乎風水，看一動一息，凡歷天機千萬里。（賦彙，v128/16a）

高邁此賦篇幅並不像李白〈大鵬賦〉那麼長，但是在結構上，一樣寫出了鯤化爲鵬、鵬展翅借風高飛、南圖、六月一息，最後也拿其他鳥類與大鵬相比。結構上和李白〈大鵬賦〉頗爲相似；所不同者：李白〈大鵬賦〉多了之前的序和末段大鵬與希有鳥的相遇。不過，在句式上，李白〈大鵬賦〉較爲靈活多變，四六言以外的句式不少。李白〈大鵬賦〉寫得較奇譎多變，豪氣干雲；高邁〈鯤化爲鵬賦〉在此一神話故事的奇幻上也表現得充滿想像力，亦屬上乘之作。

四、英勇忠直的用世之心

李邕（678～747）字泰和，揚州江都人。是著名《文選》注家李善之子，素負美名，知名長安中，死於天寶初，四十年間，堪稱文壇領袖。李白、杜甫、高適等知名文人都曾爲其座上客。從這篇〈鬥鴨賦〉中可以看出李邕門下賓客雲集的歡宴氣氛，賦云：

> 東吳王孫嘯傲閶門，魚橫玉劍，蟻沸金樽。賓僚霧進，遊俠星奔。桂舟兮錦纜，碧澗兮花源。爾乃輟輕棹，登水閣，絲管遞進，獻酬交錯。雲欲起而中留，塵將飛而遂落。
>
> 既而酣歌，徒坐取物爲娛，徵羽毛之好鳥，得渤澥之仙鳧，出籠而振，少步而趨，唼喋爭食，褷褷帶雛。隨綠波而澹淡，向紅藻而傲愉。
>
> 鳧之爲物也，說類殊種，遷延遲重。其聚則同而不和，其鬥則仁而有勇。參差聱軋，颯沓繽紛，其浮蔽水，其旋如雲。其洽波而弄吭，各求匹而爲群。繞菰蒲而相逐，隔洲渚而相聞。
>
> 於是乎會合紛泊，崩奔鼓作，集如異國之同盟，散如諸侯之背約。迭爲擒縱，更爲觸搏。或離披以折衝，或奮振以前卻。始戮力兮決勝，終追飛兮襲弱。聳謂驚鴻，迴疑返鵲。逼仄兮掣裔，聯翩兮踴躍。忽驚迸以差池，倏沉浮而閃爍。號躁兮沸亂，傾耳爲之無聞；超騰兮往來，澄潭爲之潰濩。排錦石，蹴瓊沙，披羽翰，簸煙霞。避參差之荇菜，隨菡萏之荷花，駐江妃仄往棹，留海客之歸槎。
>
> 爾乃擁津塞浦，辨觀如堵。空里鄽旬厲天，蛙黽兮失穴，龜魚兮透泉。專場之雞沮氣，傾市之鶴慚妍。其爲狀也不一，其爲態也且千。豈筆精之所擬？非意匠之能傳。良戒之於在鬥，俾聞義而忘筌。（賦彙，v133/2a）

首段點出主人東吳王孫那種奢華的宴飲及主人賓客的豪邁之氣。第二段鳧開始出場，寫其形貌、樣態。第三段則述及鳧之內在品性，「其聚則同而不和，其鬥則仁而有勇。」算是對鳧的高度評價。第四段寫鬥鳧時的精采過程，唯妙唯肖。第五段尾聲則寫此鬥鳧景觀令人讚嘆不已，無與倫比，非筆墨所能形容。末句警示詠鬥鳧非鼓吹好勇鬥狠之風，希望大家不要誤會。和西晉時蔡洪的〈鬥鳧賦〉相比，兩篇同樣都描寫了鳧的形貌、稟性，但李邕〈鬥鴨賦〉在環境和氛圍的描寫上顯得更是熱鬧繁華。讀者從中彷彿看到一幅宴請賓客，眾人雲集觀賞鬥鳧大賽的歡樂場面。

《舊唐書》載：「時皆以邕重義愛士，古信陵之流。」李邕這篇〈鬥鴨賦〉寫得便有戰國時養士的那種熱鬧氣氛。杜甫〈八哀〉詩其中之一即〈贈秘書監江夏李公邕〉詩，其中便提到：李邕素負美名，頻被貶斥，皆以邕能文養士，如賈生、信陵之流，惜爲人所忌，兼以爲人剛直不阿而屢遭貶謫，甚至被判死罪而入獄。李邕本傳見《新唐書・卷二〇二・文藝中》，其妻言李邕：

> 少習文章，疾惡如讎，不容於眾，邪佞切齒，諸儒側目。頻謫遠郡，肖跡朝端，不啻十載。

儘管屢遭顛沛，李邕在〈鶻賦〉中仍然表現出對君王的忠誠和高昂的用世之心。

李邕〈鶻賦〉寫看似無異於眾禽的鶻，卻能「一指一呼，一擊一搏，爲主之用，騁人之樂」、「殞三窟之狡兔，斃五里之仙鶴」，在獵場上爲主人效力，成爲眾人注目的焦點，也是狩獵豐收的大功臣，使眾人「歡聲動於天地」。

〈鶻賦〉繼而寫鶻的內在德行：「獲不相讓，遊不同征」。獲不相讓是因爲爲主人效力故有所堅持，「遊不同征」、「每協義而不爭」則表現其謙讓的美德。又如：「偶坐推食，雙飛和鳴，殺敵齊力，登樓比形」顯示鶻對同類的惠愛仁慈。

以下寫道：「嚴冬沍寒，烈風迅激，或棘上林，或依危壁。身既稟於喬木，骨將斷於貞石。」寫鶻遭遇惡劣的逆境。此處隱射李邕自身之前遭人構陷，一度身陷囹圄，幾至喪命的危機。然而即使在這麼艱苦的困境中，鶻仍然「營全鳩以自暖，罔害命以招益。」所幸「信終夜而懷仁，仍詰旦而見釋。」總算平安度過這場劫難。

雖然如此，鶻仍然「戀主不去」、「豈貪利而永言，將效誠而必死。」這都是李邕以鶻自喻，表示自己對朝廷自始至終忠誠不改。更說明自己：「寧竭力之利人，曷戢翼以存己」。

〈鶻賦〉通過對鶻的勇猛與高尚德行，及其對主人的依戀與感激等描寫托物言志，表達了李邕自己卓絕的才能以及渴望得到唐玄宗重用的忠心。郭維森《中國辭賦發展史》評李邕賦「每多豪壯氣概」（頁395），杜甫的〈鵰賦〉在寫作上即受到此篇的影響，而呈現出相同的比喻和主題。李邕〈鶻賦〉、高適〈奉和鶻賦〉和杜甫〈鵰賦〉三篇在表現的手法和主題上相當一致，其間相承的脈絡十分明顯。

高適（707～765）〈奉和鶻賦〉其寫作背景可以由賦序中得知，序云：

> 天寶初，有自滑台奉太守李公〈鶻賦〉以垂示，適越在草野，才能無爲，尚懷知音，遂作〈鶻賦〉。

可見李邕〈鶻賦〉作於天寶元年（742），時李邕任滑州刺史，並邀高適與之奉和。在此之前，李邕宦海沉浮，三起三落，經歷頗爲坎坷〔註56〕。這時高適年屆四十，游於梁宋，尚未一展其志，對李邕把他視爲知音並以賦示之，深爲感激。高適〈鶻賦〉云：

> 夫何鶻之爲用？置之則已，縱之無匹。懷果斷之沉潛，任性情之敏疾。頭小而銳，氣雄而逸。貌耿介以凌霜，目精明而點漆。想像遼遠，孤貞深密。將必取而乃迴，若受詞而無失。當白帝之用事，下青雲而委質。乃徇節以勃然，因指蹤而挺出。

首段寫鶻的英勇效節。

> 嚴冬欲雪，蔓草初焚，野滐蕩而風緊，天崢嶸而日曛。忿

〔註56〕李邕宦海浮沈之說詳參《中國歷代賦選・唐宋卷》，頁90。云李邕先是由左拾遺出爲南和令，又貶富州司户。唐玄宗登位，召拜左台殿中侍御史、改户部員外郎，又貶崖州舍城丞。開元三年擢爲户部郎中，旋又左遷括州司馬，後徵爲陳州刺史。又獲罪當死，後減死貶爲欽州遵化縣尉，因軍功，又轉括、淄、滑三州刺史。李邕寫〈鶻賦〉之前，可謂宦海沉浮，三起三落，經歷頗爲坎坷。（《中國歷代賦選・唐宋卷》，頁90）

顧免之狡伏，恥高鳥之成群。始滅沒以略地，忽昇騰而參雲。翻決烈以電掣，皆披靡而星分。奔走者折脅而絕脰，鳴噪者血灑而毛紛。雖百中之自我，終一呼而在君。

第二段寫鶻在射獵中居功厥偉，但仍只聽主人的指揮。

夫其左右更進，縱橫發跡。掃窟穴之凌競，振荊榛之淅瀝。翕六翮以直上，交雙指以迅擊。合連弩之應機，類鳴之破的。豁爾胸臆，伊何凌厲以爽朗！曾莫蔕介，豈虞險艱而怵惕！

覩其所獲多有，得用非媒。厲閶闔以肅穆，翊鈞陳而環回。幸輝光於蒐狩，承剪拂於樓台。望鳳沼而輕舉，紛羽族之驚猜。路杳杳而何向？雲茫茫而不開。鶯出谷兮徒爾，鶴乘軒而何哉？彼懷毅勇轗軻而棄置，胡不效其間關而徘徊！

第三、四段寫鶻遭受嫌猜，受到不平的待遇，且被棄置。此處以鶻比喻李邕之遭忌及隱含因李邕不被重用而有為他抱屈之意。

爾乃顧恩有地，戀主多情，念層空而不起，托虛室以無驚。雅節表於能讓，義心激於效誠。勢逾高而下急，體彌重而飛輕。戢羽翼以受命，若肝膽之必呈。嗟日月之云邁，猶羈縻而見嬰。

第五段寫鶻「顧恩有地，戀主多情」的忠誠始終不移。

別有橫大海而徑渡，順長風而一寫。投足眇於巖巔，脫身宜於弋者。冰落落以凝閉，雪皚皚而飄灑。諒堅銳之特然，寧苦寒之求捨。匪聚食以祈滿，聊擊群以自假。比玄豹之潛形，同幽人之在野。矧其升巢絕壁，獨立危條；心倏忽於萬里，思超遙於九霄。豈外物之能慕，曷凡禽之見邀？則未知鴛鷺之所適，孰與夫鵬鷃兮逍遙云爾哉！（《中國歷代賦選・唐宋卷》，頁 86～88）

末段以鶻之傲岸自負表示鶻之不凡，即使在野亦是剛勁豪邁、放曠逍遙。似有以此寬慰李邕之意。

李邕〈鶻賦〉與高適〈奉和鶻賦〉在寫法上有些不同，李邕〈鶻賦〉是以鶻自喻；而高適〈奉和鶻賦〉則是以鶻比喻李邕，雖然也有自喻的意味，但賦中仍以李邕爲主，自己退居客位，以此來達到「奉和」的效果。

除了高適的〈奉和鶻賦〉外，杜甫（712～770）〈鵰賦〉也是明顯受李邕〈鶻賦〉影響之作。杜甫〈鵰賦〉是進獻之作，其〈進鵰賦表〉云：

> ……臣以爲鵰者，鷙鳥之殊特，搏擊而不可當。豈但壯觀於旌門，發狂於原隰。引以爲類，是大臣正色立朝之義也。臣竊重其有英雄之姿，故作此賦，實望以此達於聖聰矣。……（《杜詩鏡銓》，頁 1040）

〈鵰賦〉全文分爲八段，首段寫驍勇俊異的鵰：

> 當九秋之淒清，見一鶚之直上。以雄材爲己任，橫殺氣而獨往。梢梢勁翮，肅肅逸響。杳不可追，俊無留賞。彼何鄉之性命，碎今日之指掌。伊鷙鳥之累百，敢同年而爭長！此雕之大略也。

此以鵰之俊異，比喻士負有雄材者，亦爲自喻。第二段寫虞人在風雪冰寒中捕得處於困境中的野鵰。此喻朝廷當「取士於困頓之中，猶獲鵰於飢寒之際」（仇兆鰲《杜詩詳註》，頁 2174）。第三段先寫鵰在被馴養後，受調習訓練，使其能在校獵中成爲可供驅使的幫手。再寫鵰受訓後在畋獵中「夾翠華而上下，卷毛血之崩奔」飛騰搏擊的英姿。以此喻「士必養而後有用，猶鵰先習而後可試。」（同上，頁 2176）第四段言鵰可逐滅「千年孽狐，三窟狡兔」，其搏取獵物時的出奇制勝，及其勇猛、從容之大態都遠勝於「青骹帶角，白鼻如瓠」之鷹隼。第五段言「鶬鴰鳺鶂之倫，莫益於物，空生此身」，但鵰不濫擊這些鳥。以鶬鴰等凡鳥比喻庸才碌碌之人，言君子不與爭能。第六段描寫鵰「降精於金，立骨如鐵，目通於腦，筋入於節。」既寫其外形之強健，亦寫其內在之威嚴剛正，勇於觸邪，掃除不義。第七段把雕比喻成人臣一般，「必使烏攫之黨，罷鈔盜而潛飛；梟怪之群，想英靈而遽墜。」，寫雕那種盡忠爲主人效勞的勤勉於事、盡忠職守。更以「豈比乎虛陳其力，叨竊其位，等摩天而自安，與槍榆而無事者矣。」以之諷刺那些尸位素餐之流。第八段尾聲：

> 故不見其用也，則晨飛絕壑，暮起長汀。來雖自負，去若無形。置巢巀嵲，養子青冥。倏爾年歲，茫然闕庭。莫試鉤爪，空迴斗星。眾雛儻割鮮於金殿，此鳥已將老於巖扃！（《杜詩鏡銓》，頁1044）

寫若不見用，則徒老於巖扃！喻士不得用將悲傷潛身。全篇蒼勁，末段悲壯激昂，與杜甫在詩歌創作風格上之深沉雄渾頗為一致。

杜甫在開元末赴京兆貢舉不第，後遊齊趙。約在天寶三年秋天時與高適、李白同遊梁宋，再遊齊魯。時李邕為汲郡、北海太守，三人曾同遊於李邕之門。因而李邕與高適二人之〈鶻賦〉對杜甫〈鵰賦〉的創作是有一定影響的。杜甫後來又回長安，天寶六年（747）應進士不第，困居長安。同年李邕因素為李林甫所忌，遭杖殺之。天寶十年〔註57〕杜甫獻〈三大禮賦〉，玄宗奇之，使待制集賢院，命宰相試文章，擢河西尉，不拜，改右衛率府胄曹參軍。仇兆鰲詳注以為這篇〈鵰賦〉寫作的時間應是在獻〈三大禮賦〉後不久，故繫此賦於天寶十三年〔註58〕。此時杜甫頗不得志，在科舉考試中盡嚐落第之悲辛，來到長安本是充滿理想欲有所作為，卻屢試不第。加上「長安居大不易」，年已四十出頭的杜甫此時已備嚐人情冷暖，對於進入仕宦的艱難也已有深刻的體認。天寶末獻〈三大禮賦〉和〈鵰賦〉之舉可說是杜甫在抱著一絲希望的情況下，再一次奮力一搏。從〈鵰賦〉末段可以看出杜甫對前景並不是很樂觀，而透露出一種可能仍不見用的悲觀念頭，此一悲觀的想法又是源於他對現實政治的黑暗看得太透徹的緣故。天寶六年，杜甫應詔參加省試，宰相李林甫卻一個不取，皆下之，還賀稱「野無遺賢」。在長安困居的這幾年，杜甫早已看出政治的陰暗面。只是他畢竟是個儒家性格的士人，

〔註57〕仇注說天寶十載，一說天寶十三載。

〔註58〕曹淑娟〈從杜詩鷙鳥主題看作品與存在的關聯〉繫杜甫〈雕賦〉於天寶十一年，杜甫四十一歲時。

始終關心國計民生，期望「致君堯舜上，再使風俗淳」（杜甫〈奉贈韋左丞丈二十二韻〉）。爲此，便也有著「知其不可而爲之」的韌性，〈鵰賦〉便是在這樣一種既悲觀，又帶有些許期望的情況下而作。

杜甫選擇鵰作爲主題，在其序言中已明言：因爲鵰最能表現大臣正色立朝之義。這不僅僅只是單純的歌詠鵰的勇猛，更借用鵰鳥來比喻自己的心志。由於這篇賦是要獻給皇帝看的，寫作的目的就是希望皇帝在看了此賦之後，能起用杜甫。所以這算是一篇自薦之作，如何寫得不卑不亢，既能掌握到臣對君之尊敬，又要在自薦之中保持士人的尊嚴，這是進獻之賦寫作上的難處。所以我們可以看到杜甫的〈雕賦〉雖然寫的是勇猛鷙鳥，但因爲是獻賦，預設的讀者是天下至尊的皇帝，在行文中便不得不步步爲營。因此〈鵰賦〉不像李白〈大鵬賦〉那樣自然渾成，而有雕琢之痕，在氣勢上也難與李白〈大鵬賦〉相比。不過這也是因爲杜甫所要表現的是「大臣正色立朝之義」（〈鵰賦·序〉），所以貫穿其中的精神是儒家的性格，與《莊子》中汪洋恣肆的風格不同。〈鵰賦〉是貼近現實的，藉此言彼，一石二鳥，除了希望能表現自己，使自己得到賞識重用外，也藉機闡述了自己對朝廷用人的看法。所以寫鵰爲人馴養、受訓、奉命搏擊，鵰即士人，馴養之主人即朝廷。更藉鵰來展現己之才用，包括嚴判善惡、勤勉盡忠、進退有據等。所以禽鳥賦不只是描寫禽鳥，從賦家對禽鳥的描寫中，我們看到的不只是禽鳥本身，更是作者本身的性格、自我期許、理想與抱負、人生態度等等！

此外，尚有闕名的〈蒼鷹賦〉和〈白鷹賦〉〔註 59〕，無論是描寫「鉤成利嘴，電轉奇眸，蒼姿疊色，玄距聯韝」（〈蒼鷹賦〉）的蒼

〔註 59〕〈蒼鷹賦〉作者不詳。《文苑英華》未標作者，《歷代賦彙》以闕名標之。惟《全唐文》將之視爲高適之作，然《文苑英華》本闕作者名，且《高常侍集》中亦未收錄〈蒼鷹賦〉，猜想可能是《全唐文》之編纂者因〈蒼鷹賦〉在《文苑英華》中排列於高適〈奉和鶻賦〉之後，遂以爲是高適之作，而未加詳考。〈白鷹賦〉亦同樣被《全唐文》誤題爲張萏所作。

鷹，或是「厭羽毛於原野，戀主人而即留」（〈白鷹賦〉）的白鷹，都同樣表現了唐代猛禽題材的禽鳥賦那種宏偉開闊的氣象。

李白的大鵬、杜甫的雕、李邕的鶻，這些詠鳥賦都一致表現了豪壯雄美的氣魄，很能代表盛唐時恢宏開闊的氣象，展現這個時代的美學風格！盛唐這一系列以大鵬或猛禽類禽鳥爲題創作的賦具有以下幾項特色：一、作者是知名文人，如李白、杜甫、高適都是盛唐著名詩人。二、賦作體製都不是與科考有關的律賦。三、同樣都以勇猛強健的禽鳥表現出大唐帝國的盛世氣象。從歷代猛禽類禽鳥賦作的數量統計看來，唐代爲歷代之冠！從數量上看，唐代文人喜歡歌詠猛禽類禽鳥。之前雖然像曹植〈鷂雞賦〉、孫楚〈鷹賦〉、傅玄〈鬥雞賦〉等也都是以猛禽類爲題材的禽鳥賦，但是都不像開元、天寶時這些作品這麼地集中。六朝時的禽鳥賦主要表現了巧構形似的特色，在體物上做到纖麗細巧；而唐代禽鳥賦則有境界開闊及寓意深刻的特點〔註 60〕。同樣是描寫禽鳥，唐代禽鳥賦字裡行間的氣魄是宏偉開闊的！這又以盛唐時猛禽類禽鳥賦表現最爲明顯，例如李邕的〈鬥鴨賦〉雖然是描寫鬥鴨，「但熱鬧之中卻何其奢華、豪蕩、快活、愜意！這顯然不是六朝門閥士族那種柔靡香軟、令人沉溺其中不能自拔的醉生夢死的趨於沒落的美，而是一種溢射出封建社會上升時期特有的美學風標的壯美。」〔註 61〕而表現在對禽鳥的欣賞上，便是對鷙鳥的歌頌。鷙鳥的描述、歌詠是盛唐文人喜好的一種題材，這樣以猛禽表現奮發蹈厲、飛揚跋扈的盛唐氣象，可說是唐代對北朝文化及審美觀繼承的一種表現〔註 62〕。而且這些作品中都表現出雄渾、開闊、英武雄健的氣勢，

〔註 60〕袁濟喜《賦》，頁 135 曾就詠物賦的發展說到：齊梁及初唐時纖麗細巧，盛唐後境界始爲開闊，中晚唐吸取比興手法，寓意深刻。這也適於用來說明唐代禽鳥賦在發展上的特色。

〔註 61〕此處引文出自霍然《唐代美學思潮》，頁 89。原文是以說明初唐詩人描寫京都上元夜的狂歡題材的詩歌，此處借用來說明李邕的〈鬥鴨賦〉也有同樣的表現。

〔註 62〕霍然《唐代美學思潮》一書認爲唐代的美學思潮係繼承自北朝，本文

恰能表現出盛唐這個時代的整體特色和氣象。

隨著時代的演進，賦的寫作手法也不斷地進步，在唐代禽鳥賦的發展上也可以看出到中晚唐時賦的創作興盛，賦的寫作形態也會有新的變化。就禽鳥賦的寫作類型而言，在詠物體中，有「純粹體物」、「體物寫志」及「感物起興」的類型區分，但中晚唐的禽鳥賦作開始有了不易歸類者，如權德輿〈傷馴鳥賦〉、李德裕〈懷鴞賦〉和司空圖〈共命鳥賦〉等。因為這三篇賦作都在寫作上採取混合式的寫法，〈傷馴鳥賦〉是體物加議論說理；〈懷鴞賦〉是感物起興加說理；〈共命鳥賦〉是敘事加議論。這三篇賦作都有議論說理，是宋代文賦發展上開其先河之作。以下先敘權德輿〈傷馴鳥賦〉，因其為詠鳥加說理者；李德裕〈懷鴞賦〉將在下一小節「感物起興」類禽鳥賦中述及，司空圖〈共命鳥賦〉則置於第四節唐代敘事體禽鳥賦中論之。

貞元、元和年間為搢紳羽儀的權德輿（759～818）〔註 63〕，雖然本身未參加過科舉考試，但他在科舉考試中卻具有舉足輕重的影響力。〔註 64〕他有一篇〈傷馴鳥賦〉，賦中發表議論，這是唐代辭賦的

從猛禽類的禽鳥賦看來，亦可見此一承前之脈絡。

〔註 63〕《新唐書・卷一六五・權德輿傳》載：權德輿字載之，祖籍天水略陽（今甘肅秦安東北），世居洛陽。其父皋於安史亂前南渡，故德輿實生於江南。居潤州之丹楊（今江蘇丹陽）。十五歲即以文章知名，有《童蒙集》。三十多歲前，曾受諸使辟召，任職於江淮一帶。德宗貞元 8 年，入京為太常博士。後歷任禮、户、兵、吏諸部侍郎等。憲宗元和五年，拜禮部尚書、同中書門下平章事。出為山南西道節度使，卒。有《權載之文集》。其文雅正贍縟，當時公卿侯王功德卓異者，皆所銘紀，十常七八。雖動止無外飾，其醞藉風流，自然可慕。貞元、元和間為搢紳羽儀。

〔註 64〕《因話錄・二》言：「權文公德輿身不由科第，掌貢舉三年。門下所出諸生，相繼為公相。得人之盛，時論居多。」又楊嗣復《權載之文集・序》曰：「貞元中，奉詔考定賢良，草澤之士升名者十七人。及為禮部侍郎，擢進士第者七十有二。鸞鳳杞梓，舉集其門，登輔相之位者前後十人。其他征鎮岳牧、文昌掖垣之選，不可悉數。」又韓愈〈唐故相權公墓碑〉：「前後考第進士及庭所策試士，踵相躡為宰相達官，與公相先後，其餘布處台閣外府，凡百餘人。」（《韓愈全集校注》，頁 2241）

一項特色，這也是辭賦受到古文運動要求明道、說理的影響。〔註 65〕權德輿〈傷馴鳥賦〉首段云：

> 紛羽族之多端兮，同翾飛而類殊。有鸜鵒之微禽，亦播質於洪鑪。因稚子之嬉遊，得中園之墜雛，恣飲啄以馴擾，來目前與座隅。爾乃棲以籠檻，鎩其羽翼，留軒所以爲娛，俾遐翥之無力，乍踉蹌而將舉，顧離褷而復息。雖主人之見容，終使喪天和於自得。

權德輿的稚子在偶然的機會下，在園中拾獲鸜鵒的幼雛。於是權德輿爲了馴養雛鳥，鎩其羽翼，使牠無法高飛遠翥，而能留在家中。〈傷馴鳥賦〉次段云：

> 或親賓至止，徽軫徐觸，每聞絃而鼓翼，亦逗節而翹足。吭宛轉以成態，聲間關而助曲。乍寂寞以閑暇，若凝情以相矚。理輕毳以自潔，類山元之珮玉。每翔集以安卑，同君子之自牧。思謝尚之起舞，邁風流之逸躅。苟魯昭之不君，固乾侯之出辱。方渡濟以申儆，伊涼德之自覆。徵故老之相傳，驗曩記之或存，在端午之司辰，剪其舌而能言，巧喉囀以達情，順人心而不諼。方渴日以呈材，願朱明之駿奔。

這隻鳥在權德輿的馴養下，逐漸成爲能歌善舞，逗人開心的寵物。然而，接下來卻發生了不幸的事：

> 忽愀愴以憔悴，響哀音於簾箔，竟啁啾而不去，若徊翔之有託。怳心訝而未辯，欻狸狌之攫搏。俄斃踣而不勝，紛血灑以毛落。彼葛盧與冶長，通鳥獸之音聲。闕君子之周防，無古人之至精。既不能縱爾於遼廓，又不能遂爾之生成。使異類之得志，曾未極其飛鳴。則本夫養之之惠，適足以害其生生。

馴鳥不幸喪命於狸狌之手。這使得權德輿在心傷之餘，反省：「養之之惠，適足以害其生生」的道理。末段云：

> 又憶夫清江之使者，東海之波神，苟其時之不來，則刳腸而涸鱗，鶢鍾鼓而反悲，馬皁棧而多死，雖爲遇之已甚，固又

〔註 65〕參見許結、郭維森《中國辭賦發展史》，頁 349。

天其天理。嘗聞乎賢聖之理物也，愚智殊方。薰蕕異藏，善用無棄兮，互見其長。各有攸處兮，兩不相傷。官天地而府萬物，繇此道而爲常。吾既悟斯理之不早，因失之而後防，收視聽以冥觀兮，遂群性之茫茫。(《權載之文集・卷一》，頁 18)

權德輿因馴鳥之死思及大自然生生之理，萬物各有攸處，自己以爲可以馴養小鳥，結果卻是「既不能縱爾於遼廓，又不能遂爾之生成。」馴鳥之死於非命，彷彿是作者違反自然的結果。對此，作者不免自責「悟斯理之不早，因失之而後防」！這篇〈傷馴鳥賦〉以傷馴鳥之死思及生生之理，結合了詠鳥與說理的寫法。賦的寫作方式到了唐代作家的手中看來已經是不拘一格，而能融詠物、抒情、說理於一，不受局限，賦家在寫作上這種巧妙的手法自然渾成，既是賦家運用自如的表現，也顯示出賦體的發展至此已十分成熟，這篇〈傷馴鳥賦〉已是宋代文賦創作的先驅。

參、感物起興

一、比較「感物起興」與「體物寫志」

感物起興之禽鳥賦早在西漢賈誼〈鵩鳥賦〉即已有之，然而此類作品後來卻很少。賈誼〈鵩鳥賦〉由於在所感之物（鵩鳥）與所寫之志（對天理的質疑）二者間的連繫上僅取決於鵩鳥吉凶預言的象徵意涵，而這對鵩鳥而言是外在人爲的文化意涵，加以〈鵩鳥賦〉的寫作中鵩鳥所居分量很小，這使得物象與情志間的連繫顯得較不直接，也使〈鵩鳥賦〉與一般詠鳥賦（含「體物寫志」及「純粹體物」類）有別。唐代像韓愈〈感二鳥賦〉及李德裕〈懷鴞賦〉可算是感物起興式禽鳥賦，禽鳥是作者藉以興起創作動機之物，但在賦篇中並不以物象（禽鳥）的描寫爲主。

韓愈（768～824）〈感二鳥賦〉作於貞元十一年（795）五月，時韓愈二十九歲。貞元八年（792），韓愈好不容易才登進士第，但要做官還得經過吏部考試〔註 66〕。韓愈分別在貞元九年、十年、十一年連續三次參加博學宏詞科考試，都沒有中選。吏部銓選考試未通過的人，還有以下兩條路可走：一、求在職的高級官員向朝廷保薦自己；二、先到藩鎮節度使處當若干年的幕僚。（《中國科舉制度史》，頁 118）一般說來，投身幕府是退而求其次的打算，韓愈不願輕易投身方鎮幕府〔註 67〕。期間他也曾三次上書宰相，希望得到援引，但都未成功。無奈只得於貞元十二年（796）應宣武節度使董晉之辟任觀察推官。〈感二鳥賦〉便是韓愈在連續三年參加吏部考試未中，只得收拾行囊，東歸故里的情況下所作。賦序云：

> 貞元十一年五月戊辰，愈東歸。癸酉，自潼關出，息于河之陰。時始去京師，有不遇時之嘆，見行有籠白烏、白鸜鵒而西者，號於道曰：「某土之守某官，使使者進於天子。」東西行者皆避路，莫敢正目焉。因竊自悲，幸生天下無事時，承先人之遺業，不識干戈耒耜攻守耕穫之勤。讀書著文，自七歲至今，凡二十二年，其行己不敢有愧於道，其閑居，思念前古當今之故，亦僅志其一二大者焉。選舉於有司，與百十人偕進退，曾不得名薦書，齒下士于朝，以仰望天子之光明。今是鳥也，惟以羽毛之異，非有道德智謀，承顧問、贊教化者，乃反得蒙採擢薦進，光耀如此，故為賦以自悼，且明夫遭時者，雖小善必達；不遭時者，累善無所容焉。

賦序中說明此賦的寫作背景。就在貞元十一年五月，韓愈東歸的路途

〔註 66〕士人參加科舉考試，考中進士僅是取得其任官資格，必須再通過吏部的銓選考試，才能正式授予官職。而吏部考試由於官缺有限，而參加考試者又都是通過禮部貢舉的進士，其競爭之激烈可想而知。楊樹藩《唐代政制史》言：「禮部取士固嚴，但吏部所主之官缺有限，以年年取士，歲歲累積，於是有任官資格的人，超過現有官缺數倍，這樣一來，每當銓選，競爭激烈。」（頁 452）

〔註 67〕韓愈在〈與崔群書〉中說：「以為足下賢者，宜在上位，托於幕府，則不為得其所。」儘管到吏部考試不合格，他還三次上書給宰相，希望得到援引，這一條路也未走通。（參《唐代幕府與文學》，頁 43）

中，恰巧遇見進貢白鳥、白鸜鵒入宮之使者，大搖大擺，行者避路，莫敢正視，氣焰之高可見一斑！而韓愈則是在極其失意的情況下離開京師，想到自己讀書著文、參加科考，爲謀得一官半職歷盡艱辛，好不容易通過重重關卡，想不到最後竟還是被摒落在門外。如今這兩隻鳥，僅以羽毛之異，便得薦進。由這兩隻進貢的禽鳥，思及自身的不遇。不免牢騷滿腹，而有「遭時」與「不遭時」之嘆！

〈感二鳥賦〉其辭曰：

> 吾何歸乎？吾將既行而後思。誠不足以自存，苟有食其從之。出國門而東騖，觸白日之隆景。時返顧以流涕，念西路之羌永。

首段對自己離京的心情做了很生動的描寫。韓愈離京是出於無奈的決擇，在連續三年吏部考試失利和三上宰相書無所成的情況下，只得決策東歸。心中充滿不遇時的悲歎！未來何去何從，也仍是個未知數。〈感二鳥賦〉接著寫道：

> 過潼關而坐息，窺黃流之奔猛。感二鳥之無知，方蒙恩而入幸。惟進退之殊異，增余懷之耿耿。

就在出潼關，在黃河南岸佇足休息時，見二鳥蒙恩入幸。這一進一退之間，境遇的對比何其強烈！胸中不平因此更加波濤起伏。賦曰：

> 彼中心之何嘉？徒外飾焉是逞。余生命之湮阨，曾二鳥之不如。汩東西與南北，恆十年而不居。辱飽食其有數，況策名於薦書？時所好之爲賢，庸有謂余之非愚？

想來這兩隻鳥不過是因其外形而受寵，而自己一路艱苦困厄，到頭來境遇竟不如這兩隻鳥！實在很諷刺。又曰：

> 昔殷之高宗，得良弼於宵寐；孰左右者爲之先？信天同而神比。及時運之未來，或兩求而莫致；雖家到而戶說，祇以招尤而速累。

韓愈對自己的不遇歸咎於「時運未來」。末段只有勉強自我安慰一番，其云：

> 蓋上天之生余，亦有期於下地，盍求配於古人，獨怊悵於

> 無位。惟得之而不能，乃鬼神之所戲。幸年歲之未暮，庶無羨於斯累。(《韓愈全集校注》，頁 1220)

韓愈對自身有才無命的遭遇感到無限悲歎！此賦可說承襲了自漢代以來騷體賦一脈的寫作傳統；也反應出傳統知識分子在帝王專制時代，未能人盡其才的苦悶。這也正是漢代以來文人「悲士不遇」的共同心靈模式。文人將其在仕途上所遭遇的挫折和不遇，透過騷體賦的寫作將胸中的憤懣與牢騷傾洩而出。

和韓愈一樣考中進士，卻因吏部銓選未中，而仍舊無法進入官僚系統的另一知名文人爲蕭穎士，其〈白鷳賦〉之寫作背景與韓愈〈感二鳥賦〉相似，都是在宦途失意的情況下，見到途中進貢的禽鳥，有感而發下創作的。不過，蕭穎士〈白鷳賦〉在寫作形態上屬「體物寫志」一類，與韓愈〈感二鳥賦〉屬「感物起興」類不同。以下即藉蕭穎士〈白鷳賦〉與韓愈〈感二鳥賦〉之比較說明「體物寫志」與「感物起興」兩種寫作類型上的不同。

蕭穎士字茂挺，郡望蘭陵(今江蘇常州)，家居汝、潁間。開元二十三年(736)，時穎士年十九，舉進士。次年，蕭穎士對策第一，任金壇尉、桂州參軍。但開元二十九年(741)，蕭穎士赴吏部銓選不中，東歸。同年閏四月致書韋述，求其薦引一職。蕭穎士對自己未能通過吏部銓選考試，以致蹉跎半紀，深爲感慨！〔註 68〕而蕭穎士之不得志，是因其恃才傲物、個性剛直，不合於時，又得罪李林甫〔註 69〕，故沉淪下僚。

天寶十年蕭穎士(717～768)作〈白鷳賦〉，賦序云：

〔註 68〕蕭穎士在〈贈韋司業書〉中自言：「……冠歲，射策甲科，見稱朝右。當此之時，爲奮筆飛鸞鳳，摛論吐雲煙，明主可正議而干，群公可長揖而見；何言日損一日，年貶一年，蹉跎半紀，乃殊方一下吏耳。」(《蕭茂挺集》)

〔註 69〕《新唐書·蕭穎士傳》載：「宰相李林甫欲見之(蕭穎士)，穎士方父喪，不詣。林甫嘗至故人舍邀穎士，穎士前往，哭門內以待，林甫不得已，前弔乃去。怒其不下己，調廣陵參軍事。」(頁 5768)後蕭穎士作〈伐櫻桃樹賦〉譏李林甫，更加深二人間之私怨。

白鷴，羽族之幽奇也。素質黑章，爪觜純丹，體備冠距，頗類夫雞翟。神貌清閒，不雜於眾禽。棲心遐深，與人境罕接。固莫得而馴狎也。上聞而徵焉。處以雕籠，致以驛遞。是將集長楊、游太液，行有日矣。天寶辛卯歲，予飄泊江介，流宕踰時。秋八月，自山陰前次東陽，方議夫南登西泛，極聞見之義，諒褊懷所素，蓄而未之從也。會有命自天召赴京闕，適與茲鳥偕至於會稽之傳舍。觀其宛頸旁睨，迴惶掩抑，往往孤鳴，音韻淒涼，如慕侶而不獲，因感而賦之。

賦序說明此賦寫於天寶十年，時蕭穎士以史官韋述之推擇，自越奉召詣京，待制史館〔註 70〕。在會稽之傳舍與進貢宮中之白鷴相遇，穎士有感而發，因而寫下這篇〈白鷴賦〉。賦曰：

鳥之生矣，於彼南山。彩必玄素，文不綺斑。備文武之正飾，懋妖姬之殊顏。情莽眇以耿潔，貌軒昂以安閒。無馴擾之近性，故不愜於人寰。遊必海裔，棲必雲間。冀養拙以自保，祛未萌之憂患。

不然，豈陋彼都邑之佳麗，顧投身乎阻艱？以其標自然之靜，故名之白鷴者歟？何天聽之緬邈，辱微禽之瑣細。偶一日之見羈，委微軀以受制。望層城以斂翼，懷眾侶而孤唳。從廄置之駿奔，仰君門以遐逝。君門兮九重，洞杳窱穹崇。池太液兮島方壺。萬族翔泳乎其中。晝聒未央之繁絃，夕驚長樂之虛鐘。顧疏野之賤跡，豈敢求一枝而見容？

越水清兮鏡色，吳山遠兮天逼。窺淺深以颺影，逗清冥兮一息。謂杉松可得永日而噪聚，蕁荇足以窮年而唼食。一與心賞兮睽違，念歸飛兮何極？鸚能言而入座，鶴善舞而登軒，殊二者之常態。諒慚惶於主恩，是以雖信美而非其志，獨屏營而兢魂者焉。

〔註 70〕《新唐書・蕭穎士傳》載：「史官韋述薦穎士自代，召詣史館待制，穎士乘傳詣京師。而林甫方威福自擅，穎士遂不屈，愈見疾。俄免官，往來鄠（陝西鄠縣）、杜（陝西長安）間。林甫死，更調河南府參軍事。」

首段寫白鷴之出身、羽色及內在性情。讚美白鷴出身不凡、性情高潔、品貌軒昂，正因清高的德行，拙於自保，「不愜於人寰」。這些描寫都隱含有作者自況之意，也隱約透露出作者的內心對仕與隱的矛盾。因爲一旦投身政治之中，便身受拘束，如第二段中對白鷴的描寫一般，進入宮廷之中，是受人豢養、仰君鼻息，與眾禽爭寵的生活。在這樣沒有尊嚴的情況下，更令人懷念起遨翔吳山越水間的美景與自在。第三段即寫出白鷴此種心情，以爲「鸚能言而入座，鶴善舞而登軒」，而自己則「諒慚惶於主恩，是以雖信美而非其志，獨屛營而兢魂者焉。」表面上寫白鷴不願在宮中受到拘束，也不願與鸚、鶴去競相爭鬥，實則也隱含了作者心中對出處進退的矛盾心態。蓋因作者蕭穎士自負其才，一方面想受到朝廷重用，一方面又嚮往歸隱的生活。這樣的矛盾心態，其實不難理解，因爲傳統士人深受儒家思想的浸染，素懷匡濟天下之志，因而有用世之心，期望能受到重用，施展所長，實現其經國濟世的理想與抱負。但實際上士人在現實的政治中所面對的，常常是才德與官秩的不相符合，有才德之人卻不得其位，不僅官卑職微，還得面對許多官場中的繁文縟節和政治圈中複雜的人事鬥爭。這就使蕭穎士在仕與隱之間矛盾的心理得到了解釋。他一方面自負於自己的品行和才能，但又對自身職位的卑微感到自卑，想來眞不如放情山水，與大自然爲伍還愉快些！

〈白鷴賦〉是一篇關涉作者對個人出處進退的心境及抒發不平之作。蕭穎士〈庭莎賦・序〉云：

> 府尹裴公，以予浮名，枉顧遇焉；而尹之外戚，或綰紀綱之局，怙勢矜權，求府僚降禮於己。予清愼自守，不能附會，爰逝我陳，嫌怨遂構。又同官多貴遊右戚，酒食之會，絲竹之娛，無間旬朔。予人質鄙野，雅不之好；常願鷗鳥爲儔，江海是處。往歲久遊剡中，將遂終焉，朝旨迫召，故不獲展，著〈白鷴賦〉以寄斯意。至是鬱悒，彌用增想。

賦序中言其宦途受挫的一項重要原因便是權貴對他心存嫌隙，挾私報復。韋述推薦穎士自代，本是穎士所求，但從〈白鷴賦〉中卻看不出他對此一職務的樂觀與期待。事後也證明此事仍因李林甫之故作罷〔註71〕。或許穎士心中早料到會有如此下場，故〈白鷴賦〉中流露出的情緒是頗爲無奈的。

蕭穎士〈白鷴賦〉與韓愈〈感二鳥賦〉雖然同樣都是因路見進貢之禽鳥而作，也同樣處於吏部銓選未通過的失意心境，不過二賦寫作的方式卻有所差異。韓愈〈感二鳥賦〉在賦中提到二鳥處，僅「感二鳥之無知，方蒙恩而入幸」、及形容二鳥「彼中心之何嘉？徒外飾焉是逞。」又云：「余生命之湮阨，曾二鳥之不如。」無辜的二鳥成了韓愈因未能躋身朝廷，轉而發洩情緒的對象。二鳥除了作爲引發韓愈創作的動機外，也是作爲他自身遭際的對比，不過賦中對二鳥的著墨並不多，全賦仍以直接抒寫作者的心情爲主。至於蕭穎士的〈白鷴賦〉就不一樣了，〈白鷴賦〉全賦描寫白鷴，以白鷴表現作者自己的心聲。相形之下，韓愈〈感二鳥賦〉在禽鳥的描寫比例上偏低，二鳥只是作爲一個引發其創作動機的引子罷了，因此在禽鳥賦的類型上屬於感物起興之作。而蕭穎士〈白鷴賦〉則明顯是體物寫志之作。

除了寫作方式的不同外，二賦表現出的情緒也有別。韓愈〈感二鳥賦〉因係在其下第離京之途中所作，其激昂之情更甚於蕭穎士。蕭穎士〈白鷴賦〉寫作之前，穎士早已歷經十年的在野生活，作〈白鷴賦〉時年已三十五歲，對現實的政治環境有較深的體認，所以與韓愈〈感二鳥賦〉表現出的情緒不一樣。〈感二鳥賦〉慨憤激昂，〈白鷴賦〉孤傲落寞。韓愈〈感二鳥賦〉充滿牢騷與不平，視二鳥爲虛有其表的無能之徒；蕭穎士則是以白鷴喻己，展現了一己清高之志。

像蕭穎士〈白鷴賦〉這樣能在所感之物（禽鳥）與所寫之志間，

〔註71〕蕭穎士〈庭莎賦・序〉云：「待詔闕下，僻直多忤，連歲不偶。未選敘，求參河南府軍事。」透露出穎士因個性耿直而宦途不順的不平，而吏部銓選不中更是蕭穎士在仕途上的一大挫折。李林甫之事請參見註69。

以體物的方式作出緊密的連繫，是禽鳥賦發展上一條主要的文人創作脈絡。這一類體物寫志之作在發展上已成爲禽鳥賦的主流，文人在創作上逐漸地將引發其創作的物（禽鳥）與自身的情志作出緊密的結合，二者間的關聯比之前的感物起興之作（如賈誼的〈鵩鳥賦〉）表現出更融合爲一，不分彼此的寫作手法，晚唐李德裕的〈懷鴞賦〉便是一個從感物起興靠向體物寫志的例子。

二、「感物起興」與「體物寫志」結合

唐代禽鳥賦中感物起興之作不多，除韓愈〈感二鳥賦〉外，另一例即李德裕的〈懷鴞賦〉。李德裕〈懷鴞賦・序〉云：

> 荊楚多飛鴞，余所居在岑蟸之中，蓋茲鳥族類所託，不足歎其蕃也。天寶末，韋郇公謫守蘄春，時李鄴公亦以處士放逐。嘗中夜同宴，屢聞鴞音，郇公執爵流涕歎曰：「長沙下國。」鄴公曰：「此鳥之聲，人以爲惡。以好音聽之，則無足悲矣。」請飲酒，不聞鴞音者浮以大白，坐客皆企其聲，終夕不厭。余因其夜鳴不已，感前賢亦罹其患，乃爲此賦。

賦序點明其寫作因由，李德裕謫居袁州（今江西省宜春縣），地處在岑蟸之中，飛鴞特多，與漢代賈誼謫居長沙時的情景相似。鴞是不祥之鳥，貶官至此，心情低落，又終夜聽聞鴞音悲鳴不已，總是令人不堪。由此也才了解賈誼居長沙時抑鬱之心情。而在李德裕之前，已有李泌（李鄴公）和韋陟（韋郇公）同樣在不得志的情形下，中夜聚於蘄春，韋陟聞此鴞音悲歎流涕，而李泌則說：「以好音聽之，則無足悲矣。」從而改變了原本沈重的心情。那麼李德裕又是如何看待這些飛鴞呢？〈懷鴞賦〉曰：

> 我樂遐深，幽居北岑。積杉松之翠靄，蔽箘簵之清陰。風氣常合，頹陽易沈。何飛鴞之茂族，盡棲息乎繁林？余以修短委命，行藏縱心，既無情於忌鵩，非有歎於巢鵟。初未嘗張羅於叢薄，射宿於川潯。誠不忍於思炙，惟載懷於革音。嗟夫！天地之間禽有萬類，彼鵷鳳之靈姿，故特稟

> 於間氣，標靜素於鴻鵠，賦妍華於孔翠。獨茲鳥之可傷，無一美而自庇。或曰：人之所處，不宜來萃。故聞其音而淒慘，睹其貌而愕眙。由是翔集無所，摧頹逼威。晝戢翼於蒙籠，夜相鳴而悲思。余乃歎曰：天有定命，聖不能和，彼冥數之未兆，非畏之而可移。梟集牙而戰勝，蛇入笥而福綏，造化默以潛運，倚伏難以預祈。況乎愛子及室，恩斯勤斯。齊萬物以遂性，豈美惡而異宜。至人入鳥而不亂，至治層巢而不窺。我若不容於深谷，使其伏竄而何之？（《會昌一品集》，頁 182）

李德裕以爲：「天有定命，聖不能和，彼冥數之未兆，非畏之而可移。」既然天生命定，也不用像賈誼那樣對未來充滿疑慮，擔心災禍降臨；亦無須與飛鴞勢不兩立。李德裕以「齊萬物」、遂其性，兩不相傷之道自處，是具有智慧的作法。

李德裕的〈懷鴞賦〉無論在寫作的背景、寫作的動機和寫作的形態上都與賈誼的〈鵩鳥賦〉有著密不可分的關聯。不過，與之前賈誼〈鵩鳥賦〉和韓愈〈感二鳥賦〉相比，李德裕〈懷鴞賦〉既不像〈鵩鳥賦〉那樣全以論說天理爲重，也不像〈感二鳥賦〉那樣純以抒發情緒爲主，雖然是有感於飛鴞夜鳴不已而作，但賦篇主題並未離開飛鴞，賦中對鴞鳥的描寫也不少，在飛鴞與所思之理二者間的聯繫也顯得較爲緊湊，在寫物之中論理兼表達自己達觀的心境。將賈誼〈鵩鳥賦〉、韓愈〈感二鳥賦〉及李德裕〈懷鴞賦〉放在一起看時，便可以看出感物起興式禽鳥賦在歷史發展中有愈來愈向體物寫志靠攏的現象，文人的所思、所感是這類賦作主要欲表現的，禽鳥原本只是個引發的媒介，但是在賦篇中如何安排這引發所感之物（禽鳥）就有不同的處理方式了。從賈誼、韓愈賦中看來，引發其所感之禽鳥在賦中只是一個觸媒，起了一個開頭而已；而李德裕則不只是把禽鳥作爲引子，更把禽鳥化爲賦中的主題，環繞著禽鳥去思考、探討。這從感物起興式禽鳥賦的寫作手法看來是一大進步，因其手法已逐漸成熟到可以將所感之物與所起之情、所思之理三者間做出緊密的連繫，將感物、體物、抒情、說理熔鑄於一，這是中晚唐時賦在寫作上跨類融合的現象，這種現象反映的是賦家在創作上的不拘一格，也是創作技法成熟的表現。此一發展到宋代就更明顯，宋代文賦雖以議論說理爲主，但其創作就是像李德裕〈懷鴞賦〉這樣將感物、說理結合，且無斧鑿之痕的寫法。

第四節　唐代敘事體禽鳥賦

兩晉及南北朝均未見敘事體禽鳥賦，形成一段歷史發展上的空白，但唐代卻又如同漢魏禽鳥賦一般，存在著與詠物體與敘事體二者並時的現象。敘事體禽鳥賦雖然數量不多，在比例上只佔禽鳥賦總數的百分之六，但它無疑地在中國敘事文學發展史上佔有一席之地。就敘事文學的歷史發展來看，這一類作品是值得重視的。

目前流傳下來的唐代敘事體禽鳥賦計有十一篇，包括：郗昂〈蚌鷸相持賦〉、浩虛舟〈射雉解顏賦〉、〈木雞賦〉、宋言〈效雞鳴度關賦〉、盧肇〈愬鴿舞賦〉、黃滔〈狎鷗賦〉、闕名〈鶴歸華表賦〉、皇甫湜〈山雞舞鏡賦〉、張仲素〈黃雀報白環賦〉、司空圖〈共命鳥賦〉及敦煌〈燕子賦〉。（參見附錄四：唐代律體禽鳥賦篇目一覽表）

這些賦作除了〈燕子賦〉外，皆是文人之作（如盧肇是李德裕貶謫至袁州時提拔的文士、皇甫湜是韓愈的學生）；在體制上，除〈燕子賦〉、及司空圖〈共命鳥賦〉外，餘皆爲律賦。前已述及律賦與應制科考有密切關係，而二十世紀初於敦煌石窟中發現的〈燕子賦〉在性質上又明顯與一般文人賦作不同。依照一般對雅、俗文學的區分看來，〈燕子賦〉無疑地屬於俗文學之作，而其他文人所作之賦則屬於雅文學。

唐代敘事體禽鳥賦存在著雅、俗二途並行的發展脈胳，以下即分別述之。

壹、俗文學中的〈燕子賦〉

1900 年〔註 72〕王圓籙道士在敦煌莫高窟的石室裡發現了數萬卷的敦煌寫本，其中包括佛、道經卷和各式文書。之後敦煌學成爲舉世矚目的一門學問，相關的研究如雨後春筍般不斷地湧現。文學研究者注意到敦煌石窟中的文學作品富有濃厚的民間色彩，像是有許多俗字及民間俚語，思想素樸，情感表達直接坦率，用字淺顯自然，不假雕飾。敦煌文學中除了詩歌、曲子詞外，更包括敘述故事的變文、話本、詞文和俗賦，這些材料的發現使得研究者對於中國敘事文學的發展有了更多元化的觀照。直到今日，對宋元話本小說和戲曲的追本溯源工作仍然持續在進行著。

〈燕子賦〉是敦煌石室中發現的俗賦，它具有濃厚的民間文學特性和通俗性。簡濤〈敦煌本燕子賦體制考辨〉一文曾考察〈燕子賦〉的用韻，發現：〈燕子賦〉的用韻沒有受官韻的束縛，而完全是依口語的韻腳。（頁 102）這一點便和唐代文人的賦作大不相同。其次，〈燕子賦〉中大量的俗字及口語化的表達，更是其語言上通俗化和大眾化的表徵，這一點已有不少學者指出。如張鴻勳說：〈燕子賦〉「大量應用了當時市井口語、俗諺、俚句，更極生動、形象，傳神地刻畫出人物的不同面貌和性格。」（《敦煌話本詞文俗賦導論》，頁 221）張錫厚也說俗賦：「突破賦體駢儷雜陳、繁文縟節的拘束；通俗語言，淺顯文字，方言俗語皆可入賦。」（《敦煌文學》，頁 120）〔註 73〕試舉〈燕子賦〉〔註 74〕中四段文字爲例：

1. 野雀是我表丈人，鵜鴣是我家伯，州縣長官，瓜蘿親戚。是你下牒言我，恐你到頭無益。（張錫厚《敦煌賦彙》，頁

〔註 72〕藏經洞的發現時間有光緒 25 年（1899）與次年（1900）兩說。

〔註 73〕又如簡濤〈敦煌本燕子賦體制考辨〉、張鴻勳〈敦煌燕子賦（甲本）研究〉也都有論及〈燕子賦〉口語化表達的特色。

〔註 74〕本文〈燕子賦〉以張錫厚《敦煌賦彙》所錄爲本，相關字詞解釋則參考張鴻勛《敦煌講唱文學作品選注》、周紹良《敦煌文學作品選》（項楚校注）、郭在貽《敦煌變文集校議》等。

396）

2. 口裡便灌小便，瘡上還黏古紙。（同上，頁399）
3. 人急燒香，狗急驀牆。（同上，頁398）
4. 竊聞狐死兔悲，惡傷其類。四海盡爲兄弟，何況更同臭味。（同上，頁399）

可見〈燕子賦〉中運用俚語、俗語表現出口語化的特色是很明顯的。

無論從用韻上或語言上，〈燕子賦〉都明顯與其他文人撰作的敘事體禽鳥賦有別，顯示出雅、俗並立的現象，二者的創作場域不同，讀者設定不同，表現的手法自然也不相同。

今以張錫厚《敦煌賦彙》所收〈燕子賦之一〉（四言爲主）爲本，將其人物表及情節結構表示如下：

一、〈燕子賦〉人物表

〈燕子賦〉中出現的角色很多，依出場先後順序列出如下：燕子夫妻、黃雀夫妻、黃雀子女、鳳凰、鴝鵒（差役）、鶺鴒（雀兒兄弟）、獄子、鴻鸖等。賦中角色計有十一個之多，還有一個被雀兒提及，但並未現身的「鸜鵒」。

二、〈燕子賦〉情節結構表：

（一）仲春二月，燕子夫妻造好宅舍，暫往坻塘。
（二）黃雀攜家帶眷前來霸占燕子新蓋好之宅舍。
（三）燕子夫妻回來發現宅舍被雀兒侵占，且被雀兒打傷。
（四）燕子不甘心，去向鳳凰下牒，控告雀兒強奪其宅，又恐嚇他、毆打他。
（五）鳳凰派鴝鵒前去捉拿雀兒。
（六）鴝鵒來到雀兒門口，聽見雀兒吩咐不要開門及說他不在之語，企圖逃避。鴝鵒便在門外叫雀兒不必躲藏了。
（七）雀兒只得出來迎接鴝鵒，試圖好好招待來客，並拖延時間。
（八）鴝鵒對雀兒的示好絲毫不爲所動，馬上將雀兒帶走。
（九）來到鳳凰面前，雀兒巧辯自己是被燕子誣告，鳳凰看雀兒狡賴，嚴詞威嚇。雀兒嚇得要命。遂又喚燕子來對質。

（十）燕子出面對質，雀兒仍不認罪，並咀咒發誓聲稱未奪燕子宅舍。

（十一）燕子指雀兒耍手段，想藉此矇騙大王（鳳凰）。

（十二）鳳凰判決杖打五下，枷項禁身等候推斷。

（十三）燕子暢快不已，出言奚落雀兒。

（十四）一旁鶺鴒見了，因他是雀兒兄弟，便向前指責燕子，說他不該再詈罵雀兒，繼續打落水狗。

（十五）另一方面，雀兒的老婆聽說雀兒被打，心疼不已，「兩步併作一步」前往獄中探望。

（十六）見到雀兒臥地，面如坌土，脊上腫起好大一塊，雀兒老婆淚如雨下，急急替雀兒療傷，口裡又責怪雀兒當初不聽勸告。

（十七）雀兒倒還依然嘴硬，認爲沒什麼好怕，一切都怪燕子。又叮嚀老婆快去找鸜鵒，這個人會鑽營，有門路，找他去向鳳凰關說，花錢消災。

（十八）雀兒關了幾天，便求獄子替他脫下枷鎖，獄子不肯。雀兒以美言利誘，忠直的獄子不被利誘，雀兒只好自嘆自厄於獄卒。

（十九）然後雀兒又想去賄賂本典（主管本案的官吏），結果本典說雀兒犯此大罪已是命在旦夕，不用再去多費心思。雀兒被本典刮了一頓，更加氣悶。

（二十）正式審判時，共三問三答。

問一：燕子造宅，你竟敢強奪？

答一：是爲避難，非是強奪。

問二：既是避難，爲何恐嚇？又打傷燕子？

答二：因爲燕子「不悉事由，望風詈罵」，兩家便打了起來，自己也有受傷。若是犯了奪宅之罪，那罰錢就是了。我有上柱國勛可以贖罪。

問三：功勛在何處立的？

答三：貞觀十九年，大將軍征討遼東時，雀兒投幕充當侍衛，滅高麗有功。

（廿一）鳳凰判決：雀兒既有上柱國勛收贖，便馬上將他釋放了。

（廿二）雀兒釋放後，喚燕子飲二升，二人前嫌盡釋。

（廿三）尾聲可分爲四小節：

1. 有一多事鴻鶴，左罵雀兒不能退靜，觸犯法律，右罵燕子頑愚固執，把小事鬧大，還差點害了雀兒性命，如此不仁。說兩個都無所識，不宜與之同群。
2. 燕雀反譏鴻鶴多事，豈有高才？請立題詩賦。
3. 鴻鶴遂作一詩：「鴻鶴宿心有遠志，燕雀由來故不知。一朝自到青雲上，三歲飛鳴當此時。」
4. 燕雀亦對曰：「大鵬信圖南，鷦鷯巢一枝。逍遙各自得，何在二蟲知？」

〈燕子賦〉的創作時代，據張鴻勳說：可能在開元、天寶間（《敦煌話本詞文俗賦導論》，頁 186）。關於〈燕子賦〉寫作的時代背景，張鴻勳〈敦煌燕子賦（甲本）研究〉一文中有很多的說明，指出〈燕子賦〉反映了當時社會的現實狀況，對此本文不再贅述。值得說明的是〈燕子賦〉究竟有何獨特之處？

三、〈燕子賦〉兩大特色

（一）以口誦表演為主

筆者以爲〈燕子賦〉的第一項特色是：它是一篇以口誦表演爲主的作品。所持理由有三：

一、在情節（二十）正式審判雀兒時，共三問三答，可是文中只有問句部分有寫「問：……」答句部分卻沒有寫「答」或任何同義的詞彙，而直接接「但雀兒……」明顯是直接以雀兒的口吻答話。這是很不尋常的。因爲如果就書面的寫作來看，一般說來，對問體必是有「某人問曰」、「某人答曰」之類的敘述語，〈燕子賦〉在問話後沒有再加「雀兒答」之類的敘述語，就書面而言是很容易令讀者混淆的。〈燕子賦〉缺少「雀兒回答道」這樣的敘述語，是何原因？顯然這是直接在口誦時以模擬雀兒的口吻來說話，這證明這篇賦是以口誦的形式演出的。

二、全賦幾乎全以對話爲主，敘述語很少，甚至在該有敘述語做上下段落承接之處也沒有很好的連接，例如在情節（八）與情節（九）的承接上便是如此，情節（八）末了說：

> 鴟鵂惡發，把腰即扭。雀兒煩惱，兩眉不皺。撩膽擒去，須臾到州。

若依文本敘事的慣例，以下應接：雀兒到了官府，見到鳳凰……。但情節（九）一開始接道：

> 鳳凰遙見，問是阿誰。

這裡敘事觀點出現跳脫，敘事者的觀點迅速地從情節（八）的黃雀轉成情節（九）的鳳凰，這中間的轉換，應該是有其原因的，否則顯得突兀。惟一可能的解釋便是這篇〈燕子賦〉是用來演說的，說話人在情節（八）和情節（九）之間的轉換因有實際演出方式上的配合，使觀眾了解到場景已經改變，可能利用的方式包括間奏音樂、說話人改換說話口吻等。

三、尾聲的兩首詩其實跟之前敘述的雀奪燕巢故事可說非常不搭調，尾聲與之前的主體內容看不出有很緊密的關聯，顯見其形式意義大於實質意義，也就是說詩的重點在於達成賦末繫詩的形式，而並不是因爲賦的內容有此需要。爲什麼非要在末尾繫詩呢？從表演的角度來看，這就是下場詩。觀眾可以由下場詩了解這段表演到此已經結束了。

（二）具濃厚的民間特色和遊戲意味

〈燕子賦〉的第二項特色是它具有濃厚的民間特色和遊戲意味。

除了前已述及的語言上、用韻上口語化的特色外，就其內容看來，〈燕子賦〉看似情節繁複，但實際上其主結構如下：

> 燕子築宅——被黃雀強佔——燕子一狀告到鳳凰那兒——鳳凰差　鵮捉拿雀兒——儘管雀兒狡賴，鳳凰仍將他杖打五下，關入獄中——再次審判，因雀兒有上柱國勳抵罪於是被釋放——雀兒改過自新，與燕子盡棄前嫌

之後的尾聲是在故事的主結構之外，算是附屬的、次要的部分。主結構中被蔓衍最多的部分都是在描寫雀兒的狡滑、投機。由此來看，原來〈燕子賦〉中的主角其實是黃雀，而不是燕子。照一般賦題的情況來看，〈燕子賦〉主角應該是燕子，可是在這篇賦裡，隨著故事的蔓衍、舖陳，結果重點卻變成落在負面人物的黃雀身上，這和〈神烏賦〉、〈鷂雀賦〉很不一樣。爲什麼會這樣呢？筆者以爲：〈燕子賦〉不像是一篇思慮周密之作，而比較接近臨時起意的即興式創作，創作者（或說話人）可以有彈性地去加油添醋，在主結構不變的情況下，仍有很大的發揮空間，所以才會出現在黃雀身上做出過多渲染的結果。

故事中雀兒最後以上柱國勳抵罪釋放，至此故事其實仍可以有繼續發展的餘地，但此賦卻在此草草結束。例如雀兒在釋放後突然態度有一百八十度的轉變，和燕子和好，從全篇故事的情節推展上和人物性格的一致性上來看，都顯得轉折太大，前後不一致。假使燕子與雀兒這麼容易和好的話，又何須鬧到如此地步？所以從思想上來看，這實在是比較即興的、爲了有個好的結局而編出來的。因爲以喜劇收場，將可以使一般世俗觀眾在觀看故事時期待完美結局的心理得到滿足。〈燕子賦〉這樣一種處理結局的方式正是順應了滿足群眾心理的表現。其次，這也可能是說故事者急於將故事結束的草率結局。

〈燕子賦〉中還有一些敘事觀點頗爲可議，例如情節（十四）：當雀兒被懲罰時，燕子的積怨得以發洩，正是大快人心之時，卻跑出鶺鴒來指責燕子不該落井下石。雖然說這是爲了突顯鶺鴒是雀兒兄弟故有護短之心，但身爲受害者的燕子在全賦敘述者的觀點中似乎並沒

有得到太多的同情。像這樣的敘事觀點，就嚴肅的文學觀念來看時，是很引人爭議的。但是若嘗試去理解這些不合理處，就不得不承認這篇作品帶有濃厚的詼諧和遊戲性質，這正是民間文學的特色，對此是不能用嚴肅文學的標準來看待的。

再如尾聲中鴻鶴的出現是擔任一個評論者的角色，可是他不評論還好，他一評論反而流露出一種世俗的趣味，而並非認眞地去論斷孰是孰非。雀兒強奪燕巢，其中是非曲直是非常明顯的，可是最後卻出現這樣一個莫名其妙的尾聲。尾聲中對黃雀的譴責、批判顯得不夠嚴厲，反倒是賦中所安排的評論者（鴻鶴）居然指責起受害者燕子來了。被人奪去宅舍的燕子竟然在最後還要被鴻鶴數落，這樣不合理的敘事觀點，令人訥悶究竟作者是以什麼樣的心態敘說這篇故事？

其實說穿了這就是一種看似中立的騎牆派心態，對兩造都略有批評，意在表現出作者不偏袒任何一方的客觀立場。這樣的思想很明顯地表示文本創作者他並沒有企圖在此去強調是非觀念和教化功用，反倒是以比較輕鬆的態度，帶著些許嘲弄、遊戲的意味來創作這篇賦。

因此，〈燕子賦〉中雖然有燕子請求鳳凰主持公道的情節，但通篇鳳凰一派人物都始終正直不阿，反面人物如鸜鴿並未出場，而雀兒是全篇唯一的反面角色。而且賦中描寫雀兒的篇幅遠比燕子超出許多，雀兒才是此賦的主角。全篇在描寫雀兒那種惡霸而又善辯、行賄、關說的嘴臉才是此賦成功之處。但作者在賦末又並不願意對雀兒有太多批判。其中遊戲的、趣味的成分居多，並沒有刻意去標榜是非、善惡的觀念。由於〈燕子賦〉有濃厚的演說意味（是否有「唱」不敢確定），而且聽眾是一般市井小民，所以此賦整體表現出來的是娛樂效果，而較少諷喻言志之意。若是有志文人作此賦，就不應當會是這樣模稜兩可的結尾。

相形之下，同爲禽鳥爭巢母題的漢人〈神鳥賦〉其主題就比較深刻而嚴肅，悲劇的收場更予人無限的沉思。曹植的〈鷂雀賦〉則表現出雀兒在鷂爪下求生存的卑微請求。〈神烏賦〉和〈鷂雀賦〉都表現出面對強權欺壓，爭取生存權的主題。比較起來，〈燕子賦〉的主題雖然也有學者認爲「它旨在揭露唐代的貪官劣紳以強凌弱、横行霸道普遍存在的社會現象。」（高國藩《敦煌民間文學》，頁 75）或是如張鴻勳所言是藉故事中角色來影射當時社會上的人物，如「雀兒恃強霸占燕巢，案發後上下行賄鑽營求情，鵤鷯、本典的執法不阿，鳥王鳳凰的明察而又枉法寬縱有上柱國勳的雀兒等」（《敦煌話本詞文俗賦導論》，頁 186）。但無論怎麼說，〈燕子賦〉在處理這樣的主題（恃強凌弱、横行霸道）上並沒有那麼強烈的企圖心，否則它其實可以有更好的發揮，例如獄子、本典的不受賄，鳳凰不聽信雀兒的巧辯，基本上作者對這些執法者都仍是抱持著肯定的態度。因此本文以爲作者或許原本就沒有把這篇作品的主題定得那麼嚴肅，也未必有那麼強的使命感。〈燕子賦〉和〈神烏賦〉一樣，同屬禽鳥奪巢的母題〔註 75〕。可是表現出來的情調卻大不相同，〈燕子賦〉顯得詼諧逗趣，而〈神烏賦〉則是沉痛悲苦。

總體來看，〈燕子賦〉敘述少而對話多，敘事觀點偶有跳脫，人物性格並不統一，表現出來的思想很素樸，有些嘻笑怒罵，不是很嚴肅。其與文人遊戲文之作（如沈約〈修竹彈甘蕉文〉、揚雄〈逐貧賦〉）〔註 76〕較爲接近。

學者認爲：〈鷂雀賦〉和〈燕子賦〉有一脈相承的關係〔註 77〕。

〔註 75〕禽鳥奪巢母題的民間故事在劉樂賢、王志平〈尹灣漢簡神烏賦與禽鳥奪巢故事〉一文中有舉例說明。

〔註 76〕遊戲文又稱「俳諧文」，也有稱之爲「滑稽文」者（如《古今滑稽文選》）。指以遊戲筆墨撰成的文章，像〈僮約〉、〈頭責子羽文〉、〈北山移文〉、〈錢神論〉等均屬之。詳參朱迎平〈漢魏六朝的遊戲文〉（《古典文學知識》，1993 年第 6 期）。

〔註 77〕如張鴻勳說：「〈鷂雀賦〉命題筆法與敦煌〈燕子賦〉極爲相似。」（《敦煌話本詞文俗賦導論》，頁 162）又如張錫厚說：「敦煌俗賦〈燕子賦〉，無論是題材、結構和形式上都受〈鷂雀賦〉的影響，存在著一脈相承的關係。」（《敦煌文學》，頁 120）

對於賦體也有文人賦與民間賦的劃分。簡濤直接指出：〈鷂雀賦〉承繼的是民間賦的傳統，而非文人賦的傳統。(〈敦煌本燕子賦體制考辨〉) 本文以爲：從禽鳥賦看來，與其用作者的環境或出身背景來做區分，倒不如以詠物與敘事的文學本質來做區分更爲適切。因爲一篇作品的創作背景牽涉的因素很複雜，而時日久遠，後人更難以去揣測當時的創作情形，究竟是民間或是文人？在界定上也只是受教育的背景、生活環境和知識程度高低等在階層上或質量上的差異。而就詠物文學與敘事文學來看時，則可以很明顯地從文本本身所呈現出的一切做出區分，不必陷入對創作背景的諸多猜測中。

敦煌石窟中這些俗賦，不少學者都認爲像〈燕子賦〉、〈韓朋賦〉的敘事性很強，可以說對後來宋元話本的興起具有一定的影響力。如胡士瑩便說：〈燕子賦〉像篇短篇小說，對話本的形象塑造有啓發作用。(《話本小說概論》，頁 31)

貳、雅文學中的敘事體禽鳥賦

敦煌〈燕子賦〉是俗文學中的敘事體禽鳥賦，不過唐代這種具有強烈敘事手法的賦作其實不是只有在敦煌俗賦中才可以見到，在文人創作的賦作中也有不少敘事賦存在，只是這些賦作過去較少被注意到。首先爲說明雅文學中亦有敘事體禽鳥賦，茲以最典型的〈蚌鷸相持賦〉爲例，以見律賦之中亦有敘事體。接著將對這類敘事體禽鳥賦的作者、賦作性質、故事取材及敘事手法等陸續進行探討。

一、郗昂〈蚌鷸相持賦〉

郗昂的〈蚌鷸相持賦〉是一篇律賦，以洛城風日爲韻。郗昂據考應當就是郗士美的父親郗純〔註 78〕，字高卿，高平人。開元二十二年

〔註 78〕《登科記考》錄開元二十二年進士有「郤昂」(頁 267)，疑即郗昂。岑仲勉《元和姓纂四校記·卷二》(頁 124) 認爲郗昂爲郗士美之父郗純，字高卿，高平人。疑後人或因昂字犯唐文宗李昂之諱，於是追改歟？郗純生平見於《舊唐書·卷一五七·列傳一〇七·郗士美》中。

進士。《舊唐書・卷一五七・郗士美傳》言郗昂：

> 爲李邕、張九齡等知遇，尤以詞學見推，與顏眞卿、蕭穎士、李華皆相友善。舉進士，繼以書判制策，三中高第，登朝歷拾遺、補闕、員外、郎中、諫議大夫、中書舍人。處事不迴，爲元載所忌。後因魚朝恩之下屬辱京兆尹崔昭，郗純詣元載請速論奏，元載不從，遂以疾辭。退歸東洛凡十年，自號伊川田父，清名高節，稱於天下。及德宗即位，崔祐甫作相，召拜左庶子、集賢學士。到京，以年老乞身，表三上，除太子詹事致仕，東歸洛陽。德宗召見，屢加褒歎，賜以金紫。公卿大夫皆賦詩送於都門，搢紳以爲美談。有文集六十卷行於世。（頁 4145～4146）

《新唐書・藝文志》著錄有《郗純集》六十卷（頁 1605），又《新唐書・藝文志》著錄：郗昂《樂府古今題解》三卷（頁 1436）〔註 79〕、及注張鷟《才命論》一卷〔註 80〕。

〈蚌鷸相持賦〉是一篇根據《戰國策・燕策》著名的「鷸蚌相爭」寓言故事而改以律賦體裁重寫的作品。原《戰國策・燕策》中「鷸蚌相爭」的故事早已廣泛留傳，家喻戶曉。郗昂的〈蚌鷸相持賦〉，以「洛城風日」爲韻，全文如下：

> 水濱父老以漁弋爲事，常持釣緡，荷矰繳，旦浮瀍澗，晚泝伊洛，亂平潋之磷磷，步清流之鑿鑿。匪畋魚以爲務，將釣國而爲託。異兆忽而害生，時自斃而方搏。亦猶守免者目注於盧犬；挾彈者志在於黃雀。斬長鯨而四海宴，如得巨魚而千里曆。若夫一舉而擒兩，固功全而利博，同不狩而獲多，齊不耕而自穫。
>
> 訝彼老蚌，含胎孕明；鷸是翔禽，翼迅體輕；或依岸而開合，或遵渚以飛鳴。既相遇於茲地，亦相殘於此生。

〔註 79〕小字注云「一作王昌齡」，但查郭茂倩《樂府詩集》，頁 657 引郗昂《樂府解題》，而查《樂府詩集》引王昌齡處多爲樂府詩的創作，並無相關資料。因此《新唐志》的著錄是郗昂，無誤。

〔註 80〕小字注云「一作張説撰、潘詢注」（《新唐書・藝文志》，頁 1618）。

鷸以利嘴爲銛鍔，蚌以外骨爲堅城。鷸以蚌爲腐肉可取，蚌以鷸爲微禽可營。鷸曰：「今日不雨，必刳蚌之腹。」蚌曰：「明日不出，必喪鷸之精。」並相持而坎難，俱莫知其困。

并彼漁父聞而造曰：「危哉二蟲！吾見爾命之將絕，吾知爾力之已窮。胡不潛泳於深水？胡不乘高於大風？何故枯骸於波際？何故落翮於沙中？」

乃攜以俱歸。釋此雙疾，利其美用，取其形質，鷸有羽兮，彩映華冠；蚌有珠兮，光照巨室。雖假物類以爲用，誠亦辨說之良術。莊生寓語於前古，是用廣之於今日。（賦彙，v113/25a）

雖然在「洛城風日」的用韻限制下，作者郗昂還是很有技巧地在賦中遵守用韻的限制，並巧妙地將「洛城風日」四個字分別安排在各段的韻字中。

第一段中介紹故事主角「水濱漁父」出場，並運用典故對背景做了較多的舖陳。在這一段中，敘事的意味還不是很明顯。到了第二段以下就寫到蚌鷸相爭的經過，並運用了對話的形式。整個故事就在這四段的安排中結束，用的是律賦的形式，典雅的文詞，其敘事效果毫不遜色。

郗昂〈蚌鷸相持賦〉堪稱雅文學中敘事體禽鳥賦的代表作。因爲這篇賦是眾多文人敘事賦中少見有運用對話形式的，其他文人敘事體禽鳥賦作，皆是描寫多而對話極少，可以說幾乎沒有俗賦對話多的特色。由於對話形式可以使得敘事更爲生動，因此這篇〈蚌鷸相持賦〉可以稱得上是文人敘事賦中的典型，而且又是一篇在律賦體製之作。其與〈燕子賦〉恰形成一雅、一俗的強烈對比。〈燕子賦〉思想通俗，流傳於民間，傳播對象爲一般平民百姓。〈蚌鷸相持賦〉其寫作可能與科舉考試有關，作者郗昂利用律賦的體製將流傳已久的「鷸蚌相爭，漁翁得利」故事改寫，文詞雅致，有駢偶的形式〔註81〕，是文人

〔註81〕近代《太平歌詞》中也有「鷸蚌相爭」故事，題爲「漁翁得利」（參

雅文學的寫作風格。

二、敘事體禽鳥賦的作者和賦作性質

唐代的敘事體禽鳥賦，除了〈燕子賦〉之外還有不少文人之作，但因爲這些作品多爲律賦體製，過去很少被注意到，包括郗昂〈蚌鷸相持賦〉、浩虛舟〈射雉解顏賦〉、〈木雞賦〉、宋言〈效雞鳴度關賦〉、盧肇〈鸜鵒舞賦〉、黃滔〈狎鷗賦〉、闕名〈鶴歸華表賦〉、皇甫湜〈山雞舞鏡賦〉、張仲素〈黃雀報白環賦〉等作品均屬之。比較這些作品與〈燕子賦〉的差異有很多，包括作者出身、賦作性質、故事取材及敘事手法等，以下分別述之。

就作者出身而言，〈燕子賦〉的作者不詳，但他顯然是一個接近平民階層的人，才能在賦中表現出那麼濃厚的通俗氣息。而郗昂〈蚌鷸相持賦〉一類的作品，雖然也有闕名之作（如〈鶴歸華表賦〉），但絕大多數都是曾經參加科舉考試的進士，如〈黃雀報白環賦〉的作者張仲素是唐德宗貞元十四年進士（《唐才子傳》），著有《賦樞》三卷（《新唐書・藝文志》，頁1626）、類書《詞圃》十卷（同上，頁1564）。《因話錄・卷三》更稱張仲素爲「場中詞賦之最」，言其律賦寫作極工，堪爲模範。又如〈射雉解顏賦〉的作者浩虛舟是隰州刺史浩聿之子，中宏詞科（《全唐文》，v624/1a），《新唐書・藝文志》著錄有《賦門》一卷。〈狎鷗賦〉作者黃滔是昭宗乾寧二年（895）進士，著有《黃御史集》。〈效雞鳴度關賦〉的作者宋言，字表文，初名嶽，因屢次參加科舉考試不中，遂改今名，之後便在唐宣宗大中二年（858）及第，《新唐書・藝文志》著錄宋言有賦一卷。（頁1616）

就賦作的性質來看，〈燕子賦〉是口語化、通俗化的作品，而文

見附錄三）。由於有不少學者（如簡宗梧先生及研究俗賦的學者們）認爲賦與說唱文學有密切的關聯，從「鷸蚌相爭」這個故事來看，既有史傳之作在先，又有文人賦作在中，更有相聲在後，其間的發展脈絡是否可因而連成一氣？不可得知。這裡僅提供這樣一條可資參考的線索。

人敘事體禽鳥賦則全部都是律賦，且除了郗昂的〈蚌鷸相持賦〉是四字韻腳（洛城風日）外，其餘都是押八字韻腳。賦中更如同其它律賦一樣，普遍地運用古籍中的典故，依循律賦創作上既有的對偶形式，文詞刻意雕琢、鍛鍊，以求典麗。而〈木雞賦〉是禮部侍郎王起在唐穆宗長慶二年（822）時的科舉考試賦題，同年登榜的便有浩虛舟、周墀二人〔註 82〕。

三、敘事體禽鳥賦的取材

在取材上，〈燕子賦〉的故事取材自民間長期流傳之禽鳥爭巢母題，高國藩《敦煌民間文學》指出《詩經・召南・鵲巢》和《豳風・鴟鴞》都運用了此一母題。而中唐白居易〈秦吉了〉一詩也採用了此一母題。這類禽鳥爭巢的母題在近代所收集的各地民間故事中仍可以看見。（參頁 76～78）唐代詩人韋應物也有〈鳶奪巢〉一詩〔註 83〕。至於文人賦的取材則來自古代典籍之中，包括有取材自史傳、先秦諸子、六朝志怪、佛經故事等四大類，以下分別述之。

（一）取材於史傳者

如浩虛舟〈射雉解顏賦〉係採《左傳》昭公二十八年所載：

> 昔賈大夫惡，娶婦而美，三年不言不笑。御以如皋，射雉，獲之，其妻始笑而言。

此一典故在潘岳〈射雉賦〉中亦曾用過，算是有關「射雉」此一主題中文人熟悉之事典（畢竟文人必須熟讀類書中的各種典故，以應付考試）。又如宋言〈效雞鳴度關賦〉寫孟嘗君門下客之事；又如盧肇〈鸜鴿舞賦〉係出自《晉書・謝尚》本傳：

> 晉謝尚字仁祖，及長博綜眾藝，王導比之，王戎辟爲掾，始

〔註 82〕《唐詩紀事校箋・卷五十五》載：周墀初年〈木雞賦〉及第（頁 1481）。又有周墀寄詩賀王起三領貢籍：「文場三化魯儒生，二十餘年振重名。曾添木雞誇羽翼，又陪金馬入蓬瀛。」知〈木雞賦〉爲是年試題。

〔註 83〕韋應物〈鳶奪巢〉云：「野鵲野鵲巢林梢，鴟鳶恃力奪鵲巢。吞鵲之肝啄鵲腦，竊食偷居還自保。鳳凰五色百鳥尊，知鳶爲害何不言？霜鸇野鶻得殘肉，同啄膻腥不肯逐。」

到府，導有勝會，謂曰：聞君能作鸜鵒舞，尚便著衣幘而舞，坐者撫掌擊節，尚俯仰其中，傍若無人，其率諧如此。

（二）取材於先秦諸子者

如〈鯤化為鵬賦〉取材自《莊子・逍遙遊》；〈木雞賦〉取材自《莊子・達生》篇，言「紀渻子為王養鬥雞」養到最高的境界即是：「雞雖有鳴者，已無變矣，望之似木雞矣，其德全矣。異雞無敢應者，反走矣。」黃滔〈狎鷗賦〉則是取材自《列子・黃帝篇》所載：

海上之人有好漚鳥者，每旦之海上，從漚鳥游，漚鳥之至者百住而不止。其父曰：「吾聞漚鳥皆從汝游，汝取來，吾玩之。」明日之海上，漚鳥舞而不下也。（《列子集釋・卷第二・黃帝篇》，頁 67～68）

其意旨言人若心存機心，鷗鳥機敏可察，是以一旦機心萌現，鷗鳥便不再如往常心存信任而下。

（三）取材於六朝志怪者

如張仲素〈黃雀報白環賦〉係取材自《續齊諧記》所載弘農楊寶事，曰：

弘農楊寶，性慈愛，年九歲，至華陰山，見一黃雀為鴟梟所搏，傷瘢甚多，宛轉樹下，復為螻蟻所困。寶懷之以歸，置諸梁上，夜聞啼聲甚切，親自照視，為蚊所囓。乃移置巾箱中，啖以黃花。逮十餘日，毛羽成，飛翔，朝去暮來，宿巾箱中。如此積年，忽與群雀俱來，哀鳴遶堂，數日乃去。是夕，寶三更讀書有黃衣童子曰：「我王母使者，昔使蓬萊，為鴟梟所搏，蒙君之仁愛見救。今當受賜南海，別以四玉環與之。曰：令君子孫潔白，且位登三公，當如此環矣。」寶之孝大聞天下，名位日隆。子震，震生秉，秉生賜，賜生彪，四世名公。及震葬時，有大鳥降，人皆謂眞孝招也。

記述楊寶因童年曾拯救黃雀一命，日後得黃雀銜白環前來報恩之傳說。又如皇甫湜〈山雞舞鏡賦〉取材自《異苑》，其故事較為單純，云：

山雞愛其羽毛，映水則舞。魏武時，南方獻之，帝欲其鳴舞而無由。公子蒼舒令置大鏡其前，雞鑒形而舞，不知止，遂乏死。

此一故事情節較爲單純，是以皇甫湜〈山雞舞鏡賦〉看來幾與一般詠鳥賦無異。而取材自《搜神記》的〈鶴歸華表賦〉也是一篇非常優美之作，該賦取材自丁令威學道化鶴一事，此一故事筆記小說中多見記載，今僅舉《搜神記》之說以見其大概：

丁令威，本遼東人，學道於靈虛山，後化鶴歸遼，集城門華表柱。時有少年舉弓欲射之，鶴乃飛徘徊空中而言曰：「有鳥有鳥丁令威，去家千年今始歸，城郭如故人民非，何不學仙冢累累？」遂高上沖天。今遼東諸丁云：「其先世有昇世者，但不知名字耳。」

（四）取材於佛經故事者

如司空圖〈共命鳥賦〉，賦序云：

西方之鳥有名共命者，連腹異首，而愛憎同一，伺其寐得毒卉乃餌之，既而藥作，果皆斃。吾痛其愚，因爲之賦，且以自警。

共命鳥，又稱「耆婆鳥」，蓋因其梵音「耆婆耆婆」，又作「命命鳥」（《涅盤經》）、「生生鳥」（《勝天王般若經》），《阿彌陀經》、《雜寶藏經》作「共命鳥」。即一身兩頭之鳥也。梵曰：「耆婆耆婆兩首一身，果報同心識別也。」（參《實用佛學辭典》）司空圖〈共命鳥賦〉取材自佛經故事，《雜寶藏經》中有「共命鳥」一則，文曰：

昔雪山中有鳥，名爲只命，一身二頭。一頭常食美果，欲使身得安穩。一頭便生嫉妒之心，而作是言：彼常云何食好美果，我不曾得；即取毒果食之，使二頭俱死。（見常任俠選注《佛經文學故事選》，頁119，上海古籍出版社）

司空圖雖然在咸通十年（869）考上進士，卻因主司王凝被韋保衡一黨鬥倒，並被貶放外地，司空圖爲表示感謝王凝的知遇之恩，一直跟隨王凝。這樣的經歷，加上他曾參與修撰國史〔註84〕，對於晚唐以來

〔註84〕《唐詩紀事．顧雲傳》說：「宰相杜某（杜讓能）奏雲（顧）與盧知

的黨爭感觸特別深刻。這篇〈共命鳥賦〉就是針對唐末的黨爭而發〔註85〕，以一身二頭的共命鳥比喻朝中的兩黨，因爲互不相容，惡性爭鬥的結果造成國家處境危殆。司空圖七十二歲時，唐朝覆亡，數日後他便抑鬱而卒。

四、敘事體禽鳥賦的敘事手法

在敘事手法上，這類文人敘事體禽鳥賦與〈燕子賦〉有著很大的不同。除了郗昂的〈蚌鷸相持賦〉外，其他的文人賦作幾乎少有對話形式，在敘事手法上有的並不明顯。依各賦的寫作手法來看，大約可以分爲以下幾種類型：

（一）含有對話形式通篇敘事者

除前述郗昂〈蚌鷸相持賦〉爲典型之例外，其他文人賦幾乎都沒有對話形式，惟盧肇〈鸜鵒舞賦〉中有一主人王導要求謝尙跳鸜鵒舞時說的話：

> 導曰：「久慕德音，眾皆傾想，願睹傞傞之態，用答嚶嚶之響。非敢玩人以喪德，庶使棲遲而偃仰。徒欲見長嘴利距之能，豈比乎弋林釣渚之賞？」公乃正色洋洋，若欲飛翔……

對話形式在文人敘事體禽鳥賦中是很少見的，但此一形式的運用卻是敘事體賦極爲重要的手法，它可以使得賦篇生動化、活潑化。盧肇的〈鸜鵒舞賦〉勉強可算是通篇敘事者，雖然其後半部多爲對謝尙鸜鵒舞的描寫，但就此一故事而言，此賦在結構上有首尾完整的敘述。〈鸜鵒舞賦〉以「屈伸俯仰，傍若無人」爲韻，賦首破題，云：「謝尙以小節不拘，曲藝可俯，願狎鴛鴦之侶，因爲鸜鵒之舞。」全賦之旨在於末句：「然後知鴻鵠之志，不與俗態而同塵。」

猷、陸希聲、錢翊、馮渥、司空圖等，分修宣、懿、德三朝實錄，皆一時之選也。書成，加虞外郎。（卷六十七，頁1012）

〔註85〕許結、郭維森《中國辭賦發展史》說司空圖〈共命鳥賦〉是針對朋黨之爭而發。（頁 488）祖保泉《司空圖詩文研究》則說此賦「指的乃是宦官與朝臣當權派之間的鬥爭。」（頁34）

（二）敘事非常不明顯，乍看之下幾與詠鳥賦無異者

如皇甫湜〈山雞舞鏡賦〉。此賦以「麗容可珍，照之則舞」爲韻，其內容如下：

> 有珍禽兮在南土，金碧其容質，蔽芾其毛羽。翫夫色必自鑒以呈形，愛其儀故乃見而屢舞。從裔壤，貢丹墀，未識僛僛之狀，徒觀采采之姿。是詢孺子，爰發此思。知照水而自窺，尚且心乎愛矣；俾對鏡而言舞，不勞歌以送之。
>
> 於是爛出雕籠，鶱成綺翼，奇章若繢，翠彩如織。瞥然影起，乍躞蹀以多姿；欻爾形分，遂蹁躚而可則。苞七步之節奏，備八佾之程式。俄俯仰，乍逡巡。透雪彩而姿逸，洞銀華而色新。錦臆雙呈，因疑其若合，花毛兩向，未知其孰眞？視月中兔形自隱，窺臺上鵲影慚陳，駭目自遺，百戲忘餐，奚顧八珍。對百鍊而流睇，翻五色而交麗。異巴渝而折旋，類夏采而行綴。搖金距非知善鬥所爲，轉朱身庶與來儀相契。方激昂而匪懈，將偃仰而增銳。誰云不節之儀，式表能勤之繼。映朱光而影耀，射金景而私照。兩邊而分寸不差，一體而纖毫必肖。類鳳因簫感，哂鶴爲琴召。豈假爲冠於漢？然仰我威容，不同似木於齊，方稱乎觀妙。宜其鸞回於綺殿，雪落於青瑣，雖自好而則然，必假鑒而獲可，變態盡其妍不，曲折擬諸形容，幸無私於一照，庶餘光而可從。（全唐文，卷六八五，頁 7a）

乍看之下，此賦幾與一般體物之作無異。這一來是因爲所取材的故事本身情節太過單純，二來也是文人賦作傾向舖陳、排比手法的結果。

（三）敘事不明顯，而貌似抒情者

如無名氏〈鶴歸華表賦〉（以「去家千歲，今始一歸」爲韻，而賦中無「一」字韻），賦云：

> 昔丁令威登仙紫微，念故鄉之久別，化靈禽之一歸。翻瑤臺而遂下，見華表而堪依。凄涼而舊跡猶存，徘徊有戀；寂寞而故人誰在？悵望難飛。原夫托玉羽以潛遊，歷丹霄而暫憩。闕聞天之逸響，駐凌雲之遠勢。凝思慮於木

末，俯閭閻於煙際。光陰可惜，歡娛肯誤於當年；邱壟相望，凋落徒悲於晚歲。既而人事難尋，俄成古今；野逕榛亂，煙墟草深。歧路之黃埃不已，桑榆之白日空沈。眷戀無窮，誰識孤高之貌？悲傷莫測，空聞嘹唳之音。

至若似帶煙霞，情深恨賒。遲迴而修趾不動，眄睞而圓吭暫斜。松櫝蕭蕭，徧是幽魂之宅；蓬茅歷歷，今爲誰氏之家？少別層城，長思故里。似有求而不見，若將飛而未起。住仙界之長日，痛人寰之逝永。念當時之親識，安問存亡；窮累代之子孫，莫言終始。極目晴煙，凝思悄然。別離而塵事不一，倏忽而芳春且千。那求飲啄，自惡腥膻。歸處而雲空慘澹，望中而封樹連延。笑彼乘軒不離乎金闕，喜茲警露迥降於遼天。已而卓爾無群，超然將翥，思杳杳之空際，戀亭亭之高處。迴朱頂以長望，疊霜毛而永慮。蓄恨無窮，忽矯身而飛去。(《全唐文·卷七六二》，頁6～7)

此賦在情景的描寫上都非常優美動人，不過單看賦作本身其實不容易看出丁令威化鶴此一故事的來龍去脈，讀者必須先有丁令威化鶴一事存於胸中，再看此賦。此賦也不以敘說故事爲主，而是著重描寫丁令威化鶴歸鄉後的寂寞淒涼，多抒寫其離家思鄉之情。敘事少而情景的描寫多。

（四）敘事不明顯，而以論說為主者

如司空圖〈共命鳥賦〉，賦曰：

彼翼而飛，罔憎其類；彼蟲而螫，罔害於己。惟斯鳥者，宜稟乎義，首尾雖殊，腹背匪異。均休共患，寧忿寧己。致彼無猜，銜堇以餌。厥謀雖良，厥禍孰避？梟鴟競笑，鳳凰愕視。躬雖俱斃，我則忘類。人固有之，是尤可畏。或競或否，情狀靡窮，我同而異。鉤挐其外，膠緻其中。癰囊已潰，赤舌靡縫。緩如□□，迅如駭蜂。附強迎意，掩醜自容，忘其不校，寢以頑凶，若茲黨類，彼實孔多，一勝一負，終嬰禍羅。乘危逞怨，積世不磨。孰救其殆？藥以至和，怪雖厲鳥，勿伐庭柯。爾不此病，國如之何？

〈共命鳥賦〉雖取材自佛經故事，但也是將之作爲典故運用，並不著重敘事。其中借鳥喻人，意在說理，是一篇寓言諷刺小品。

（五）賦中明顯有一段敘事者

如宋言〈數雞鳴度關賦〉在破題〔註 86〕後，以下有一段幾近敘說完整故事之段落：

> 昔者田文久爲秦質，東歸齊國之日，夜及函關之際，顧追騎以將臨，念國門之尚閉。君臣相視，方懷累卵之危；豪俠同謀，未有脫身之計。下客無名，潛來獻誠。君禍方垂於虎口，臣愚請數於雞鳴。於是鷹揚負氣，鶚立含情。迴夜遙天，未變沈沈之色；攢眉鼓臂，因爲喔喔之聲。審聽眞如，遙聞酷似，高穿紫塞之上，深入黃河之裡。一鳴而守吏先驚，三唱而行人盡起。迴瞻滿座，皆默默以無言；散入荒村，漸膠膠而不已。(《全唐文・卷七六二》，頁 5)

除此段外，其餘皆非敘述故事，而是相關的典故舖敘和強調「多才」、「招賢」的主題。

（六）故事居於首尾，中間摻入情景描寫者

如黃滔〈狎鷗賦〉（以「釋意與游，還之汀曲」爲韻），賦曰：

> 　　海童以泛泛浮浮愛于白鷗，遂將窮于賞玩，乃相狎以遨遊。彼鳥何知？苟同心而同德，斯人足驗；諒不忮不求，當其訪物外之高蹤。得沙間之逸致，雲心瀟灑以薦往，鶴貌飄颻而疊至。列爲儔侶，肯無求友之聲？卻盡猜嫌，皆得忘形之意。
>
> 　　至若海鏡秋碧，天藍霽青。磨開桂月於浩渺，畫出蓬山於杳冥。爾乃瞻雪影，緬風翎，曲得其情。此曠蕩而來依別派，不言而信。彼聯翩而飛下迴汀，四目夷猶，兩情容與，曾無隼擊之患，忘到鳩居之所。羅列靡慚於交契，固類朋遊；參差罔愧於弟兄，還同鴈序。斯則別號羽客，參爲水仙。楊柳之江頭雨夜，蒹葭之渡口霜天。莫不探此

〔註 86〕律賦首段破題幾乎是必備的形式要件，因此各賦均有首段破題，點明事典的結構。

> 景象，窮乎歲年，異雞群之迥處，殊鶯谷之高遷。掃塵緒以皆空，那虞觸網負身。弓而不綰，詎肯驚弦。則知蟬蛻是非，羽翔凡俗。豈鷹揚於霄漢之外，乃鶚立於煙濤之曲。因嗤鴻渚，蓋春去以秋來；翻笑鵲河，竟離長而會促。
>
> 其父既駭於斯，爰令執之。纔及入籠之念，已興登俎之疑。潮滿滄洲，游泳空期於水際；日生丹壑，翱翔遽在於雲湄。所謂禍機中藏，物情外釋。且斯鳥之猶爾，豈於人而能隔？則包含詭紿之流，宜覽之而改易。（《莆陽黃御史集》，頁 58）

全賦基本上是以賦題出處的事典予以舖寫，一開始敘述了海童與白鷗狎遊之情形，中間大段情景的舖陳使得故事情節並無明顯的進展，直到末段才又敘述到其父令海童捕捉鷗鳥，鷗鳥因察覺「禍機中藏」，遂不再親近海童。故事本身情節簡單，〈狎鷗賦〉也只是取其梗概，所舖衍的部分用的都是體物的手法，一一抒寫各種景物、情狀。這便是文人敘事體禽鳥賦融體物與敘事爲一的寫作手法。〈鶴歸華表賦〉和〈狎鷗賦〉在情景描寫上都寫得極爲優美。

（七）混敘事與非敘事為一者

這類賦作佔大部分，如浩虛舟〈射雉解顏賦〉、張仲素〈黃雀報白環賦〉均是。以浩虛舟〈射雉解顏賦〉（以「藝極神驚，愁顏變喜」爲韻）爲例，其結構上遵循了律賦的結構，首段破題，云：

> 昔賈氏子其容似鄙，伊室家兮中心莫喜，將非匹以爲念，懼無能而是恥。自初笄之歲，終日低眉；因獲雉之辰，有時見齒。

將此題之出處、典故由來先予以點破。以下先敘賈大夫妻子因嫌賈大夫醜，故三年不言不笑：

> 原夫他室是託，芳華正春。謂妖容之可恃，顧陋質以難親。自西自東，每栖栖而反目。不言不笑，常脈脈以凝神。

第三段敘賈大夫爲逗妻子開心，如皋射雉：

> 爾乃釋恨無方，從權有計。因如皋以肆望，逞若神之絕藝。

執弓挾矢，期應手以無遺；果志愜心，冀迴眸之一睇。

繼而大量鋪寫射雉的優美景致，及其妻終於面容「改色」、「莞爾」乃至於「嫣然不息」之變化：

已而健馬蹄疾，中原草平。想媞媞之未悅，聆鷕鷕之初鳴。花顏惝怳以徐駭，錦翩翻而忽驚。遲迴而滿月將發，盼睞而橫波以清。由是執轡情專。馳神望極，星走白羽。綺張丹臆，陋容蹙縮以興憤，慢臉便娟而改色。彩光迸落，初莞爾以難持，飛鏃洞穿，遂嫣然而不息。

第五段以下逐漸進入事件的末尾及賦末的小結、總結：

及夫廣陌將暮，征途既還，鳴弰勁挺以風響，澡翰毰毸而血殷。盼幺麼之凡姿，於焉改貌；散低迴之鬱志，由是開顏。

向使恨蓄兩心，功虧一箭，終悄兮而莫釋，寧咥其之可見。委絲蘿之弱性，沒齒而難忘。慘桃李穠華，終天而不變。

是知陋不足恥，藝誠可優。嘉五善之殊妙，解三年之積愁。然後知一笑之難得，豈止千金而是酬。（全唐文，卷六二四，頁7a）

從文人創作的敘事體禽鳥賦來看，雖然取材自某一事件，但在文人筆下經過賦體的舖寫之後，篇幅增加，但事件並無增改，亦即故事架構不變，情節也維持原狀。所增加的部分純粹是加強情景的舖陳、渲染，而且用詞非常文言，花很多篇幅在景物的描寫上，但事件（或動作）並未增加。這樣的寫作手法其實是不利於敘說故事的，因爲賦中很多空洞的舖陳、描寫，反覆地羅列各種相似的景物，反而阻礙了故事情節的推進，轉移了敘事的目標。

再以張仲素〈黃雀報白環賦〉爲例，該賦取材自《續齊諧記》中楊寶救黃雀一事，原事件在志怪中敘事有序，條理分明。而移至賦體中卻不然，張仲素〈黃雀報白環賦〉（以「靈禽感德，報以白環」爲韻）首段破題：

徵晦明於異域，聞庶類之酬德。彼黃雀之罹害，遇青衿而見惻。有纖微之陋體，無彩翠之奇色。投林苦鴟鳶之患，墜地逢螻蟻之食。情懷舊匹，尚有啁噍之音；自戀故枝，難舉翩翾之翼。感之奚止，曰楊氏子，取於步武之內，寘彼巾箱之裡，全而育之，焉知所以。洎養羽之再就，方銜恩而決起。黃花受哺，寧同食椹之懷；白璧來酬，用記封公之祉。言徵其事，載赫厥靈，表齊諧之異志，合漢史之祥經。

在這段約占全賦三分之一的內容裡已經點明了此一故事的來龍去脈。以下三段的描寫其一寫黃雀、其二寫所報之白環、最後作結：

倏去之時，既入群而多類；重來之夕，方詭狀以呈形。稱仙使而報德，何倖喜之可稱。質乍隱於恍惚，環既受而晶瑩。且賁然之好，瑞以神告，其潔白而就封，諒生成之是報。想夫初飛葉際，忽墜花陰，空城路遠，穿屋識深。化未及於遙海，聲似愁於北林。

焉知鴻鵠之秉志，實賴兒童之有心。是知好生自中，神貺元格，贈祥符之數四，勝兼金之累百。皛皛月圓，規規霜白。溫其之色，且異隋侯之珍；皎若之形，自類有虞之獲。

嗟夫！靈異之跡，出於無間。或鵲緘玉印，或樹蘊金環，曾未若稚子懷仁，祥禽致感。彼君子之出處，實濟物於迍坎。環兮四代五公，垂竹帛之可覽。（全唐文，卷六四四，頁 4b～5）

賦中的敘事脈絡已不明顯，該賦顯然不重敘事，只是在破題處說明事典由來，之後就以寫物的手法進行舖敘，全賦缺乏清晰的敘事脈絡。只見反覆的意思，一再表述。而這也正是文人此類賦作在敘事上的缺陷，蓋因過度追求形式的結果，妨礙了明快的敘事。之所以會如此的原因很多，一來受限於律賦的形式，二來可能爲考試而作也有時間上的限制，三來又沒有非要依其原典敘述的要求，只要依題作賦即可，知道出處是必要的，內容上卻沒有說要敘說此一故事。因此寫作者本有自己發揮的自由，是否敘說故事顯然不是最重要的。也因爲文人對賦體的認知普遍認爲：賦體是以舖陳爲主、擅長體物的文體，使得賦家多集中筆墨去舖寫靜態的情景，而忽略對故事的敘述。

從以上這些賦作的內容看來，文人敘事賦仍是沿襲著文人賦的創作傳統，其寫作重點並不在敘說故事本身，而只是將此一事典加以舖陳、敷衍，也沒有哪一位文人賦家主動去創造或改編一個故事，多是採用既有的典故，在情節上只是依樣畫葫蘆，在主題上也少有超出原始材料之外的見解，其文學上的表現仍是在賦中描寫情景之處，文詞典雅華贍、優美動人，與其他文人賦的創作手法別無二致。而〈燕子賦〉則情節繁複，頗多自行增加、蔓衍之處，並加入議論於其中。

雖然我們從這些賦作中發現:賦的敘事手法並不僅只於民間俗賦的系統，文人賦中亦有敘事之作。不過文人敘事賦與民間敘事賦二者在表現上卻存在許多差異。文人賦即使是敘事之作，也是建立在既定的對賦的文體認知上，此即自司馬相如、揚雄等諸多文人賦家所共同建立起的賦體寫作傳統，在大量創作的歷史積累下，對賦體的美學要求逐漸成型，包括：賦體以舖張揚厲爲手法、賦是最擅於體物之文體、賦體文詞須典雅華麗等。文人賦在發展的過程中不斷精緻化、典雅化的結果，也愈來愈孤高了。活潑的敘事賦只有在民間仍不受影響，維持著原始的創造活力。文人敘事賦的取材雖然很廣，但可惜的是這些作品在敘事上並沒有太多創新之處，基本上是依樣畫葫蘆地重述，或甚至根本不重敘事。其敘事仍是停留在既有的典故基礎上，並無增添改易，不像民間創作的〈燕子賦〉那樣活潑，有彈性。不過，像〈燕子賦〉這樣的民間賦作，畢竟今日見到的仍是少數。像這樣通俗性的賦作如此稀少，可是卻又如此特殊。單從禽鳥賦此一題材來看，就有漢代〈神烏賦〉、曹植〈鷂雀賦〉以至唐代〈燕子賦〉等作品，可見它們不應該是孤立的現象，而應該有著一脈源遠流長的發展歷史。

第五節　唐以後禽鳥賦的餘韻

從禽鳥賦來看，其發展達致鼎盛之時應在唐代，因爲之前賦篇多不完整，片段而零星的材料難以見其全貌，到唐代賦篇數量多且完整，乃能此進一步歸納出禽鳥賦的多種寫作類型。初步估計歷代禽鳥賦的篇數〔註 87〕如下：

朝代	漢 魏	兩 晉	南北朝	唐	宋	金、元	明
篇數	34	48	27	71	29	17	50

唐代禽鳥賦作品數量繁多，作家大量投入創作，如王維、李白、杜甫、李德裕等人均有賦作，而賦作最多者可達六十篇（例如王起）；宋代以降保存下來的詩文作品甚夥，然而在大量的文類中，個別作家賦體的創作比例有偏低且有明顯褪減的趨勢。宋人文集中各式文體種類繁多，然而多爲詩、詞、文，卻似乎有意摒棄賦體，有許多作家（如蘇舜欽、蘇洵、韓琦）一篇賦作也沒有。這樣的現象似乎反映了一個事實：賦體在唐代已是極盛的巔峰。因爲科舉試賦的結果，使賦在創作上日趨僵化，北宋時文賦的發展便是士人企圖在賦體上求新的一種表現；而原本賦體中抒情言志和諷諭的功能又逐漸爲詩、詞、文等文體所取代；加上宋以後庶民文學的蓬勃發展，賦體的創作相形之下是比較冷落的。即使像蘇軾這樣在創作上各體兼備、集大成型的作家，其賦篇數量算是非常多的，共計廿四篇，可是其中並沒有禽鳥賦；歐陽修有賦二十篇，禽鳥賦一篇。雖然蘇軾沒有禽鳥題材的賦作，但這並不表示作家對於禽鳥題材失去關注的興趣，蘇軾有〈烏說〉、孔武仲有〈雞說〉，而這顯示出：因爲文體日益分化的結果，禽鳥賦的寫作已經由賦體轉入其他文體（如散文

〔註 87〕這份禽鳥賦篇的估計中有兩個無法做到很精確的原因，一是唐以前賦篇殘佚太甚，二是宋以後文集浩如煙海，難以盡收。不過至少《歷代賦彙》中有的都不會遺漏掉。另外還加上《全宋文》第一至五十冊，《全元文》第一至十二冊。

或詩）形式中去表現了。

一個文體發展到後來，由於各種文體皆負載了各自的功能，賦體被定位在體物、舖陳上。加上律賦的科考局限，使得賦體不免呈現出發展上趨於定型和僵化的困境。然而即使如此，從歷代禽鳥賦的數量看來，禽鳥賦的創作傳統仍然迄至明清都未曾斷絕。

其次，從題材上來看，禽鳥賦的創作題材至唐代之時涵蓋的範圍已相當廣泛，幾乎無所不包，其中最多的是鳳、鵬、烏、猛禽等鳥類；之後的賦作想在題材上推陳出新，便只有像元明作家那樣去寫一些罕見的珍禽異鳥了，如元代歐陽玄寫〈羅浮鳳賦〉、明代葉憲祖有〈相思鳥賦〉、廖大亨作〈佛現鳥賦〉、陳衍作〈玻璃鳥賦〉、董夢桂作〈吐綬賦〉等，這些均是在鸚鵡、雞、雉、雁等常見的禽鳥題材之外，偶爾出現的新題材。

可是縱觀宋代禽鳥賦似乎少了唐代猛禽、大鵬那樣威猛的禽鳥題材，這樣的題材倒是見於金、元的作品中，如趙秉文有〈海青賦〉、方回有〈海東青賦〉，這顯示出禽鳥題材的寫作其實也和作者身處的地理環境和文化背景有關。宋代重文輕武，唐人那種北方豪放的氣勢便傳承至統治北方的金、元朝中，而非文弱的宋朝了。

此外，鳳凰、白雉等歌詠宮中祥瑞的禽鳥賦，宋代也很少見。倒是鶴雖然歷代都有，但宋元之時似乎隨著全眞教的興盛，描寫鶴的賦也多了些，像葛長庚〈鶴林賦〉、秦觀〈歎二鶴賦〉、劉克莊〈弔小鶴賦〉、王惲〈鶴媒賦〉、方回〈弔鶴賦〉、吳萊〈起病鶴賦〉等顯示出文人對鶴表現了較多的關注。

在眾多禽鳥題材中，宋代最值得注意的題材是烏，烏的形象在宋代出現兩極化的評價，烏從之前孝鳥、祥瑞的形象一變而爲報凶之鳥，梅堯臣〈靈烏賦〉便說：「烏啞啞兮招唾罵於邑閭。」范仲淹〈靈烏賦〉也說：「靈烏靈烏爾之爲禽兮，何不高翔而遠翥？何爲號呼於人兮，告吉凶而逢怒？」二賦都顯示出時人以烏叫爲不祥之兆。薛季宣〈信烏賦〉說：「南人喜鵲而惡烏，北人喜烏而惡鵲」，再看當時文人以烏爲題的激烈論辯，不僅令人懷疑這除了是南人、北人對烏的好惡不同外，恐怕還涉及政治上的朋黨之爭。

壹、宋代禽鳥賦

一、律賦展現才學

學者在論及賦的發展時，往往逕以律賦作爲唐賦的代表，又言賦由唐代的律賦一變而爲宋代的文賦，且批評唐賦的程式僵化，使賦失去生機〔註 88〕。這樣的說法其實是有問題的。因爲唐、宋二代都是律賦與非律賦同時並存的，只是由於唐代是律賦發展的興盛時期，宋代雖然仍有律賦，但與非律賦比起來，律賦所占的比例較低，因此才會出現以律賦爲唐賦代表，以文賦爲宋賦代表的看法。不過，既是兩種不同體製的賦體（律賦和非律賦），在評比唐宋賦時仍應分別觀之，如唐、宋律賦與律賦相比，非律賦與非律賦相比，才是客觀的做法。

唐代律賦的興盛並沒有使非律賦的創作中止，而且宋代一樣也有律賦。宋初科舉仍沿襲唐代的制度，考試項目中有律賦一項，如田錫（940～1003）〔註 89〕〈曉鶯賦〉、〈雁陣賦〉便是宋初律賦的代表。〈曉鶯賦〉以「芳天曉景，悅聽清音」爲韻，〈雁陣賦〉以「葉落南翔，雲飛水宿」爲韻〔註 90〕。其〈雁陣賦〉云：

> 絕塞霜早，陰山葉飛，有翔禽兮北起，常遵渚以南歸。一一彙征，若陣行之甚整；嗷嗷類聚，比部曲以相依。當乎朔野九秋，湘天萬里，風蕭蕭兮吹白草，雁嗈嗈兮向寒水。單于台下，繁笳之哀韻催來；句踐城邊，兩槳之幽音驚起。

〔註 88〕陳韻竹《歐陽修蘇軾辭賦之比較研究》書中第一章言唐代古賦沒有爲辭賦開啓新局，而律賦則使賦走到山窮水盡、夕陽殘照的地步，又言使賦重生者爲歐陽修、蘇軾。（頁 2）

〔註 89〕田錫字表聖，太平興國三年（978）進士高等。

〔註 90〕此依《全宋文・卷七七》，頁 708 的版本。《歷代賦彙》作「蕊落南翔，雲飛水宿」（頁 1720）。

（《全宋文・卷七七》，頁 708）

〈曉鶯賦〉云：

煙樹蒼蒼，春深景芳。聽黃鸝之巧語，帶殘月之餘光。金袂菊衣，新整乎遷喬羽翼；歌喉辯舌，鬥成乎一片宮商。

又云：

新聲可愛，初歷落于花間；餘囀彌清，旋間關于樹杪。宛轉堪聽，纏綿有情。伊寶柱之清瑟，與銀簧之暖笙，雖用交奏，而咸艷聲。未若我朧月淡煙之際，鶯舌輕清。聽者躊躇，聞者怡悅。若清露之玉佩，仙衣之寶玦，隨步諧音，成文中節。未若我曉花曙柳之間，鶯聲清切。（《全宋文・卷七七》，頁 713）

田錫之律賦以「雅正」爲宗，是宋朝律賦的正則。

北宋時的律賦還有：劉敞（1019～1068）〈士摯用雉賦〉（以相見爲禮，庸雉爲摯爲韻）、楊傑〈一鶚賦〉（以雄鷙之物，無有儔偶爲韻）、文彥博〈雁字賦〉（以雲淨天遠騰翥成字爲韻）、〈鴻漸於陸賦〉（以鴻在於陸爲世儀表爲韻）等。這些都是宋代律賦，作品多聲藻精麗、雍容華贍。賦家藉賦展現「學殖深，器業大，是宋初帝王、儒臣、文士對律賦創作的共同要求。」（許結《中國辭賦發展史》，頁 516）

宋初進士科殿試考詩、賦二題，然而對於科舉考試的內容是否要考賦？卻是一個很有爭議的問題。賦作爲一項考試科目，其好處是「聲病易考」〔註 91〕，但缺點卻是造成士人眞有博學才識者，受到聲病偶切的拘束而難以發揮所長，士人僅僅追求詩賦寫作合律，不免缺乏紮實、深厚的學術根柢。〔註 92〕北宋對於科舉考試的方式和內容有很多的討論，有主張廢考詩賦者，如王安石；也有主張考詩賦者，如司馬光。神宗時實行新法曾一度罷考詩賦，不過哲宗繼位後，司馬光廢新

〔註 91〕楊察說：「詩賦聲病易考，而策論汗漫難知。」（李燾《續資治通鑑長編・卷一五五》）

〔註 92〕「專以詞賦取士，以墨義取諸科，士皆舍大方而趨小道，雖濟濟盈庭，求有才有識者，十無一二。」（李燾《續資治通鑑長編・卷一四三》）

法，恢復在第二場試賦及律詩各一首。主張科舉考詩賦者認爲：「唯詩賦之制，非學優材高，不能當也。……觀其命句，可以見學殖之淺深；即其構思，可以覘器業之大小。」（《四六叢話·卷五》頁 99 引宋作喆《寓簡》）

宋賦這種對「學殖深，器業大」的要求，更進一步地顯現出「以學爲賦」的傾向，如吳淑的〈事類賦〉就是一個很典型的例子。〈事類賦〉以各種事物爲題，每一物即以之爲題寫成一篇小賦，賦中每句都運用典故堆砌而成，其中有關禽鳥者即有：〈鳳賦〉、〈鶴賦〉、〈鷹賦〉、〈雞賦〉、〈雁賦〉、〈烏賦〉、〈鵲賦〉、〈燕賦〉、〈雀賦〉等。這種類書式的寫法固然可以表現出作者的才學廣博，但作者究竟缺乏對所寫之物那種來自生活上的眞實感受與親切體驗，所表達的情感較爲表面，容易流於浮泛的創作手法上的摹擬及典故的羅列堆砌，並不具有多高的藝術價值，如馬積高《賦史》便評田錫之作「多有景而無情」（頁 387）。

二、散文化的語言

與律賦發展的同時，宋代的非律賦表現出具有時代特色的「文賦」。一般認爲文賦成型在宋代，所謂「文賦」指的是「運用散文的氣韻，句式散文化，不拘對偶，不拘四六，押韻也疏密不等，無固定格式，內容亦寫景、抒情、議論皆宜，大體似『一片之文押幾個韻』者。」（葉幼明《辭賦通論》，頁 116）其實在唐代中期即已有「內容重理意理趣，語言重平易清淡，對偶用長聯並向散文化方向發展的趨勢。」只不過「這些在唐代尚未得到充分發展而成爲主流。」（葉幼明《辭賦通論》，頁 120～121）

蘇軾〈赤壁賦〉和歐陽修〈秋聲賦〉是宋代散文賦的代表作，論者以爲二賦貴在能融敘事、寫景、抒情、說理於一（《宋代文學通論》，頁 453），其實禽鳥賦融合詠物、敘事、說理於一篇中的寫法，唐代即已有之，如權德輿的〈傷馴鳥賦〉、李德裕〈懷鴉賦〉，甚至屬於律賦的黃滔〈狎鷗賦〉也都已經具有這樣在賦體內容上既有景物的描寫，又有議論及感慨此一特質。和宋代散文賦比起來，這些賦作缺乏的是散文化的特質。不過我們看看梅堯臣和歐陽修二人的〈紅鸚鵡賦〉便可以發現：在宋代禽鳥賦創作上首先表現散文化特質的作家是梅堯臣。梅堯臣〈紅鸚鵡賦〉云：

> 相國彭城公尹洛之二年，客有獻紅鸚鵡，籠之甚固，復以重環縶其足，遂感而賦云。
>
> 蹄而毛，翼而羽。以形以色，別類而聚。或嘯或呼，遠人而處，在鳥能言，有曰鸚鵡。產乎西隴之層巒，巢於喬木之危端。其性惠，其貌安。而禽獸異，爲籠檻觀。吾謂此鳥，曾不若尺鷃之翻翻。復有異於是者，故得以粗論。吾昔窺爾族，喙丹而綠；今覽爾軀，體具而朱。何天生爾之乖耶！俾爾爲爾類，尚或弗取，況爾殊爾眾，不其甚與！何者？徒欲謹其守，固其樞，加以堅鑅，置以深廬。雖使飲瓊乳、啄彫胡以充饑渴，鑄南金、飾明珠以爲關閉，又奚得於烏鳶之與雞雛？吾是知異不如常，慧不如愚，已乎已乎！（《全宋文・卷五九二》，頁 502）

一般的鸚鵡是「喙丹而綠」，而紅鸚鵡和白鸚鵡都是屬於比較罕見的。物以稀爲貴，紅鸚鵡因其奇異而遭人珍寵，可是看在梅堯臣眼裡只爲牠失去自由而慨嘆：「何天生爾之乖耶！」如果不是因爲奇異、聰慧也就不會被人捕捉豢養了。梅堯臣〈紅鸚鵡賦〉接近張華〈鷦鷯賦〉之意，不過他們觀察禽鳥的主體位置並不相同。在此之前的詠鳥賦多承繼禰衡所建立起的詠鳥賦寫作模式，寫鳥的同時寄寓作者自身的感慨，將作者主體投身於客觀的外物（禽鳥）之中，是從禽鳥的眼中去看世界，藉禽鳥之口表述自己的心情，即使是張華的〈鷦鷯賦〉也不例外。可是宋代梅堯臣〈紅鸚鵡賦〉是作者站在一相對客觀的立場上，以旁觀者的姿態來看待這隻紅鸚鵡，作者主體置身在禽鳥之外，以一個觀察者的身分寫他觀看此物的心得。換言之，禽鳥只是作爲作者觀看中的一個主題，而不是像禰衡、張華等賦家將自己投身於禽鳥的情境中。此即李重華《貞一齋詩說》所說詠物的兩種寫法:「詠物有兩法，一是將自身頓在裡面，一是將自身站立在旁邊。」梅堯臣〈紅鸚鵡賦〉即屬於後者。

梅堯臣〈紅鸚鵡賦〉在語言上的變化是値得注意之處。因爲與梅堯臣同時寫作〈紅鸚鵡賦〉的還有歐陽修，可是歐陽修〈紅鸚鵡賦〉的句式是比較整齊的四六言句式，如賦云：

> 天不汝文而自文之，天不汝勞而自勞之。役聰與明，反爲物使，用精既多，速老招累。侵生蠹性，豈毛之罪?又聞古初，人禽雜處。機萌乃心，物則遁去。深兮則網，高兮則弋。爲之職誰，而反予是責!

就梅、歐二賦的語言來看，歐陽修之作沿襲了傳統賦作整齊的四六言句式，梅堯臣則擺脫了四六言句式的傳統，不再是齊整的句式，同時打破成雙成對的駢偶句式，這都使得其賦句式看來具有散文化的效果，形成散文賦最重要的語言特色。

三、以說理議論為主的文賦

宋代禽鳥賦多不著重體物、寫物，而重在說理和議論。宋人重視理趣、寫意，在禽鳥的觀照上也是如此，所以即使是像〈紅鸚鵡賦〉這樣的作品，宋人寫來其創作觀點便和之前李百藥的〈鸚鵡賦〉大不相同。如梅堯臣從紅鸚鵡身上得到的啓示竟是:「異不如常，慧不如愚。」(〈紅鸚鵡賦〉)，梅堯臣感嘆紅鸚鵡因其特異的外形，被人豢養，雖然生活在豪宅之中，但卻失去自由，與其如此，不如做一隻平凡、愚鈍，不會吸引人們目光的小鳥。這與宮中貴族看待鸚鵡，將之視爲一可以賞玩的寵物，極力頌揚其高貴聰慧，相較之下，實在是大異其趣。梅堯臣、歐陽修二人都有〈紅鸚鵡賦〉，和之前的同題材的禽鳥賦相比，梅、歐二人在賦中所展現的企圖是他們不想和前人一樣將賦作局限於僅只是歌詠鸚鵡本身，而是希望能進一步藉由紅鸚鵡的處境來對人生出處進退的問題做一思考和探究，這便是宋代文化思潮的特色，宋人不甘於只是停留在事物的表面，而希望能藉由對日常事物的觀照達致人生哲理的深刻體會，此即是宋人所謂的「物理」。這一點也是宋代文賦的特色。如宋庠（996～1066）〈感雞賦・序〉云：

> 予寓居畿邑，有里中男子蔣福者，多畜群雞。內一雞三足，其一足拳而弗用；一雞獨足，能飲啄嬉戲，與群雞上下。噫！祥眚之事，予不得而推，但感其物理之異，而爲之賦云。（《全宋文・卷四一六》，頁 508）

序中明言其寫作動機：蓋見有一雞三足，多出的一足並無用途、而另一雞雖僅一足，卻飲啄嘻戲與雙足的雞一般。因「感物理之異」而作此賦。又如歐陽修〈紅鸚鵡賦・序〉中稱讚梅堯臣〈紅鸚鵡賦〉擅於「適物理，窮天眞。」這些強調「物理」之說，便是宋人詩賦內容尚理的一種表現，便是文賦的一項特徵。如梅堯臣還有〈靈烏賦〉〔註 93〕，范仲淹〈靈烏賦・序〉云：

> 梅君聖俞作是賦，曾不我鄙，而寄以爲好，因勉而和之，庶幾感物之意，同歸而殊塗矣。

梅堯臣〈靈烏賦〉巧妙地運用反諷手法譏刺那些以烏之預警爲凶之人，其云：

> 烏兮，事將兆而獻忠，人反謂爾多凶，凶不本於爾，爾又安能凶？凶人自凶，爾告之凶，是以爲凶。爾之不告兮，凶豈能吉？告而先知兮，謂凶從爾出。

靈烏預告未來可能的禍患，卻被人以爲烏是不祥之鳥。之前的禽鳥賦對烏的描寫都沒有言其凶的，在此之前烏一直被視爲是慈孝、反哺的禽鳥，也是祥瑞的象徵，可是在宋人的筆下烏開始有了不祥的意象。梅堯臣〈靈烏賦〉最後說：

> 烏兮爾靈，吾今語汝，庶或汝聽，結爾舌兮鈐爾喙，爾飲啄兮爾自遂，同翱翔兮八九子，勿噪啼兮勿睥睨，往來城頭無爾累。

〔註 93〕梅堯臣之後又有一篇〈靈烏後賦〉，這是梅在晚年和范仲淹交惡後所寫，賦中透露出他對范的責難之意。

意即勸范仲淹不如不要開口，免遭唾罵。可是范仲淹時身爲諫官，豈能閉口不言，那豈不是叫他尸位素餐嗎？這便是梅堯臣一種冷言諷刺的筆調。

范仲淹也作一篇〈靈烏賦〉回應梅，賦中化身爲烏，爲烏辯護：

> 既成我以羽翰，眷庭柯兮欲去君，而盤桓思報之意厥，聲或異警於未形，恐於未熾，知我者謂吉之先，不知我者，謂凶之類。故告之則反災於身，不告之則稔禍於人。主恩或忘，我懷靡臧；雖死而告，爲凶之防。

賦中強調「寧鳴而死，不默而生」的主題。〈靈烏賦〉的寫作背景據洪順隆先生解釋，認爲係宋仁宗景祐初，范仲淹因反對廢郭皇后，得罪呂夷簡，並遭仁宗貶斥。〔註 94〕由范仲淹〈靈烏賦〉中可以看出范不懼流言、唾罵，堅持爲國爲君的忠誠之心，其爲人剛直凜然之正氣讀之躍然紙上。

梅堯臣、范仲淹二人之〈靈烏賦〉都是以議論爲主的禽鳥賦，在禽鳥賦的類型中不易歸類，和之前的詠物體禽鳥賦相比，它們比較接近賈誼〈鵩鳥賦〉、韓愈〈感二鳥賦〉和李德裕〈懷鴞賦〉這一類感物起興之作。然〈鵩鳥賦〉雖因鵩鳥而起，但之後的議論都不涉及鵩鳥；〈靈烏賦〉則不然，其議論本身便是在爲靈烏辯護、代烏發言。〈靈烏賦〉的主題觸及禽鳥（烏）的文化意涵，它不像韓愈的〈感二鳥賦〉令讀者感受到的是作者懷才不遇的滿腹牢騷，二鳥只是觸景生情之媒介罷了。從〈靈烏賦〉看來，禽鳥賦發展至宋代最特別之處在於：它打破了傳統禽鳥賦以詠鳥爲主的寫法，而改以議論說理來談論禽鳥。議論說理本非賦體所長，而是散文所具備的特質，宋人突破了自六朝以來對賦「體物寫志」所造成賦體在寫作上的限制。

宋代文賦可說是籠罩在整個北宋詩文革新運動下的產物，文賦的形成與北宋的文學思潮有著密不可分的關聯。宋初文壇沿襲了唐末五代的餘風，而五代以來靡麗、卑弱的文風是宋人所亟欲擺脫者，

〔註 94〕仁宗廢郭皇后事詳見《續資治通鑑長編・卷一一三》。

因而古文運動自唐代韓愈、柳宗元提倡以來至宋代石介等人又再度勃興，反對寫那些文辭華美卻屬無病呻吟之作。范仲淹、梅堯臣、歐陽修、蘇軾都在這場詩文革新運動中扮演了重要的角色。宋初由於科舉考試仍試詩賦，而且還有殿試，殿試試詩賦各一，在這樣的情形下，士人為因應科考自然也從事律賦的寫作。從整個北宋詩文革新運動看來，宋代文賦的興盛其實也是對長期以來趨於形式化的律賦（當時稱為「近體」）所產生的一種反動。因唐人在賦的寫作技巧上已顯得極為成熟，無論是對偶的形式、律體的格律、或是句式的靈活變化等，均已達到一定的水準；宋代承繼唐代文學，欲超越其上，便必須發展出不同的風格。因此，宋人刻意擺脫賦體一些傳統認定上的限制，一來打破文體的局限，二來在語言上追求一種繁華落盡，歸於素樸的平淡風格。前者即用以散文入賦的方式，改變賦體原本被視為體物的本質，將議論說理納入賦體之中，表現在宋代文賦上便是著重事物理趣的探討；後者同樣是以散文入賦的方式，只不過改變的是賦的語言，使文賦在語言上表現出化駢為散，追求平淡的風格。這種看似平淡、平易的語言其實是必須經過精心錘鍊後求得的自然語言，再運用駢散混合的句式，達到錯落有致，不板不滯的效果。

在禽鳥賦中以實際的創作來進行革新的重要作家便是梅堯臣，一般常以歐陽修為文賦的奠立者，實則由禽鳥賦看來，梅堯臣之作顯得更具有影響力。除了〈紅鸚鵡賦〉、〈靈烏賦〉、〈後靈烏賦〉外，梅堯臣還有〈鳲鳩賦〉、〈哀鷓鴣賦〉、〈放鵲賦〉等共計六篇禽鳥賦作，數量之多，可說是禽鳥賦的重要作家。他的詩賦都「以深遠閑淡為意」（《六一詩話》），在語言上，一反律賦的隸事、講究聲律、對仗、用辭華麗，而以平淡為主；在內容上則重視「理趣」、「理意」的探討，亦即羅大經所說：「景物不只看成是景物，還要看出其中的道理。」（《鶴林玉露・卷八》）。觀物的方式由之前感性的抒發轉變為知性的反省；由意象的表現轉變為概念的思考。這種差異學者多用以說明唐宋詩的不同〔註 95〕，實則從賦體上來看，情況也是如此。簡言之：「尙理不尙辭是宋人以古文爲賦的重要特徵之一」。（《宋代文學通論》，頁 455）

文賦創作至蘇軾之後已體圓意熟，如秦觀〈歎二鶴賦〉寫二鶴「翅翮摧傷而弗能飛翻，雖雄雌之相從，常悒悒其鮮歡，時引吭而哀唳。」蓋昔日主人在時，二鶴依恃主人之寵，「頗超搖而自得」，一旦主人離去，二鶴失去了依傍便變得落魄潦倒了。作者因而感嘆「有恃而生者，失其所恃則悲。」又如張耒〈鳴雞賦〉使用自然沖淡的語言風格描繪出養雞人家的生活，也表現出作者閑曠自得的心境。

由於文賦係已將敘事、抒情、寫景、體物、說理等互相融合，幾乎無不可寫，因而也就難以再用之前詠物體與敘事體之框架來看待。這是因爲賦體發展至唐代已臻成熟，誠如馬積高所言：

> 賦體所能容納的各種題材、主題和表現形式與技巧到唐代，大體上都已完備了。（《賦史》，頁 384）

因此總的來看，唐代在賦體創作上是一個集大成的時代，也是賦體創作最巔峰的極盛時期。而一個文體發展至極，之後便是像宋代這樣去改變賦體原有的特質，打破文體間的藩籬。然而隨著各類文體的蓬勃發展，賦的體物功能已逐漸在其他文類中被廣泛應用，如詠物詩、詠物詞、托物寓志的散文等。而從整個中國文學的發展歷史來看，從漢到唐，賦體在文人創作的文類中佔據的地位是與詩相提並論的，可是宋元以後市民階層興起，欣賞文化的趣味有了改變，賦已成了深奧典雅的文人士大夫廟堂之文化趣味。對一般平民階層而言，戲曲、小說等俗文學才是引起他們興趣的文學類型。（許結《中國辭賦發展史》，頁 134）賦已逐漸退出主流文體之外。雖然迄至明

〔註 95〕如龔鵬程〈知性的反省——宋詩的基本風貌〉便總括唐詩與宋詩兩組對峙的風格分別是「直覺——表現——意象——感情」和「邏輯——思考——概念——理智」（《中國文化新論·文學篇二·意象的流變》，頁 303）這樣的對比其實是唐宋文化內涵的差異，所以表現在唐宋賦體創作上也不例外。

清仍不乏禽鳥賦的創作，然而就其寫作方式而言，已無法再有新的變化，而僅能限於在既有的幾種寫作模式中摹擬。如宋人薛季宣〈信鳥賦〉採用主客問答的形式來談論鳥的吉凶，在禽鳥賦中雖說是一種具有變化的寫作方式，但在賦體之中這種主客問答的形式卻是早在漢代即已有之。

貳、宋以後的禽鳥賦

雖然宋以後仍有大量的禽鳥賦作，但大抵而言皆脫離不了之前既定的寫作模式。以律賦而言，唐代奠定了科舉試賦的制度，後世儘管不完全依照唐代的制度，但多少都受到它一定程度的左右和影響，例如遼、金、元都有試賦的制度，而明清雖以八股文取士，但在康熙十八年博學宏詞科考試中仍有試賦，賦題爲〈五六天地之中合賦〉以「敬授民時，聖人所先」爲韻。非律賦方面亦然，金、元時的禽鳥賦大體而言並沒有超出之前既有的規模，著名者如金・趙秉文〈海青賦〉，在寫法上可說與杜甫〈鵰賦〉或李邕〈鶻賦〉是如出一轍的。至於像元・王義山〈雞鳴賦・序〉云：「余嘗讀張宛丘〈鳴雞賦〉，惜其未盡勉學者進道之意，因賦雞鳴。」則是因不滿之前張耒之作，而以同題和前人者（如張養浩作〈鸚鵡賦〉亦是如此）。像這樣與前人唱和之作，差別之處主要在觀點上，並非在於寫作手法上。《復小齋賦話》云：「唐人賦，好爲玄言；宋元賦，好爲議論；明人賦，專尚模範《文選》，此其異也。」（《賦話六種》，頁 61）簡明扼要地道出了由唐至明三個不同時期賦體的發展特色。

整體看來，禽鳥賦的發展仍以文人感物吟志之作爲主（包括「感物起興」與「體物寫志」兩類），無論是寄托個人的心志或是藉由禽鳥引發對作者對哲理問題的探討等，這一類作品堪稱是禽鳥賦的主流，即如宋代禽鳥賦延續的仍是之前文人感物吟志一類的寫法，如權德輿〈傷馴鳥賦〉、或是韓愈〈感二鳥賦〉、李德裕〈山鳳凰賦〉那樣發抒個人胸中懷抱的內容；至於敘事體禽鳥賦唐代之後所見不多，明代田藝蘅〈蜘蛛網雀賦〉和謝肇淛〈鷂雀賦〉屬敘事之作，這是明人在擬古風氣下的產物；禎祥類歌功頌德之禽鳥賦作雖然歷代皆有，但這些作品由於缺乏作者真實情感，一般說來評價並不高。

元明清禽鳥賦的發展誠如葉幼明《辭賦通論》所指出的一樣：元明清時期的辭賦在體制形式上已沒有新的變化。（頁 124）雖然許結《中國辭賦發展史》論元明清賦時說明其仿唐或仿漢的種種表現，但那只是在之前既有的各種體制形式上做局部的選擇、組合和改良〔註 96〕，如《復小齋賦話》便明言：「雅不喜明人賦，以其模仿而無真味也。」（《賦話六種》，頁 61）從南宋至清末，賦體的發展大致上都已脫離不了之前既有的寫作形態〔註 97〕。

〔註 96〕曹明綱《賦學概論》說道：「在唐宋文賦之後，賦體再也沒有出現類似于辭、騷、駢、律、文那樣的重大變化，有的只是上述諸體之間局部的選擇、組合和改良。」（頁 241）

〔註 97〕曹明綱《賦學概論》說：「祝堯論宋南渡後賦之創作狀況云：『或惡近律之俳，則遂趨于文；或惡有韻之文，則又雜于俳。二體衰雜，迄無定向。』（《古賦辯體》）不想他的這段話，竟成了對賦體自南宋至清末文言文被白話文取代之前整個發展情況的概括。」（頁 242）

第七章　結　論

就歷代賦的創作而言，以禽鳥爲題的作品很多，在整個賦的創作題材中確實占據相當顯著的地位，但這些數量龐大，題材集中的賦作，它們究竟有何特點？它們的創作模式、表現形態有那些特殊之處？它們在歷代文學中所具有之地位又如何？研究禽鳥賦對整個賦學研究的推進又有何貢獻……凡此都是值得深思之處。

本文的論述首先著重對禽鳥賦寫作形態之探究，發現基本上有詠物與敘事這兩種不同的寫作形態。這兩種形態在禽鳥賦的發展歷史中很早就出現了，而且直至唐代，皆各有其特殊的演進脈胳。但無可諱言的，就實際創作成果來看，詠物體禽鳥賦無論是從作品數量及作家參與創作的情況來看，無疑地遠較敘事體禽鳥賦來得興盛蓬勃。二者這種差異的情況，在六朝時尤其顯得突出。當禽鳥賦的創作發展到六朝時，適逢當時辨體觀念的蓬勃發展，如陸機〈文賦〉云：「詩緣情而綺靡，賦體物而瀏亮。」指出詩、賦在文體特徵上的不同：詩被定位爲抒情的文體，而賦則被定位爲體物的文體。從文體的發展來看，一個文體從產生、發展到成熟，在不斷的創作中它會逐漸展現出自己的樣貌，形成其獨特的性質。伴隨著文體觀念的提出，文論家、批評家會歸納出各類文體既有的定型化規範，如此一來，便會形成一種先入爲主的文體觀念。文人以賦來體物、詠物，卻罕用以敘事，便是在大量的體物之作和既定的文體觀念交互激盪、影響下所產生的結果。雖然禽鳥賦中詠物體的作品數量遠勝於敘事體，但詠物與敘事畢竟仍是兩個平行而對等的概念，實不宜以作品的數量多寡作爲價值評判的標準，逕直地認爲前者優於後者，或前者較後者重要。事實上，就中國敘事文學的傳統來看，以賦體做爲敘事的語言樣態，這樣的嘗試本身就頗具意義。因爲這不但擴大了中國傳統敘事文學的領域（亦即小說、戲曲、詩歌及賦各種文體兼具），而且也對賦的表達功能有新的認知。以下就分別以詠物與敘事這兩條線索，來對禽鳥賦的發展與演變做一綜合討論。

首先就詠物體禽鳥賦而言，對禽鳥形貌、習性的描繪是這種類賦作的主要寫作方式。但對賦家來說，伴隨著不同的寫作目的與心緒、情志，他們筆下所呈現的禽鳥賦樣貌也不一樣。大體來說，詠物體禽鳥賦的寫作形態可再依賦中描繪禽鳥的多寡程度，而依序細分爲「純粹體物」、「體物寫志」與「感物起興」三種寫作形態。當賦家在賦中集中地對禽鳥做較多的客觀、具體的描述，而較少顯露個人的情感時，則這種寫作方式就是屬於所謂純粹體物的詠物體禽鳥賦。但當賦家們在描摹外在的禽鳥的同時，也在賦中藉機抒發或吐露個人一己的情志時，則這類寫作方式就屬於體物寫志的詠物體禽鳥賦。隨著作者情志在賦篇中滲透、流露的情志逐漸增多或漸次加強，當作賦者僅以外在的禽鳥作爲引起創作衝動的對象，對禽鳥的情態樣貌並無太多著墨，主要的關注點仍在展露自己的情感、思緒時，這種寫作方式就可稱做是感物起興的詠物體禽鳥賦。雖然詠物體禽鳥賦的寫作方式可做上述三種細部形態的區分，然而事實上，三者之間的區劃也只是程度上的多寡，其中的界限有並不是那麼容易截然劃分的，尤其到了中晚唐賦家更有綜合式的寫法。

就詠物體禽鳥賦的歷史發展脈絡來看，發軔最早的是感物起興式的賦作，徵諸文獻，即是西漢賈誼所作之〈鵩鳥賦〉。賈誼創作此賦時，並非以描繪鵩鳥爲主，而是因爲見到鵩鳥，心中有感而發所作，作品內容帶有濃厚議論說理的味道。自賈誼〈鵩鳥賦〉之後，仍用這種手法寫作的作品，在漢代雖仍有孔臧的〈鴞賦〉以繼之，然終魏晉六朝之世則罕睹，直至唐代方有韓愈〈感二鳥賦〉及李德裕〈懷鴞賦〉等賦作重新振起。但是這種類型的禽鳥賦發展到李德裕〈懷鴞賦〉時便已經在寫作手法上逐漸向體物寫志的形態靠攏，到了宋代，就更加明顯地在寫作方式上有了徹底的轉變，根本已經無法在感物起興與體物寫志間作出區分了。以梅堯臣〈紅鸚鵡賦〉與范仲淹〈靈鳥賦〉爲例，這兩篇賦的寫作重點雖然也是放在議論說理上，但作者在禽鳥與所欲傳達的道理之間卻有著緊密的連繫存在，如從紅鸚鵡談失去山林之樂的不自由、從靈鳥談未雨綢繆，這些所論之理都是從禽鳥本身的情態或處境中推導而來的。表面上看來，這種方式與賈誼在〈鵩鳥賦〉中從鵩鳥本身所具有的特殊文化意涵而去論述個人吉凶之理，在創作手法上似乎仍是一致的，亦即同樣都是藉由禽鳥而起興。不過，若再深一層的從賦作的主體來探究時，卻可發現：二者之間實際上是存在著所感之「物」與所論之「理」二者在作品中呈現的比重多寡不同。賈誼〈鵩鳥賦〉中的主體是吉凶之理，鵩鳥在賦中所居地位是次要的、從屬的；但反觀宋代的梅、范二人的禽鳥賦卻非如此，他們在賦中所寫之禽鳥與所論之理二者間有著很緊密的結合，在文章比例上也沒有使禽鳥失去其作爲題目的意義，禽鳥仍是賦篇中的主體。這就使得像賈誼〈鵩鳥賦〉那樣感物起興式的詠物體禽鳥賦日益減少，而體物寫志的詠物體禽鳥賦成爲禽鳥賦創作中的主流。

雖然感物起興式的詠物體禽鳥賦發端最早，但在後來的發展中，這類賦作在數量上並不太多，在整個詠物體禽鳥賦的發展史中，並不居於主流的地位。眞正居於主流地位的是「純粹體物」與「體物寫志」這兩類詠物體禽鳥賦。就歷史發展的脈胳來看，賈誼、孔臧兩人的感物起興賦作之後，現存較具代表性的詠物體禽鳥賦當屬東漢末禰衡的〈鸚鵡賦〉。這篇賦作在寫作手法上是典型的體物寫志之作，在禽鳥賦史上產生極爲深遠的影響。禰衡在這篇賦中藉由描寫鸚鵡的處境，來抒發自己的心境。由於禰衡的遭際，以及此賦寫作藝術的高妙，因而對後世許多同情禰衡處境的賦家產生了極大的共鳴，亦紛紛起而效尤，以此手法創作禽鳥賦，藉描寫禽鳥來感歎自己的身世或遭遇，如南朝鮑照的〈野鵝賦〉、北朝盧思道的〈孤鴻賦〉以及唐朝王勃的〈江曲孤鳧賦〉皆是此種體物寫志之作的代表。但所謂「體物寫志」之「志」並非全然在抒發作者個人悲愁窮苦、失時遭困之志，有些賦家也會在賦篇中藉由所體之鳥來發揚個人的理想抱負、奮蹈飛揚之志，如唐太宗〈威鳳賦〉、李白〈大鵬賦〉、李邕〈鶻賦〉及杜甫〈鵰賦〉等作皆是如此。有趣的是，在這些表露雄心壯志的賦作中，賦家們所描寫之禽鳥不再是如野鵝、孤鴻、孤鳧之類的野鳥孤禽，或像鸚鵡之類爲人賞玩的珍禽，而是像那些具有尊貴地位的威鳳，或是擁有廣大力量的大鵬，以及兇猛剛強的鶻、鵰等。

至於純粹體物的詠物體禽鳥賦眞正大放異采是在魏晉南北朝時代，如建安時代有楊修〈孔雀賦〉、王粲〈白鶴賦〉，晉代則有潘岳〈射雉賦〉、傅玄〈鬥雞賦〉及孫楚〈鷹賦〉，南朝有沈約〈反舌賦〉及庾信的〈鴛鴦賦〉，而北朝則有魏澹的〈鷹賦〉等。歷代創作不絕，賦家輩出，名篇迭起。由此可見，魏晉南北朝確實是這類賦作創作的高峰時期。當然，這種興盛的創作風氣主要是與當時文壇普遍瀰漫的「巧構形似之言」（鍾嶸《詩品・卷上》評張協詩）的創作風尚息息相關，再加上貴遊文學集團「同題共作」的推波助瀾，更加奠定了純粹體物的詠鳥賦的寫作基礎。因爲講求巧構形似，所以賦家在搦管吮翰之際，對其創作對象的外在情態、客觀樣貌便須投入較多的關照與精細的觀察，但相對的，作者本人的情志在賦篇中的流露也就較爲淡薄了。傅玄的〈鬥雞賦〉可謂這類賦作典型的例子，作者不但分別從正面、側面等不同角度來捕捉鬥雞的外在形貌，而且也集中地描寫牠的動作，企圖精準地傳達這隻禽鳥的神情姿態，這篇賦作充分展現出禽鳥賦家寫物之工、體察之微的高度創作成就。這類賦作直至唐代，創作仍然不衰，唐人詠物體禽鳥賦中也有不少是採用純粹體物的方式來寫作的，如唐代蘇頲的〈白鷹賦〉及張說的〈進白烏賦〉等皆是。在整個寫作方式上，大致與魏晉南北朝時無甚大差異。

最後，就敘事體禽鳥賦而言，若同樣放在歷史發展的脈胳中來看，目前所見完整的這類賦作的產生年代，僅略晚於賈誼感物起興式詠物體禽鳥賦，亦即約作於西漢晚期的尹灣漢簡〈神烏賦〉。此後，至東漢又有趙壹的〈窮鳥賦〉及建安時期曹植的〈鷂雀賦〉。但自此之後，終六朝之世，在很長的時間中都未發現有同樣類型的賦。其沈寂衰微之狀，恰與純粹體物式詠鳥賦之創作在六朝時繽紛斑爛之勢，形成鮮明的對比。直至唐代，方有敦煌之〈燕子賦〉及諸如張仲素〈黃雀報白環賦〉、浩虛舟〈射雉解顏賦〉等以舖陳事典爲主的賦作出現。純就敘事的手法來看，尹灣漢簡〈神烏賦〉、趙壹〈窮鳥賦〉、曹植〈鷂雀賦〉及敦煌〈燕子賦〉是較爲典型的敘事作品，而張仲素〈黃雀報白環賦〉與浩虛舟〈射雉解顏賦〉之類的賦作並不著重於敘述某一故事，而是以敷演賦題之事典爲主，比較著重於運用體物的手法在情景上加以舖陳，對於情節的安排也比較忽略。因此，嚴格來說敘事的成分不若前類賦作那麼講求。

總體來說，雖然敘事體禽鳥賦在創作數量與創作風氣上皆遠不及詠物體禽鳥賦繁盛，但這種形態的禽鳥賦其實在整個賦史當中，還是有其一定的價值與重要地位。因爲這類賦作的出現不但展現了賦既有的敘事功能，同時也顯示出賦這種文體在表述形態上豐富多樣的面向，亦即賦不僅可以體物寫志，也可以敘事。在歷代賦家中，曹植就是這樣一個雙美兼備的作家，他既可以寫出體物寫志的〈白鶴賦〉及純粹體物的〈鸚鵡賦〉，而且也能夠創作出生動活潑，饒富趣味的敘事體〈鷂雀賦〉。曹植同時運用詠物與敘事這兩種不同的寫作手法來創作禽鳥賦，絲毫沒有任何阻澀、困難，由此就可以證明禽鳥賦確實是具有頗爲寬廣的表達空間。

附　錄

一、沈約〈反舌賦〉、〈天淵水鳥賦〉聲調譜

（一）沈約〈反舌賦〉（《沈約集校箋》，頁19）

第一段

沓　玄造　之　大德，播　含靈　于　無小◎（效部）
平　平去　平　去入　去　平平　平　平上
有　反舌　之　微禽，亦　班名　于　庶鳥◎（效部）
上　上平　平　平平　入　平平　平　去上
乏　嘉容　之　可玩，因　繁聲　以　自表◎（效部）
入　平平　平　上去　平　平平　上　去上

第二段

其聲也，驚詭　遒囋，縈紆　離亂◎（翰部）
平平上　平上　平去　平平　平去
駢浮　回合，岧危　瑣散◎（翰部）
平平　平入　平平　上去
或　發曲　無漸，或　收音　云半◎（翰部）
去　平入　平上　去　平平　平去
既　含意　于　將曉，亦　流妍　于　始旦◎（翰部）
去　平去　平　平上　入　平平　平　上去

第三段

雜沓　逶迤，嗷跳　參差◎（支部）
平去　平平　去去　平平
攢嬌　動葉，促囀　縈枝◎（支部）
去平　上入　入上　平平

分宮　析徵，萬矩　千規◎（支部）
平平　平平　去上　平平
因風　起哢，曳響　生奇◎（支部）
平平　上去　去上　平平

第四段
對　芳辰　于　此月，屬　今余　之　道暮◎（遇部）
去　平平　平　上入　入　平平　平　平去
倦　城守　之　喧痾，愛　田郊　之　閑素◎（遇部）
去　平上　平　平平　去　平平　平　平去
眷　春物　而　懷之，聞　好音　于　庭樹◎（遇部）
去　平入　平　平平　平　上平　平　平去

（二）沈約〈天淵水鳥應詔賦〉（《沈約集校箋》，頁 18）

第一段
天淵　池鳥，集水　漣漪◎（支部）
平平　平上　入上　平平
註：明・李鴻編《賦苑・卷八》載此賦首句爲：「天淵池上鳥，雲集水漣漪。」
單泛　姿容　與，群飛　時合　離◎（支部）
平去　平平　上　平平　平入　平
將騫　復　斂翮，回首　望　驚雌◎（支部）
平平　入　去入　平上　去　平平

第二段
飄薄　出　孤嶼，未曾　宿　蘭渚◎（語部）
平入　入　平上　去平　去　平上
飛飛　忽　雲倦，相鳴　集　池籞◎（語部）
平平　入　平去　平平　入　平上

第三段
可憐　九層　樓，光影　水上　浮◎（尤部）
上平　上平　平　平上　上上　平

本來　暫　止息，遇此　遂　淹留◎（尤部）
上平　去　上入　去上　去　平平

第四段

若夫　侶浴　清深，朋翻　回曠◎（漾部）
去平　上去　平平　平平　平去

翠鬣　紫纓　之飾，丹冕　綠襟　之狀◎（漾部）
去去　上平　平去　平上　入平　平去

過波　兮　湛澹，隨風　兮　回漾◎（漾部）
去平　平　上去　平平　平　平去

竦臆　兮　開萍，蹙水　兮　興浪◎（漾部）
上入　平　平平　入上　平　平去

二、四篇〈鴛鴦賦〉聲調譜

案：以下引錄之〈鴛鴦賦〉係參考下列書籍：一、《南朝賦闡微》，頁 89～92；二、《庾子山集》，頁 89；三、劉家烘《徐陵及其詩文研究》，頁 125。聲調譜依郭錫良《漢字古音手冊》。

（一）蕭綱〈鴛鴦賦〉

朝飛　綠岸，夕歸　丹嶼◎（語韻）
平平　入去　入平　平上

顧　落日　而　俱吟，追　清風　而　雙舉◎（語部）
去　入入　平　去平　平　平平　平　平上

時排　荇蔕，乍拂　菱花◎（麻部）
平平　上去　去入　平平

始　臨涯　而　作影，遂　蹙水　而　生花◎（麻部）
上　平平　平　入上　去　入上　平　平平

亦有　佳麗　自　如神，宜羞　宜笑　復　宜嚬◎（真部）
入上　平去　去　平平　平平　平去　入　平平

既是　金閨　新　入寵，復是　蘭房　得意　人◎（真部）
去去　平平　平　入上　入去　平平　入去　平

見　茲禽　之　棲宿，想　君意　之　相親◎（真部）
去　平平　平　平入　上　平去　平　平平

（二）蕭繹〈鴛鴦賦〉

青田　之鶴，晝夜　俱飛◎（微部）
平平　平入　去去　去平
日南　之鴈，從來　共歸◎（微部）
入平　平去　平平　去平
雙飛　兮　不息◎（職部）
平平　平　入入
自憐　兮　何極◎（職部）
去平　平　平入
一別　兮　經年◎（先、仙部）
入入　平　平平
相去　兮　幾千◎（先、仙部）
平去　平　上平
雄飛　入　玄兔，雌去　往　朱鳶◎（先、仙部）
平平　入　平去　平去　上　平平
豈如　鴛鴦　相逐◎（屋部）
上平　平平　平入
俱棲　俱宿◎（屋部）
去平　去入
勝　林鳥　之　同心，邁　池魚　之　比目◎（屋部）
去　平上　平　平平　去　平平　平　上入
朝浮　兮　浪花◎（麻部。首句入韻）
平平　平　去平
夜集　兮　江沙◎（麻部）
去入　平　平平
萍　隨流　而　傳岸，網　因風　而　綴花◎（麻部）
平　平平　平　平去　上　平平　平　去平
見　虹梁　之　春色◎（職部）
去　平平　平　平入
復　相鳴　而　戢翼◎（職部）
入　平平　平　入入

蘭渚　兮　相依◎（脂、微部）
平上　平　平平
同盛　兮　同衰◎（脂、微部）
平去　平　平平
魂上　相思　之樹，文生　新市　之機◎（微部）
平上　平平　平去　平平　平去　平平
金雞　玉鵠　不成群◎（文部）
平平　去入　入平平
紫鶴　紅雉　一生分◎（文部）
上去　平去　入平平
願學　鴛鴦　鳥連翩　　恆逐君◎（文部）
去入　平平　上平平　　平入平
案：此句的斷句方式有二：
一是「願學鴛鴦鳥，連翩恆逐君」，
二是「願學鴛鴦鳥連翩，恆逐君」，
後者的斷句更具民間樂府的風格。本文採後者的斷句法。

（三）徐陵〈鴛鴦賦〉

飛飛　兮　海濱◎（真部。首句押韻）
平平　平　上平
去去　兮　迎春◎（真部）
去去　平　平平
炎皇　之　季女，織素　之　佳人◎（真部）
平平　平　去上　入去　平　平平
未若　宋玉　之　小史◎（紙部。首句押韻）
去去　去入　平　上上
含情　而死◎（紙部）
入平　平上
憶　少婦　之　生離，恨　新婚　之　無子◎（紙部）
入　去上　平　平平　去　平平　平　平上
既　交頸　於　千年，亦　相隨　於　萬里◎（紙部）
去　平上　平　平平　入　平平　平　去上

山雞　映水　那自得，孤鸞　照鏡　不成雙◎（江部，古通陽）

平平　去上　平去入　平平　去去　入平平

天下　真成　長合會，無勝　比翼　兩鴛鴦◎（陽部）

平去　平平　平平去　平去　上入　上平平

觀其　哢吭　浮沈，輕軀　瀺灂◎（覺部）

平平　去去　平平　平平　平入

拂　荇戲　而　波散，排　荷翻　而　水落◎（鐸部，古通覺）

入　上去　平　平去　平　平平　平　上入

特訝　鴛鴦　鳥，長情　真可　念◎（豔部）

入去　平平　上　平平　平上　去

許處　勝人　多，何時　肯相　厭◎（豔部）

上去　去平　平　平平　上平　去

聞道　鴛鴦　一鳥名◎（庚部。首句入韻）

平去　平平　入上平

教人　如有　逐春情◎（庚部）

平平　平上　入平平

不見　臨邛　卓家女，祇為　琴中　作許聲◎（庚部）

平去　平平　入平上　上去　平平　入上平

（四）庾信〈鴛鴦賦〉

虞姬　小來　事魏王◎（陽部。首句入韻）

平平　上平　去去平

自有　歌聲　足繞梁◎（陽部）

去上　平平　平去平

何曾　織錦，未肯　挑桑◎（陽部）

平平　平上　去上　平平

終歸　薄命，著罷　空床◎（陽部）

平平　平去　入去　平平

附錄三：太平歌詞〈漁翁得利〉

見　鴛鴦　之　相學◎（覺部，古通藥。首句入韻）

去　平平　平　平入

還　欹眼　而　淚落◎（鐸部）

平　平上　平　去入

南陽　漬粉　不復看，京兆　新眉　遂懶約◎（藥部）
平平　平上　平入去　平去　平平　去上入
況復　雙心　並翼，馴狎　池籠◎（東部）
去去　平平　去入　平入　平平
浮波　弄影，刷羽　乘風◎（東部）
平平　去上　入上　平平
共飛　簷瓦，全開　魏宮◎（東部）
去平　平上　平平　去平
俱棲　梓樹，堪是　韓馮◎（東部）
去平　上去　平去　平平
若乃　韓壽　欲婚，溫嶠　願婦◎（有部）
去上　平去　去平　平去　去上
玉臺　不送，胡香　未有◎（有部）
入平　平去　平平　去上
必　見此　之　雙飛，覺　空床　之　難守◎（有部）
入　去上　平　平平　入　平平　平　平上

三、太平歌詞〈漁翁得利〉

昨日裡陰天渭水寒，
出水的蛤蚌兒曬在沙灘。
半懸空飛的是魚鷹子，抿翅收翎落在了沙灘。
它把那蛤蚌兒當做一塊肉，
抿翅收翎往下掐。
鷹掐蚌肉疼痛難忍，蚌夾鷹頭兩翅搧。
從那邊走過來一個打魚的漢，
連蛤蚌兒帶魚鷹撿在魚籃。
口內說：「快樂，多麼快樂，
蛤蚌兒就酒，魚鷹換錢。」
那魚鷹掉下了傷心淚，
叫一聲蛤蚌兒大哥聽我言：
「早知道你我落在了漁家手，

倒不如你回大海我奔高山。
你歸大海得吃水，我奔高山自在悠然。」
這就是張口不知合口易，
出頭容易退頭難。

四、唐代律體禽鳥賦篇目一覽表

		作者及賦題	限韻要求	賦題出處
禎祥	鳳	王勃〈寒梧棲鳳賦〉	以孤清夜月爲韻	《毛詩疏》：「鳳非梧桐不棲，非竹實不食。」
		崔損〈鳳鳴朝陽賦〉	以鳳鳴山陽振翼飛舞爲韻	《詩・大雅・卷阿》：「鳳凰鳴矣，于彼高崗；梧桐生矣，于彼朝陽。」
		李解〈鳳凰來儀賦〉	以聖感時平樂和瑞集爲韻	《尚書・益稷》：舜簫韶九成，鳳皇來儀
		李程〈鳳巢阿閣賦〉	以天下清泰神物來萃爲韻	《尚書・中候》、皇甫謐《帝王世紀》
	烏	康僚〈日中烏賦〉	以輝光映出棲跡中在爲韻	《淮南子・精神訓》：「日中有踆烏。」
		李雲卿〈京兆府獻三足烏賦〉	以平上去入周而復始爲韻	《論衡・說日》：「日中有三足烏。」《玉曆通政經》：「三足烏，王者慈孝，被于百姓，不好殺生則來。」
		李子卿〈紅嘴烏賦〉	以新飛羽未調爲韻	
		崔元明〈紅嘴烏賦〉	以新飛羽未調爲韻	
		韓鎡〈烏巢大理寺獄戶賦〉	以昔開元中刑措至此爲韻	開元中事
	白雉	謝觀〈越裳獻白雉賦〉	以周德方興遠夷入貢爲韻	《孝經・援神契》
	白鵲	王棨〈延州獻白鵲賦〉	以聖德遐及靈禽表祥爲韻	不詳
仙禽	鶴	錢起〈晴皋鶴唳賦〉	以警露清野高飛唳天爲韻	《詩・小雅・鶴鳴》：「鶴鳴于九皋，聲聞于野。」

珍禽	鸚鵡	王維〈白鸚鵡賦〉	以容日上海孤飛色媚爲韻	開元中，嶺南獻白鸚鵡（《明皇雜錄》）
		闕名〈白鸚鵡賦〉	以容日上海孤飛色媚爲韻	同上
		郝名遠〈白鸚鵡賦〉	以容日上海孤飛色媚爲韻	同上
猛禽	隼	敬騫〈射隼高墉賦〉	以君子藏器待時爲韻	《易．經解》:「上六，公用射隼於高墉之上，獲之，無不利。」（《程傳》）
		武少儀〈射隼高墉賦〉	以君子藏器待時爲韻	同上
	鷹	張莒〈放籠鷹賦〉	以無育斯禽以明惡殺爲韻	賦序:「貞元中……啓鷙鳥幽縶之中……」
		楊弘貞〈一鶚賦〉	以凌厲清浮羽翰無匹爲韻	不詳
一般	鴻	陸贄〈鴻漸賦〉	以鴻漸路適之爲韻	《周易．漸》:「九三，鴻漸于陸。」
		崔陟〈鴻漸賦〉	以鴻漸路適之爲韻	同上
	雁	陸贄〈聖人苑中射落飛雁賦〉	以題爲韻次用	不詳
	燕	侯喜〈秋鷰辭巢賦〉	以秋令去急爲韻	不詳
		樊晦〈燕巢賦〉	以平入空栖爲韻	不詳
		闕名〈鳥擇木賦〉	以君子之德翔而後集爲韻	不詳
賞玩鳥	反舌	張仲素〈反舌無聲賦〉	以氣感聲盡取以候時爲韻	《禮記．月令》:「仲夏之月，小暑至，反舌無聲。」、《易緯．通卦驗》:「仲夏之月，反舌無聲，反舌有聲，佞人在側。」
敘事體		浩虛舟〈射雉解顏賦〉	以藝極神驚愁顏變喜爲韻	《左傳》昭公二十八年賈大夫事
		郗昂〈蚌鷸相持賦〉	以洛城風日爲韻	《戰國策．燕策》
		浩虛舟〈木雞賦〉	以致此無敵故能先鳴爲韻	《莊子．達生》
		周墀〈木雞賦〉（存目）	以致此無敵故能先鳴爲韻	同上
		盧肇〈鸜鵒舞賦〉	以屈伸俯仰傍若無人爲韻	《晉書．謝尙傳》
		闕名〈鶴歸華表賦〉	以去家千歲今始一歸爲韻，而賦中無一字韻	《搜神記》載丁令威事
		皇甫湜〈山雞舞鏡賦〉	以麗容可珍照之則舞爲韻	《異苑》
		趙殷輅〈山雞舞鏡賦〉	以麗容可珍照之則舞爲韻	同上
		張仲素〈黃雀報白環賦〉	以靈禽感德報以白環爲韻	《續齊諧記》載弘農楊寶事
		黃滔〈狎鷗賦〉	以釋意與遊遷之汀曲爲韻	《列子．黃帝篇》

五、歷代禽鳥賦目錄

（一）漢魏禽鳥賦目錄

朝代	作者	生年	卒年	題　　名	資　料　來　源
西漢	賈　誼	-20	-168	鵩鳥賦	史記、漢書、文選
西漢	路喬如	景帝時人		鶴賦（疑）	西京雜記
西漢	孔　臧	武帝時人		鴞賦	藝文類聚，卷 92、全漢賦，頁 120、全漢文，頁 194
西漢	王　褒	宣帝時人		碧雞頌	全漢文，頁 359
西漢	不　詳	成帝時人		神烏賦	尹灣漢簡
西漢	劉　向	-79	-8	行過江上弋雁賦（佚）	太平御覽・卷 832 引劉向別錄
西漢	劉　向	-79	-8	行弋賦（佚）	同上
西漢	劉　向	-79	-8	弋雌得雄賦（佚）	同上
東漢	傅　毅	47	92	神雀賦（佚）	隋書・經籍志著錄
東漢	班　固	32	92	神雀頌（佚）	全漢文，頁 612
東漢	班　昭	49	120	大雀賦	全漢賦，頁 370、歷代賦彙・卷 130、藝文類聚卷 92、太平御覽卷 922
東漢	張　衡	78	138	鴻賦序	全漢賦，頁 484、太平御覽卷 919、張衡詩文集校注，頁 271、隋書盧思道傳
東漢	崔　琦	?	150	白鵠賦（佚）	後漢書本傳、全後漢文，頁 720
東漢	張　升	121	169	白鳩賦序	後漢書本傳、全後漢文，頁 912、太平御覽卷 921
東漢	趙　壹	?	185	窮鳥賦	後漢書本傳
東漢	禰　衡	173	198	鸚鵡賦	後漢書本傳、文選
建安	阮　瑀	165	212	鸚鵡賦	全漢賦，頁 619、歷代賦彙・逸句・卷 2、藝文類聚卷 91
建安	王　粲	177	217	白鶴賦	全漢賦，頁 678、歷代賦彙・逸句・卷 2
建安	王　粲	177	217	鶡賦	全漢賦，頁 679、歷代賦彙・卷 132
建安	王　粲	177	217	鶯賦	全漢賦，頁 681
建安	王　粲	177	217	寫鵡賦	全漢賦，頁 680、歷代賦彙・卷 130
建安	陳　琳	160	217	鸚鵡賦	全漢賦，頁 707、歷代賦彙・逸句・卷 2
建安	應　瑒	?	217	鸚鵡賦	全漢賦，頁 737、歷代賦彙・逸句・卷 2

建安	楊　脩	175	219	孔雀賦	全漢賦，頁 651、歷代賦彙．卷 128、藝文類聚卷 91、三國志卷 21
建安	曹　操	155	220	鶡雞賦序（疑）	全三國文，頁 1055
建安	曹　丕	187	226	鶯賦	歷代賦彙．卷 131，頁 1736、三曹詩文集
建安	曹　植	192	232	鸚鵡賦	曹植集校注，頁 57
建安	曹　植	192	232	離繳雁賦	曹植集校注，頁 101
建安	曹　植	192	232	鶡賦	曹植集校注，頁 151
建安	曹　植	192	232	白鶴賦	曹植集校注，頁 239
建安	曹　植	192	232	鷂雀賦	曹植集校注，頁 302
建安	曹　植	192	232	射雉賦（殘）	曹植集校注，頁 538
建安	曹　植	192	232	孔雀賦（佚）	楊脩〈孔雀賦序〉

（二）兩晉禽鳥賦目錄

時代	作　者	生年	卒年	賦 篇	歷代賦彙	全晉文	備　　註
西晉	蔡　洪	?	219 後	鬥鳧賦	v133/p.1757		
西晉	阮　籍	210	263	鳩賦	v129	p.1305	竹林七賢詩文全集譯注，頁 41
西晉	傅　玄	217	278	鬥雞賦	v132/p.1754	p.1720	晉書本傳
西晉	傅　玄	217	278	雉賦	v132/p.1752		晉書本傳
西晉	傅　玄	217	278	山雞賦	v131/p.1739		晉書本傳
西晉	傅　玄	217	278	鷹賦	v132/p.1746	p.1719	晉書本傳
西晉	傅　玄	217	278	鷹兔賦	p.2134	p.1720	晉書本傳
西晉	傅　玄	217	278	鸚鵡賦	逸句．卷 2	p.1720	晉書本傳
西晉	褚　陶	?	280 後	鷗鳥賦（佚）			辭賦大辭典，頁 113、晉書頁 2381
西晉	孫　楚	220	293	雉賦	v132/p.1752	p.1801	
西晉	孫　楚	220	293	鶴賦		p.1801	太平御覽，卷 8
西晉	孫　楚	220	293	鷹賦	v132/p.1746	p.1797	
西晉	孫　楚	220	293	雁賦	v129/p.1717	p.1801	
西晉	羊　祜	221	278	雁賦	v129/p.1717		
西晉	鍾　會	225	264	孔雀賦	v128/p.1710	p.1188	
西晉	左　芬	250 後	300	孔雀賦	逸句．卷 2	p.1533	
西晉	左　芬	250 後	300	鸚鵡賦	逸句．卷 2	p.1533	
西晉	左　芬	250 後	300	白鳩賦		p.1533	晉書本紀

西晉	鍾　琰			鶯賦	逸句．卷 2	p.2287	晉書，頁 2510、藝文類聚卷 92
西晉	曹　毗			鸚鵡賦	逸句．卷 2		辭賦大辭典，頁 96、晉書，頁 2387、藝文類聚卷 91
西晉	成公綏	231	273	烏賦	v129/p.1721	p.1797	晉書本傳，頁 2371
西晉	成公綏	231	273	鴻雁賦	p.2133	p.1796	同上
西晉	成公綏	231	273	鷹賦		p.1797	同上
西晉	成公綏	231	273	鸚鵡賦		p.1797	同上
西晉	張　華	232	300	鷦鷯賦	v132	p.1790	文選、晉書本傳
西晉	賈　彪	?	?	大鵬賦	逸句．卷 2	p.1979	
西晉	傅　咸	239	294	山雞賦	v131		
西晉	傅　咸	239	294	儀鳳賦	v128	p.1754	
西晉	傅　咸	239	294	斑鳩賦	v131/p.1742	p.1754	
西晉	傅　咸	239	294	鸚鵡賦	v130	p.1754	藝文類聚卷 91
西晉	傅　咸	239	294	燕賦	v129	p.1754	藝文類聚
西晉	夏侯湛	243	291	觀飛鳥賦	v133/p.1762	p.1852	
西晉	夏侯湛	243	291	玄鳥賦	v129/p.1713		
西晉	潘　岳	247	300	射雉賦		p.1990	文選
西晉	陸　善	?	?	長鳴雞賦	p.2143	p.2282	生卒年不詳與習嘏接近
西晉	習　嘏	?	?	長鳴雞賦	v132/p.1754	p.2173	
西晉	嵇　含	263	306	雞賦序		p.1830	
東晉	摯　虞	?	311	鵁鶄賦	v131/p.1740	p.1897	
東晉	傅　純		323 前	雉賦	v132/p.1752	p.2195	
東晉	沈　充	?	324？	鵝賦序		p.2197	
東晉	盧　諶	284	350	燕賦	v129/p.1713	p.1657	
東晉	盧　諶	284	350	鸚鵡賦	p.2133	p.1657	
東晉	梅　陶	326 後在世		鵬鳥賦序		p.2195	
東晉	張　望	約 360 年左右在世		鷺鷀賦	v131/p.1740	p.2237	
東晉	顧愷之	341	402	鳳賦	v128/p.1702	p.2231	
東晉	桓　玄	369	404	鶴賦	v128/p.1702	p.2141	藝文類聚卷 90
東晉	桓　玄	369	404	鸚鵡賦	v130/p.1730	p.2141	
東晉	桓　玄	369	404	鳳賦	v128/p.1702	p.2141	《晉書》本傳
東晉	卞承之	?	407	慕鳥賦序			辭賦大辭典，頁 12

（三）南北朝禽鳥賦目錄

時代	作者	生年	卒年	賦篇	歷代賦彙	全南北朝文	備註
宋	謝惠連	397	433	鸂鶒賦	v131	p.2623	
宋	謝惠連	397	433	白鷺賦	逸句．卷 2	p.2623	
宋	劉義慶	403	444	鶴賦		p.2496	藝文類聚卷 90
宋	劉義慶	403	444	山雞賦		p.2496	
宋	顏延之	384	456	白鸚鵡賦	v130/p.1732	p.2633	
宋	謝　莊	421	466	赤鸚鵡賦應詔	v130/p.1734	p.2625	
宋	王叔之			翟雉賦	逸句．卷 2	p.2746	
宋	鮑　照	405	466	野鵝賦	v133	p.2689	鮑參軍集注
宋	鮑　照	405	466	舞鶴賦	v128	p.2689	鮑參軍集注
宋	劉義慶	403	444	鶴賦	逸句．卷 2		
宋	劉義慶	403	444	山雞賦	逸句．卷 2		
宋	王　徽	？	427 後	野鶩賦	p.2133	p.2536	謝宣城集校注
宋	王淑之	？	？	翟雉賦	p.2134		
齊	謝　朓	464	499	野鶩賦	v133	p.2920	
梁	江　淹	444	505	翡翠賦	v131		江淹集校注
梁	沈　約	441	513	反舌賦	v131	p.3100	沈約集校箋
梁	沈　約	441	513	天淵水鳥應詔賦	v133	p.3100	沈約集校箋，頁 19
梁	徐　勉			鵲賦	v130/p.1726	p.3236	
梁	何　遜	482	522	窮烏賦	v133/p.1762	p.3303	
梁	蕭子暉	？	519？	反舌賦	v131/p.1738		
梁	蕭　統	501	531	鸚鵡賦	p.2133	p.3059	
梁	簡文帝蕭　綱	503	551	鴛鴦賦	v131/p.1739	p.2998	
梁	簡文帝蕭　綱	503	551	鵁鶄賦	v131/p.1740	p.2998	
梁	梁元帝蕭　繹	508	554	鴛鴦賦	v131/p.1740	p.3038	

北周	庾　信	513	581	鴛鴦賦	v131/p.1740	p.3927	有文集
陳	徐　陵	507	583	鴛鴦賦	v131/p.1740	p.3431	有文集
陳	陳叔寶	553	604	夜亭度雁賦	v129/p.1717	p.3420	
隋	盧思道			孤鴻賦	v129/p.1716		隋書、北史本傳
北朝	魏　澹			鷹賦	v132/p.1746	p.4132	初學記卷 30、太平御覽卷 926

（四）唐代禽鳥賦目錄

時期	作　者	生年	卒 年	賦　題		文集	文苑英華	歷代賦彙	全 唐 文
初唐	李百藥	565	648	鸚鵡賦			v135/1a	v130/11a	
初唐	王　績	590	644	燕賦		有	無	無	v131/12b
初唐	唐太宗	599	649	威鳳賦		有	無	v128/1b	
初唐	盧照鄰	635？	689？	馴鳶賦	律賦	有	v135/6a	v130/6a	
初唐	王　勃	650	684	馴鳶賦	律賦	有	v135/5b	v130/5a	
初唐	王　勃	650	684	江曲孤鳧賦		有	v135/5a	v133/3b	
初唐	王　勃	650	684	寒梧棲鳳賦	律賦	有	v135/4b	v128/5a	
初唐	蘇瓌（一作李程）	639	710	鳳巢阿閣賦	律賦			v55/11b	
初唐	張　說	667	730	進白烏賦		有	v89/1b	v56/1a	
初唐	闕名（崔湜門下客）			海鷗賦	亡佚				
初唐	高　邁	唐中宗（684～710）時人		鯤化爲鵬賦			v135/10a	v128/16	276/10b
初唐	蘇　頲	670	727	白鷹賦			無	無	
盛唐	李　邕	678	747	鶻賦		有	v136/3b	v132/9b	v261
盛唐	李　邕	678	747	鬥鴨賦		有	v135	v133/1a	v261
盛唐	高　適	707	765	奉和鶻賦		有	v136/4b	v132/10b	v357
盛唐	王　維	701	761	白鸚鵡賦	律賦	有	v135/2b	v130/14b	v324
盛唐	郗名遠	不詳		白鸚鵡賦	律賦		v135/4a	v130/16a	v959/5b
盛唐	闕　名			白鸚鵡賦	律賦		v135/3a	v130/15a	
盛唐	李　白	699	762	大鵬賦		有	v135/8a	v128/14b	
盛唐	杜　甫	712	770	鵰賦		有	v136/1a	v132/1a	

盛唐	郗　昂	開元二十二年進士		蚌鷸相持賦	律賦		v140/8b	v113/25a	v361/12b
盛唐	喬　琳			鶺鴒賦			v137/1a	v132/14a	v356/8b
盛唐	蕭穎士	717	768	白鷳賦			v135/6b	v131/11b	v322
盛唐	李　解	天寶十四年（755）襲王		鳳凰來儀賦	律賦		v84/8b	v55/9a	
盛唐	錢　起	天寶十年進士		晴皋鶴唳賦	律賦	有	v137/4b（未著撰者）	v128/8b	v279
盛唐	王　顏	順宗皇后父（天寶、貞元在世）		京兆府獻三足烏賦	律賦		v89/4a	v56/4a	v545/11a
盛唐	李雲卿	不詳		京兆府獻三足烏賦	律賦		v89/3b	v56/3b	v955/7a
盛唐	高　郢	740	811	沙洲獨鳥賦	律賦		v137/5a	v133/14b	v449/8b
中唐	敬　騫	大歷二年（767）進士		射隼高墉賦	律賦		v136/8b	v113/16a	v365/5a
中唐	武少儀	大歷二年（767）進士		射隼高墉賦	律賦		v136/9b	v113/16b	v613
中唐	陸　贄	754	805	聖人苑中射落飛雁賦	律賦	有		v59/9b	
中唐	陸　贄	754	805	鴻漸賦	律賦	有	v137/2a	v129/5b	
中唐	張　莒	大曆九年（774）進士		放籠鷹賦	律賦		v136/6b	v132/6b	v446/1a
中唐	崔　損	大曆十一年（776）進士		鳳鳴朝陽賦	律賦		v84/9b	v55/12a	v476/2a
中唐	陳仲師			鵲始巢賦			v137/8b	v130/3a	v716/1a
中唐	陳仲師			鵲巢背太歲賦			v137/7a	v130/3b	v716/1a
中唐	李子卿	大曆十一年（776）進士		紅嘴烏賦	律賦		v137/9a	v129/18b	v454/
中唐	崔元明	不詳		紅嘴烏賦	律賦			v129/18b	
中唐	權德輿	759	818	傷馴烏賦			v137/6a	v133/13a	v483
中唐	孟簡	?	823	白烏呈瑞賦			v89	v56/2b	v616/1a
中唐	裴度	765	839	白烏呈瑞賦			v89	v56/1b	v537/1a
中唐	趙殷輅	貞元十年進士		山雞舞鏡賦	律賦		v105/7a	v86	v619/18
中唐	韓　愈	768	824	感二鳥賦		有		v133/15a	
中唐	李程（一作蘇瓌）	765	841	鳳巢阿閣賦	律賦		v84/8a	v55/11b	
中唐	張仲素	769	819	反舌無聲賦	律賦		v138/3a	v131/5b	v644
中唐	張仲素	769	819	黃雀報白環賦	律賦		v116	v96	v644

中唐	侯　喜	貞元十九年（803）進士，韓愈弟子		秋鶯辭巢賦	律賦		v138/4b	v129/2b	v732/5b
中唐	皇甫湜	777？	835？	鶴處雞群賦		有	v138/1a	v128/7b	v685
中唐	皇甫湜	777？	835？	山雞舞鏡賦	律賦	有	v105/6a	v86	v685
中唐	楊弘貞	元和中進士		一鶚賦	律賦		v136/8a	v132/2b	
中唐	浩虛舟	長慶二年（822）進士		射雉解顏賦	律賦		v138/6a		v624/1a
中唐	浩虛舟	長慶二年（822）進士		木雞賦	律賦		v138/2a	v132/2a	v624
晚唐	李德裕	787	849	懷鴉賦		有		補遺 v17/4a（不全）	v696
晚唐	李德裕	787	849	山鳳凰賦		有			v696
晚唐	李德裕	787	849	振鷺賦		有		補遺 v16/14a（不全）	v696
晚唐	李德裕	787	849	孔雀尾賦		有			v696
晚唐	康　僚	會昌元年（841）進士	872	日中烏賦	律賦		v4	v3	v757/17a
晚唐	盧　肇	會昌三年（843）進士		鸜鵒舞賦	律賦	有	v79/10a	v92	v768
晚唐	崔　陟	大中元年（847）在世		鴻漸賦	律賦		v137/3b	v129/6b	v947
晚唐	謝　觀	793	865	越裳獻白雉賦	律賦		v89/5b	v43/25a	v758/1a
晚唐	宋　言	大中十二年（858）進士		效雞鳴度關賦	律賦		v138/6b		
晚唐	王　棨	咸通三年（862）進士		鳥求友聲賦		有		v68	v769
晚唐	王　棨	咸通三年（862）進士		延州獻白鵲賦	律賦	有		v56/5b	v769
晚唐	司空圖	837	908	共命鳥賦		有		無	v807
晚唐	黃　滔	乾寧三年（895）進士		狎鷗賦	律賦	有		v131/10b	v822
晚唐	韓　鎡			烏巢大理寺獄戶賦	律賦		v68	v56/4b	v949/9a
唐	趙　勵			秋鴻賦			v137/4a	v129/5a	v956/16
唐	樊　晦	不詳		燕巢賦	律賦		v138/4a	v129/2a	v403/21a
唐	闕　名			鴻賦			v137/3b	v129/4b	
唐	闕　名			蒼鷹賦			v136/6a	v132/5b	v357
晚唐	闕　名			白鷹賦		有	v136/7b	v132/5a	

唐	闕名（一作王顏）			白雀賦			v89/4b	v130/8a	
唐	闕　名			鶴歸華表賦	律賦		v138/7b	v105/10a	
唐	闕　名			鳥擇木賦	律賦		v138/5a	v113/17b	
唐	闕　名			燕子賦	俗賦				

（五）宋金禽鳥賦目錄

朝代	作　者	生 年	卒年	賦　　題	歷代賦彙	全宋文（冊/卷/頁）	
北宋	田　錫	940	1003	雁陣賦	p.1720	2/77/p.708	律賦
北宋	田　錫	940	1003	曉鶯賦	p.1736	2/77/p.713	律賦
北宋	吳　淑	947	1002	事類賦	無	3/112/p.514	
北宋	范仲淹	989	1052	靈烏賦	p.1722		
北宋	宋　庠	996	1066	感雞賦	無	10/416/p.507	
北宋	宋　祁	998	1061	鷙鳥不雙賦	無	12/484/p.106	律賦
北宋	王　質	1001	1045	問北雁賦			許結
北宋	梅堯臣	1002	1060	紅鸚鵡賦	p.1734	14/592/p.501	
北宋	梅堯臣	1002	1060	靈烏賦	p.1722	14/592/p.503	
北宋	梅堯臣	1002	1060	鳲鳩賦	p.1743	14/592/p.504	
北宋	梅堯臣	1002	1060	哀鷓鴣賦	p.1752	14/592/p.506	
北宋	梅堯臣	1002	1060	靈烏後賦	p.1722	14/592/p.514	
北宋	梅堯臣	1002	1060	放鵲賦		14/592/p.515	
北宋	歐陽脩	1007	1072	紅鸚鵡賦	p.1735	16/663/p.137	
北宋	文彥博	1006	1097	雁字賦	p.1720	15/641/p.498	律賦
北宋	文彥博	1006	1097	鴻漸於陸賦	p.670	15/641/p.490	
北宋	文彥博	1006	1097	玉雞賦	p.809	15/641/p.502	
北宋	劉　敞	1019	1068	士摯用雉賦	無	30/1276/p.18	律賦
北宋	楊　傑	嘉祐4年（1059）舉進士		一鶚賦	無	38/1638/p.133	律賦
北宋	秦　觀	1049	1100	歎二鶴賦	p.1706		
北宋	張　耒	1054	1114	鳴雞賦	p.1754		
南宋	葛長庚	111？		鶴林賦	p.1469		
南宋	薛季宣	1134	1173	鳶賦	p.1728		
南宋	薛季宣	1134	1173	信烏賦	p.1723		

南宋	王 炎〔註 1〕	1138	1218	雉賦	p.1752		
金	趙秉文〔註 2〕	1159	1232	海青賦	p.1748		
南宋末	劉克莊	1187	1269	吊小鶴賦			
南宋末	李曾伯	1198	1265	聞雁賦	p.1719		
南宋末	林希逸〔註 3〕	1252 左右		孔雀賦	p.1710		

（六）元代禽鳥賦目錄

時代	作者	生 年	卒 年	賦 題	歷代賦彙	全元文（卷/頁）
元	王義山	1214	1287	雞鳴賦	無	v74/p.2
元	王 惲	1227	1304	鶴媒賦	無	v167/p.12
元	方 回	1227	1307	弔鶴賦	無	v207/p.6
元	方 回	1227	1307	海東青賦	無	v207/p.11
元	任士林	1253	1309	感雉鳴賦	p.1753	
元	任士林	1253	1309	翰音賦	p.1755	
元	趙孟頫	1254	1322	赤兔鶻賦	p.1750	
元	胡炳文	延祐中	（1317）	雞鳴賦	p.1755	
元	劉 詵	1268	1350	聞鶯賦	p.1737	
元	劉 詵	1268	1350	白雉賦	p.829	
元	劉 詵	1268	1350	白雉賦二	p.829	
元	張養浩	1270	1329	鸜鵒賦	p.1731	
元	歐陽玄	1283	1357	羅浮鳳賦	p.1760	
元	楊維楨	1296	1370	忠烏賦	p.2387	
元	吳 萊	1297	1340	起病鶴賦	p.1577	
元	吳 萊	1297	1340	羅浮鳳賦	p.1755	
元末	汪克寬	1301	1369	鳳凰來儀賦	p.820	

〔註 1〕乾道（1165～1173）進士。
〔註 2〕大定二十五年（1186）進士。
〔註 3〕端平二年（1235）進士。

參考書目

本書目分爲甲、乙二編，甲編爲「賦學書目」，包括與本文有關賦篇之基本文獻及歷代相關之賦學論著。乙編則爲「一般書目」，其中又分成歷代典籍、文學研究論著及其他論著等 三 類 。

甲編、賦學書目

一、與本文有關賦篇之基本文獻

（一）辭賦總集、選集及辭典

1. 屈原等撰、王逸章句、洪興祖補注，《楚辭補注》，點校本，臺北：長安出版社，1984 年。
2. 陳元龍等編，《御定歷代賦彙》，康熙 45 年刊本，京都：中文出版社，1974 年出版。
3. 清代不著撰人，《歷代賦彙續》，手抄本，臺北：國家圖書館善本書室藏。
4. 費振剛、胡雙寶、宗明華輯校，《全漢賦》，北京：北京大學出版社，1993 年。
5. 張錫厚錄校，《敦煌賦彙》，敦煌文獻分類校錄叢刊，江蘇古籍出版社，1996 年。
6. 張惠言編，《七十家賦鈔》，道光元年合河康氏刊本，臺北：世界書局影印，1964 年。
7. 傅隸樸選注，《賦選注》，臺北：正中書局，1977 年臺一版。

8. 曹道衡主編，《漢魏六朝辭賦與駢文精品》，長春：時代文藝出版社，1995 年。
9. 畢萬忱、何沛雄、羅忼烈編，《中國歷代賦選．魏晉南北朝卷》，南京：江蘇教育出版社，1994 年。
10. 畢萬忱、何沛雄、洪順隆編，《中國歷代賦選．唐宋卷》，南京：江蘇教育出版社，1996 年。
11. 田兆民主編，《歷代名賦譯釋》，哈爾濱：黑龍江人民出版社，1995 年。
12. 遲文浚、許志剛、宋緒連主編，《歷代賦辭典》，瀋陽：遼寧人民出版社，1992 年。
13. 霍松林主編，《辭賦大辭典》，江蘇古籍出版社，1996 年。

（二）詩文總集、選集及類書

1. 逯欽立輯校，《先秦漢魏晉南北朝詩》，臺北：木鐸出版社，1988 年。
2. 嚴可均輯，《全上古三代秦漢三國六朝文》，北京：中華書局，1958 年。
3. 張溥編，《漢魏六朝百三家集》，臺北：新興書局，1963 年。
4. 張溥題辭、殷孟倫輯注，《漢魏六朝百三家集題辭注》，臺北：木鐸出版社，1982 年。
5. 蕭統編、李善注，新校胡刻宋本，《文選》，臺北：華正書局，1995 年印行。
6. 蕭統編、六臣注，宋末刊本，《增補六臣註文選》，臺北：華正書局，1974 年臺一版。
7. 蕭統編、張啓成、徐達等譯注，《文選全譯》，貴陽：貴州人民出版社，1994 年。
8. 蕭統編、陳宏天等譯注，《昭明文選譯注》，長春：吉林文史出版社，1994 年。
9. 許槤評選、黎經誥箋注，《六朝文絜箋注》，香港：中華書局，1987 年。
10. 董誥等編，《全唐文》，臺北：文海出版社，1972 年三版。
11. 張鴻勛選注，《敦煌講唱文學作品選注》，蘭州：甘肅人民出版社，1987 年。
12. 郭在貽、張涌泉、黃徵撰，《敦煌變文集校議》，長沙：岳麓書社，1990 年。
13. 曾棗莊、劉琳主編，《全宋文》（一至五十冊），成都：巴蜀書社，1989

年。
14. 錢鍾書選註，《宋詩選註》，臺北：木鐸出版社，1984 年。
15. 李修生主編，《全元文》(一至十二冊)，南京：江蘇古籍出版社，1998 年。
16. 雷君曜編，《古今滑稽文選》，北京：北京出版社，1993 年初版。
17. 歐陽詢等編，《藝文類聚》，宋刊本，臺北：新興書局影印，1960 年。
18. 徐堅等編，《初學記》，點校本，北京：中華書局，1962 年出版，2004 年重印。
19. 李昉等編，《文苑英華》，臺北：新文豐出版公司，1979 年。
20. 李昉等編，《太平御覽》，靜嘉堂文庫藏宋刊珍本，臺北：新興書局影印，1959 年。
21. 謝維新撰、虞載續撰，《古今合璧事類備要》，明．夏相校刻本，臺北：新興書局影印，1971 年。
22. 陳夢雷編，《古今圖書集成》，臺北：鼎文書局，1976 年。

(三) 賦家文集

1. 賈誼撰、王洲明、徐超校注，《賈誼集校注》，北京：人民文學出版社，1996 年。
2. 賈誼撰、夏寧漢譯注，《賈誼文賦全譯》，南昌：百花洲文藝出版社，1996 年。
3. 司馬相如撰、金國永校注，《司馬相如集校注》，上海：上海古籍出版社，1993 年。
4. 揚雄撰、張震澤校注，《揚雄集校注》，上海：上海古籍出版社，1993 年。
5. 張衡撰、張震澤校注，《張衡詩文集校注》，上海：上海古籍出版社，1986 年。
6. 曹植撰、趙幼文校注，《曹植集校注》，臺北：明文書局，1985 年。
7. 曹操等撰，傅亞庶譯注，《三曹詩文全集譯注》，長春：吉林文史出版社，1997 年。
8. 阮籍撰、郭光校注，《阮籍集校注》，河南：中州古籍出版社，1991 年。
9. 阮籍撰，《阮嗣宗集》，點校本，臺北：華正書局，1979 年。
10. 阮籍等撰、韓格平注譯，《竹林七賢詩文全集譯注》，長春：吉林文史出版社，1997 年。

11. 鮑照撰、錢振倫、黃節等注，《鮑參軍集注》，臺北：木鐸出版社，1982 年。
12. 江淹撰、俞紹初、張業新校注，《江淹集校注》，河南：中州古籍出版社，1994 年。
13. 何遜撰、李伯齊校注，《何遜集校注》，濟南：齊魯書社，1989 年。
14. 何遜、陰鏗撰、劉暢、劉國珺注，《何遜集注、陰鏗集注》，天津：天津古籍出版社，1988 年。
15. 沈約撰、陳慶元校箋，《沈約集校箋》，浙江：浙江古籍出版社，1995 年。
16. 庾信撰、倪璠注、許逸民點校，《庾子山集校注》，臺北：源流出版社，1983 年。
17. 王績撰、金榮華校注，《王績詩文集校注》，臺北：新文豐出版公司，1998 年。
18. 王勃撰、何林天校注，《重訂新校王子安集》，太原：山西人民出版社，1990 年。
19. 李世民撰、吳雲、冀宇編輯校注，《唐太宗集》，西安：陝西人民出版社，1986 年。
20. 楊炯、盧照鄰撰、徐明霞點校，《楊炯集、盧照鄰集》，臺北：源流出版社，1983 年。
21. 張說撰，《張說之文集》，影印明鈔本，收入《叢書集成續編》一二三冊，臺北：新文豐出版公司，1989 年。
22. 王維撰、陳鐵民校注，《王維集校注》，北京：中華書局，1997 年。
23. 李白撰、安旗注，《李白全集編年注釋》，成都：巴蜀書社，1990 年。
24. 蕭穎士撰，《蕭茂挺集》，據常州先哲遺書本排印，收入《叢書集成續編》一二二冊，臺北：新文豐出版公司，1989 年。
25. 杜甫撰、仇兆鰲注，《杜詩詳注》，臺北：里仁書局，1980 年。
26. 權德輿撰，《權載之文集》，大興朱氏刊本，收入《四部叢刊初編》三八集，臺北：臺灣商務印書館影印，1965 年。
27. 韓愈撰、屈守元、常守春主編，《韓愈全集校注》，成都：四川大學出版社，1996 年。
28. 白居易撰、朱金城箋校，《白居易集箋校》，上海：上海古籍出版社，1988 年。
29. 呂溫撰，《呂衡州集》，收入《叢書集成初編》一八五四冊，北京：中華書局，1985 年。

30. 黄滔撰，《莆陽黃御史集》，天壤閣叢書本，收入《叢書集成新編》六〇冊，臺北：新文豐出版公司，1985 年。
31. 李德裕撰，《李衛公會昌一品集》，據畿輔叢書排印，收入《叢書集成新編》六〇冊，臺北：新文豐出版公司，1985 年。
32. 盧肇撰，《文標集》，據豫章叢書本排印，收入《叢書集成續編》一二三冊，臺北：新文豐出版公司，1989 年。
33. 范仲淹撰、沈松勤、王興華注譯，《新譯范文正公選集》，臺北：三民書局，1997 年。
34. 范仲淹撰、洪順隆評注，《范仲淹賦評注》，臺北：國立編譯館，1996 年。
35. 梅堯臣撰、朱東潤校注，《梅堯臣集編年校注》，臺北：源流出版社，1982 年印行。
36. 蘇頌撰、王同策等點校，《蘇魏公文集》，北京：中華書局，1988 年。

二、賦學論著

（一）專　著

1. 祝堯撰，《古賦辯體》，收入《四庫全書珍本・六集》三二三冊，臺北：臺灣商務印書館影印，1983 年。
2. 劉熙載撰，《藝概》，臺北：金楓出版公司，1986 年。
3. 孫梅撰，《四六叢話》，臺北：世界書局，1962 年。
4. 何沛雄編，《賦話六種》（增訂本），香港：三聯書店，1982 年。
5. 徐志嘯編，《歷代賦論輯要》，上海：復旦大學出版社，1991 年。
6. 李調元編撰、詹杭倫、沈時蓉校證，《雨村賦話校證》，臺北：新文豐出版公司，1993 年。
7. 陳去病撰，《辭賦學綱要》，臺北：文海出版社，1971 年。
8. 葉幼明撰，《辭賦通論》，湖南：湖南教育出版社，1991 年。
9. 袁濟喜撰，《賦》，北京：人民文學出版社，1997 年。
10. 曹明綱撰，《賦學概論》，上海：上海古籍出版社，1998 年。
11. 鄭良樹撰，《辭賦論集》，臺北：臺灣學生書局，1998 年。
12. 何新文撰，《中國賦論史稿》，北京：開明出版社，1993 年。
13. 鈴木虎雄撰、殷石臞譯，《賦史大要》，臺北：正中書局，1992 年臺。
14. 李曰剛撰，《辭賦流變史》，臺北：文津出版社，1987 年。
15. 馬積高撰，《賦史》，上海：上海古籍出版社，1987 年。

16. 高光復撰，《賦史述略》，長春：東北師範大學出版社，1987 年。
17. 郭維森、許結撰，《中國辭賦發展史》，南京：江蘇教育出版社，1996 年。
18. 陶秋英撰，《漢賦之史的研究》，臺北：新文豐出版公司，1970 年。
19. 簡宗梧撰，《漢賦源流與價值之商榷》，臺北：文史哲出版社，1980 年。
20. 簡宗梧撰，《漢賦史論》，臺北：東大圖書公司，1993 年。
21. 曹淑娟撰，《漢賦之寫物言志傳統》，臺北：文津出版社，1987 年。
22. 姜書閣撰，《漢賦通義》，濟南：齊魯書社，1989 年。
23. 龔克昌撰，《漢賦研究》，濟南：山東文藝出版社，1990 年。
24. 康金聲撰，《漢賦縱橫》，太原：山西人民出版社，1992 年。
25. 程章燦撰，《漢賦攬勝》，上海：上海古籍出版社，1996 年。
26. 萬光治撰，《漢賦通論》(增訂本)，北京：中國社會科學出版社，2005 年。
27. 何沛雄撰，《漢魏六朝賦家論略》，臺北：臺灣學生書局，1986 年。
28. 何沛雄撰，《漢魏六朝賦論集》，臺北：聯經出版公司，1990 年。
29. 曹道衡撰，《漢魏六朝辭賦》，臺北：萬卷樓圖書公司，1992 年。
30. 俞紀東撰，《漢唐賦淺説》，上海：東方出版中心，1999 年。
31. 程章燦撰，《魏晉南北朝賦史》，南京：江蘇古籍出版社，1992 年。
32. 王琳撰，《六朝辭賦史》，哈爾濱：黑龍江教育出版社，1998 年。
33. 廖志強撰，《南朝賦闡微》，臺北：天工書局，1997 年。
34. 朱曉海撰，《習賦椎輪記》，臺北：臺灣學生書局，1999 年。
35. 簡宗梧撰，《賦與駢文》，臺北：臺灣書店，1998 年。
36. 鄺健行撰，《科舉考試文體論稿：律賦與八股文》，臺北：臺灣書店，1994 年。
37. 鄺健行撰，《詩賦與律調》，北京：中華書局，1994 年。
38. 馬積高、萬光治主編，《賦學研究論文集》，成都：巴蜀書社，1991 年。
39. 香港新亞學術集刊編委會編，《賦學專輯》(第二屆國際賦學會議論文集)，《新亞學術集刊》，1994 年第 13 期。
40. 簡宗梧編，《第三屆國際辭賦學學術研討會論文集》，臺北：國立政治大學文學院編印，1996 年。
41. 簡宗梧、高桂惠撰，《近二十年大陸地區賦學研究發展現況與評估》

（1971～1990），國科會專題研究報告成果，1995 年 6 月。

42. 簡宗梧撰，《近五年中外賦學研究評述》（1991～1995），國科會專題研究報告成果，1997 年 9 月。

（二）學位論文

1. 朴現圭撰，《漢賦體裁與理論之研究》，臺北：臺灣師範大學國文研究所碩士論文，1983 年。
2. 王學玲撰，《漢代騷體賦研究》，桃園：中央大學中文系碩士論文，1996 年。
3. 陳姿蓉撰，《漢代散體賦研究》，臺北：政治大學中文系博士論文，1996 年。
4. 翁燕珍撰，《漢諷諭賦研究——漢代賦家的愛與痛》，嘉義：中正大學中文系碩士論文，1996 年。
5. 何于菁撰，《東漢辭賦與政治》，臺南：成功大學中文系碩士論文，1998 年。
6. 簡明勇撰，《兩漢魏晉辭賦中失志題材作品之研究》，臺北：中國文化大學中研所碩士論文，1986 年。
7. 張秋麗撰，《漢魏六朝紀行賦研究》，臺北：政治大學中文系碩士論文，1996 年。
8. 邱仕冠撰，《枚乘七發與七體研究》，臺中：東海大學中文系碩士論文，1996 年。
9. 簡宗梧撰，《司馬相如揚雄及其賦之研究》，臺北：政治大學中研所博士論文，1976 年。
10. 白承錫撰，《王褒及其賦研究》，臺中：東海大學中研所碩士論文，1983。
11. 廖國棟撰，《張衡生平及其賦之研究》，臺北：政治大學中研所碩士論文，1980 年。
12. 蕭湘鳳撰，《魏晉賦研究》，臺北：輔仁大學中文研究所碩士論文，1981。
13. 廖國棟撰，《魏晉詠物賦研究》，臺北：政治大學中文研究所博士論文，1985 年。
14. 賴貞蓉撰，《魏晉詩歌賦化現象之研究》，臺北：臺灣大學中文系碩士論文，1997 年。
15. 譚澎蘭撰，《六朝小賦研究》，臺北：中國文化大學中研所碩士論文，1984 年。

16. 李翠瑛撰，《六朝賦論研究》，臺北：政治大學中文系博士論文，1998年。
17. 李嘉玲撰，《齊梁詠物賦研究》，臺北：政治大學中研所碩士論文，1988年。
18. 李玉玲撰，《齊梁詠物詩與詠物賦之比較研究》，高雄：高雄師範大學國文研究所碩士論文，1991年。
19. 簡麗玲撰，《曹氏父子及其羽翼辭賦研究》，臺北：政治大學中文研究所碩士論文，1996年。
20. 吳明津撰，《曹植詩賦研究》，臺南：成功大學中研所碩士論文，1994年。
21. 王秋傑撰，《陸機及其詩賦研究》，臺北：臺灣大學中研所碩士論文，1993年。
22. 陳秀美撰，《郭璞之詩賦研究》，臺北：淡江大學中研所碩士論文，1993年。
23. 段錚撰，《江淹生平及其賦之研究》，臺北：政治大學中研所碩士論文，1981年。
24. 陳芳汶撰，《鮑照辭賦研究》，臺北：政治大學中文系碩士論文，1996年。
25. 許東海撰，《庾信生平及其賦之研究》，臺北：政治大學中研所碩士論文，1984年。
26. 白承錫撰，《初唐賦研究》，臺北：政治大學中研所博士論文，1994年。
27. 馬寶蓮撰，《唐律賦研究》，臺北：中國文化大學中研所博士論文，1993年。
28. 陳成文撰，《唐代古賦研究》，臺北：政治大學中研所博士論文，1999年。
29. 王欣慧撰《唐代訪古賦研究》，，臺北：政治大學中文系碩士論文，1997年。
30. 崔末順撰，《唐傳奇與辭賦關係之考察》，臺北：政治大學中文系碩士論文，1997年。
31. 陳錦文撰，《王勃詩賦研究》，臺北：中國文化大學中研所碩士論文，1991年。
32. 謝妙青撰，《韓愈辭賦研究》，臺北：政治大學中文系碩士論文，1995年。
33. 李蓉撰，《敦煌賦篇考探》，臺北：東吳大學中文系碩士論文，1991

年。

34. 李瓊英撰，《宋代散文賦研究》，臺北：臺灣師範大學國文研究所碩士論文，1991 年。
35. 陳韻竹撰，《歐陽修、蘇軾辭賦之比較研究》，臺北：政治大學中研所碩士論文，1986 年。
36. 朴孝錫撰，《蘇軾辭賦研究》，臺中：東海大學中研所碩士論文，1990 年。
37. 鄭倖朱撰，《蘇軾以賦爲詩研究》，臺南：成功大學中研所碩士論文，1994 年。
38. 游適宏撰，《祝堯古賦辯體研究》，臺北：政治大學中研所碩士論文，1994 年。
39. 韓中慧撰，《御定歷代賦彙諷喻類賦篇之研究》，臺北：政治大學中研所碩士論文，1986 年。
40. 高桂惠撰，《小說運用辭賦的研究——辭賦在我國古典小說中文學表現的探討》，臺北：政治大學中研所博士論文，1990 年。
41. 金星洙撰，《中國辭賦與韓國歌辭之比較研究》，臺北：中國文化大學中研所碩士論文，1985 年。

三單篇論文

1. 何沛雄撰，〈略論賦的分類〉，《書目季刊》，二十一卷四期。
2. 周勛初撰，〈賦體評議〉，《南京大學學報》哲社版，1994 年第二期。
3. 徐宗文撰，〈辭、賦、頌辨異〉，《江漢學刊》，1984 年第六期。
4. 褚斌杰撰，〈論賦體的起源〉，《文學遺產增刊》十四輯，北京：中華書局，1982。
5. 康達維撰，〈論賦體的源流〉，《文史哲》，1988 年第一期。
6. 萬光治撰，〈從文學描繪到描繪性文體的產生——散體賦文體特徵探索〉，《北京師範大學學報》，1988 年第四期。
7. 馬積高撰，〈歷代賦彙評議〉，《學術研究》，1990 年第一期。
8. 馬積高撰，〈編輯歷代辭賦總匯芻議〉，《文史哲》，1990 年第五期。
9. 譚家健撰，〈唐勒賦殘篇考釋及其他〉，《文學遺產》，1990 年第二期。
10. 許結撰，〈漢賦研究得失探——兼談漢賦研究中幾個理論問題〉，《南京大學學報》哲社版，1988 年第一期。
11. 竹田晃撰、孫歌譯，〈以中國小說史的眼光讀漢賦〉，《文學遺產》，1995 年第四期。

12. 王運熙撰,〈爲漢賦家見視如倡進一解〉,《文史哲》,1991 年第五期。
13. 萬光治撰,〈論漢賦的類型化傾向〉,《西南師範學院學報》,1983 年第一期。
14. 萬光治撰,〈漢代頌贊銘箴與賦同體異用〉,四川省社會科學院《社會科學研究》,1986 年第四期。
15. 許世瑛撰,〈論鵩鳥賦的用韻〉,收入氏撰《許世瑛先生論文集》第一冊,臺北:弘道文化事業公司印行,1974 年。
16. 高秋鳳撰,〈鵩鳥賦與鸚鵡賦之比較研究〉,《中華文化復興月刊》,十八卷九期,1985 年 9 月。
17. 韓暉撰,〈漢賦的先驅孔臧及其賦考説〉,《文史哲》,1998 年第一期。
18. 金國永撰,〈試論西漢王褒〉,四川省社會科學院編《社會科學研究》,1986 年第四期。
19. 徐宗文撰,〈論王褒賦的特點及貢獻〉,《社會科學戰線》,1993 年第三期。
20. 馬青芳撰,〈神烏賦的生命價值觀及其悲劇意義〉,《青海民族學院學報》社科版,1973 年第三期;又見於《中國古代、近代文學研究》,1997 年第九期。
21. 萬光治撰,〈尹灣漢簡神烏賦研究〉,《四川師範大學學報》社科版,1997 年三期;又見於《中國古代、近代文學研究》,1997 年第十期。
22. 虞萬里撰,〈尹灣漢簡神烏傅箋釋〉,發表於國立中山大學主辦之「第一屆國際暨第三屆全國訓詁學學術研討會」,1997 年 4 月。
23. 劉樂賢、王志平撰,〈尹灣漢簡神烏賦與禽鳥奪巢故事〉,《文物》,1997 年第一期。
24. 徐公持撰,〈詩的賦化與賦的詩化——兩漢魏晉詩賦關係之尋蹤〉,《文學遺產》,1992 年第一期。
25. 馬積高撰,〈略論賦與詩的關係〉,《社會科學戰線》,1992 年第一期。
26. 李立信撰,〈論六朝詩的賦化〉,收入彰化師範大學國文系主辦《第三屆中國詩學會議論文集——魏晉南北朝詩學》。
27. 曹虹撰,〈文人集團與賦體創作〉,《文史哲》,1990 年第二期。
28. 呂美勤撰,〈試論曹植的辭賦〉,《安徽師大學報》哲社版,1989 年第三期。
29. 高德耀撰,〈曹植的動物賦〉,《文史哲》,1990 年第五期。
30. 蔣立甫撰,〈論曹植賦的繼承與創新〉,《安徽師範大學學報》,1993 年第四期。

31. 王琳撰，〈簡論漢魏六朝的紀行賦〉，《文史哲》，1990 年第五期。

32. 畢萬忱撰，〈三國賦的題材分類及其特徵〉，《社會科學戰線》，1993 年第三期。

33. 畢萬忱撰，〈論三國詠物抒情賦的時代特徵〉，《文學遺產》，1994 年第一期。

34. 章滄授撰〈大罩天地之表・細入毫纖之內——論晉代詠物賦〉，《社會科學戰線》，1992 年第一期。

35. 王立平撰，〈假草區以致興，托禽族而言志——詠物小賦雜談〉，《湖北大學學報》哲學社會科學版，1985 年第六期。

36. 簡宗梧撰，〈試論唐賦之發展及其特色〉，收入《第二屆國際唐代學術會議論文集・上冊・文學及敦煌學》，臺北：文津出版社，1993 年。

37. 商偉撰，〈論初唐詩歌的賦化現象〉，《北京大學學報》哲社版，1986 年第五期。

38. 蔡梅枝撰，〈唐初律賦探析——兼論律賦的形成因素〉，《中正大學中國文學研究所研究生論文集刊》，1999 年 5 月。

39. 張正體撰，〈唐代的科試制度與試賦體制研究〉，《中華文化復興月刊》二十卷一期，1987 年 1 月。

40. 白承錫撰，〈王勃賦之探討〉，《社會科學戰線》，1995 年第二期。

41. 劉憶萱撰，〈李太白古賦的藝術特色〉，收入《李太白研究》，臺北：里仁書局，1985 年。

42. 〔美〕柏夷撰，〈賦譜略述〉，錢伯城主編，《中華文史論叢》第四十九輯；上海：古籍出版社，1992 年。

43. 程毅中撰，〈敦煌俗賦的淵源及其與變文的關係〉，《文學遺產》，1989 年第一期。後收入《程毅中文存》，北京：中華書局，2006 年。

44. 伏俊連撰，〈敦煌俗賦的體制和審美價值〉，發表於「第四屆國際辭賦學學術研討會」，1998 年 12 月於南京舉行。

45. 簡濤撰，〈敦煌本燕子賦體制考辨〉，《敦煌學輯刊》，1986 年第二期。

46. 張鴻勳撰，〈敦煌燕子賦甲本研究〉，收入顏廷亮主編《敦煌文學》，蘭州：甘肅人民出版社，1989 年。

47. 高國藩撰，〈敦煌本燕子賦析論〉，《固原師專學報》，1990 年第四期。

乙編、一般書目

一、古代典籍

（一）經　部

1. 毛公傳、鄭玄箋、孔穎達疏，《毛詩正義》，南昌府學本，臺北：藝文印書館，1993 年。
2. 楊天宇撰，《禮記譯注》，上海：上海古籍出版社，1997 年。
3. 何晏集解、邢昺疏，《論語注疏》，南昌府學本，臺北：藝文印書館，1993 年。
4. 許愼撰、段玉裁注，《説文解字注》，經韻樓刻本，臺北：書銘出版公司印行
5. 陳彭年重修、林尹校訂，《宋本廣韻》，臺北：黎明文化公司，1987 年十版。

（二）史　部

1. 左丘明撰，點校本，《國語》，臺北：漢京文化事業公司，1983 年印行。
2. 司馬遷撰、瀧川龜太郎考證，《史記會注考證》，臺北：洪氏出版社，1986 年。
3. 班固撰、顏師古注，《新校本漢書集注》，臺北：鼎文書局，1991 年七版。
4. 班固撰、王先謙補注，《漢書補注》，長沙王氏虛受堂校刊本，臺北：藝文印書館，1951 年印行。
5. 范曄撰、李賢注，《新校本後漢書》，臺北：鼎文書局，1991 年六版。
6. 范曄撰、王先謙集解，《後漢書集解》，長沙王氏虛受堂校刊本，臺北：藝文印書館據影印，1951 年。
7. 陳壽撰、裴松之注，《新校本三國志注》，臺北：鼎文書局，1983 年二版。
8. 房玄齡等撰，《新校本晉書》，臺北：鼎文書局，1980 年。
9. 湯球輯、楊朝明校補，《九家舊晉書輯本》，鄭州：中州古籍出版社，1991 年。
10. 李延壽撰，《新校本南史》，臺北：鼎文書局，1993 年七版。
11. 李延壽撰，《新校本北史》，臺北：鼎文書局，1980 年。
12. 沈約撰，《新校本宋書》，臺北：鼎文書局，1990 年六版。

13. 蕭子顯撰，《新校本南齊書》，臺北：鼎文書局，1980年三版。
14. 李百藥撰，《新校本北齊書》，臺北：鼎文書局，1993年七版。
15. 姚察、謝炅等撰，《新校本梁書》，臺北：鼎文書局，1992年七版。
16. 姚察、魏徵等撰，《新校本陳書》，臺北：鼎文書局，1993年七版。
17. 魏徵撰，《新校本隋書》，臺北：鼎文書局，1993年七版。
18. 劉詢等撰，《新校本舊唐書》，臺北：鼎文書局，1978年。
19. 歐陽修撰，《新校本新唐書》，臺北：鼎文書局，1992年七版。
20. 杜佑撰、王文錦等點校，《通典》，北京：中華書局，1992年。
21. 王溥撰，《唐會要》，臺北：世界書局，1963年二版。
22. 徐松撰、趙守儼點校，《登科記考》，北京：中華書局，1984年。
23. 劉向撰、姚振宗輯錄，《七略、別錄佚文》，據民國18年浙江省圖書館排印本影印，收入嚴靈峰編《書目類編》，臺北：成文出版社，1978年。

（三）子　部　（含筆記）

1. 莊子撰、郭象注、郭慶藩集釋，《莊子集釋》，臺北：華正書局，1987年。
2. 劉安等撰、劉文典集解，《淮南鴻烈集解》，臺北：文史哲出版社，1985年再版。
3. 劉安等撰、陳一平注譯，《淮南子校注譯》，廣州：廣東人民出版社，1994年。
4. 王充撰、黃暉校釋，《論衡校釋》，北京：中華書局，1990年。
5. 葛洪撰、成林、程章燦譯注，《西京雜記全譯》，貴陽：貴州人民出版社，1993年。
6. 劉義慶撰、徐震堮校箋，《世說新語校箋》，臺北：文史哲出版社，1985年。
7. 段成式撰，《酉陽雜俎》，明趙氏脈望館刊本，收入《四部叢刊正編》二四冊；臺北：臺灣商務印書館景印，1979年臺一版。
8. 辛文房撰、傅璇琮主編，《唐才子傳校箋》，北京：中華書局，1995年第一版。
9. 辛文房撰、孫映逵校注，《唐才子傳校注》，河北：中國社會科學出版社，1991年第一版。
10. 王定保撰、蔣光煦校，《唐摭言》，臺北：世界書局，1967年再版。
11. 計有功撰、王仲鏞校箋，《唐詩紀事校箋》，成都：巴蜀書社，1992

年。

12. 蘇鶚撰，《蘇氏演義》，收入《叢書集成初編》冊二七九，北京：中華書局，1985 年。
13. 馮贄撰，《雲仙雜記》，收入《叢書集成初編》冊二八三六，北京：中華書局，1985。
14. 王楙撰、誠剛點校，《燕翼詒謀錄》，《唐宋史料筆記叢刊》，北京：中華書局，1981 年。
15. 吳曾撰，《能改齋漫錄》，臺北：木鐸出版社，1982 年。
16. 洪邁撰，《容齋隨筆》，臺北：大立出版社，1981 年景印初版。
17. 胡震亨撰，《唐音癸籤》，臺北：木鐸出版社，1982 年。
18. 王應麟撰、翁元圻注，《翁注困學紀聞》，臺北：世界書局，1984 年三版。
19. 陳鴻墀撰，《全唐文紀事》，臺北：世界書局，1984 年三版。
20. 周勛初主編，《唐人軼事彙編》，上海：上海古籍出版社，1995 年第一版。

（四）集　部　含詩文評

1. 周弼編，《三體唐詩》，收入《四庫全書珍本・七集》二七七冊，臺北：臺灣商務印書館，1976 年。
2. 謝宗可撰，《詠物詩》，收入《四庫全書珍本・六集》二六三冊，同上。
3. 朱之蕃撰，《詠物詩》，據日本內閣文庫藏明刊本影印，東京：高橋情報，1990 年。
4. 瞿佑撰，《詠物詩》，收入《叢書集成續編》一六九冊；臺北：新文豐出版公司，1989 年。
5. 翁方綱撰，《詠物七言律詩偶記》，民國 13 年博古齋影印本，收入《蘇齋叢書》第四十冊，臺北：中央研究院傅斯年圖書館藏。
6. 曹貞吉撰，《詠物十詞》，《昭代叢書》本，收入《叢書集成續編》第九十冊；臺北：新文豐出版公司，1989 年。
7. 樊增祥撰，《詠物詞》，民國 6 年上海掃葉山房石印本，收入《娛萱室小品》；臺北：中央研究院傅斯年圖書館藏。
8. 陳廷敬等編，《佩文齋詠物詩選》，康熙 46 年刊本；臺北：廣文書局影印。
9. 俞琰輯、易開緡、孫洊鳴註，《分類詳註詠物詩選》，乾隆癸巳本，臺北：廣文書局影印，1968 年。

10. 李嶠撰、張庭芳注，《日藏古抄李嶠詠物詩注》，上海：上海古籍出版社，1998 年。
11. 劉勰撰、范文瀾注，《文心雕龍注》，臺北：臺灣開明書店，1985 年臺十六版。
12. 劉勰撰、陸侃如、牟世金注，《文心雕龍譯注》，濟南：齊魯書社，1981 年。
13. 劉勰撰、周振甫譯，《文心雕龍今譯》，香港：中華書局，1986 年。
14. 鍾嶸撰、陳延傑注，《詩品注》，臺北：臺灣開明書局， 1981 年臺八版。
15. 梁章鉅撰，《文選旁證》，臺北：廣文書局，1966 年。
16. 朱蘭坡撰，《文選集釋》，同上。
17. 胡紹煐撰，《文選箋證》，收入《聚學軒叢書》第五集，同上。
18. 弘法大師撰、王利器校注，《文鏡秘府論》，臺北：貫雅文化，1991 年。
19. 司空圖撰、曹冷泉注釋，《詩品通釋》，彬縣：三秦出版社，1989 年。
20. 魏慶之撰，《詩人玉屑》，臺北：臺灣商務印書館，1983 年臺四版。
21. 胡應麟撰，《詩藪》，臺北：文馨出版社，1973 年。
22. 吳訥、徐師曾，《文章辨體序說、文體明辨序說》，點校本，北京：人民文學出版社，1998 年。
23. 何文煥輯，《歷代詩話》，臺北：漢京文化事業公司，1983 年。
24. 丁福保輯，《歷代詩話續編》，臺北：木鐸出版社，1988 年。
25. 丁福保編，《清詩話》，臺北：木鐸出版社，1988 年。
26. 郭紹虞編，《清詩話續編》，臺北：木鐸出版社，1983 年。
27. 袁枚撰、雷君曜註釋，《箋註隨園詩話》，臺北：鼎文書局，1974 年。

二、文學類今著

（一）比較文學

1. 亞里士多德撰、姚一葦譯註，《詩學箋注》，臺北：國立編譯館出版，1966 年。
2. 劉介民撰，《比較文學方法論》，臺北：時報文化公司，1990 年。
3. 謝天振撰，《比較文學與翻譯研究》，臺北：業強出版社，1994 年。
4. 陳鵬翔主編，《主題學研究論文集》，臺北：東大圖書公司，1983 年。
5. 王立撰，《中國古代文學十大主題：原型與流變》，臺北：文史哲出版社，1994 年。

6. 王立撰，《中國文學主題學》，鄭州：中州古籍出版社，1995 年。
7. 羅鋼撰，《敘事學導論》，昆明：雲南人民出版社，1994 年。
8. 王靖宇撰，《中國早期敘事文論集》，臺北：中研院文哲所籌備處，1999 年。
9. 郭英德撰，〈論先秦儒家的敘事觀念〉，《文學評論》，1998 年第二期。
10. 陳世驤撰，《陳世驤文存》，臺北：志文出版社，1975 年二版。
11. 朱光潛撰，《詩論》，臺北：漢京文化事業公司，1982 年。

（二）中國文學研究

1. 郭紹虞撰，《照隅室古典文學論叢》，臺北：丹青出版社，1985 年臺一版。
2. 徐復觀撰，《中國文學論集》，臺北：臺灣學生書局，1974 年再版。
3. 王夢鷗撰，《傳統文學論衡》，臺北：時報文化出版公司，1987 年。
4. 王夢鷗撰，《古典文學論探索》，臺北：正中書局，1991 年臺初版。
5. 蔡英俊編，《中國文化新論・文學篇二・意象的流變》，臺北：聯經公司，1982 年。
6. 劉大杰撰，《中國文學發展史》，臺北：華正書局，1988 年。
7. 葉慶炳撰，《中國文學史》，臺北：臺灣學生書局，1965 年。
8. 羅聯添編，《中國文學史論文選集》，臺北：臺灣學生書局，1985 年。
9. 饒宗頤撰，《文轍——文學史論集》，臺北：臺灣學生書局，1991 年。
10. 郭紹虞編，《中國歷代文學論著精選》，臺北：華正書局，1984 年。
11. 郭紹虞撰，《中國文學批評史》，臺北：明倫出版社，1974 年。
12. 羅根澤撰，《中國文學批評史》，臺北：龍泉書屋，1979 年。
13. 顧易生、蔣凡撰，《先秦兩漢文學批評史》，上海：上海古籍出版社，1990 年。
14. 王運熙、楊明撰，《魏晉南北朝文學批評史》，同上，1989 年。
15. 王運熙、楊明撰，《隋唐五代文學批評史》，同上，1994 年。
16. 顧易生、蔣凡、劉明今撰，《中國文學批評通史・宋金元卷》，同上，1996 年。
17. 王瑤撰，《中古文學史論》，臺北：長安出版社，1982 年再版。
18. 陸侃如撰，《中古文學繫年》，北京：人民文學出版社，1985 年。
19. 曹道衡撰，《中古文學史論文集》，北京：中華書局，1986 年。

20. 曹道衡撰，《中古文學史論續編》，臺北：文津出版社，1994 年。
21. 廖蔚卿撰，《漢魏六朝文學論集》，臺北：大安出版社，1997 年。
22. 廖蔚卿撰，《中古詩人研究》，臺北：里仁書局，2005 年。
23. 曹道衡、沈玉成編撰，《南北朝文學史》，北京：人民文學出版社，1991 年。
24. 劉躍進撰，《永明文學研究》，臺北：文津出版社，1992 年。
25. 屈守元撰，《文選導讀》，成都：巴蜀書社，1993 年。
26. 駱鴻凱撰，《文選學》，臺北：華正書局，1985 年。
27. 趙福海主編，《文選學論集》，長春：時代文藝出版社，1992 年。
28. 洪順隆撰，《六朝詩論》，臺北：文津出版社，1978 年。
29. 王繪絜撰，《傅玄及其詩文研究》，臺北：文津出版社，1997 年。
30. 劉家烘撰，《徐陵及其詩文研究》，臺北：輔仁大學中文系碩士論文，1995 年。
31. 羅聯添撰，《唐代文學論集》，臺北：臺灣學生書局，1989 年。
32. 傅璇琮撰，《唐代科舉與文學》，臺北：文史哲出版社，1994 年。
33. 程千帆撰，《唐代進士行卷與文學》，上海：古籍出版社，1980 年。
34. 羅龍治撰，《進士科與唐代的文學社會》，臺北：臺灣大學文學院，1970 年。
35. 霍然撰，《唐代美學思潮》，高雄：麗文文化，1993 年。
36. 駱祥發撰，《初唐四傑研究》，北京：東方出版社，1993 年。
37. 潘呂棋昌撰，《蕭穎士研究》，臺北：文史哲出版社，1983 年。
38. 詹鍈編撰，《李白詩文繫年》，北京：人民文學出版社 1984 年新一版。
39. 傅璇琮撰，《李德裕年譜》，濟南：齊魯書社，1984 年。
40. 王潤華撰，《司空圖新論》，臺北：東大圖書公司，1989 年。
41. 祖保泉撰，《司空圖詩文研究》，合肥：安徽教育出版社，1998 年。
42. 吉川幸次郎撰、鄭清茂譯，《宋詩概說》，臺北：聯經出版公司，1977 年。
43. 程杰撰，《北宋詩文革新研究》，臺北：文津出版社，1996 年。
44. 蕭翠霞撰，《南宋四大家詠花詩研究》，臺北：文津出版社，1994 年。
45. 季明華撰，《南宋詠史詩研究》，臺北：文津出版社，1997 年。
46. 王國維撰，《宋元戲曲史》，臺北：臺灣商務印書館，1982 年臺六版。
47. 程千帆等撰，《被開拓的詩世界》，上海：上海古籍出版社，1990 年。

48. 王國瓔撰，《中國山水詩研究》，臺北：聯經出版公司，1986 年。
49. 葉嘉瑩撰，《迦陵談詩》，臺北：三民書局，1970 年。
50. 葉嘉瑩、繆鉞合撰，《靈谿詞說》，臺北：國文天地，1989 年。
51. 龔鵬程撰，《詩史本色與妙悟》，臺北：臺灣學生書局，1986 年。
52. 蔡英俊撰，《比興物色與情景交融》，臺北：大安出版社，1995 年。
53. 方師鐸撰，《傳統文學與類書之關係》，臺中：東海大學出版社，1971 年。
54. 王忠林撰，《中國文學之聲律研究》，臺灣省立師範大學，1963 年。
55. 啓功撰，《詩文聲律論稿》，臺北：華中書局，出版年月不詳。
56. 周盧雲撰，〈謎語與古詠物詩〉，《河南大學學報》社科版，1993 年 5 月。
57. 朱迎平撰，〈漢魏六朝的游戲文〉，《古典文學知識》，1993 年第六期。
58. 廖蔚卿撰，〈張華與西晉政治之關係〉，臺大文學院《文史哲學報》，二十二期，1973 年 6 月。後收入氏著《中古詩人研究》（臺北：里仁，2005 年）書中。
59. 廖蔚卿撰，〈張華年譜〉，臺大文學院編《文史哲學報》，二十七期，1978 年 12 月。同上。
60. 曹淑娟撰，〈從杜詩鷙鳥主題看作品與存在的關聯〉，《淡江大學中文學報》第三期，1996 年 12 月。
61. 劉學鍇撰，〈李商隱的託物寓懷詩及其對古代詠物詩的發展〉，《安徽師大學報》哲社版，1991 年第一期。

三、非文學類今著

（一）出土文物研究

1. 趙鉞、勞格撰，張忱石點校，《唐御史臺精舍題名考》，北京：中華書局，1997 年。
2. 趙鉞、勞格撰、徐敏霞、王桂珍點校，《唐尚書省郎官石柱題名考》，北京：中華書局，1992 年。
3. 岑仲勉撰，《郎官石柱題名新考訂》，上海：古籍出版社，1984 年。
4. 甘肅省社科院文學研究所編，《敦煌學論集》，蘭州：甘肅人民出版社，1985 年。
5. 周紹良、白化文編，《敦煌變文論文錄》，臺北：明文書局，1985 年。
6. 中國敦煌吐魯蕃學會語言文學分會編纂，《敦煌語言文學研究》，北京：北京大學出版社，1988 年。

7. 謝和耐等撰、耿昇譯，《法國學者敦煌學論文選萃》，北京：中華書局，1993 年。
8. 張錫厚撰，《敦煌文學》，臺北：萬卷樓圖書公司，1991 年。
9. 高國藩撰，《敦煌民間文學》，臺北：聯經出版公司，1994 年。
10. 張鴻勳撰，《敦煌説唱文學概論》，臺北：新文豐出版公司，1993 年臺一版。
11. 張鴻勳撰，《敦煌話本詞文俗賦導論》，臺北：新文豐出版公司，1993 年臺一版。
12. 連雲港市博物館等編，《尹灣漢墓簡牘》，北京：中華書局，1997 年。
13. 連雲港市博物館等編，《尹灣漢墓簡牘綜論》，北京：科學出版社 1999 年。
14. 連雲港市博物館撰，〈尹灣漢墓簡牘釋文選〉，《文物》，1996 年第八期總四八三期。
15. 滕昭宗撰，〈尹灣漢墓簡牘概述〉，《文物》，1996 年第八期總四八三期。
16. 連雲港市博物館、東海縣博物館、中國社會科學院簡帛研究中心、中國文物研究所撰，〈尹灣墓簡牘初探〉，《文物》，1996 年第十期，(總四八五期)。

(二) 其　他

1. 錢穆撰，《國史大綱》，收入《錢賓四先生全集》；臺北：聯經出版公司，1998 年。
2. 劉汝霖撰，《漢晉學術編年》，臺北：長安出版社，1979 年。
3. 唐長孺撰，《魏晉南北朝史論叢續編》，北京：三聯書店，1978 年二刷。
4. 蘇紹興撰，《兩晉南朝的士族》，臺北：聯經出版公司，1987 年。
5. 楊樹藩撰，《唐代政制史》，臺北：正中書局，1969 年臺二版。
6. 李新達撰，《中國科舉制度史》，臺北：文津出版社，1995 年。
7. 許抗生撰，《魏晉思想史》，臺北：桂冠圖書公司，1992 年。
8. 任繼愈主編，《中國哲學發展史‧魏晉南北朝》，北京：人民出版社，1988 年。
9. 王邦雄等編，《中國哲學史》，臺北：空中大學，1998 年。
10. 孫廣德撰，《政治神話論》，臺北：臺灣商務印書館，1990 年。

11. 王力主編，《古代漢語》(修訂本)，臺北：藍燈文化事業公司，1989年。
12. 江都、余照春亭編輯、周基校訂，《增廣詩韻集成》，臺中：曾文出版社發行，1985年增修三版。
13. 郭錫良編，《漢字古音手冊》，北京：北京大學出版社，1986年。
14. 劉葉秋撰，《類書簡說》，臺北：萬卷樓圖書公司，1993年。
15. 葉怡君撰，《類書之目錄部居探原》，臺北：輔仁大學圖書資訊所碩士論文，1997年。
16. 蘇紹興撰，〈評介毛漢光著「兩晉南北朝士族政治之研究」〉，收入氏著《兩晉南朝的士族》，臺北：聯經出版公司，1987年。
17. 李亦園撰，〈說占卜——一個社會人類學的考察〉，收入氏著《信仰與文化》，臺北：巨流圖書公司，1983年。